LE CŒUR DES FILEUSES

DU MÊME AUTEUR

L'Un pour l'autre, City, « Eden », 2019
La Dernière Veille des dieux, Filles de Gyptis éditions, 2021

Aurélie Haderlé

LE CŒUR DES FILEUSES

Roman

TERRES DE FRANCE

Les Presses de la Cité

92, avenue de France – 75013 Paris
ISBN 978-2-258-19298-0
Dépôt légal : octobre 2021

PREMIÈRE PARTIE

La clède

1

Indésirable

Callune, septembre 1899

La mère est prise de frémissements. Elle faiblit. Elle se laisserait aller sans le père à la moustache droite et inflexible, qui la foudroie depuis le fond de la pièce. Ce mince rideau noir qui ourle la lèvre du patriarche forme un barrage sombre et dur. Il se tient tout raide, les bras le long du corps, les poings serrés, les pouces rentrés. Elle gesticule :

— Mes chéries, mes chéries, comme je vous envie ! Quel bonheur d'aller vivre dans une grande ville ! Plus de poussière sur vos jupes ni de cailloux dans vos chaussures !

La mère exagère et la fille aînée s'en rend compte. Celle-ci hoche la tête comme si elle voulait participer au manège. En revanche, la cadette jette des regards interrogateurs autour d'elle.

— Tu n'as qu'à venir avec nous, maman ! s'écrie-t-elle avec candeur. Comme ça, toi non plus tu n'auras plus de cailloux dans tes chaussures !

La naïveté de la fillette troue le cœur de la mère qui se détourne brusquement pour cacher un hoquet. Le père sort de son mutisme :

— Eulalie, ce que tu dis est ridicule. Ta mère doit rester auprès de moi. Qui s'occupera de la maison quand je serai au travail, hein ? Allons, allons, vous avez de la chance. Tous les parents ne peuvent pas payer de belles études à leurs filles. De plus, Nîmes est une ville magnifique. Vous vous y plairez.

— Mais j'aime aller à l'école de monsieur Castanet, objecte Eulalie. Mes amies… C'est l'anniversaire de Fanchon demain et…

Le père agite une main méprisante.

— Toutes les dispositions ont été prises. La discussion est close. Oton sera là d'un instant à l'autre pour vous conduire. Ne lui faites pas perdre davantage de temps. Sortez vos malles sur le perron.

Eulalie fronce les sourcils. Elle ne s'explique pas cette sécheresse soudaine qui fige sa famille. Elle sait qu'on lui ment. Elle sait que les belles études à Nîmes sont un prétexte. Elle sait que son père ne veut plus les voir, elle et sa sœur. Elle sait que quelque chose d'important est arrivé à Linon. Mais elle n'a pas le temps de réfléchir : son père la presse derechef. La fillette se penche et soulève sa malle en osier. Elle n'a emporté que le strict nécessaire : quelques robes, du linge de corps, des sous-vêtements, une chemise de nuit, un bonnet, des chaussons, des rubans pour les cheveux, une brosse, sa poupée. Tout cela pèse lourd pour ses bras d'enfant. Le père ne bouge pas. Eulalie grimace en soulevant son bagage. De son côté, Linon s'exécute de bonne grâce, le visage impassible. Ses yeux sont sans expression. Comme morts.

La famille sort de la maison, les paupières plissées. La lumière est crue en cette matinée de septembre. Les fillettes posent leurs malles sur le sol de terre battue.

— Mais que fait Oton ? s'impatiente le père.

La mère se tord les mains. Eulalie la regarde faire. Elle ne comprend pas pourquoi sa mère ne l'étreint pas, pourquoi elle ne l'embrasse pas. Soudain, le pas lourd et monotone de la mule du contremaître se fait entendre dans l'allée. La mère inspire et expire bruyamment.

— Ah, enfin !

Le père s'avance pour saisir le licol de la mule. Oton, perché sur sa banquette, soulève son canotier de paille avec respect.

— Monsieur Bastide, bonjour. Madame Bastide, mes hommages.

Les Bastide ne répondent pas et se contentent d'un signe de tête. Le contremaître a parlé sans sourire. Il descend de sa charrette et entreprend de charger les malles des filles. Puis il remonte sur le banc.

— Allons, les filles, c'est l'heure.

Linon s'agrippe au banc de la charrette et pose son petit pied sur un rayon de la roue. Elle se hisse à bord avec difficulté. Eulalie tente d'attendrir sa mère.

— Maman ! s'écrie-t-elle en tendant les bras.

Madame Bastide tourne les talons avec brusquerie. Monsieur Bastide prend Eulalie sous les aisselles et la soulève. Elle se sent impuissante et démunie alors que ses jambes fouettent l'air. Sa mère lui tourne toujours le dos. La fillette est trop surprise pour éprouver autre chose qu'une frayeur diffuse. Elle laisse son père la poser sur le banc sans protester.

— Allons, les filles, en route ! lance-t-il. Tenez-vous bien. Rendez-nous fiers. Nous espérons voir de très bonnes notes dans vos carnets à Noël.

Noël ! C'est dans quatre mois ! Eulalie réprime un hoquet d'effroi. Oton fait claquer sa langue et la mule se met en marche. Eulalie se contorsionne pour dire au revoir à ses parents. La charrette s'éloigne de la maison familiale. Monsieur et madame Bastide agitent la main en regardant droit devant eux. Ces adieux sont si silencieux et si froids qu'ils semblent irréels. Eulalie se sent désincarnée. Elle assiste sans mot dire à la scène, comme si tout cela était factice. Elle voit la maison de son enfance disparaître derrière elle. Les trois petits toits tordus couverts de pierres de schiste. La porte bleue ornée d'une cardabelle clouée. La châtaigneraie sur la colline. Puis, lorsque tout cela ne forme plus que des ombres sous le soleil jaune et que ses yeux lui brûlent, elle se retourne pour regarder droit devant elle. Linon à sa droite est raide. Ses mains jointes forment un cœur chaste sur son jupon. Oton donne de petits coups de bâton secs sur la croupe de sa mule en faisant claquer sa langue. Il sent la sueur et le tabac. Eulalie ne l'aime pas parce qu'il ne sourit jamais et qu'il lui lance des regards en coin. Ce matin, elle ne l'aime pas parce qu'il l'emmène loin de chez elle.

Le trajet a pris tout le jour. Eulalie a vu les châtaigniers laisser place aux platanes, les routes s'épaissir, le trafic se densifier. Elle a compté quelques automobiles. Nîmes apparaît enfin en contrebas, immense. Les pierres des murs et les dalles des rues sont d'un jaune étincelant. Des femmes coquettes aux tailles serrées à l'extrême arborent des chapeaux extraordinaires. Des bâtiments antiques semblent embusqués au détour de chaque ruelle. L'air est épais et suffocant. Il est dix-neuf heures passées et la gamine commence à avoir faim. Soudain, Oton s'arrête devant une grande porte. Eulalie lève les yeux et lit avec terreur « Ecole pour filles ». Le contremaître grommelle :

— Eulalie, tu descends ici.

La fillette s'affole.

— Linon, tu ne viens pas avec moi ?

L'angoisse la saisit. Sa sœur lui répond avec passivité :

— Non, Eulalie, j'ai treize ans, je suis trop vieille pour aller à l'école. Je dois aller au lycée.

Elle dit cela d'une voix blanche qui augmente l'inquiétude de sa cadette.

— Mais qu'est-ce que c'est que cette histoire ? Que se passe-t-il ? Linon, réponds-moi !

Eulalie hurle à présent. Oton, gêné, fait claquer sa langue contre son palais. Il saute de la charrette et frappe frénétiquement à la porte de l'école. Quelques instants plus tard, une grande dame en robe noire et bonnet blanc ouvre la porte. Oton saisit son canotier de ses deux grosses mains et fixe le sol devant lui.

— Madame l'institutrice, mes hommages. Je vous amène votre nouvelle pensionnaire.

— Eulalie Bastide, est-ce bien cela ?

— Oui, madame.

L'institutrice jette un regard glacé à sa nouvelle élève qui se calme aussitôt et refoule ses larmes.

— Très bien, monsieur, faites-la descendre. Je vais la conduire à l'internat. Vous nous suivez avec sa malle ?

Oton semble déçu. Il n'a pas envie de jouer les larbins. *Je ne suis pas un domestique ! Je suis un homme d'industrie. Le contremaître de la filature de soie de la famille Bastide. Une institution à Callune !* Mais l'enseignante affiche une mine sévère qui ne lui laisse pas le choix. Callune n'est qu'un repaire de sauvages pour une citadine de son acabit. Il s'exécute. Eulalie, une fois posée à terre, lève de grands yeux effrayés vers sa sœur.

— Linon…

L'institutrice ne lui laisse pas le temps de geindre. Elle se penche et attrape la main de la fillette d'un geste sec.

— Dépêchons, jeune fille ! Suivez-moi, je vais vous faire visiter votre nouvelle école. Monsieur, vous venez ?

Oton, Eulalie et la maîtresse disparaissent, avalés par la grande porte de bois qui se referme en grinçant. Linon reste seule sur le banc. Elle soupire en lissant son jupon.

En quelques minutes, Eulalie affronte une quantité phénoménale de visages féminins. Les autres pensionnaires, assises sagement sur les bancs de la cour, la dévorent du regard. La nouvelle venue baisse les yeux. Elle n'a pas l'habitude d'être au centre de l'attention. Là d'où elle vient, tout le monde la connaît et la traite avec la déférence accordée à la fille du grand patron. *Quelle foule…* Les élèves de monsieur Castanet ne sont jamais plus de vingt à l'école du village. Elle se met à trotter pour suivre madame Clavel, l'institutrice, qui énonce d'une voix sûre et rythmée les règles du pensionnat et de l'école en arpentant les longs couloirs de l'institution.

— Bien, maintenant, nous allons visiter les chambres.

Oton disparaît dès que la malle touche le sol du dortoir. La fillette est terrifiée. Le dernier visage connu qui la rattachait à son monde s'efface. Elle balaie la salle de son regard inquiet. Le dortoir est une longue pièce rectangulaire hachée de courtes cloisons de bois verni qui découpent une cinquantaine d'espaces exigus. Eulalie comprend qu'il s'agit de minuscules cellules. L'ensemble sent le savon de Marseille et la lavande. Madame Clavel s'arrête devant un panneau de bois et pose les mains sur ses hanches.

— Voilà votre chambre ! Vous trouverez un lit avec un vrai matelas – ça vous changera du galetas de paille dans les Cévennes, non ? Bienvenue dans la modernité ! –, un rideau à tirer à vingt et une heures pétantes le soir et à ouvrir le matin à cinq heures et demie, une table de chevet pour déposer vos effets personnels ainsi que vos livrets, une lampe à pétrole à éteindre dès que la surveillante vous l'indiquera, une cruche à remplir d'eau dans les sanitaires et une cuvette pour votre toilette du matin. Des questions ?

— J'avais un vrai matelas aussi chez moi…

— Ah, très bien.

L'enseignante a l'air déçue. Puis elle reprend avec vivacité :

— Votre malle doit être glissée sous votre lit !

La visite est achevée. Madame Clavel estime que son devoir a été rempli. Elle se tourne vers la fillette avec une mine satisfaite.

— J'espère que tout est clair, mademoiselle. Je vous laisse seule au dortoir pour ranger votre chambre. Il est sept heures passées, l'étude est finie. Demain, comme tous les dimanches, nous irons au temple. Veillez à vous vêtir comme il sied. Vous avez donc quartier libre pour le moment. Vous pouvez jouer avec vos camarades dans la cour ou prendre part aux ateliers de couture et de travaux manuels dans la grande salle en attendant l'extinction des feux.

Eulalie a le ventre vide. Elle a chaud. Sa tête lui tourne. Madame Clavel remarque son embarras.

— Vous êtes pâle. Vous vous trouvez mal, mademoiselle ?

— C'est que je n'ai rien mangé de tout le voyage, madame.

— Ah ! Quel ennui ! A cette heure, les cuisines sont fermées ! Bon.

Elle se frotte les mains et plisse les yeux, comme si elle s'apprêtait à divulguer une information capitale.

— Allez voir au réfectoire si l'on peut vous donner un oignon et un bout de pain. Soyez aimable avec la cuisinière.

Madame Clavel tourne les talons. Eulalie a oublié le chemin des cuisines. Elle a trop honte et trop peur pour demander de l'aide. Elle retrouve sa chambre tant bien que mal. Elle tire son rideau et s'assied sur son lit. Ses pieds ne touchent pas le sol. Elle voudrait pleurer mais elle a trop soif pour céder aux larmes. C'est alors qu'une voix aiguë se fait entendre de derrière le rideau :

— Tu es nouvelle, toi aussi ?

Eulalie bondit de son lit, ravie. Elle tire prestement la séparation et découvre une fillette noiraude aux cheveux maladroitement tirés en chignon qui se présente avec aménité :

— Je m'appelle Santina, Santina Mailhan. Je viens de la Camargue, près des Saintes-Maries-de-la-Mer. Je suis arrivée la semaine dernière. J'ai encore un peu peur. Tu as peur, toi ?

— Oui, mais j'ai surtout faim.

— Viens, je t'emmène aux cuisines !

Eulalie pose sa main dans celle de Santina avec cette simplicité des enfants. La Camarguaise esquisse un sourire espiègle.

— Après, si tu veux, je te montrerai mon secret.

La cuisinière s'est laissé attendrir par la mine d'Eulalie. Elle passe une grosse main sur les cheveux auburn de l'enfant et lui pince doucement la joue. La fillette glousse.

— Que tu as de jolis yeux noisette ! Ils sont presque jaunes dans la lumière ! Quel âge as-tu, ma pitchoune ?

Eulalie croque avec avidité un morceau de fougasse aux olives. Le pain est un peu sec, mais qu'importe quand la faim tenaille.

— J'ai dix ans. Ma sœur a treize ans, c'est pour ça qu'elle est allée au lycée.

— D'accord, d'accord. Tu es arrivée quand ? Je me souviendrais d'avoir vu une si jolie bouille !

— Oton vient de me déposer…

— Tu es contente de ta chambre ?

Eulalie se tortille sur sa chaise. La dernière bouchée de fougasse manque de l'étrangler.

— Non… je suis triste d'être ici. Je voudrais rentrer chez moi. Ma maman…

La cuisinière remarque la détresse de la fillette et s'empresse de détourner son attention. Elle trifouille le chignon de Santina.

— Tu as de la chance d'avoir rencontré Santina, c'est une brave petite, va !

Les deux gamines se sourient. Eulalie se souvient subitement du secret promis par sa nouvelle amie. Elle remercie poliment la cuisinière et demande l'autorisation de quitter le réfectoire. La dame s'amuse de tant de prévenance et laisse partir les enfants.

— Alors, quel est ton secret ?

Santina baisse les yeux en soupirant d'aise.

— Le plus bel endroit de la terre. C'est pile le bon moment pour y aller.

Elle prend Eulalie par la main et se dirige vers le dortoir. Mais elle bifurque au dernier moment, et, après avoir jeté un regard par-dessus son épaule, s'enfonce dans un dédale de couloirs blancs et déserts. Leurs pas résonnent autour d'elles. La Cévenole oublie ses tracas et se laisse prendre par le vertige de l'excitation. Enfin, Santina s'arrête devant une porte de fer rouillé. Elle la pousse. Apparaît alors une échelle, rouillée elle aussi. Les fillettes grimpent aux barreaux et parviennent à une trappe. Santina l'ouvre et Eulalie écarquille des yeux émerveillés. Une lumière ambrée nimbe les lieux. Elle comprend qu'elles sont parvenues sur le toit de l'école.

— C'est si beau…

La ville de Nîmes s'offre dans toute sa splendeur. Les gamines s'abandonnent à la contemplation et s'emplissent les yeux avec extase. Les vieilles pierres, qui se sont chauffées toute la journée au soleil, renvoient une lueur iridescente. Là, Eulalie distingue l'orbe des arènes antiques, ici, un grand boulevard arboré où grouillent des badauds. Un immense jardin s'étire à perte de vue. Les cyprès italiens qui le hantent se balancent comme des bras tordus – flèches impétueuses qui jouent aux sylphides quand le vent souffle. Devant la porte de l'école siège un olivier au tronc épais, seigneur des arbres du Sud. Eulalie admire ce fier nain aux membres rabougris qui se pavane sous sa toison épaisse. Ses globes lisses, verts et noirs, captent tous les regards. Orgueilleuses, les olives appellent la main et la bouche.

Soudain, les cloches de la cathédrale retentissent. Le tintement familier réveille les souvenirs d'Eulalie. A cette heure-ci, son père doit avoir quitté la filature de soie. Sa mère prépare le repas du soir. La pénombre gagne peu à peu la maison. Les cris des martinets noirs déchirent le ciel. La fillette ferme les yeux et se laisse transporter. Soudain, elle voit la lumière de fin de journée, cette franche lueur safranée, chaude et câline, qui embrase le vignoble devant la maison. Les ceps tordus, adorateurs du soleil, rendent un dernier hommage à leur bienfaiteur. Les oiseaux pépient dans un concert chaotique, s'ignorant les uns des autres, tout à la joie d'être vivants. Les herbes sèches, parsemées de petits escargots blancs qui grimpent pour rejoindre le ciel, bruissent de milliers d'insectes. Des rochers de schiste percent le sol çà et là, comme des géants de pierre prêts à surgir des Enfers. Des rosaces vert pâle leur font comme des taches de rousseur. Le soleil tire sa révérence, fatigué d'avoir servi les travaux des Cévenols. Il épuise une dernière fois les vieilles vignes vêtues de pourpre et de céladon dans une étreinte calme et rassasiée. Perchées au sommet d'un chêne, deux colombes turques se racontent des secrets en secouant la tête. Elles semblent apprécier la lueur vespérale, celle qui aveugle. On distingue seulement la transparence des feuilles sèches et les fils d'araignée qui se balancent avec paresse. Tout est ombre, le paysage ne se livre plus. Il faut deviner. Le regard rend les armes, l'esprit prend le relais. C'est l'heure des suggestions et des conjectures. Les Cévennes souriantes deviennent alors étranges et hostiles. L'humidité gagne les bancels[1]. Des craquements de bois se font entendre. Le ciel se teinte de granit. On n'entend plus chuchoter dans les ruches-troncs. Le murmure

1. Terme occitan qui désigne les plates-bandes de terre cultivée entre les murs de pierre (les restanques).

confidentiel des cours d'eau devient assourdissant dans le paysage qui forme comme une mer agitée hérissée de crêtes. Voici venu le moment du repos pour les femmes et les hommes qui se terrent dans leurs maisons de pierre.

Santina brise le silence et le son de sa voix dissipe les vivaces souvenirs qui mordent le cœur d'Eulalie.

— Il faut rentrer au dortoir ou nous allons nous faire disputer. Tu sais, les maîtresses sont très sévères, mais c'est pour notre bien. Nous devons apprendre à bien nous comporter si nous voulons aller au lycée un jour. Tu veux aller au lycée, toi ?

La Cévenole baisse la tête, l'œil noir et la bouche renfrognée.

— Non. Dès que mes parents ne seront plus fâchés, je rentrerai chez moi. Je ne resterai pas ici longtemps, d'accord ?

— C'est dommage, nous aurions pu être bonnes amies… répond Santina d'une voix où perce la déception.

— Je ne veux pas être ton amie, je m'en fiche de toi ! Je veux rentrer chez moi !

Eulalie a crié si fort que Santina s'est raidie. Elle regrette d'avoir partagé son secret avec cette capricieuse. Eulalie s'en moque. Elle tourne brusquement les talons et quitte le toit.

Toutes les fillettes de l'école rejoignent le dortoir pour leur toilette avant de se mettre au lit. Eulalie se dépêche de retrouver sa chambre pour éviter de croiser Santina. Elle a honte de son comportement.

Elle se glisse sous ses draps et presse son visage contre son oreiller. L'édredon exhale une odeur de propreté et de fraîcheur. Une odeur inconnue. Eulalie réalise que sa mère ne viendra pas la border ni lui déposer un baiser sur le front ce soir. Elle n'entendra pas le souffle régulier de sa sœur endormie. Elle ne sentira pas l'odeur de la soupe de châtaignes que sa mère sert au petit déjeuner. Elle a tout perdu. Son visage se tord sous la douleur et elle prend soin d'écraser ses sanglots contre son coussin pour ne pas risquer d'être raillée par ses camarades si dociles qui gagnent leurs lits dans un froufrou délicat.

2

Ecolière

Le temps du sommeil est un temps merveilleux où chacun glisse dans un monde parallèle doux, calme et vaporeux. Un monde délesté de la lourdeur du corps et des tracas du quotidien. Eulalie en profite avec bonheur. En rêvant, elle oublie tout. Elle oublie la distance qui la sépare de sa maison, de sa mère, de son chat, de son lit, de ses jouets. Elle oublie qu'elle repose dans un dortoir sans âme au milieu d'inconnues. Mais, tout à coup, fendant la quiétude matinale, une clochette se fait entendre. Dans la chambrée, le subtil concert des souffles réguliers se dérègle. Il est cinq heures et demie. Une surveillante toute de blanc vêtue apparaît. Elle secoue son grelot et le carillonnement se fait insistant.

— Debout, mesdemoiselles !

Çà et là, des gémissements, des bâillements, des

épaules qui se soulèvent et des mains qui s'étirent vers le ciel. Eulalie se recroqueville sous ses draps. Elle ne veut pas sortir du petit espace clos qui lui tient lieu de cocon. En restant là, à l'abri, on l'oubliera. Le réveil est terrible : ce n'est pas un cauchemar. *Ce n'est pas possible. Rien de tout ça n'est réel. Maman va venir me chercher.* Il lui paraît tout à coup absurde que sa mère l'ait laissé partir si loin d'elle. *Elle va venir me chercher.* Soudain, la surveillante rabat avec violence le rideau blanc de séparation. Elle expose à la vue de toutes le corps pelotonné d'Eulalie. Des gloussements fusent. *Tout le monde se moque de moi.* Le cerbère du dortoir a un visage large et rubicond, une dentition incomplète et des cheveux noirs presque bleus sous sa coiffe immaculée. Elle se plante devant le lit, les mains sur les hanches :

— Et alors, mademoiselle, on fait sa timide ? Allons, allons, quittez votre couche ! Regardez, toutes vos camarades se préparent pour le petit déjeuner !

Eulalie hésite. Elle aimerait rester cachée mais elle sait que ses condisciples la jugent ridicule et puérile. Piquée par l'aiguillon de la honte, elle écarte ses draps et saute sur ses pieds. La surveillante tire la malle en osier rangée sous le lit, l'ouvre sans ménagement et commence à y farfouiller avec empressement.

— Vous devez bien avoir une robe de chambre dans tout ce fatras de chiffons !

Eulalie s'interpose. Pas question que cette grossière importune exhibe ses effets personnels.

— Je m'en occupe, madame.

— Dépêchez-vous ! L'heure, c'est l'heure ! Allons, allons, sinon vos camarades manqueront de temps pour leur petit déjeuner, et ce sera de votre faute !

La fillette se hâte pour trouver ses chaussons enfouis au fond de la malle. Alors qu'elle les extirpe, une enveloppe froissée tombe par terre. Promptement, elle pose son pied dessus, se dresse, enfile son vêtement, et sourit avec hypocrisie.

— Je suis prête. Pardonnez-moi de vous avoir causé du souci.

La surveillante se rengorge devant tant de déférence, et annonce d'une voix aiguë :

— Toutes en rang, deux par deux !

Santina rejoint Eulalie qui ferme la marche. Celle-ci se baisse discrètement et ramasse la lettre qu'elle fourre dans sa manche. Le geste n'a pas échappé à la Camarguaise.

— C'est une lettre de ta maman ? murmure-t-elle.

— Bien sûr ! J'étais certaine qu'elle ne me laisserait pas partir ainsi, sans explication !

Eulalie exulte. Oubliée, la nuit solitaire dans le dortoir silencieux. *Maman m'a écrit. Elle m'aime toujours. Evidemment qu'elle m'aime. Comment ai-je pu en douter ?* Elle se sent honteuse. Ragaillardie, elle tente de mettre de l'ordre dans ses longs cheveux châtains en suivant avec docilité le cortège des jeunes filles qui serpentent dans les couloirs. Beaucoup portent de jolies robes de chambre en soie, en percale ou en satin, d'autres moins nanties en coton épais telles Santina et Eulalie. La surveillante a pris la tête de la cohorte et parade le long des corridors fraîchement peints en blanc. Enfin, le petit groupe parvient au réfectoire où quatre autres classes attendent patiemment. On ne compte pas moins de soixante pensionnaires entre six et douze ans au total. Eulalie s'aperçoit qu'elle fait partie des plus âgées.

Une surveillante maussade et malgracieuse accueille les retardataires avec un geste d'humeur vers la pendule. Sa collègue désigne la Cévenole du menton.

— C'est à cause de la nouvelle. La fille aux longs cheveux, là-bas. Elle chouinait dans son lit. C'est son premier jour. Elle sera à l'heure demain.

Eulalie baisse la tête, le feu aux joues. Un murmure moqueur parcourt les rangs des élèves. La brave Santina serre la main de sa camarade.

— Ne t'inquiète pas, dit-elle. Tout cela sera oublié dès qu'elles auront avalé leur première tartine. Ne te fais pas de mouron, va ! Est-ce que nous pouvons devenir amies maintenant ?

Eulalie rougit de plus belle en pensant à ses paroles de la veille.

— Je suis désolée. Je ne le pensais pas.

— Ne t'excuse pas ! Je me réjouis de pouvoir être ton amie.

Elle accentue sa pression. Eulalie lui sourit. Au même moment, les surveillantes tapent dans leurs mains :

— Asseyez-vous, et en silence !

L'aimable cantinière de la veille surgit, ses larges bras encombrés de corbeilles en osier débordant de pain tranché. Eulalie et Santina prennent place. Le réfectoire contient une douzaine de tables en chêne. Les fillettes s'y installent sur des bancs par groupe de six. Mais personne ne se presse pour partager celui d'Eulalie, hormis Santina. La Cévenole ravale sa honte en feignant l'indifférence. Ici ou là, les filles partagent le pain, se passent des bocaux de miel et des beurriers en faïence. La cantinière pose sur chaque table de grandes cruches en émail ornées de petites fleurs qui débordent d'un café au lait brûlant, très odorant. Eulalie et Santina font face à trois petites filles élégantes qui se donnent du mal pour ne pas croiser leur regard.

— L'une d'entre vous pourrait-elle me tendre la cruche de café, s'il vous plaît ? demande Santina à voix basse.

Les autres tournent la tête. Santina insiste :

— Le café, s'il vous plaît !

Même indifférence. Eulalie commence à perdre patience. Alors, sans prendre la peine de demander la permission, elle s'élance du banc, se dresse sur ses jambes, fait le tour de la table, et entreprend de se saisir de la cruche de café. Elle sent dans son dos le regard scrutateur des pensionnaires. *Maman disait toujours : aide-toi, le Ciel t'aidera !* Elle est fière de retrouver le courage qui l'anime d'ordinaire. Elle pose ses deux mains de chaque côté de la panse du récipient au lieu de le prendre par l'anse : le café est très chaud, la douleur est terrible. Elle pousse aussitôt un cri de surprise en lâchant sa prise. La cruche tombe au sol et se brise dans un grand fracas. Le liquide se répand partout. Les fillettes alentour poussent des petits gémissements de peur devant l'inondation de café qui menace leurs chaussons. Les surveillantes éructent de colère.

— Mademoiselle ! Allez sur-le-champ trouver la cantinière pour qu'elle vous donne une serpillière et réparez les dégâts que vous avez causés !

Eulalie fondrait en larmes si elle ne sentait pas dans sa manche la présence réconfortante de la lettre de sa mère. Cette lettre est la preuve que cette nouvelle vie n'est pas la sienne, qu'elle n'est pas une écolière comme les autres, que sa maison n'est pas ici, qu'ailleurs quelqu'un l'aime et attend son retour. Pourquoi chercherait-elle à plaire à ces gamines guindées et suffisantes et à ces geôlières patibulaires ? Alors elle lève le menton.

— Si quelqu'un doit faire le ménage, rétorque-t-elle avec fierté, ce sont ces trois pestes qui ont refusé de répondre à Santina !

La surveillante du dortoir fronce les sourcils. Soudain, elle rejoint Eulalie en quelques enjambées, la saisit par l'oreille et entreprend de la traîner *manu militari* dans le bureau de la directrice.

— Mademoiselle Bastide, j'apprends avec beaucoup de tristesse que vous vous faites remarquer par un comportement déplacé et inconvenant alors même que vous n'êtes arrivée qu'hier dans notre établissement. J'attends des explications !

Eulalie est intimidée. Madame Rochefort, la directrice, est une grande et forte femme au poitrail large comme le torse d'un bœuf. Son souffle puissant gonfle sa poitrine marquée de rougeurs et, sur son cou, une croix huguenote palpite au rythme de sa respiration. La colombe suspendue à la croix de Malte garnie de cœurs s'agite frénétiquement. Eulalie baisse les yeux. Elle se sent ridicule d'être là, dans le bureau de la directrice, vêtue de sa chemise de nuit, les chaussons souillés.

— Je suis désolée, madame, mais personne ne voulait tendre la cruche de café à mon amie Santina, j'ai cru bien faire mais elle m'a échappé des mains et...

— Ce n'est pas la question ! C'est l'indiscipline. Je comprends bien que vous venez de l'arrière-pays, mais il faut savoir qu'ici, nous suivons des règles très strictes.

Eulalie lève la tête, piquée. C'est la deuxième fois en deux jours qu'on la traite comme une sauvage sous prétexte qu'elle vient des Cévennes. *Ces gens ignorent que je suis la fille d'Abèl Bastide, l'homme le plus riche de Callune !*

— Ces règles ont pour vocation de permettre aux pensionnaires de l'école de devenir de véritables jeunes filles bien comme il faut, aptes à aller dans le monde, poursuit madame Rochefort sans remarquer la réaction d'Eulalie.

Pour donner de la force à son propos, elle frappe son bureau de la tranche de sa main droite.

— Cessez de vous faire remarquer. Vous êtes entrée à l'école, non au bagne. Allez vous coucher sagement quand on vous le dit. Levez-vous quand on vous l'ordonne. Soyez une bonne fille et tout se passera bien.

Puis, plus bas :

— Je ne vous menace pas de renvoi par respect pour votre père, qui s'est montré très généreux quand… quand il m'a demandé de vous accueillir. Faites un effort.

Moins d'une heure plus tard, c'est une Eulalie affamée mais propre comme un sou neuf qui se présente devant la salle de classe de madame Clavel. Elle a dû nettoyer ses dégâts et a été privée de petit déjeuner. Pour autant, elle a gardé le moral. Elle a transféré la lettre de sa mère, toujours cachetée, de la manche de sa chemise de nuit à sa blouse. Elle presse le papier contre sa cuisse pour sentir sa présence rassurante. Elle se tient sagement près de Santina. Les deux fillettes et leurs camarades attendent que madame Clavel ouvre la salle. Quand elle y entre, Eulalie la balaie rapidement du regard : la pièce est longue et lumineuse, même si les carreaux des larges fenêtres ont été peints en blanc, probablement pour éviter toute distraction aux écolières. Le sol est couvert d'un élégant parquet de bois qui grince. Au fond trône un petit poêle à bois qui ne se révélera pas utile avant plusieurs mois. Madame Clavel se tient droite derrière son bureau qui est juché sur une estrade. Les élèves s'installent en silence devant leur pupitre. Eulalie et Santina choisissent deux places côte à côte. Elles attendent, debout, les mains jointes sur leur jupon, que l'institutrice leur donne l'autorisation de s'asseoir.

— Nous commencerons par la leçon de morale, annonce-t-elle d'une voix claire et assurée. Dans vos pupitres, vous trouverez *Le Magasin des enfants* de madame Leprince de Beaumont. Veuillez vous asseoir.

Toutes les fillettes s'exécutent promptement. Elles soulèvent le plateau de leur pupitre et découvrent un plumier garni d'un crayon, d'une gomme et d'un porte-plume, mais aussi deux cahiers vierges, un encrier, une ardoise, et le livre de morale. Eulalie s'empare de ses affaires et les dispose devant elle. Elle insère l'encrier dans l'orifice réservé à cet effet. Une sensation curieuse lui chatouille le ventre. Elle est enthousiaste. Enthousiaste et fébrile. Elle se raisonne. *Non. Je n'appartiens pas à ce monde, à cette école, à cette classe. Ma mère va venir me cher-*

cher. Mais, à son corps défendant, elle se souvient qu'elle aime l'école. Elle aime l'odeur des livres, de l'encre, elle aime être interrogée et montrer qu'elle a appris sa leçon, elle aime lire à voix haute pour toute la classe. A l'école de monsieur Castanet, les enfants étaient trop peu nombreux pour être séparés par sexe. Garçons et filles étaient réunis dans la même classe, séparés en deux rangs distincts, mais mélangés sans distinction de niveau : l'instituteur devait se démener pour apprendre à lire et à compter aux uns tout en stimulant l'intérêt des élèves plus âgés, véritable gageure qu'il relevait honorablement sans toutefois garantir le calme nécessaire à l'étude. Ici, le silence règne et il n'y a que des filles, une bonne vingtaine, sensiblement du même âge. Toutes portent une blouse grise identique. Mais certaines laissent deviner leurs atours avec subtilité : l'une laisse dépasser un magnifique col lavallière de soie blanche, une autre a noué de ravissants rubans dans sa chevelure. Eulalie est impressionnée par l'atmosphère qui règne dans la classe. Toutes ses camarades montrent un air concentré et pénétré. *A Callune, j'étais l'une des meilleures élèves, mais ici ?* Ses craintes sont vite confirmées :

— Bellina, Lisa et Odile, allez page trois et lisez le dialogue, dit la maîtresse. Bellina, vous interpréterez Suzanne, Lisa, vous serez Eugénie, et Odile, vous jouerez Julia. Nous vous écoutons.

— « Je vous prie, dites-moi, ma chère, à quoi cela est-il bon d'avoir tant d'esprit ? » commence Bellina.

— « A mille choses, poursuit Lisa. L'année passée, je m'ennuyais au milieu des amis de mon père ; on me traitait comme une petite fille : à présent tout le monde me parle, et je parle, aussi ; on dit à tout moment que j'ai de l'esprit comme un ange. L'autre jour j'allai chez le comte qui possède beaucoup de tableaux ; il y avait plusieurs dames qui demandaient ce qu'ils signifiaient ; je me mis à rire ; et le comte, qui sait que j'ai lu le *Livre des métamorphoses*, me demanda si je connaissais les sujets de ces tableaux ; je les expliquai tous ; on m'admira, et c'est un grand plaisir d'être louée, admirée. Et puis j'ai le plaisir de me moquer des ignorantes, et de rire des bêtises qu'elles disent à tout moment : cela m'amuse bien plus qu'une poupée. »

— « Eh bien ! J'aime mieux être ignorante que méchante. Si l'esprit ne sert qu'à se moquer des autres, je ne me soucie pas d'en avoir. Qu'en pensez-vous, Julia ? On dit que vous étudiez beaucoup ; est-ce aussi pour vous moquer de celles qui, comme moi n'ont point d'esprit ? »

— « Non, ma chère, répond Odile ; j'étudie parce que cela m'amuse et m'instruit, et j'espère que cela me rendra bonne quand je serai grande. »

Madame Clavel interrompt la lecture. Elle trace à la craie la phrase suivante au tableau : « Pourquoi les filles doivent-elles avoir de l'esprit ? » Eulalie est stupéfaite. Elle n'a jamais vu une écriture aussi élégante, aussi gracieuse. *Monsieur Castanet n'écrivait pas aussi bien*... Elle n'a pas compris un traître mot du dialogue qui vient d'être lu. *Qu'est-ce que le* Livre des métamorphoses *? Quel rapport avec des peintures ?* Elle prend peur. *Finalement, madame Rochefort et madame Clavel ont raison, je suis une sauvage…* Au moment où l'angoisse lui serre la gorge et menace de l'étrangler, l'institutrice descend de son estrade. Le livre dans la main droite, une longue règle carrée en métal dans la gauche, elle s'avance dans les rangs. Eulalie retient sa respiration quand elle s'approche de son pupitre. L'enseignante porte la même robe de velours noir que la veille. Sa taille corsetée à l'extrême lui donne une silhouette gracile mais sévère. Eulalie éprouve de l'admiration pour cette créature si élégante, si distinguée, si sûre d'elle-même, qui réunit toutes les qualités dont elle rêve.

— Vous avez entendu le dialogue qui oppose trois jeunes filles au sujet de l'esprit, reprend la maîtresse, c'est-à-dire des qualités intellectuelles qu'elles se doivent de posséder. Suzanne s'interroge sur l'utilité de l'esprit : Eugénie lui fournit une réponse erronée. Qui peut me dire pourquoi ?

Aussitôt, plusieurs mains se dressent. Eulalie enfonce son menton dans son col. Elle a honte. Elle n'a pas compris la tirade d'Eugénie et se révèle bien incapable de répondre à la question de la maîtresse. Elle est décontenancée quand elle entend une de ses camarades répondre avec assurance et détermination :

— Eugénie confond l'esprit et la vanité. Elle désire être admirée pour ses connaissances.

— Fort bien, Bellina. Et qu'est-ce qui montre qu'elle est vicieuse ?

— Elle aime se rire des bêtises proférées par les innocentes. Elle est vicieuse car elle est orgueilleuse.

— Fort juste. Pourquoi l'orgueil est-il un vice, et bien plus encore : un des sept péchés capitaux ?

De nouvelles mains se lèvent. Madame Clavel en désigne une.

— L'orgueil est un des sept péchés capitaux. L'orgueilleux pense que ses talents sont la conséquence de ses propres dispositions. Mais ses talents sont des dons de Dieu qui, dans Sa grande miséricorde, a daigné lui accorder.

— Très juste, Agnès. Et quelle est la vertu cardinale qu'il faut posséder pour éviter de tomber dans le piège de l'orgueil ?

— Il faut posséder la vertu de tempérance, qui empêche aux passions de prendre le pas sur la raison. Cette vertu exige l'humilité qu'il faut observer devant les dons octroyés par Dieu, répond Bellina.

— Et quelle est celle qui incarne la voix de la raison ?

Soudain, Eulalie exulte. Elle a compris. Tout en écoutant ses camarades, elle a relu le dialogue, et elle a été éclairée par la conversation menée par madame Clavel. Elle s'empresse de dresser son index. Surprise, l'institutrice hausse un sourcil.

— Eulalie, est-ce bien cela ?

— Oui, madame.

Elle sourit, flattée qu'on se souvienne de son prénom.

— Celle qui incarne la vertu de tempérance est la dernière à prendre la parole. Il s'agit de Julia. Elle prouve que l'esprit est un don de Dieu qui doit être mis à profit avec intelligence et discernement : il faut être instruite pour devenir une meilleure personne, prompte à venir en aide à celles et ceux qui ont moins d'esprit.

— Très bien, Eulalie. Mesdemoiselles, fermez vos ouvrages et prenez votre cahier : nous allons rédiger la leçon de morale à retenir et à apprendre par cœur.

Eulalie jubile. Elle a répondu avec éloquence et alacrité. Elle espère que son intervention a suffi à montrer à ses petites camarades et à madame Clavel qu'elle n'est pas une sauvage.

Le reste de la journée s'écoule sans accroc ni difficulté. Le déjeuner se déroule sans esclandre, l'après-midi se révèle tout bonnement agréable. Eulalie est éblouie par la leçon d'histoire.

Avant l'étude du soir, les pensionnaires se retrouvent et profitent de leur temps libre. Eulalie ne tient plus en place. Elle tire Santina par la manche.

— Viens, viens ! Je peux enfin lire la lettre de ma mère !

— Allons discrètement sur le toit, nous y serons plus tranquilles !

Profitant de l'insouciance des surveillantes qui discutent avec animation dans un coin de la cour, les deux amies s'éclipsent.

Cette fois, Eulalie n'accorde aucun regard au spectacle du soleil couchant. Elle n'a d'yeux que pour sa lettre. Elle s'assied en tailleur sur le sol, Santina prend place près d'elle. La Cévenole sort délicatement la lettre de sa poche et la décachette avec soin. *Enfin. Enfin, je vais comprendre. Comprendre pourquoi on m'a envoyée ici.* Elle prend une profonde inspiration. Elle se racle la gorge, puis lit la lettre à voix haute :

— « Ma bien chère petite fille, te voilà désormais loin de moi. Te voilà à la ville. C'est bien triste que nous soyons séparées, mais tu peux recevoir une bonne instruction, celle que je n'ai pas reçue, manque que je regrette amèrement. En souvenir de moi, profite de chaque minute d'école. Apprends chaque mot. Apprends chaque opération de calcul. Chaque date historique. Ainsi, peut-être échapperas-tu au destin qui est le mien, l'exil dans une ferme, loin de tout, sans espoir d'en sortir. Tu es bien trop jeune pour comprendre ce que je vais te raconter, mais cela ne fait rien. Garde précieusement cette lettre, tu la reliras quand tu seras plus grande, alors, tu comprendras. »

La voix d'Eulalie s'étrangle. L'écriture malhabile de sa mère, tracée sur une feuille de papier jaunie et froissée, la plonge dans la plus totale stupeur. *Elle veut vraiment que je reste dans cette école ?*

— « Dans ma vie, je n'ai rien choisi. Ni mon nom, ni mon époux, ni le fait d'être mère. Je suis née au Puy-en-Velay d'une mère morte en couches et d'un père facteur. Il avait du mal à joindre les deux bouts. Un jour, son chef lui a proposé un poste dans les Cévennes : le pays était rude, disait-on, difficile de circulation, et les facteurs mieux payés en compensation. J'avais l'âge de Linon quand nous avons quitté ma maison natale pour nous installer à Callune. Je trouvais les Cévennes immenses, tortueuses, compliquées, effrayantes. Aujourd'hui encore, je ne suis pas certaine de les aimer. J'avais peur des enfants, que je trouvais grossiers et mesquins, des chiens, des serpents et des rats. Je me méfiais des garçons, qui se moquaient de moi et me reluquaient. J'étais solitaire et malheureuse. Mais, un beau jour, je me suis liée d'amitié avec un de mes camarades de classe. Il était drôle, joyeux, téméraire, bavard. Profitant des absences de mon père, nous partions explorer la forêt, patauger dans les cours d'eau, confectionner des pièges pour les lapins. C'était mon ami. Mon seul ami. Nous avons grandi, et mon ami s'est mis en tête de m'épouser. L'idée me paraissait effrayante. Mais je l'aimais d'un amour simple et pur, alors j'étais contente. J'attendais que mon père annonce nos fiançailles. J'étais persuadée que j'allais enfin être très heureuse. C'est alors que mon père m'a annoncé que j'étais bien fiancée, mais à un autre. J'avais presque seize ans quand j'ai épousé Abèl, ton père. C'était un de mes camarades de classe. En ce temps-là, je ne l'aimais pas, parce qu'il me dévisageait sans arrêt quand nous étions à l'école. Mais papa était joyeux, alors je me suis efforcée de l'être : Abèl était un homme de principes, un homme droit et juste, un véritable protestant. Il n'était pas aussi riche que maintenant mais sa famille avait du bien, j'étais à l'abri du besoin. Par contre, il était inflexible sur la question de l'honneur : il m'interdit de revoir mon ami. Je n'ai jamais pu lui dire au revoir.

» J'ai quitté Callune pour m'installer dans la maison des Bastide. A l'époque, ton grand-père Bastide était encore en vie et il n'était pas gentil avec moi. Comme je n'arrivais pas avoir d'enfant, il me trouvait inutile. Le vieux est mort alors que j'étais enceinte de Linon. Tant mieux, pour elle, comme pour moi : il aurait été déçu de ne pas avoir d'héritier mâle ! J'ai cru que sa disparition me permettrait de trouver un peu de paix et de liberté. Mais il n'en fut rien. En dépit des années qui avaient passé, ton père était toujours mortellement jaloux de mon ami. Je n'apparaissais pas à Callune sans sa présence. Il m'interdisait de recevoir du courrier. Mon père est mort, et j'ai sombré alors dans la mélancolie. La maison des Bastide était une prison, et ton père mon geôlier. Jour après jour, mon quotidien fut de m'occuper de mes petites filles, de cuisiner, de ranger la maison, de soigner le potager, de laver le linge de ton père, et tout cela sans jamais faillir ni broncher. C'est pour cela, ma petite, ma pauvre petite, que j'ai été si distante avec Linon et toi. Ta sœur me ressemble, plus qu'elle ne l'imagine : elle est sage, patiente et résignée. Elle connaîtra un sort semblable au mien. Mais toi, petite Eulalie, tu es différente : tu questionnes, tu tempêtes, tu t'interroges sur la nature des ordres que tu reçois. Tu tiens tête à ton père. Je sais que cette lettre va jeter un trouble terrible dans ton esprit, que tu penseras à moi différemment, que tu penseras à ton père différemment. Je t'en prie, n'aie pas honte de moi. Ne nourris pas de colère envers ton père. Nous sommes issus d'un monde d'obligations, de règles et de devoirs. Un jour, je t'expliquerai pourquoi vous avez dû partir précipitamment pour Nîmes. Pour le moment, profites-en pour former ton esprit. Tu dois te donner la chance de faire tes propres choix plus tard. Ne m'écris pas. Ton père ne doit jamais savoir que je t'ai raconté tout cela. Attends. Attends que je t'écrive à nouveau. »

La voix d'Eulalie devient rauque à mesure qu'elle réprime ses sanglots. Pourtant, elle achève sa lecture :

— « Je suis infiniment désolée de ne pas t'avoir montré mon amour autant que je l'aurais voulu. Malgré tout, mon cœur s'est brisé avec ton départ. Je t'aime, n'en doute pas. Ta mère, Gileta Bastide. »

Eulalie laisse tomber la lettre sur ses genoux. Elle tourne la tête vers Santina.

— Ça ne veut rien dire ! s'écrie-t-elle, l'incompréhension peinte sur le visage. J'ai attendu toute la journée pour avoir des réponses, et tout ce que j'ai… c'est ça ? Un ramassis inutile sur un ami d'enfance ! Et moi dans tout ça ? Elle est triste que nous soyons séparées, mais elle me demande d'être une bonne élève ! C'est ridicule !

Prise de colère, elle froisse la lettre, la roule en boule et la jette au loin.

— Si elle était vraiment triste, elle viendrait me chercher au lieu de me laisser ici.

Elle enserre ses jambes de ses bras et pose sa tête sur ses genoux, la mine renfrognée.

— D'après ce qu'elle dit, il me semble qu'elle n'a pas le choix, intervient Santina d'une voix douce. Ton père…

— Je sais, coupe Eulalie sèchement.

Elle se lève, s'approche de la rambarde du toit et embrasse le paysage du regard. Santina la rejoint, pose une main sur l'épaule de son amie avec délicatesse. La Cévenole réprime une larme.

— C'est juste que… Cette lettre me donnait de l'espoir. L'espoir de rentrer chez moi. Maintenant, je sais que je suis condamnée à rester ici.

— Ne te fâche pas, mais ta maman a raison. C'est une chance d'être ici. Oh, bien sûr, la journée a mal commencé, mais ce n'est que la première. Il y en aura bien d'autres. Tu continueras de répondre aux questions de madame Clavel, tu feras des progrès et tu deviendras très vite l'une des meilleures d'entre nous, j'en suis certaine.

— Peut-être, mais…

— Mes parents sont pauvres, tu sais. Ils m'ont envoyée ici dans l'espoir que leur fille ait une vie meilleure que celle qu'ils ont connue. C'est un destin enviable...

Eulalie fixe un point à l'horizon, lèvres serrées. Au fond d'elle-même, elle sait que Santina est dans le vrai. Elle doit céder. Elle doit abandonner l'espérance folle de rentrer chez elle. Elle doit accepter son sort. Les mots de sa mère tournent en boucle dans son esprit : *En mémoire de moi, profite de chaque minute d'école. Apprends chaque mot. Apprends chaque opération de calcul. Chaque date historique. Ainsi, peut-être échapperas-tu au destin qui est le mien, l'exil dans une ferme, loin de tout, sans espoir d'un avenir différent.*

— Ta mère t'aime et pense à toi, insiste Santina. Elle n'aurait pas pris la peine de te raconter tout cela si elle ne t'aimait pas. Elle a confiance en toi, au point de te révéler ses plus graves secrets.

La fillette va chercher la lettre chiffonnée et entreprend de la lisser sur sa cuisse.

— Tu devrais la garder. Tu devrais la relire souvent. Et puis un jour, tu comprendras le message qu'elle a voulu te transmettre.

Le message qu'elle a voulu me transmettre... C'est cela ! Gagnée par un enthousiasme soudain, Eulalie récupère sa lettre, la plie et la range dans sa poche, puis elle prend la main de Santina dans la sienne et l'embrasse.

— Oui, ma chère Santina, tu as raison ! Je dois comprendre son message ! Et pour le comprendre...

Je dois aller voir ma sœur ! C'est elle qui détient la clef !

Santina lâche sa main.

— Ce n'est pas ce que je voulais dire…

— Santina, je te fais une promesse : si je parviens à me confronter avec Linon, au moins une fois, pour discuter de tout cela, je me résignerai à rester ici, et je ferai de mon mieux. C'est d'accord ?

Toute la semaine, Eulalie se décarcasse pour trouver le moyen de s'échapper et rejoindre le lycée de Linon. Cela ne l'empêche pas de donner le meilleur d'elle-même pour rattraper le retard accumulé à l'école de monsieur Castanet. Aiguillonnée par l'orgueil, elle parvient à se hisser au niveau de ses camarades en un temps record, ce qui lui gagne leur considération et fait oublier ses débuts fracassants. Madame Clavel se montre enchantée par ses interventions fines et pertinentes.

Quand vient le dimanche matin, elle profite de la générosité de la surveillante qui les laisse dormir deux heures supplémentaires avant de les tirer du lit pour les conduire au réfectoire. L'atmosphère est agréable : toutes les pensionnaires sont heureuses de cette journée de temps libre. Ce jour-là, elles se pomponnent et enfilent leurs beaux vêtements du dimanche. Santina se glisse dans la chambre d'Eulalie.

— Tu veux que je te coiffe ? Ma maman m'a appris à faire de beaux chignons.

— Avec plaisir !

La petite Camarguaise s'installe sur le lit de son amie et commence à brosser sa longue chevelure noisette tout en jacassant. Elle lui vante la splendeur du temple auquel elles s'apprêtent à se rendre, son immensité, et qu'il est le dimanche le point de ralliement de toutes les écoles de la ville.

Eulalie se tourne vers son amie, les yeux brillants d'excitation.

— Même les lycées ?

Le Grand Temple est proche de l'hôtel Rivet, qui abrite l'école primaire pour jeunes filles. Il suffit de traverser la rue Poise, étroite et sombre, puis de suivre les larges trottoirs du boulevard de l'Amiral-Courbet pour parvenir à bon port. Les pensionnaires marchent en rang deux par deux, sagement guidées par les surveillantes et les institutrices. Elles suscitent l'admiration des badauds qui s'arrêtent pour admirer la procession des élèves modèles.

— De véritables petits anges ! s'exclame une dame.

A la terrasse des cafés qui ponctuent le boulevard, des messieurs en complet veston, protégés du soleil par de petits chapeaux noirs, sont confortablement installés dans de larges fauteuils en rotin. Ils fument tranquillement pipes, cigarettes et cigares, en jouissant de la fraîcheur matinale devant un café ou une absinthe. Les surveillantes accélèrent le pas pour soustraire à leurs petites protégées le spectacle de la paresse et de l'ivrognerie. Enfin, le temple se révèle dans sa blancheur éclatante. C'est un bâtiment massif de style baroque qui évoque un bateau par sa façade en forme de proue. La lourde porte de bois est surmontée d'un fronton courbe, lui-même encadré par un ensemble de pilastres petits et grands, ioniques et corinthiens.

La foule se presse déjà sur le parvis. Les surveillantes conduisent les pensionnaires aux bancs qui leur sont réservés. Eulalie découvre, bouche bée, l'intérieur de l'édifice : la hauteur des plafonds blancs lui donne le tournis. La nef où trône la chaire en bois lustré du pasteur est encadrée par deux collatéraux garnis de bancs. Les écolières sont installées dans les tribunes de l'étage. Les pensionnaires du premier rang posent leurs coudes sur les longues tablettes de marbre qui unissent les balustrades à colonnettes renflées. Eulalie, comme à son habitude, est dans le rang du fond, flanquée de Santina.

— D'ici, je ne vois rien ! ronchonne-t-elle.

— Attends quelques minutes. Les lycéennes sont elles aussi installées dans les tribunes.

La Cévenole se dandine sur son banc, tend le cou, écarquille les yeux. Enfin, elle aperçoit Linon. *Linon est là ! Ma sœur !* Elle est si exaltée qu'elle doit se retenir pour ne pas agiter la main en l'air. Puis le grand orgue signale le début de l'office par ses vents puissants. Tout le monde se lève.

Le temps d'accueil des fidèles est suivi par un temps de repentance, puis de louange, puis par la prédication. Le culte est interrompu un moment pour célébrer deux baptêmes d'enfants. Enfin vient le moment de la prière, qui annonce le chant d'envoi. Eulalie n'écoute rien, ne voit rien, ne prie pas : toute son attention est concentrée sur le visage de sa sœur. Ce visage, qu'elle a connu toute sa vie, lui a tant manqué durant la longue semaine qui a suivi son déracinement. Un sentiment de bien-être l'envahit devant cette silhouette si familière.

Quand le culte est achevé, les fidèles se lèvent comme un seul homme. Aussitôt le temple s'emplit d'une cacophonie d'exclamations et de salutations. Dans les tribunes, les surveillantes ont toutes les peines du monde à se faire entendre. Elles élèvent la voix pour obtenir des pensionnaires qu'elles se regroupent deux par deux avant d'emprunter l'escalier conduisant à la sortie.

— C'est le moment ou jamais, murmure Eulalie à l'oreille de Santina. Quand nous descendrons, je me faufilerai dans la file des lycéennes. Avec un peu de chance, j'aurai le temps de parler à Linon avant qu'on ne remarque mon absence.

— Es-tu certaine ? Quand tu seras attrapée, tu seras sévèrement punie…

— Ça m'est égal. Je ne serai pas tranquille tant que je n'aurai pas la réponse à mes questions.

Elle se penche vers son amie et lui dépose un rapide baiser sur la joue.

— Après cela, comme je te l'ai promis, je serai la plus sage et la plus assidue des écolières !

Il règne un tel charivari dans l'escalier que la fugue d'Eulalie passe totalement inaperçue. Sa tenue noire et blanche n'est pas bien différente de celles des filles du lycée. Elle s'extirpe de sa rangée et s'infiltre sans peine dans celle des lycéennes. Elle se hisse sur la pointe des pieds pour chercher Linon. Enfin, elle la voit. Elle fend la foule pour l'atteindre. Arrivée à sa hauteur, elle l'attrape par le bras et la tire pour l'inviter à la suivre. Linon, stupéfaite, se laisse faire. Eulalie l'entraîne derrière une banquette de bois. Enfin, elle se jette au cou de sa sœur.

— Oh, Linon, tu m'as tant manqué ! Les surveillantes sont gentilles avec toi ? Et tes professeurs ?

Linon est pétrifiée. Elle ne répond pas.

— Ma sœur, parle-moi ! insiste sa cadette.

— Pourquoi ? Pourquoi m'as-tu amenée ici ? Nous allons nous faire disputer. Sais-tu ce qu'il arrive aux fugueuses ? Nous allons subir des coups de règles en fer sur les mains, ou pire encore, nous allons nous faire fouetter les cuisses au martinet !

— Et alors ? Tu n'es pas contente de me voir ?

Linon baisse la tête, la tristesse dans les yeux.

— Nous n'avons pas beaucoup de temps, poursuit Eulalie. Je dois te montrer ceci.

Elle sort la lettre de sa poche, la déplie avec précaution et la lui tend :

— Maman a glissé cette lettre dans ma malle. Dedans, elle m'explique qu'elle a été amoureuse d'un garçon quand elle était jeune, puis qu'elle a été mariée à Père, et qu'elle n'a jamais pu dire au revoir au garçon. Puis elle dit des choses étranges à ton sujet, que tu connaîtras le même sort qu'elle… De quoi parle-t-elle ? Peux-tu m'aider à comprendre ? Peux-tu m'expliquer pourquoi nous sommes ici ?

Linon s'effondre et fond en larmes. Eulalie est tétanisée devant cette réaction inattendue. Linon est toujours si pudique… Les sanglots enflent, secouent sa poitrine, étranglent sa voix.

— Oh, Eulalie, je suis désolée… articule-t-elle entre deux spasmes. Je suis tellement désolée, vraiment…

— Désolée, mais pourquoi ?

— Tout cela, c'est de ma faute… Je suis navrée…

— Mais que s'est-il passé ?

Dans le temple, le brouhaha s'estompe. Eulalie prend sa sœur dans ses bras.

— Il faut parler moins fort, ou nous allons nous faire repérer.

Mais Linon, submergée par le désespoir, ne peut pas se contrôler.

— Ma sœur, si tu m'aimes, oublie tout cela… Oublie-moi, je t'en prie, oublie-moi ! Je n'en vaux pas la peine…

— Mais enfin, Linon, c'est impossible !

— Pour l'amour de moi, fais ce que je te dis !

La détresse cède la place à une fureur aberrante. Linon se lève, abandonnant sa cachette. Elle surplombe sa sœur et la considère d'un œil noir et hostile.

— Si tu m'aimes comme tu le dis, crache-t-elle, oublie-moi, oublie notre existence là-bas ! C'est fini ! J'ai droit à une nouvelle vie, il n'y a que celle-là qui compte désormais !

Puis le coup de grâce :

— Tu n'as plus de sœur !

Et, sans crier gare, elle tourne les talons et sort du temple en courant. Eulalie est sidérée. Elle reste un moment, prostrée derrière le banc. Quand une servante d'autel s'approche pour donner un coup de balai, elle s'éclipse.

Il fait chaud à l'air libre. Les carreaux gris qui tapissent le boulevard réverbèrent la lumière sans pitié pour les yeux des passants. Eulalie titube, sous le choc de son entrevue avec sa sœur. Elle ne prend garde ni aux tramways qui sillonnent le boulevard en carillonnant ni aux calèches tirées par de lourds chevaux qui piaffent. Elle marche comme un automate, hagarde. Une dame qui pousse un landau dans lequel vagit un nouveau-né s'arrête et lui demande si elle a besoin d'aide. Eulalie ne répond pas. Un peu plus loin, un crieur de journaux manque de la percuter. Enfin, elle parvient devant l'hôtel Rivet, sonne à la porte. La surveillante qui lui ouvre la réprimande aussitôt, mais elle n'entend ni ne voit rien. Elle est sur-le-champ conduite dans le bureau de madame Rochefort. Furieuse, la directrice s'empare d'une fine baguette, lui demande de soulever son jupon et assène pas moins de quinze coups sur les jambes de la fillette qui encaisse sans se lamenter. Mais elle pleure. Elle pleure de rage, de désespoir, de lassitude. Elle pleure son passé enfui. Elle pleure car les personnes qu'elle aime le plus au monde n'ont qu'un seul désir : celui de l'oublier.

— J'espère que cela vous servira de leçon, mademoiselle Bastide, éructe madame Rochefort. Ne fuguez plus jamais ou il vous en coûtera.

Eulalie rabat son jupon sur ses jambes qui saignent par endroits et met de l'ordre dans sa tenue.

— Je vous promets que plus jamais je n'essaierai de sortir d'ici, madame, déclare-t-elle, le regard fixe.

3

Héritière

Nîmes, octobre 1910

Eulalie tire sur sa cigarette. Perchée sur le toit de l'école normale, elle distingue la cime des arbres. Juste des pointes qui dépassent. Une armée de feuillages acérés qui s'étirent avec orgueil. Pas un souffle de vent. L'air est pesant en cette soirée de fin d'été. Des filaments de nuages secs s'étirent dans un ciel si bleu qu'il paraît artificiel.

La jeune femme soupire. Tout semble éternel : les arbres, les bâtiments antiques, le café de la Bourse d'où lui parviennent des exclamations, la fontaine qui régale un petit chien. Tout semble éternel, sauf elle. *Comment vivre pleinement ?* Elle refuse de se contenter d'exister mollement, elle ne veut pas d'une vie paresseuse. Comme les flèches des arbres, elle veut pouvoir grandir et toucher le ciel. Elle expire un panache blanc en plissant les yeux. Elle sait que fumer l'encrasse et lui jaunit les dents. Mais le règlement de l'école interdit formellement le tabac à ses pensionnaires. Braver la loi excite Eulalie. Elle passe le doigt sur ses lèvres sèches qui n'ont pas connu d'autre baiser que celui de la cigarette.

Les fils de ouate rougissent dans le ciel, signe du soir s'affalant. Les pointes deviennent noires et effilées. Le concert de la nuit va débuter. Elle jette son mégot, et quitte le toit pour rejoindre le dortoir où ses amies cancanent bruyamment. Comme à l'accoutumée, elles échangent des ragots au sujet de leurs camarades qui réussissent l'exploit de se soustraire à l'autorité de madame Chaptal, la directrice de l'établissement, et de ses sbires, qui les surveillent étroitement.

— Il paraît qu'elle s'est laissé embrasser. Et plus encore… Agnès a vu Félix qui touchait son corsage !

— Ça ne m'étonne pas !

Eulalie s'assied sur son lit. Ses voisines de chambrée discutent avec animation en tortillant des rubans dans leurs cheveux. Santina, allongée à plat ventre, ouvre une bouche moqueuse.

— Il faut reconnaître qu'il est sacrément séduisant, le fils Roustan ! avoue-t-elle sur un ton admiratif.

Une normalienne fronce le nez.

— Je ne trouve pas. Il est si dégingandé…

— Ah ! Tu dis cela parce que tu es jalouse ! Toi aussi tu voudrais qu'il t'attrape les couettes derrière le temple !

Les étudiantes éclatent de rire. Eulalie sourit avec retenue.

— Et toi, Eulalie, tu le trouves beau, le Félix ?

— Je ne sais pas, répond celle-ci avec une moue méprisante. Je ne l'ai jamais vraiment regardé.

Santina pouffe.

— Eulalie est si prude !

— Tu parles, elle est difficile, oui ! Aucun garçon ne trouve grâce à ses yeux. Parfaite petite Eulalie, timide et réservée !

Les garçons. Voilà une question complexe. Eulalie est entrée à l'école normale après avoir brillamment fini le lycée. Elle a maintenant vingt et un ans. Elle s'est laissé gagner par le monde aseptisé de la ville. Oubliées, les sauvages Cévennes et les châtaigneraies silencieuses. Fini, le temps des bravades et des punitions. C'est une jeune femme bien comme il faut qui se tient droite sur son lit. Une jeune femme qui a reçu le premier prix de grammaire latine, qui dévore les livres sur les Romains – ces fiers bâtisseurs qui ont construit ces merveilleuses arènes – et qui ne parle pas à table. Une jeune femme pieuse, qui passe ses dimanches au temple vêtue de sa plus jolie robe. Une jeune femme qui se prépare, comme sa sœur Linon avant elle, à passer le brevet supérieur afin de devenir institutrice. Dans un an, si tout se passe comme prévu, elle quittera l'école pour devenir institutrice stagiaire. Elle en aura enfin fini avec le pensionnat et pourra devenir une femme indépendante. C'est tout ce qui compte à ses yeux. Elle n'est pas enthousiaste à l'idée de passer sa vie à apprendre l'orthographe et le calcul aux enfants, non. En revanche, elle brûle d'envie de vivre dans son appartement personnel et de disposer de son salaire comme elle l'entend. Une femme moderne. Voilà ce qu'elle veut être. Mais une femme moderne est autonome donc ne peut être une épouse. Bien sûr, il faudra bien se marier. Mais elle se réserve le temps d'y penser. Car le souvenir de la lettre alarmiste et cafardeuse de sa mère la glace encore. *La maison des Bastide était une prison, et ton père mon geôlier.* Les corvées domestiques et les contraintes de l'enfantement lui apparaissent cauchemardesques. C'est pourquoi, dans l'univers d'Eulalie, les garçons sont des ombres furtives qu'elle aperçoit au temple, sur les trottoirs, au marché. La bienséance l'empêche de les regarder. En outre, elle se méfie de ces ombres.

Paradoxalement, elle voudrait être aimée. Elle a lu les *Lais de Marie de France* et a été profondément touchée par le récit dramatique des aventures du chevalier Guigemar, incapable de céder à l'amour et qui, maudit par une biche, gagnera sa rédemption par l'amour. Elle a été émue par les aventures funestes de Tristan et d'Iseult, bernés par un philtre d'amour jusqu'au jour où leur passion frénétique se mue en amour véritable. L'amour lui fait l'effet d'une chimère vénéneuse et fantastique.

— Ta sœur, elle est mariée ? lui demande une camarade.

Eulalie fronce les sourcils.

— Non, non, pas encore. Elle n'a que vingt-quatre ans.

— Eh bien, justement, elle n'est plus toute jeune !

— De toute façon, je ne l'ai pas vue depuis longtemps. Elle pourrait être fiancée que je ne le saurais même pas.

Le visage d'Eulalie s'assombrit. Depuis qu'elles ont été chassées de Callune et séparées, sept ans plus tôt, les deux sœurs se sont croisées à de rares occasions. Son cœur se serre à cette pensée. Soudain, on frappe à la porte de la chambrée.

— Mesdemoiselles, êtes-vous décentes ?

C'est la voix de madame Chaptal. Les jeunes femmes, interdites, cessent leurs badineries et sautent de leur lit. La directrice ne vient jamais inspecter le dortoir à une heure aussi avancée.

— S'il vous plaît, entrez, madame ! claironne Ida, la moins timide d'entre elles.

Madame Chaptal s'avance avec assurance et dignité dans la pièce. Ses cheveux noirs relevés en chignon sont parsemés de mèches grises qui adoucissent ses traits.

— Bonsoir, mesdemoiselles. Je vous rappelle que vous devez éteindre dans moins d'une heure. Veuillez donc baisser d'un ton et cesser vos gamineries.

Les normaliennes hochent docilement la tête.

— Eulalie Bastide ? Veuillez me suivre, s'il vous plaît.

Sous le regard ébahi de ses camarades, Eulalie

emboîte le pas de la directrice. Alors que la porte se ferme, elle entend Santina murmurer :

— Qu'est-ce qu'elle a fait ?

Le bureau de madame Chaptal est une pièce simple pourvue d'une large fenêtre qui donne sur une rue passante. Eulalie s'assied sur la chaise que lui désigne la directrice qui prend place derrière son imposant bureau en acajou. La jeune femme observe avec admiration les nervures sculptées qui courent le long des pieds du précieux meuble.

— Eulalie, je suis au regret de vous annoncer de terribles nouvelles. Voilà…

La directrice se racle la gorge avec embarras avant de reprendre :

— L'épidémie de choléra a touché Callune, votre village de famille. Votre père est mort. Je vous présente mes plus sincères condoléances.

Madame Chaptal entame un long monologue – la paroisse propose d'honorer la mémoire de monsieur Bastide lors de l'office dominical –, mais Eulalie ne l'écoute plus. Son regard est suspendu. Elle essaie de se remémorer le visage de ses parents, mais elle n'y parvient pas. La panique la gagne. *Comment ai-je pu oublier…*

— Je suis désolée de vous l'apprendre, poursuit la directrice, mais, le temps que cette triste nouvelle nous parvienne, votre père avait déjà été inhumé. Par mesure sanitaire.

Tout cela est-il bien réel ?

— Le contremaître de la filature de votre père viendra vous chercher demain matin. Il vous accompagnera chez le notaire pour la lecture du testament.

Eulalie se rappelle l'odeur de sueur et de tabac d'Oton et elle est saisie d'un haut-le-cœur.

— Je suis consciente de la brutalité de la nouvelle. Désirez-vous que Santina vous accompagne demain ?

Eulalie ne réagit pas. Puis la réalité la pénètre lentement. *Mon père est mort. Il y a un testament.*

— Vous m'entendez, mademoiselle ?

La jeune femme reprend pied et se redresse sur sa chaise.

— Ma sœur a-t-elle été prévenue ?

Mon père est mort. Et avec lui s'évanouit l'espoir de renouer les liens distendus depuis tant d'années. Ou du moins celui de comprendre cette famille que je ne connais plus.

— Je… je ne sais pas, bredouille la directrice. J'ai reçu le télégramme il y a moins d'une heure. Mais… sans doute, elle devrait être présente à l'ouverture du testament.

— Très bien. Je vous remercie. Puis-je retourner dans ma chambre ?

— Bien sûr.

Les deux femmes se lèvent de concert. La directrice tend une main hésitante vers Eulalie, qu'elle finit par poser pudiquement sur son épaule.

— Toutes mes prières vous accompagnent.

Eulalie esquisse un rictus de circonstance.

Alors qu'elle longe un grand couloir sombre et silencieux, la jeune femme se souvient de sa première soirée à l'école, onze ans plus tôt. Ce soir-là, elle désirait plus que tout rentrer chez elle. Maintenant, elle ne pense même plus à Callune. Sa vie est ici, à Nîmes. Elle a parcouru un long chemin pavé de renoncement et de désillusion avant de se faire à cette idée.

Après avoir été sévèrement corrigée par la directrice de l'école pour sa fugue, Eulalie avait capitulé. Elle était restée dans le droit chemin. L'école était devenue toute sa vie, et Santina sa nouvelle famille. Cependant, malgré une apparente indifférence, elle attendait désespérément une nouvelle lettre de sa mère. Elle lui écrivait quotidiennement des petites lettres d'enfant, maladroites et pathétiques, qu'elle gardait soigneusement cachées dans sa malle comme autant de tentatives misérables pour conserver un lien par-delà l'absence, la distance et le silence. Puis était venu le temps des fêtes de la Nativité, et, avec elles, une terrible nouvelle : sa mère était tombée gravement malade. Eulalie l'avait appris par une missive de son père qui avait daigné lui adresser quelques mots brefs et froids : « Votre mère est trop fatiguée pour vous recevoir, Linon et toi. Vous passerez les fêtes au pensionnat. Mais si vos notes sont excellentes et que l'état de santé de votre mère s'améliore, vous pourrez nous rendre visite pour les fêtes de Pâques. » Dès lors, briller en classe devint une nécessité impérieuse. Il fallait mériter de rentrer à Callune. Eulalie s'était abîmée dans le travail, ce qui lui permettait d'oublier son anxiété. Elle s'était même persuadée qu'elle favoriserait la guérison de sa mère par ses bonnes notes.

Linon lui avait atrocement manqué. Mais sa sœur avait été on ne peut plus claire : elle voulait tirer un trait sur son passé. Eulalie aurait pourtant aimé partager avec elle son inquiétude pour leur mère. Elle aurait tant voulu pouvoir se serrer dans ses bras, pleurer tout son soûl, déverser son chagrin, se faire caresser les cheveux comme Linon le faisait lorsqu'elles étaient petites.

A force d'acharnement, Eulalie s'était hissée en tête de sa classe. Madame Clavel ne tarissait pas d'éloges. Mais tant d'efforts avaient été vains : un jour funeste d'avril, un télégramme était parvenu à la directrice. Gileta Bastide avait succombé au mal qui la rongeait. Oton était venu avec sa petite charrette chercher Eulalie et Linon pour les conduire au temple de Callune. Eulalie avait pleuré tout au long du trajet, ce qui avait paru agacer Oton. Linon s'était contentée de contempler l'horizon, raide et silencieuse, le visage fermé. Monsieur Bastide avait retrouvé ses filles sur le parvis du temple et leur avait baisé le front sans chaleur. La cérémonie avait été brève. Gileta fut enterrée à l'arrière de la propriété familiale, comme le veut la coutume. Eulalie, écrasée par le chagrin, avait regardé avec horreur le cercueil contenant le corps de sa mère disparaître dans le sol, sans que son père ni sa sœur n'aient versé une larme. Oton les avait ramenées à Nîmes le lendemain.

La petite fille passa donc ses deuxièmes vacances de suite au pensionnat. Elle pleura chaque jour, puis, peu à peu, ses larmes se tarirent. Enfin, elle prit la décision d'oublier. D'oublier sa famille, les Cévennes, la vie rurale, la maison familiale. Elle en oublia son chat. Ses parents l'avaient trahie pour d'obscures raisons. Sa mère était morte sans qu'elle puisse lui dire au revoir. C'en était trop. Il fallait qu'elle renonce à ses souvenirs sous peine de perdre l'esprit.

Dans les Cévennes, les châtaignes mises au séchage sont conservées au premier étage d'une clède, petite bâtisse au sous-sol de laquelle le feu couve sans flammes pendant des jours et des jours, étouffé par les pelures des vannages précédents. De la même manière, Eulalie avait remisé sa douleur et sa colère sous les cendres. Imitant sa sœur, elle avait décidé de devenir une personne différente. Aujourd'hui, Eulalie est une jeune femme apparemment disciplinée, raisonnable, au port de tête digne et sage. Mais il suffit qu'un jour le vent pousse la porte pour que les braises se ravivent et ruinent tout le travail accompli.

Quand Eulalie pénètre dans la chambrée, toutes ses camarades se taisent brusquement. Santina se lève pour lui étreindre les mains.

— Tout va bien ?

La Cévenole la regarde avec gravité.

— Mon père est mort, lâche-t-elle d'une voix blanche.

Oton sent toujours la sueur et le tabac. Il porte son antique canotier, devenu informe avec le temps. Ses cheveux, s'ils se raréfient, sont restés d'un vilain noir, comme sa petite moustache qui accentue la rondeur de son nez. Ses yeux sombres semblent encore plus sournois qu'auparavant. Quand Eulalie est sortie de l'école normale, il lui a lancé un regard torve. Il faut dire qu'elle a bien changé. Elle est restée menue, sa silhouette est agréable. Ses bras sont potelés, ses cuisses charnues et ses seins petits. Sa taille fine est soulignée par un corset qu'elle porte tous les jours, comme les filles de la ville. Sa robe de deuil laisse apparaître une peau abricotée. Ses longs cheveux auburn sont noués en une lourde tresse qu'elle a ramenée telle une couronne d'épis autour de la tête. Sa bouche est sensuelle, son nez court est parsemé de taches de rousseur.

— Bonjour, Oton, dit-elle avec froideur de sa voix flûtée et cérémonieuse.

Le contremaître lui répond en touchant le bord de son chapeau d'un index sale.

— Allons-nous chercher ma sœur ?

— Non, mademoiselle. Elle viendra par ses propres moyens.

— Ah, très bien.

Elle est déçue. Elle aurait préféré éviter de voyager seule avec le contremaître. Mais surtout, elle aurait aimé partager quelques instants avec Linon avant la réunion chez le notaire et refaire connaissance, en quelque sorte, avec celle qui devenait sa seule famille. A présent, chemin faisant, elle avait tout loisir de gamberger et d'imaginer le pire.

Si elle avait su que cela se passerait ainsi, elle aurait demandé à sa meilleure amie de l'accompagner. Santina avait beaucoup insisté pour l'épauler dans ce moment difficile, mais Eulalie, inquiète des retrouvailles avec sa sœur et persuadée qu'elle serait assez forte, avait décliné.

L'étude du notaire est ensoleillée. Elle jouxte le canal du quai de la Fontaine, merveille architecturale réalisée par l'ingénieur militaire de Louis XV. Les ombres des platanes et des marronniers d'Inde qui longent le canal se projettent sur le parquet de bois et découpent le sol comme une carte de géographie. La beauté et la douceur des lieux charment et rassurent Eulalie. Elle lance un regard méprisant vers Oton, cette créature négligée et fruste, qui jure au milieu des boiseries scintillantes et du mobilier de style. Une voix mielleuse se fait entendre :

— Mademoiselle Bastide, entrez, entrez, je vous en prie.

Devant les manières affectées du notaire, le contremaître grimace.

— Je m'associe à votre chagrin, vraiment. Quelle tragédie.

Eulalie s'incline avec dignité et élégance.

— Je vous remercie, maître. Ma sœur est-elle déjà là ?

— Oui, mademoiselle Linon a pris place dans mon bureau. Si vous voulez bien vous donner la peine de me suivre.

Le trac étreint la gorge de la jeune femme. Elle n'a pas vu Linon depuis que celle-ci a obtenu un poste d'institutrice à Uzès. Depuis, rien. Aucune lettre, aucune nouvelle. *Quel visage va-t-elle montrer ? Vais-je trouver ma sœur ou une étrangère ?* Eulalie pénètre dans le bureau du notaire et sa respiration se bloque. Linon est là, majestueuse, longue, pâle, gracieuse. Sa robe de deuil forme l'écrin idéal pour sa beauté évanescente. Un gros chignon est lové sur sa nuque comme un chat paresseux. Elle n'a que vingt-quatre ans, et pourtant elle en paraît le double. Eulalie frissonne.

— Bonjour, Linon.

— Bonjour, ma sœur, répond Linon d'une voix traînante et doucereuse.

Un pesant silence s'installe. Eulalie observe son aînée. Ses yeux verts écarquillés lui donnent un air étonné. Son nez droit et fin contraste avec sa mâchoire épaisse. *Elle ressemble à Père,* pense Eulalie.

— Mesdemoiselles, vous êtes réunies en ce jour pour l'ouverture du testament de feu votre père qui vous fera connaître ses volontés concernant la transmission de ses biens. Je lirai le document une première fois puis nous l'examinerons ensemble. Si cela vous convient, je commence.

Les sœurs Bastide acquiescent. Immobile, silencieux, Oton se tient debout au fond de la pièce, tel un garde du corps.

— « Moi, Abèl Bastide, époux de Gileta Revel, père de Linon et Eulalie Bastide, propriétaire et directeur de la filature de soie de Callune, résidant à Callune, établis par la présente les dispositions suivantes : à mon épouse je lègue ma maison, les terrains attenants, le cheptel ; la direction de la filature lui sera confiée en attendant que ma fille Eulalie se marie et mette au monde un fils. Quand ce fils aura atteint l'âge de la majorité légale, il héritera de la possession et de la direction de la filature. Si mon épouse venait à décéder avant moi, la filature, la maison et l'entreprise seront confiées à ma fille Eulalie aux conditions suivantes : qu'elle se marie avec un protestant dans les deux ans qui suivent mon décès et qu'elle enfante un fils qu'elle élèvera dans le respect des traditions cévenoles et de la confession protestante. Durant les deux ans qui précéderont son mariage, elle sera secondée dans sa tâche par monsieur Oton Meynadier qui veillera au respect du code des fileuses ainsi qu'à la bonne tenue des comptes de l'entreprise. »

La voix du notaire s'éteint. Eulalie peine à comprendre ce qui vient d'être dit. Elle se tourne vers sa sœur, qui sourit d'une manière étrange.

— Qu'est-ce donc ? Pourquoi Linon n'est-elle pas mentionnée dans le testament de Père ?

— Bien, hum… bafouille le notaire avec gêne. Nous allons revoir ensemble les points importants…

Mais la cadette coupe l'homme de loi.

— Linon, réponds-moi, je t'en supplie ! Père était-il fâché contre toi ? Qu'est-ce que tout ça signifie ?

Eulalie est écarlate. Sa voix monte dans les aigus. Linon tourne vers elle son long visage impassible.

— Calme-toi, Eulalie, lâche-t-elle. Tu m'embarrasses. Tu oublies tes manières.

— Je… je t'embarrasse ? Tu disparais du testament de Père sans réagir et je t'embarrasse ? J'exige de savoir !

Linon lisse calmement sa robe de deuil de ses longues mains blanches sans répondre. Puis elle se lève.

— Maître, veuillez m'excuser. Je suis indisposée par tout ce remue-ménage. Si vous le permettez, je vais me retirer.

Le notaire frotte compulsivement le verre de ses lunettes avec un mouchoir.

— Faites, je vous en prie. Je ne manquerai pas de vous contacter si j'ai besoin de vous communiquer de nouvelles informations.

Linon s'éclipse silencieusement, drapée de mystère. Eulalie reste pantoise.

— Mademoiselle Bastide, avez-vous compris les termes du testament ?

La jeune femme fronce les sourcils.

— Oui, il me semble en avoir saisi la teneur, même si certains points restent obscurs.

— Si vous désirez achever vos études, devenir institutrice, comme votre sœur, et ne pas vous soumettre aux volontés de votre père, vous pouvez renoncer à vos droits de succession. Ce serait un choix parfaitement raisonnable. Votre vie s'en trouverait simplifiée. Une filature de soie est une entreprise complexe.

Il offre un sourire confiant avant de poursuivre :

— Vous avez six mois à compter de ce jour pour prendre votre décision. Si vous décidez de renoncer à votre héritage, ce qui, je le répète, serait compréhensible, l'Etat préemptera les biens de feu votre père pour les vendre aux enchères. A ce propos, je dois vous dire…

Le ton du notaire se fait encore plus caressant. Eulalie remue sur son siège, mal à l'aise, sans vraiment savoir pourquoi.

— Un de vos compatriotes cévenols, un dénommé Basilì Cabanel, m'a contacté, car il est très intéressé par la reprise de la filature et il est prêt à faire une offre très généreuse. Il réside à Fumeterre. Un village voisin de Callune, si je ne m'abuse.

Le notaire chausse ses lunettes sur son nez et baisse la voix, comme s'il s'apprêtait à proférer quelque chose d'obscène.

— Il vous propose deux cent mille francs pour l'ensemble des bâtiments ainsi que les machines.

Eulalie reste bouche bée. Elle est incapable de concevoir ce que représente un tel montant. Elle se doute bien qu'il s'agit d'une importante somme d'argent. Mais elle peine à imaginer ce que cela représente vraiment. Elle n'a jamais géré ses dépenses : ses parents allouaient une rente mensuelle directement versée à la directrice de l'école. Comment savoir s'il s'agit d'une offre très généreuse, comme l'assure le notaire ? Tout à coup, un bruit désagréable et inopportun sort Eulalie de sa torpeur : Oton s'est raclé la gorge. Elle remarque le regard mauvais que le notaire adresse au contremaître. Oton désapprouverait-il cette proposition ? Elle réfléchit quelques instants.

— Maître, déclare-t-elle sur un ton qu'elle espère assuré, me laissez-vous quelques jours de réflexion ?

— Bien sûr, bien sûr.

L'homme de loi a répondu avec trop d'empressement.

— Toutefois, reprend-il d'une voix confiante, gardez bien à l'esprit que des offres pareilles ne se présentent pas tous les jours. Vous avez beaucoup de chance que ce monsieur se soit manifesté.

En se hissant sur le banc de la charrette d'Oton, Eulalie se sent soulagée d'avoir quitté le notaire et son obséquiosité visqueuse. Une foule de questions se presse à son esprit.

— Oton, vous qui avez travaillé toute votre vie aux côtés de mon père, pourriez-vous me donner une estimation du bénéfice annuel de la filature ?

Oton fait une grimace affreuse.

— Une dame n'a pas à fourrer son nez dans les comptes d'une honnête entreprise. Elle n'y comprendrait rien.

Eulalie redresse la tête, piquée.

— Je ne suis peut-être qu'une femme, monsieur Meynadier, mais je n'accepterai pas la succession d'une entreprise déficitaire alors que je peux embrasser une carrière d'enseignante…

— Pouah ! Déficitaire ! C'est complètement ridicule !

Oton a réagi avec trop de véhémence. Eulalie hoche la tête.

— Ce monsieur Cabanel a fait une offre en deçà de la valeur réelle de la filature, n'est-ce pas ?

Oton se renfrogne sans répondre.

— C'est bien ce que je pensais. Pourquoi le notaire prétend-il le contraire ?

— Ecoutez, mademoiselle, la place d'une honnête femme est dans son foyer, pas dans une filature, à moins d'être une ouvrière. Sauf votre respect… sauf votre respect, votre père n'aurait jamais dû vous léguer la filature. Il aurait eu un fils, la question ne se poserait pas. Et puis ne prenez pas de grands airs avec moi. Même si vous devenez directrice de l'usine, votre véritable travail sera de vous trouver un gentil mari qui prendra votre succession comme il se doit.

Eulalie bout intérieurement mais elle ne veut pas s'abaisser à le montrer. Elle prend une profonde inspiration avant de déclarer d'une traite :

— Je me contrefiche de votre avis personnel, monsieur le contremaître. Je suis loin d'être mariée. C'est à moi que mon père a légué la filature et j'en dispose comme je l'entends. Je la vendrai donc sans émotion à ce monsieur Cabanel dès demain si cela me chante et vous travaillerez pour cet homme jusqu'à votre mort.

Elle marque un temps d'arrêt.

— A moins que vous me révéliez le montant des bénéfices annuels de la fabrique.

Oton fait claquer sa langue et la mule se met en marche. La charrette longe le canal des jardins de la Fontaine. La vie bat son plein dans les rues de la ville ; le tambour municipal annonce les nouvelles du jour. Imperturbable, Eulalie garde le regard fixé devant elle.

— Combien de bénéfices annuels la filature produit-elle ? répète-t-elle d'une voix forte pour couvrir le martèlement des sabots sur le pavé.

— Ce ne sont pas vos oignons, sorcière ! tonne Oton. Vous vous prenez pour une dame, mais vous êtes toujours une sale gamine fouineuse et gâtée jusqu'à l'os ! Votre père aurait honte de vous !

Eulalie se raidit sous l'affront, le rouge lui monte au visage.

— Mon père a eu honte de moi toute sa vie, crache-t-elle entre ses dents, il n'a pas attendu que je sois une adulte. Changez votre parcours, reprend-elle après une pause, nous n'allons plus à l'école. Menez-moi à la gare.

Elle lève la tête et ajoute sur un ton cinglant :

— Et tâchez de ne pas oublier où se situe votre place, je vous prie.

Eulalie veut rattraper sa sœur avant qu'elle ne

quitte la ville, honteuse d'avoir élevé la voix dans l'étude du notaire. Toutes deux sont victimes de l'opprobre paternel. Et voilà qu'elles sont orphelines, ce qui aurait dû les rapprocher. Linon est sa seule parente à présent. Elle regrette son accès de colère.

Eulalie presse Oton qui pique la croupe de sa mule. La gare apparaît au bout de l'avenue Feuchères. La longue artère est bordée de platanes. Une grande façade blanche percée d'une vingtaine d'arcades surmontée d'une horloge lui fait face. Oton arrête la mule au pied de l'imposant bâtiment. Eulalie saute prestement de la charrette en espérant qu'elle n'arrive pas trop tard.

— Attendez-moi ici. Je reviens dans un instant.

Elle part en trottinant en maudissant sa tenue. Elle a cédé à la mode et porte une robe entravée qui l'empêche de courir. Dans le hall de la gare, elle tourne la tête de tous côtés. Enfin, la longue silhouette noire de sa sœur lui apparaît, prostrée sur un banc. Eulalie la rejoint à petits pas. Linon lève la tête, avant de fourrer vivement un morceau de papier dans sa manche. Eulalie remarque à peine le geste, toute à sa joie d'avoir pu l'intercepter avant qu'elle ne prenne le train du retour.

— Dieu soit loué ! Tu n'es pas encore partie !

Linon n'a pas l'air ravie. Elle toise sa sœur avec circonspection.

— Que se passe-t-il ? Ai-je oublié quelque chose ?

— Non, rien de tel. Je voulais m'excuser pour mon comportement. Je ne sais même pas par où commencer… Ces dernières années furent si longues et si difficiles pour moi. Sans toi, alors que nous habitions dans la même ville, je me suis sentie si seule. Je n'ai jamais compris pourquoi nous avions été chassées de chez nous. J'ai cru devenir folle plus d'une fois. Et puis, quand tu m'as rejetée… C'était comme si j'étais chassée une seconde fois. Tu m'as demandé de t'oublier. J'ai fait du mieux que je pouvais, je te le promets.

Elle s'assied près de sa sœur et lui prend les mains avec tendresse.

— Tout ceci explique pourquoi j'étais furieuse chez le notaire. Nos parents sont partis avec leurs secrets. Nous ne saurons jamais pourquoi ils nous ont exilées loin de la maison. Mais nous pouvons rattraper le temps perdu.

Le visage de Linon se durcit. Elle retire prestement ses mains.

— Eulalie, je me fiche du passé. Ce qui est fait est fait, et nous n'y pouvons rien changer. Désormais, je vis une vie respectable et paisible. Je n'ai nul besoin de rattraper quoi que ce soit.

— Et si je te proposais de retourner avec moi à Callune ?

— Certainement pas ! Ce village n'abrite plus pour moi que des fantômes.

— Avant de refuser, prends le temps de m'écouter, je te prie ! Je veux partager l'héritage avec toi. Je te propose de vivre dans la maison de Père et de Mère et de partager avec toi la direction de la filature, main dans la main, comme les sœurs que nous sommes.

— Tu as perdu la raison ? Tout ce que tu dis est ridicule, ma pauvre fille ! Tu n'as aucune compétence en élevage des vers à soie, encore moins en filage. Sans compter que tu ignores tout des subtilités comptables. Bon sang, regarde-toi !

Linon s'est levée, vibrante de colère.

— Regarde-toi ! Tu es une jolie créature inutile et inapte ! Tu ne peux même pas courir, engoncée comme tu l'es ! Et tu voudrais retourner vivre dans ce pays fruste et hostile ? Tu voudrais retourner dans les bois pour grimper aux arbres ? Tu voudrais porter des sabots de bois ? Tu ne sais rien faire de tes dix doigts. Suis les conseils de Père : trouve-toi un mari qui puisse s'occuper de toi. Et laisse cette maudite filature tranquille… Il n'y a que du malheur là-dedans.

Elle fusille du regard sa sœur qui sent les larmes lui embuer les yeux. *C'est curieux,* pense Eulalie, *cela fait des années que je croyais cette source tarie. Pourtant, je ne devrais pas être surprise d'être de nouveau rejetée…* Elle se dresse avec lassitude.

— Je n'aurais jamais dû te courir après. Pardonne-moi. Au moins, j'aurais essayé. Bon retour chez toi. Sois heureuse.

Elle se lève et prend le chemin de la sortie sans se retourner. Le bas de sa robe lui comprime les chevilles. Dehors, sous le soleil écrasant, l'attend Oton.

— Ramenez-moi au lycée, je vous prie.

De retour à l'internat, Eulalie se faufile sur le toit de l'immeuble. Ses mains tremblent tandis qu'elle s'adosse au parapet de pierre. Elle fouille dans les poches de sa robe et met la main sur son étui à cigarettes et sa boîte d'allumettes. Troublée, elle n'a pas songé à vérifier que personne ne l'a suivie. Elle fourre une cigarette entre ses lèvres et entreprend de l'allumer. Trop fébrile, elle ne parvient pas à gratter la tête de son allumette.

— Merde, merde ! lâche-t-elle.

Soudain, elle entend un bruit, comme un rire étouffé. *Il y a quelqu'un !* L'angoisse l'étrangle.

— C'est moi, Santina !

Eulalie soupire.

— Dites-moi, mademoiselle Bastide, on fume et on jure comme un cabaretier ? déclare la Camarguaise dans une tentative de dérider son amie. Je t'ai vue traverser la cour d'un air furieux. Quand j'ai vu que tu n'étais pas au dortoir, j'ai supposé que tu étais montée ici. Astucieux, n'est-ce pas ?

Eulalie acquiesce sans se départir de la gravité qui assombrit son visage habituellement mutin.

— Moi qui te pensais si parfaite, si bien élevée ! raille Santina. Me voilà décomplexée !

— Si tu savais. Je me suis ridiculisée par deux fois aujourd'hui. Je n'ai jamais été aussi loin de la perfection.

Un rictus cynique lui déforme la bouche.

— Je ne comprends plus rien à rien. Père m'a

rejetée pour finalement me léguer son entreprise. Il m'a forcée à quitter la maison familiale pour me la transmettre à sa mort ! Et ma sœur, dont je n'ai pas eu de nouvelles depuis deux ans, qui n'hérite de rien, refuse l'aide que je lui propose et préfère retourner dans son école minable, sous prétexte qu'elle mène une vie respectable ! Dieu la maudisse !

Elle tire une bouffée avide sur sa cigarette et souffle longuement. Elle contemple un instant la fumée qui se disperse sous son nez.

— Et ce n'est pas tout ! Cette pimbêche qui pense tout savoir se paie ma tête en me disant que je suis une potiche incapable en tout. Et voilà que l'ignoble sous-fifre de Père, qui pue le crottin et qui est probablement le fils d'un mulet, partage son avis ! Mais qu'est-ce qu'ils ont, tous, à me prendre pour une empotée, juste bonne à marier ?

Santina en reste bouche bée.

— Eh bien, ma chérie, tu as eu une rude journée. Je ne t'ai jamais vue dans un tel état de fureur. Toi qui t'es toujours montrée si convenable et si contenue !

— Tu parles ! Tu te souviens de notre rencontre ? Je t'avais dit que je ne voulais pas être ton amie. Je m'étais montrée parfaitement odieuse.

— C'est vrai ! Mais tu avais dix ans. Tu venais à peine de quitter tes parents. Mais depuis ce jour, tu t'es toujours montrée d'humeur égale.

Eulalie jette sa cigarette éteinte dans le vide. Elle regarde le mégot virevolter, les yeux dans le vague.

Durant toutes ces années à Nîmes, Santina a été sa seule famille. Au contact de la Camarguaise, elle a éprouvé une forme d'amour similaire à l'amour filial : l'amour sororal de deux amies unies dans l'adversité.

— Il faut croire que ma famille fait ressortir le pire de moi-même, confesse-t-elle.

— Ne dis pas des choses pareilles. La famille, ce n'est jamais facile. Mais tu as hérité de toutes les possessions de ton père ? Et ta sœur ?

— Rien. Elle ne touche rien. Je ne sais pas pourquoi. Encore un mystère que les Bastide emportent dans la tombe.

— C'est cruel pour elle.

— C'est vrai, malgré tout, nous sommes sœurs et donc égales. Mais ne va pas t'imaginer que Père me faisait confiance, oh, ça non. Depuis le cimetière, ce vieux fou me fait un dernier coup de travers. Si j'accepte l'héritage, j'ai deux ans pour me trouver un mari à qui transmettre les rênes de l'entreprise. Et je suis priée de pondre un héritier.

Santina reste silencieuse. Eulalie garde les sourcils froncés. Elle fixe l'horizon d'un regard farouche.

— Tu sais quoi ? J'ignore tout des vers à soie, des magnaneries, de la filature, du budget à gérer. Mais si j'ai pu apprendre l'anglais et le latin, je dois bien être capable d'apprendre à conduire une entreprise. Pour le mari… Eh bien, j'ai deux ans pour m'en trouver un, on verra bien. En attendant, je vais prouver à tous ces oiseaux de mauvais augure que je ne suis pas une cruche écervelée.

Elle pense aux mots de sa mère : « Tu dois te donner la chance de faire tes propres choix plus tard. »

— Et le brevet supérieur ? hasarde Santina.

— Tant pis pour le brevet supérieur. Ma sœur est institutrice, n'est-ce pas ? Cela n'a pas fait d'elle une créature tolérante et ambitieuse, oh non. Elle est bornée, étroite d'esprit et frileuse. Je ne serai pas comme elle.

Santina bat des mains avec excitation.

— Oh oui, ma chérie, sois courageuse ! Bravo, bravo !

— Tu pourrais me rejoindre, peut-être ? La maison de mes parents est grande, il y a de la place pour toi et tes robes ! Et puis tu pourras parfaire mon apprentissage de cavalière. Nous pourrions acheter des chevaux au haras où travaillent tes parents.

La Camarguaise glousse derrière sa main.

— Ce serait bien amusant, n'est-ce pas ? D'autant que tu as encore bien des progrès à faire ! Tu te souviens de la chute que tu as faite en juillet quand tu es venue passer quelques jours à la manade ?

Santina rit de bon cœur.

— Je te remercie pour cette proposition, déclare-t-elle après avoir repris son calme, mais je vais passer mon examen. Mes parents me tueraient si je ne finissais pas l'année ! Ils ont déjà eu tant de mal à payer la formation... Ils ne se sont pas donné toute cette peine pour que je finisse comme eux, les pieds dans le crottin, à élever des animaux pour les bourgeois ! Et puis, je suis ravie d'avoir quitté la Camargue. J'aime la ville, tout est si propre, et il n'y a pas de moustiques !

Eulalie soupire. *Est-ce du courage ou de l'inconscience pure ? Ne devrais-je pas, moi aussi, m'assurer un avenir stable et confortable en obtenant mon diplôme ?* Puis elle revoit sa sœur et son chignon sévère. Après tout, a-t-elle choisi le pensionnat, l'école, le lycée, le brevet supérieur ? Non. Ce destin est celui que son père, pour d'obscures raisons, avait choisi à sa place. Comme sa mère, elle a été trop longtemps dépossédée de son propre destin. Elle pose le regard sur les arènes antiques qu'elle aime tant pour se faire une promesse. *A partir de ce jour, je ne me laisserai plus jamais faire. Mes choix seront les miens, rien que les miens. Je n'ai plus de famille et je n'ai rien à perdre.*

La porte de la clède s'est ouverte et le vent a rendu vie aux flammes.

4

Dirigeante

Dès le lendemain de sa visite chez le notaire, Eulalie n'est plus la même. Rongée par l'impatience, elle a hâte. Hâte de se débarrasser de son lit minuscule au dortoir. Hâte de choisir ses repas. Hâte de fumer une cigarette sans avoir à se cacher. La défroque qu'elle a revêtue en arrivant à Nîmes la démange. Elle veut s'en débarrasser. Son avenir est des plus incertains, mais elle s'en fiche : elle a hâte. Aussi prépare-t-elle sa valise sur-le-champ. Elle fourre ses vêtements, ses livres et ses colifichets dans sa vieille malle qui peine à se fermer. Santina ne la quitte pas.

La veille, Eulalie est allée trouver madame Chaptal pour lui faire part de sa décision. La directrice a été bouleversée d'apprendre que sa pensionnaire ne souhaitait pas finir l'année ni passer l'examen final. Elle a tenté par tous les moyens de l'en dissuader.

Dépitée par la fermeté de cette dernière, la directrice a délégué la responsabilité de la raisonner à la pauvre Santina qui, en réalité, trouvait son amie admirable.

— La barbe, plus rien ne rentre. Santina, tu veux bien t'asseoir sur ma valise pendant que je rabats le fermoir ?

La jeune femme s'exécute en riant. Le dortoir vibre de sa bonne humeur. Eulalie pince sa langue entre ses dents en verrouillant sa malle.

— Voilà ! Une bonne chose de faite. Tiens, mon amie, je t'offre mes manuels et mes cahiers. Et surtout mon beau stylographe.

Santina se saisit des présents et les serre sur son cœur.

— Tu es sûre ?

— Evidemment. Je n'en ai plus besoin et je veux que tu gardes un souvenir de moi.

— Des souvenirs, j'en ai des tas ! Et puis je viendrai te voir.

— Je t'attends de pied ferme. Tu viendras à la Toussaint ?

— Je te le promets ! Oh, tu vas tellement me manquer. Tu es ma meilleure amie depuis si longtemps. Nous avons vécu tellement de choses ensemble à l'école et au lycée. Je n'arrive pas à croire que tu partes si vite…

Eulalie est peinée, elle aussi. Elle regarde le dortoir, les petites chambres, les draps blancs. Elle ferme les yeux pour mieux mémoriser le parfum qui flotte dans la pièce.

On frappe à la porte.

— Mademoiselle Bastide ?

Madame Chaptal apparaît dans l'encadrement de la porte, hésitante.

— J'espère que Santina vous a fait entendre raison, mais… si vous maintenez votre décision… le contremaître de feu votre père est arrivé et demande si vous repartez avec lui.

Eulalie est fière d'elle-même en cet instant.

— Merci, madame. Oui, je maintiens ma décision. Je vais partir sur-le-champ.

— Je ferai connaître à votre notaire le montant des sommes engagées par votre père au titre de l'année scolaire afin de procéder au remboursement et…

La jeune femme agite la main en signe de refus.

— Portez cette somme sur le compte personnel de mon amie Santina Mailhan.

La directrice hoche la tête, non sans émotion. Eulalie sourit avec grâce.

— Je vous dis au revoir, madame, et vous remercie pour ces excellentes années passées dans votre institution.

— Au revoir, mademoiselle Bastide. Vous étiez une élève remarquable, vous allez beaucoup manquer à vos enseignants et à vos condisciples. Je vous souhaite beaucoup de bonheur et de réussite !

Les heures suivantes passent en un clin d'œil. Eulalie est si excitée et si confuse qu'elle agit comme dans un brouillard – les adieux aux camarades de chambre, les pleurs de Santina et son étreinte prolongée, le visage renfrogné d'Oton qui charge la malle sans masquer sa mauvaise humeur, le dernier regard posé sur la façade du lycée, la traversée des rues de Nîmes sous la chaleur torride, les arènes massives qui s'éloignent peu à peu... Rien n'émeut la jeune femme qui est prise par le vertige.

Elle s'arrête chez le notaire pour lui faire connaître sa décision. Celui-ci la reçoit en toute hâte.

— Etes-vous bien certaine, mademoiselle, de refuser l'offre de monsieur Cabanel ?

— Sûre et certaine.

— Avez-vous bien réfléchi ? Je veux dire... vous n'avez pris connaissance du testament qu'hier et... on peut prendre de mauvaises décisions quand on se montre empressé et...

— J'ai parfaitement conscience des difficultés qui m'attendent. Mais monsieur Meynadier, qui a si bien servi mon père pendant de nombreuses années, saura m'aider, j'en suis certaine.

Oton s'assombrit au fond de la pièce en baissant le regard sur ses chaussures.

— Si vous êtes décidée, soit, réplique sèchement le notaire. J'ai un ensemble de documents officiels à vous faire parapher afin de procéder à la transmission légale des biens. Après quoi, je procéderai à la remise des clefs du coffre de votre père dans lequel vous trouverez numéraire et objets de valeur. Je vous remettrai enfin ses livres de comptes.

Eulalie dissimule son enthousiasme car elle bout d'impatience. Elle est si excitée à l'idée de devenir officiellement la dirigeante de la filature Bastide de Callune !

— N'oubliez pas, mademoiselle, la clause relative à vos noces et à la naissance d'un héritier, la tempère le notaire qui a bien remarqué l'enthousiasme qui anime la jeune femme.

— Comment l'oublier, maître !

Une fois les signatures apposées, le notaire présente ses hommages à Eulalie et tous deux se saluent. La jeune femme, munie de ses documents, quitte l'étude avec dignité et prend place sur la charrette qui va la conduire chez elle, à Callune…

Oton ne desserre pas les dents durant tout le trajet. Eulalie se fait la réflexion qu'elle fait la route inverse de celle qui l'a déracinée il y a onze ans, menée par le même homme sur la même charrette tirée par la même mule, avec la même malle. Tout est semblable, et pourtant si différent : Linon a disparu de l'équipage, Eulalie est devenue une femme, et, qui plus est, une héritière.

Alors que Nîmes n'est plus qu'un point étincelant à l'horizon, les oliviers se raréfient. Chênes et rocs de schiste s'enhardissent. La route se fait étroite et sinueuse, l'air se charge d'humidité et de fraîcheur. Il y a un châle dans la malle mais Eulalie refuse de faire le moindre mouvement par crainte de briser la magie du moment. Ses yeux sont rivés sur le paysage qui s'offre à elle. Elle veut savourer chaque seconde de son retour triomphal au village. Elle se souvient des Romains qui rentraient chez eux en fanfare après avoir remporté des batailles : de la même manière, elle rentre chez elle en conquérante. Elle a triomphé de l'oubli, de la tristesse, de la colère, d'un destin qui n'était pas le sien. Elle revient seule, armée de son seul courage et de sa seule volonté. Elle revient pour être la patronne de l'entreprise la plus importante de Callune. Elle revient la tête haute.

Oton a retrouvé ses esprits, semble-t-il. Probablement échaudé, il ne se hasarde plus à manifester son opposition à celle qui est sa patronne. Eulalie remarque ce changement d'attitude et songe que le moment est opportun d'enfoncer le clou.

— Je serai au bureau dès six heures demain matin. Vous me présenterez les comptes de la filature. Je veux que tous les employés soient au garde-à-vous à sept heures afin que je puisse faire connaissance avec chacun d'eux. Je souhaite tout savoir : qui fait quoi, comment, quand ; qui ne s'entend pas avec son voisin ou sa voisine et pourquoi ; qui a trois enfants à nourrir, qui a des dettes, qui aime boire, qui joue, qui a eu des démêlés avec la justice ; qui est acharné à son travail, qui n'est jamais en retard, qui présente des aptitudes particulières. Mon père a dirigé cette compagnie pendant vingt ans, cela va les bouleverser de changer de patron, sans compter que je suis une femme. Je veux tout connaître de mes employés et de leurs tâches avant la fin de la semaine afin que la transition soit aussi harmonieuse que possible. Entendu ?

Oton ne répond pas. Il se contente de grogner en acquiesçant.

— Bien. Maintenant, je vous prie, une question : qui donc est ce monsieur Cabanel ? Le notaire a fortement insisté sur son offre, et je veux savoir pourquoi.

— Une crapule.

— Mais encore ?

— Callune et Fumeterre sont des villages rivaux. De vieilles histoires dont vous ne devez pas vous préoccuper.

Eulalie ne se contentera pas d'une réponse aussi vague. Elle s'apprête à exiger des précisions, mais sa voix s'étrangle dans sa gorge : Callune apparaît enfin. C'est une ridicule petite enclave humaine au milieu d'un océan de collines acérées. Moins de dix rues sombres et humides, moins de vingt toits couverts de lauze grise et mouchetée de moisissures, mais tant de souvenirs. La jeune femme se frotte les yeux.

La charrette bifurque avant de pénétrer dans le village. Oton l'engage sur le chemin escarpé qui mène à la demeure des Bastide. Peu à peu, la propriété se révèle. Les terrasses de châtaigniers, le vignoble, la bâtisse de pierre : tout est là, intact.

La mule s'immobilise. Eulalie saute du banc, ravie d'activer ses jambes engourdies. Le voyage a duré tout le jour. Oton descend la malle et la pose à terre.

— A demain, mademoiselle, grogne-t-il sur un ton maussade.

— A demain, Oton.

Elle serre les dents avant de lâcher :

— Merci.

Il tourne les talons et elle le regarde qui s'éloigne, plantée devant la porte de la maison, là où, autrefois, elle attendait anxieusement l'étreinte de sa mère et un regard de son père. Les dalles creusées par l'érosion dessinent comme un chemin. La bâtisse est grise et froide. La porte est bleue comme dans son souvenir, mais la peinture s'est écaillée. La cardabelle n'est plus qu'un fossile. *Il faudra que je me trouve très vite un nouveau chardon pour me porter chance.* Des chaises s'alignent sous l'auvent gagné par les vignes vierges qui font comme des tresses touffues. La jeune femme prend une inspiration et entre.

Rien n'a changé : ni les poutres en bois de châtaignier, ni la table de chêne qui trône au milieu de la grande pièce, ni le foyer large et profond garni de fauteuils au milieu desquels pend la lourde marmite. Eulalie se souvient du visage bienveillant de sa mère qui tricotait près du feu tandis que la bajane, la soupe de châtaignons blancs, fumait dans l'âtre. Elle était jolie malgré les rides qui lui barraient le front, les cernes noirs qui lui nimbaient les yeux, les cheveux qui blanchissaient par endroits. L'image s'évanouit et Eulalie prend conscience que si elle est de retour chez elle, elle est parfaitement seule. Personne ne lui a préparé un repas d'accueil. Elle s'efforce de chasser ces idées sombres, elle veut garder son enthousiasme intact. La solitude est la rançon de l'indépendance. Elle le sait. Pour ne pas y penser, il n'y a qu'une seule solution : il faut s'occuper. Alors elle court chercher sa malle qui est restée sur le perron. Elle la hisse sur la table et l'ouvre en grand, à la recherche d'une tenue toute simple pour se mouvoir avec aisance. Elle est prête pour le grand ménage.

Son père est mort depuis une bonne quinzaine de jours et la maison est restée vide depuis ce temps. Quelques araignées ont pris leurs aises le long des murs et des meubles. Eulalie s'empare du vieux balai pour faire place nette. Puis elle fait l'inventaire du cellier. Elle ramasse les vieux journaux qui traînent et les empile dans l'âtre.

Une fois la cuisine propre et fonctionnelle, Eulalie décide d'explorer l'étage et les chambres. Elle grimpe avec précaution l'escalier de bois étroit et sombre. Enfant, elle n'avait pas remarqué à quel point les marches sont irrégulières.

La chambre qu'elle partageait avec sa sœur est restée la même. Les deux petits lits collés aux murs sont recouverts d'un épais drap blanc. Entre eux, une étagère qui supporte quelques vestiges du passé : une toupie, une statuette de cheval en bois, quelques livres d'images. Il faudra tout vider. En face, la chambre de ses parents, austère, sent la maladie. C'est là que son père a affronté l'avènement des ténèbres. Le matelas a été retiré et le cadre en bois du lit est béant sur un gros trou. Une grande armoire renferme pantalons noirs, chemises blanches et autres costumes, mais aussi les robes et les jupes de la mère qui hantent toujours le meuble bien qu'elle soit morte depuis longtemps maintenant. Eulalie s'interroge. *Pourquoi Père a-t-il conservé tout ceci ? Par sentimentalisme ? Ou par désintérêt pour les contingences domestiques ?* C'est décidé, elle ne gardera rien : elle fera don des vêtements aux familles des ouvriers agricoles. Elle retire une à une les affaires de ses parents d'une main peu assurée, troublée de ce contact. Elles sentent le bois brûlé, la sueur, le savon de Marseille. En ouvrant le tiroir du linge de maison, elle prend brutalement conscience que ces étrangers qui lui laissent un souvenir amer et silencieux l'ont quittée pour toujours, et son cœur bat plus fort.

Entre les chemisiers de sa mère est niché un magnifique foulard aux couleurs vives. Eulalie reconnaît l'étoffe pour l'avoir vue sur de riches et élégantes Nîmoises : une indienne, une soierie imprimée à la planche de bois. La jeune femme caresse longuement le tissu, rêveuse.

Soudain, on frappe à la porte. Elle s'enveloppe du foulard par décence et ouvre la porte sur un jeune homme de petite taille, aux muscles secs et noueux, aux vilaines dents et aux cheveux filasse.

— Bonsoir, mam'zelle Bastide.

Le garçon serre son bonnet de laine entre ses mains, l'air gêné et tendu. Eulalie lui rend son salut.

— Que puis-je faire pour vous ?

— Je viens pour présenter mes condoléances, pour votre père, enfin, vous voyez… C'est terrible ce qui s'est passé, j'ai été choqué d'apprendre ça hein… Je viens vous saluer et me présenter. Mon nom c'est Pastor, Pastor Vernet, et avec mon frère le petit Ugolin, on vient chaque jour nous occuper des bêtes et des plantations. C'est pas que je viendrais réclamer, hein, mais avec mon frère on se demandait si on pouvait continuer à venir, ou si vous aviez vos propres gens…

Eulalie comprend qu'elle a devant elle un ouvrier agricole de son père.

— Magnifique ! s'écrie-t-elle en battant des mains. Vous avez bien fait de venir. Non, je n'ai personne avec moi, et je suis contente de vous rencontrer. Vous et votre frère…

— Ugolin, mam'zelle.

— Vous et Ugolin pouvez continuer à vous occuper de la propriété. Avant toute chose, il faut que je vous paye les deux dernières semaines. J'ai cependant une faveur à vous demander.

Pastor baisse les yeux en rougissant, mais malgré tout le soulagement se peint sur son visage. Il passe un doigt hésitant entre sa peau écarlate et le col de sa grosse chemise de toile aux cordons dénoués.

— Tout ce que vous voulez, mam'zelle.

— Déjà, je voudrais que vous m'emmeniez faire le tour de la propriété pour la connaître, si vous avez le temps. Je sais que la nuit ne va pas tarder à tomber, mais il y a si longtemps que je suis absente de chez moi que tout m'est étranger. Si vous voulez bien me laisser le temps de prendre un carnet et un crayon, je vous suis !

Pastor est cramoisi à l'idée de crapahuter sur la colline dans la lumière du soir en compagnie de sa jeune et charmante patronne, laquelle réapparaît aussitôt avant de lui emboîter le pas.

La maison se dresse sur une propriété d'une cinquantaine d'hectares qui s'étend au pied d'une colline. Une source cachée dans les hauteurs arrose généreusement la terre pierreuse qui couvre les pentes abruptes. Les ancêtres des Bastide avaient si durement travaillé cette contrée hostile qu'ils étaient parvenus à l'attendrir pour la rendre fertile et disciplinée. Protestants de la première heure, ils avaient quitté Paris pour s'enfoncer dans le désert cévenol près de deux siècles plus tôt et échapper aux persécutions et aux confiscations. Ils avaient trouvé refuge au cœur des petites montagnes encaissées et acérées où rien ne poussait. A force d'obstination, ils avaient convaincu la nature de les laisser prospérer. Le domaine transmis de génération en génération était à présent une splendeur. Une enfilade de bancels découpe les terres qui bordent la maison. Les terrasses les plus proches abritent le potager. Sur les versants alternent chênaies, châtaigneraies et plantations de mûriers. Au sommet, sur la lande qui court sur les combes, paissent quelques têtes de bétail. Dans la vallée, en rang d'oignons, s'alignent les fières petites vignes. Eulalie suit Pastor avec émerveillement, saoulée d'odeurs et de couleurs. Elle note compulsivement tout ce qu'elle voit dans son calepin d'épicier. Son guide achève la visite en lui montrant le four à pain qui jouxte la maison.

— Votre mère savait faire le pain, mais pas votre père. Il allait chercher le sien au village.

— Je ne sais pas non plus… je serai une fidèle cliente du boulanger !

Le four a été creusé au dos de la plus ancienne partie de la maison, celle qui est bâtie à même la roche de la colline et qui abrite les pièces à vivre. L'une des extensions qui en garnit les flancs sert à abriter les chevaux et le bétail, l'autre à recevoir céréales et châtaignes. L'ensemble est en schiste gris, bleu par endroits, sombre, luisant sous le soleil, pailleté sous la pluie. Une pierre dure, mais aussi friable et glissante. De larges dalles de lauze ont été disposées en pente sur les toits de la maison pour faciliter l'évacuation de la neige en hiver. L'ensemble de la bâtisse donne une impression paradoxale de noblesse et d'humilité. En face du four, un profond puits sonde la terre. *C'est là ma maison,* pense-t-elle, *et elle est belle.* Sa maison, et son histoire.

Pastor détaille longuement les exigences des différentes cultures selon les saisons et les besoins du bétail. La propriété compte également une basse-cour, des moutons, un porc et des bêtes de bât. Le potager, largement pourvu, exigera du travail. Les châtaigniers, arbres à pain miraculeux, offrent leurs précieux fruits. Les chênaies fournissent du bois de chauffage et de construction en abondance. Les mûriers sont réservés aux vers à soie.

L'entretien du domaine paraît complexe et Eulalie se félicite de bénéficier de la compétence et du savoir-faire des frères Vernet. Elle noircit son cahier de notes sur les cycles naturels, le fourrage à acheter, les dates de la transhumance et des foires agricoles de la région.

— Je vous remercie, Pastor. J'ignore ce que je ferais sans vous !

L'ouvrier rougit, autant de fierté que de surprise devant l'attitude de sa jeune patronne.

— J'y pense, êtes-vous marié ?

Pastor manque s'étrangler devant la spontanéité avec laquelle Eulalie a posé cette question indiscrète. Ce ne sont pas des choses qui se demandent dans un village comme Callune où tout le monde se connaît et s'épie.

— Non, non, pas encore, mam'zelle…

— Dommage, j'ai des vêtements d'excellente

qualité que je voudrais donner. Que diriez-vous d'essayer les costumes de feu mon père ?

Moins d'une demi-heure plus tard, Pastor s'en retourne avec un épais baluchon sous le bras ainsi qu'un nouveau chapeau sur la tête.

Après le départ de Pastor, Eulalie se prépare à vivre sa première nuit solitaire dans sa nouvelle demeure. Elle observe les ténèbres s'abattre sur la colline et submerger la maison. Des bruits étranges se font entendre. Les parquets craquent, les poutres grincent, dehors le vent siffle entre les arbres dont les branches viennent gratter les pierres de la façade. L'atmosphère, si hospitalière quelques instants plus tôt, est devenue menaçante. Peu rassurée, la jeune femme s'installe dans la cuisine et dîne d'un morceau de fromage, quelques olives et un verre de vin dans la lumière chiche d'une lampe à pétrole qui projette des ombres sinistres. Le bel enthousiasme de la journée vacille. Aussitôt son repas terminé, elle saisit la lampe et s'empresse de monter dans la chambre qu'elle occupait naguère avec sa sœur. *Que cesse ce vacarme !* implore-t-elle en plaquant les mains contre ses oreilles. Elle délace sa jupe et son corsage, enfile sa chemise de nuit et se coule dans les draps humides. Il fait froid et elle a peur. *Comment peut-on avoir un tel silence et autant de bruits ?* se demande-t-elle en tournant et se retournant. A Nîmes, elle a toujours dormi dans une rumeur perpétuelle rythmée par les cloches des églises et des temples – l'écho de la rue, un éclat de voix, le pas d'un cheval sur le pavé, les mille sons de la ville qui la berçaient. De plus, elle dormait parmi ses camarades qu'elle entendait chuchoter et glousser à côté d'elle, et Santina n'était jamais loin. De guerre lasse, elle se lève, ouvre sa malle et en sort *L'Enéide*. Bientôt les lettres dansent devant ses yeux, ses paupières papillonnent et le sommeil la ravit.

Si les nuits cévenoles sont mortifères, les matinées sont scandaleusement mouvementées. Ça commence avec le coq, aussitôt relayé par le cri lointain de la sirène de la filature qui appelle au travail. Eulalie s'arrache péniblement à son lit. Elle a très mal dormi, pliée en deux sur son matelas exigu pour l'adulte qu'elle est. Il va falloir se résoudre à investir la chambre des parents. *C'est ma maison, désormais.*

Sa maison, certes, mais également son entreprise, qui l'attend. Aujourd'hui, elle prend la tête de la filature Bastide. Elle a une boule au ventre, merveilleux mélange de hâte et d'appréhension. Après avoir tiré de l'eau du puits, elle prend un soin extrême à sa toilette. Elle enfile sa stricte robe de deuil et se confectionne un chignon sévère. Il s'agit de faire impression auprès du personnel.

Elle se rend dans l'écurie où se trouve la calèche, élégante et confortable, bien différente de la charrette d'Oton. Regardant autour d'elle, Eulalie comprend son erreur. Ici la bride, les guides, les mors ; là le collier et les traits ; enfin la courroie de reculement et la sellette pour atteler les brancards. Comment assembler tous ces éléments ? Harnacher sa mule ? La peur l'envahit. *Catastrophe ! Je suis trop loin du village pour m'y rendre à pied. Je vais arriver en retard et perdre toute crédibilité... Et si ma sœur et Oton avaient raison ? Si je n'étais qu'une gamine de la ville empotée et bonne à rien ?* Les larmes lui montent aux yeux.

Son accès de désespoir ne dure pas. La fierté l'emporte et elle relève le menton. *Ce n'est pas le moment de flancher.* C'est décidé, elle ira à cheval, mais encore lui faut-il une selle d'amazone ; elle fouille frénétiquement l'écurie, en vain. Elle pousse un cri de colère et de dépit.

Elle réfléchit. Ne pas se laisser abattre. Il n'y a pas d'autre solution que d'enfiler un pantalon. Elle fonce dans la chambre de ses parents, tire un pantalon de laine noire et une chemise de coton de son père, trop grands pour elle, une jupe portefeuille à carreaux de sa mère, avant de se débarrasser de sa robe de deuil. Ainsi attifée, elle a l'air d'une vraie Cévenole de la montagne. Il ne lui manque plus que les sabots pour parfaire l'illusion. Comment imaginer que cette jeune paysanne lit le latin et le grec dans le texte ? Elle rit de sa métamorphose.

Le cheval sellé, Eulalie se hisse sur son dos. *Merci Santina, qui s'est donné du mal pour lui apprendre à monter !* Elle flatte l'encolure de la bête du plat de la main. Le vieux hongre hennit doucement en retour.

— Allez Germain, en route ! Allons-y doucement, comme quand j'étais petite et toi tu étais jeune !

Eulalie claque sa langue et le cheval se met en marche. Il s'engage dans l'allée d'un pas lourd et débonnaire avant de longer les plantations de mûriers qui mènent à Callune. Le soleil fait timidement son apparition et illumine les feuilles des arbres d'or. La vision est féerique.

Alors que la cavalière s'approche de la ville, des voix se font entendre devant elle. Des voix de femmes. Elles chantent et leur mélopée troue l'air froid et noir du petit matin.

Hardi ! Les ouvrières fileuses
Contre les loups privilégiés,
Soutenues par la bonne Gueuse
Il va falloir les défier,
Continuons la grève
Marchons bien la main dans la main,
Que notre demande soit brève
Aux ennemis du genre humain !

Eulalie reconnaît la mélodie. Elle l'a entendue lorsqu'un célèbre homme politique, Jean Jaurès, est venu donner un meeting dans les arènes l'année où elle a intégré l'école de jeunes filles. C'est *L'Internationale*. Madame Clavel lui avait expliqué que c'était le chant des pauvres et des ouvriers privés d'éducation. En ce froid matin d'automne, ce chant brutal et vivant déchire le silence des champs. Les femmes marchent en s'époumonant. Leurs sabots de bois claquent en rythme sur la route.

Ils ne rêvent que de dividendes
Et se moquent totalement
De ceux qui toujours dans la fange
Vivotent misérablement.
Qui leur paie leurs automobiles ?
Qui leur fait bâtir des châteaux ?
C'est nous les fileuses dociles
Nous qu'on nomme le vil troupeau !

Eulalie ne reconnaît pas les paroles, qui l'étonnent par leur violence. Ces femmes, manifestement des fileuses, semblent très mécontentes de leur sort. *Travaillent-elles pour la filature Bastide ?* Elles baissent la voix lorsqu'elles entendent le bruit des sabots derrière elles. Elles sont trois et marchent ensemble bras dessus, bras dessous pour se tenir chaud. L'une d'elles tourne la tête.

— Bonjour, monsi... Oh !

Elle s'arrête, yeux écarquillés, bouche bée. Eulalie lui sourit.

— Mesdames, bonjour.

Les trois femmes sont plus jeunes que ce que leurs silhouettes laissent deviner. Elles sont voûtées et se meuvent avec la raideur des vieillards mais leurs traits sont jeunes et frais. Celle qui a parlé montre un museau poupin et rougeaud, des petits yeux bleu vif et perçants. Ses camarades et elle marmonnent des salutations gênées. Elles lorgnent le pantalon qui dépasse de la jupe. Eulalie les dépasse et poursuit son chemin sans se retourner, sentant le regard des fileuses peser sur son dos. Les filles ne chantent plus et Eulalie sait que c'est à cause d'elle.

Des ruelles sombres apparaissent. Callune. La jeune femme guide son cheval dans le village. Elle reconnaît la grand-rue où officient Pierrot le boulanger, Fabrice le boucher, le médecin, le docteur Boussac. Elle arrive sur la place du temple. Les trois points névralgiques du village se toisent avec arrogance : le temple, la mairie et le seul café, Chez Loulou. Entre eux, la place circulaire évoque la scène d'un cirque. Toutes les bâtisses sont en schiste gris et présentent un aspect similaire, mélange d'austérité et de rusticité. Les murs sont humides de rosée. Le sol de terre battue est visqueux et Eulalie l'examine avec circonspection. Quelle différence avec les beaux pavés de Nîmes ! Tout est fermé à cette heure. La jeune femme jette un coup d'œil sur l'horloge de l'hôtel de ville : six heures moins le quart. Elle a près d'une heure d'avance. Un chat malingre passe entre les sabots de Germain qui secoue la tête. Eulalie s'engage sur les quais qui bordent le Tarn avant de suivre la rivière et de quitter Callune. Enfin apparaît la filature, une bâtisse massive faiblement éclairée par les premières lueurs du matin. C'est un imposant édifice de couleur claire de deux étages troués par de grosses fenêtres. Une façade domine le Tarn tandis que l'autre donne sur une cour. Une grande cheminée s'échappe du toit de tuiles rouges. Il flotte une odeur âcre qu'immédiatement Eulalie se remémore. Parfois, son père l'emmenait lorsqu'elle n'avait pas classe. Elle jouait dans son bureau. Elle était déjà incommodée à l'époque par cette puanteur. Sa mère se plaignait de devoir laver plus énergiquement les chemises de son mari pour s'en débarrasser.

Eulalie pénètre dans la cour de la filature, un espace peu entretenu au dallage mal scellé où prospèrent les herbes folles. Elle met pied à terre, noue les rênes de Germain à un anneau fixé au mur et ajuste sa jupe qui dissimule son pantalon. Elle grimace : cela fait trop longtemps qu'elle n'a pas monté, elle a les fesses douloureuses. Elle flatte l'encolure de son cheval et lui caresse le bout du nez.

— Merci, Germain, d'avoir été un si bon destrier.

Laissant sa monture, elle contourne la filature et gravit les marches du perron avec lenteur pour se souvenir de cet instant. Devant la lourde porte bleue, elle sourit en lisant les grandes lettres peintes en noir sur le frontispice : « Filature Bastide ». Elle entre.

Le vacarme des machines ; la chaleur malgré l'heure matinale ; la moiteur étouffante ; l'odeur de café et de soupe que l'on devine dans la puanteur affreuse qui se laissait deviner au-dehors. Eulalie s'immobilise, comme saoulée de sensations. Face à elle s'étire une formidable rangée de bassines en pierre épaisse d'où s'échappent des nuages de vapeur.

Derrière ces bacs prennent place des femmes, des jeunes filles, des fillettes sur des chaises de paille tressée. Dans le dos des ouvrières se déploie une enfilade de machines complexes en métal sombre. Des chats musardent dans les coins. Le sol, froid et poisseux, est recouvert de dalles poreuses claires. Eulalie claque la porte, les ouvrières lèvent la tête. Une vingtaine de paires d'yeux scrutent la jeune femme. Des chuchotements s'élèvent. Eulalie, mal à l'aise, s'éclaircit la voix.

— Mesdames, mesdemoiselles, bonjour. Je suis mademoiselle Bastide, la fille de feu Abèl Bastide. Je suis votre nouvelle patronne.

Dans son dos, la porte s'ouvre et la bise fraîche s'engouffre : ce sont les trois jeunes femmes qu'elle a dépassées plus tôt sur le chemin. Les chanteuses. Eulalie ne se laisse pas démonter.

— Je suis en avance !

Quelques sourires forcés.

— Je vous laisse vous installer. Je viendrai me présenter convenablement quand monsieur Meynadier sera arrivé.

Sur ces paroles, elle traverse la longue salle. Elle se dirige vers le bureau de son père, situé à l'étage et accessible par un escalier de fer. Les marches couinent sous ses pas. Quand elle pénètre dans la pièce, elle ferme rapidement la porte contre laquelle elle s'adosse pour respirer un grand coup. Elle vient d'effectuer ses premiers pas de chef d'entreprise.

Le bureau de son père est sombre et humide.

Les murs de pierre blanche sont nus à l'exception d'une petite horloge de bois et de bronze et qui fait comme un point d'interrogation. Des étagères larges couvertes de papiers en désordre se dressent au fond. Un grand bureau en chêne massif au plateau couvert de cuir vert trône au milieu, flanqué d'un fauteuil vulgaire et dépareillé. Eulalie gratte le cuir de son index. Elle se souvient de tout cela. Une colonne de petits tiroirs borde chaque côté du meuble. Elle s'assied et tente d'ouvrir les tiroirs, mais ils sont fermés. Elle furète parmi les documents sans trouver de clef. Oton doit l'avoir. Il ne reste plus qu'à l'attendre. Elle croise les bras et regarde devant elle. Il est six heures. Elle dodeline de la tête.

Tout à coup, la porte s'ouvre, tirant Eulalie de son assoupissement.

— Monsieur Meynadier, je vous attendais, dit-elle sur un ton calme et assuré.

Les traits d'Oton marquent la surprise.

— Mademoiselle Bastide, vous, euh… vous êtes en avance.

— En effet.

Elle jette un coup d'œil à l'horloge.

— Sept heures moins le quart. Cela nous laisse un quart d'heure pour discuter avant de me présenter aux employés.

Oton opine du chef. Il retire son chapeau et le garde benoîtement à la main. Il a troqué son canotier contre un feutre, signe que la saison froide approche.

— Prenez ce siège, lui dit-elle en désignant un tabouret, et installez-vous à côté de moi !

Le contremaître s'exécute. Eulalie est étonnée de constater qu'il sent bon. Ses ongles sont propres et il a passé une chemise de coton blanc presque neuve. Elle se demande s'il essaye de paraître à son avantage auprès d'elle, ou peut-être du personnel. *Il doit vouloir montrer son autorité, qu'il vaut autant que moi, voire plus. Mais cela ne se passera pas comme ça.*

— Monsieur Meynadier, je vous saurais gré de bien vouloir me remettre les clefs du bureau de mon père.

Oton grommelle et sa moustache tressaute. Il fourre une grosse main poilue dans la poche de son pantalon et en extirpe un trousseau qu'il tripote avant de tendre une clef cuivrée à Eulalie sans la regarder. La jeune femme s'empare du passe avec un sourire satisfait. Elle déverrouille les tiroirs et sort un ensemble de livres et de cahiers.

— Parfait. C'est ce que je voulais voir, les dépenses et les recettes.

Elle ouvre un vieux registre et tourne une à une les pages jaunies.

— Votre père a acquis la filature en 1891, explique Oton de mauvaise grâce. Il a tout acheté : les machines, le bâtiment, tout. Jusqu'aux chaises. Les installations mécaniques étaient neuves. Elles ne nous ont jamais causé d'ennuis, donc nous les avons conservées en l'état. Elles fonctionnent à l'énergie hydraulique, ce qui explique la situation de la fabrique…

— … à flanc de rivière.

Le contremaître pose un regard étonné sur sa patronne.

— C'est ça, approuve-t-il. Nous n'utilisons donc pas de charbon pour faire tourner les dévidoirs et autres bobineuses. Par contre, nous avons besoin de combustible pour faire chauffer l'eau des bassines ainsi que les étuves de la magnanerie. Nous faisons venir du charbon depuis les mines d'Alais.

— Cela nous coûte-t-il cher ?

Il marque une hésitation ; parler d'argent avec une femme ! Mais cette petite pimbêche qui le regarde de haut est la patronne désormais…

— Il faut compter le salaire du conducteur de la charrette, trois francs par jour, le coût du charbon, cinq centimes le kilo, ce qui nous fait treize francs pour deux quintaux de charbon, le besoin pour une journée, à peu de chose près. Puisque nous parlons des salaires, sachez que nous employons également deux surveillantes qui touchent deux francs par jour chacune.

Il se racle la gorge.

— Mon salaire est de cinq francs par jour.

Eulalie acquiesce sans rien dire.

— Il ne faut pas oublier l'éclairage électrique, poursuit Oton, trente centimes par jour, l'entretien régulier des machines par le mécanicien itinérant, quatre francs par intervention, les différentes taxes et les assurances, qui reviennent à peu près à deux francs par jour.

— Et les ouvrières ?

— Depuis la grève de 1907 et la formation du syndicat des fileuses, le salaire des ouvrières a été porté à un franc et soixante centimes par jour.

— Auparavant, il s'élevait à combien ?

— Un franc cinquante.

— Donc, si je comprends bien... Elles ont fait grève pour obtenir une revalorisation salariale de dix centimes seulement ?

Eulalie est stupéfaite. Un kilo de pain coûte huit sous. Les deux sous d'augmentation lui paraissent bien dérisoires...

— Se mettre en grève pour si peu ? s'étonne-t-elle.

— Bah, on n'a pas besoin d'être bien payé pour dévider des cocons dans de l'eau chaude et mettre des fils bout à bout, rétorque Oton avec dédain. Ma mule pourrait s'en charger si Dieu lui avait donné des mains à la place des sabots. Vous vous en rendrez compte assez vite : les ouvrières sont stupides et bouchées. Elles arrivent en formation à l'âge de douze ans, elles ne savent lire et écrire que si leur père a eu la bonté de leur mettre la Bible entre les mains. Elles n'ont aucune éducation. Ce sont des brutes. Sans compter qu'elles sont... légères.

Eulalie reste bouche bée. Oton, cet homme fruste et borné qu'elle tient pour un butor, étale sans scrupule son mépris pour les ouvrières. Mais, après tout, n'agit-elle pas de la même façon à son égard ? Elle prend conscience de sa propre arrogance. Elle a beaucoup de choses à apprendre, beaucoup de certitudes à remettre en cause. *Voilà ma première leçon de chef d'entreprise, je ferais bien de m'en souvenir.*

— C'est pourquoi votre père a instauré un règlement très strict pour mettre au pas ces propres-à-rien.

Il déniche sur le bureau un document imprimé en lettres capitales. Il le donne à Eulalie qui le lit à haute voix :

— « ARTICLE I : LES FILEUSES DOIVENT OBÉISSANCE ET SOUMISSION AUX SURVEILLANTS AUSSI BIEN CHEZ ELLES QU'À LA FILATURE.

ARTICLE II : LORSQUE LA SIRÈNE RETENTIT À CINQ HEURES, LES FILEUSES DOIVENT FAIRE UNE TOILETTE COMPLÈTE ET SOIGNÉE. ELLES DOIVENT SE PRÉSENTER À LA FILATURE À CINQ HEURES ET CINQUANTE-CINQ MINUTES. LA JOURNÉE DE TRAVAIL DÉBUTE À SIX HEURES ET S'ACHÈVE À CINQ HEURES ET TRENTE MINUTES. UNE PAUSE D'UNE HEURE EST ACCORDÉE TOUTES LES TROIS HEURES.

ARTICLE III : L'HEURE DE REPOS ACCORDÉE DE HUIT À NEUF HEURES DU MATIN DOIT ÊTRE CONSACRÉE À L'AÉRATION ET AU RANGEMENT DES DORTOIRS. LES OUVRIÈRES QUI ONT UN

LOGEMENT SONT AUTORISÉES À UN TOUR DANS LA COUR OU FAIRE DES COURSES EN VILLE SI MONSIEUR LE DIRECTEUR A DONNÉ SON ACCORD.

ARTICLE IV : LES OUVRIÈRES LOGÉES AU DORTOIR NE DOIVENT PAS APPORTER DE NOURRITURE DANS LEURS CHAMBRES. LES LOCAUX DOIVENT ÊTRE BALAYÉS ET LES EAUX USÉES DOIVENT ÊTRE VIDÉES TOUTES LES SEMAINES.

ARTICLE V : LES OUVRIÈRES LOGÉES AU DORTOIR N'ONT PAS LE DROIT D'ALLER EN VILLE SANS L'ACCORD DE MONSIEUR LE DIRECTEUR.

ARTICLE VI : EN ÉTÉ, LES PORTES DE LA FILATURE FERMENT À NEUF HEURES DU SOIR, EN HIVER À HUIT HEURES. APRÈS NEUF HEURES, ÉTÉ COMME HIVER, LES LUMIÈRES SERONT COUPÉES DANS L'ENSEMBLE DU BÂTIMENT (MANUFACTURE, DORTOIR, RÉFECTOIRE). LES OUVRIÈRES DEVRONT ÊTRE COUCHÉES ET GARDER LE SILENCE.

ARTICLE VII : LES OUVRIÈRES DEVRONT SE RENDRE AUX OFFICES RELIGIEUX LE DIMANCHE AINSI QUE LES JOURS FÉRIÉS.

ARTICLE VIII : LES OUVRIÈRES QUI NE RESPECTENT PAS LE PRÉSENT RÈGLEMENT OU QUI SE DISTINGUENT PAR UNE

CONDUITE CONTRAIRE AUX BONNES MŒURS SERONT RENVOYÉES SANS DÉDIT. »

La jeune femme pose le papier devant elle. Elle a reconnu des similitudes entre le règlement de l'école normale et celui de la filature. Le protocole défini par son père lui paraît tout à fait satisfaisant.

— Combien d'ouvrières sont-elles logées au dortoir ?

— Vingt-trois. Douze fileuses viennent de chez elle à pied quotidiennement. Nous avons également trois filles en formation. La formation n'est pas rémunérée. Elle dure trois mois.

— Donc nous employons trente-huit ouvrières en tout. Si on ajoute leurs salaires, moins les salaires des apprenties, le vôtre, celui des surveillantes, et les dépenses quotidiennes nous dépensons…

Elle s'empare d'un papier et d'un crayon pour effectuer ses calculs.

— A peu près soixante-dix-sept francs par jour, un peu plus en cas d'intervention du mécanicien. Voilà pour les charges. Et si nous parlions des revenus ?

Le contremaître grimace.

— Regardez autour de vous, Oton, déclare Eulalie avec un sourire caustique. Mon père n'est plus là. Ce bureau est désormais le mien. Je suis la patronne… en attendant que je me trouve un mari. Si vous voulez conserver votre poste, vous avez tout intérêt à me communiquer les informations que je vous demande. Ainsi, je pourrai œuvrer pour le bien de l'entreprise, et donc pour votre bien. C'est d'accord ?

Il baisse le regard sur ses chaussures d'un air dépité. Elle a raison, et il le sait.

— On estime que cent kilogrammes de cocons secs donnent soixante kilos de chrysalides et quarante de matière soyeuse, dont vingt-cinq kilos de soie grège et quinze de déchets. Une fileuse produit environ deux cent cinquante grammes de soie grège par jour. Trente-cinq ouvrières produisent donc huit kilos sept cent cinquante de soie par jour. Pour les dépenses, si on ajoute le prix du chauffage des bassines et de l'éclairage ainsi que celui des œufs et de l'élevage des cocons, un kilo de soie produite nous revient à peu près à un franc.

— Et le prix de vente ?

— Si l'on déduit les frais de courtage de monsieur Dufour, notre négociant à Lyon, où est vendue notre soie pour y être filée, la commission qu'il s'octroie, les frais de port, l'emballage… La cote officielle de la soie en vigueur étant de cinquante-six francs par kilo… Nous réalisons un chiffre d'affaires d'à peu près douze francs par kilo de soie produite.

Eulalie est stupéfaite.

— Produire un kilo de soie ne nous coûte qu'un franc mais nous en rapporte douze ? C'est-à-dire cent cinq francs par jour ?

La jeune femme est ébahie. Elle ne pensait pas que son père dirigeait une entreprise aussi florissante.

Comme beaucoup de protestants, Abèl Bastide, sans être avare, dépensait peu. Il thésaurisait. Durant son enfance, il avait été bercé par les récits effroyables des spoliations qu'avaient subies ses aïeux suite à la révocation de l'édit de Nantes. Il était persuadé qu'un jour il devrait, lui aussi, fuir les persécutions. En prévision de ce jour funeste, il capitalisait. Ainsi, il n'arborait jamais de signe ostentatoire de richesse. Gileta Bastide portait toujours des livrées ordinaires. Les fillettes n'avaient droit qu'à une paire de chaussures par an. Selon le père Bastide, ces précautions devaient leur permettre de plier rapidement bagage si les circonstances l'exigeaient.

Loin des Cévennes, Eulalie a grandi sans cette peur du manque, dans un univers tranquille où elle n'avait pas à se préoccuper des dépenses. En réalité, elle n'a presque jamais vu ni manipulé d'argent liquide. Son père réglait ses dépenses une fois l'an. Bien sûr, elle n'ignore pas que l'argent est source de préoccupation pour beaucoup de monde, notamment grâce à Santina, qui lui a longuement détaillé les déboires de ses parents, modestes palefreniers camarguais à la solde d'un aristocrate fantasque et ingrat. Maintenant qu'Eulalie fait face aux comptes de l'entreprise, elle comprend pourquoi elle n'a jamais manqué de rien.

— Et l'usine tourne combien de jours par an ?

— Si l'on retire les dimanches, la veille du jour

de l'an, les jours de foire, la filature est ouverte près de trois cents jours par an.

— Ce qui nous fait un total de... un total de...

Eulalie est bouche bée.

— La filature réalise un chiffre d'affaires de plus de trente et un mille francs par an ?

Elle est abasourdie. *Je suis riche. Je suis la personne de loin la plus riche du village. Peut-être même la personne la plus riche entre Florac et Alais.*

— Oui, la filature est prospère. Mais ça, il faut le garder pour vous, mademoiselle, d'accord ?

Oton se met à chuchoter.

— Déjà, il faut savoir que l'équilibre est précaire. La filature Bastide s'en tire mieux que d'autres car elle n'achète pas grand-chose. Nous possédons la magnanerie et nos propres plantations de mûriers. Si une maladie frappe nos mûriers, nous devons acheter les feuilles, le prix de revient n'est plus le même. Donc inutile de se réjouir trop vite : la moindre épidémie peut anéantir tous nos efforts en un clin d'œil. Ensuite, il faut faire attention aux ouvrières. Très, très attention.

Il baisse encore la voix.

— Elles ne doivent jamais, jamais, vous m'entendez, jamais connaître nos bénéfices.

— Pourquoi ? demande Eulalie avec candeur.

— Pourquoi ? Ah ! Parce qu'elles assurent près de trois francs de marge par jour et par tête alors que nous les rémunérons un franc soixante, pardi ! Déjà qu'elles nous cassent la tête avec leurs histoires de grèves et de syndicats, faudrait pas qu'elles connaissent les chiffres ! Elles se mettraient à avoir la folie des grandeurs !

La complexité de la gestion d'une entreprise commence à apparaître à Eulalie, elle s'y est lancée sans prendre le temps de réfléchir. La chanson qu'elle a entendue le matin même lui revient. Elle se tait.

— Si vous n'avez pas d'autres questions, conclut Oton sur un ton de propriétaire, nous pouvons retourner à l'atelier. Il est sept heures.

Eulalie hoche la tête.

Quand les ouvrières les voient s'approcher dans la grande salle, les conversations s'interrompent et elles baissent la tête. *Elles ont peur ? Elles ont peur... de lui ?* La jeune femme observe Oton. Le lourdaud s'est raidi. Il avance sans bouger les épaules, la tête droite et le regard fixe. Elle est surprise par la dignité de l'allure qu'il s'efforce de montrer. *Il marche comme mon père...* Elle fronce les sourcils et tente, elle aussi, de se composer une attitude de fermeté et d'autorité. Elle lisse sa jupe du plat de ses mains et regrette de s'être vêtue ainsi. *Pourvu que personne ne remarque le pantalon !*

— Mesdames, debout ! lance le contremaître d'une voix de stentor une fois parvenu au centre de la salle.

Les ouvrières se lèvent dans un fracas de chaises qui crissent sur le sol et de tissus qui se défroissent.

— Mademoiselle Bastide, fille de monsieur le directeur, devient dès aujourd'hui votre nouvelle patronne. Vous devrez lui témoigner le même respect que…

— Merci, monsieur Meynadier, le coupe Eulalie, mais, si je puis me permettre, je vais me présenter moi-même.

Même s'il n'en laisse rien paraître, Oton encaisse mal la rebuffade, seule est visible la rougeur qui gagne son visage. Dans un coin, une grosse femme courtaude mieux vêtue que les ouvrières esquisse un sourire mesquin. Eulalie comprend à son vêtement qu'il s'agit d'une surveillante.

— Mesdames…

L'héritière avise les trois jeunes apprenties et corrige son entrée en matière :

— … et mesdemoiselles. Comme vous l'a dit Oton, je suis la nouvelle directrice. Vous me trouverez tous les jours dans mon bureau de sept heures à dix-sept heures, sauf le dimanche. Le règlement intérieur de l'entreprise reste inchangé. Pour toute demande, adressez-vous à vos responsables qui m'en feront part. Est-ce que tout est clair ?

Les employées opinent du chef dans un bruissement léger.

— Bien. Mesdames les surveillantes, avec moi s'il vous plaît. Les autres, vous pouvez reprendre le travail.

Les ouvrières gagnent leurs postes sans mot dire. Les autres s'approchent d'Eulalie.

— Monsieur Meynadier, je vous remercie. Je vous laisse à vos occupations.

Oton est écarté de la conversation et tourne les talons, toujours aussi raide, de plus en plus rouge. *Il espérait vraiment passer pour le nouveau patron !* Si Eulalie se sent fière d'avoir fait preuve d'autorité, elle s'inquiète tout de même de la réaction de ce collaborateur ambitieux. La surveillante courtaude la tire de ses pensées.

— Mam'zelle Bastide, je suis Mireille, Mireille Pradet. Je suis celle qu'est chargée de surveiller les dortoirs et l'atelier de matin. Et elle, c'est Huguette Bosc.

— Bonjour, m'dame la directrice. Je surveille l'atelier tout le jour.

Si Mireille est une petite femme ronde, à la face rouge et charnue, Huguette est une grande perche maigre et pâle à grand nez.

— Mesdames, bonjour. Je suis enchantée de faire votre connaissance. Pourriez-vous me faire visiter les lieux et me faire connaître les noms et les postes des fileuses, s'il vous plaît ?

Les surveillantes acquiescent.

— Si ça vous dit, m'dame, on commence par la magnanerie qu'est à l'étage.

Les surveillantes quittent l'atelier pour s'engager dans un large escalier de pierres froides et humides. Eulalie leur emboîte le pas.

Le premier étage est divisé entre le dortoir des fileuses et la magnanerie. Tournant le dos au dortoir, les surveillantes ouvrent une grande porte de bois bien ciré. Eulalie découvre une longue pièce que longent de grosses mezzanines en bois de châtaignier, comme des grands lits superposés où l'on dépose les feuilles de mûrier que dévorent les vers. Mireille frappe du plat de la main sur la planche d'une mezzanine.

— C'est ça la magnanerie. Vous voyez ces étagères ? C'est le taulier. C'est là qu'on élève les magnans entre avril et mai.

— Les magnans ?

— Les vers à soie, les chenilles. Ils font rien d'autre que *maniar* ! Manger ! répond Mireille en joignant le geste à la parole et en agitant sa grosse main plate devant sa bouche ouverte. Les magnans ça veut dire les gourmands, parce qu'ils dévorent tout le temps qu'ils grandissent.

Eulalie hoche la tête en réprimant un frisson de dégoût. Elle se souvient de cet endroit. Son père l'y avait amenée quand elle était petite. Des millions de petits vers grouillaient sur les tissus disposés sur les planches de bois et croquaient avec avidité les feuilles de mûrier sèches qu'on leur donnait en abondance. Cela faisait un bruit extraordinaire, comme un vrombissement incessant. Comme la pluie sur les toits. Elle avait été stupéfaite de constater que de si petits organismes pouvaient produire autant de bruit.

— Un marchand de graines… poursuit Mireille.

— De graines ?

— D'œufs, si vous préférez. Un marchand d'œufs parcourt le département au printemps et nous vend des boîtes en carton contenant du tissu où qu'il y a plein de graines grises. Depuis qu'ils ont été malades au siècle dernier, les vers, on est obligés de les acheter aux Italiens et aux Espagnols. Les nôtres sont pourris.

— C'est nous les femmes qu'on doit garder les graines sous nos jupes bien au chaud pour faire éclore les vers ! s'écrie Huguette non sans fierté.

Eulalie tord la bouche. La surveillante s'esclaffe avec franchise.

— Bah, pas vous, vu que vous êtes la patronne, hein !

— Vous me rassurez grandement.

— Mais c'est pas sale, hein ! C'est nous qu'on doit être très propres, d'ailleurs !

— Et puis on doit pas les garder avec nous quand on est… enfin quand on est indisposées, vous voyez…

— Le pasteur il dit qu'on est pas pures !

Eulalie esquisse une moue moqueuse.

— Mais bon, on a aussi des machines pour ça, vous savez, poursuit Mireille. Des incubateurs, que ça s'appelle.

La surveillante désigne des petites caisses de bois sombre à étages.

— On met une lampe à alcool en haut pour chauffer, comme ça, on craint rien pour le feu.

— Alors une fois que les vers ont éclos, en avril,

embraye Huguette, on les apporte ici pour qu'ils mangent les feuilles de mûriers qui poussent dans les champs de vot' père... pardon, de vos champs. Ils mangent quatre fois par jour ! Au début, quand c'est que des tout p'tits bébés, on leur coupe les feuilles, puis à la fin, quand ils muent pour la cinquième fois, on leur fourgue les feuilles entières. Pis il faut les chauffer tout le temps, c'est pour ça qu'il y a des cheminées dans les coins.

Eulalie arpente la pièce et observe tout cela avec intérêt.

— J'ai l'impression que ça sent le savon, je me trompe ? remarque-t-elle avec étonnement.

— Oh, ça non. Ça sent bien le savon. Il faut qu'on ait les mains bien propres tout le temps, vous voyez ? Les vers, ça aime pas la saleté. Ils meurent si on leur donne des maladies et s'ils meurent, ben, pas de cocons et pas de soie. Alors il faut se laver les mains régulièrement avec le savon de Marseille avant de donner les feuilles et bien, bien frotter le sol à la chaux vive deux fois par semaine. On brûle du thym pour que la pièce reste bien saine, vous voyez. Pis quand on a mal aux mains à cause de la chaux, on s'enduit d'huile de cade.

Que tout cela paraît bien compliqué... Eulalie tente de retenir autant d'informations qu'elle peut. Elle fouille dans la grande poche de son jupon à la recherche de son calepin d'épicier et de son crayon.

— Que se passe-t-il une fois qu'ils ont mué cinq fois ?

— Les magnans deviennent tout excités, comme les gars qui reviennent de la transhumance !

Huguette donne un coup de coude dans le flanc de Mireille qui fait la moue et devient encore plus rouge qu'elle ne l'était déjà.

— Pardon, m'dame, j'voulais pas manquer de respect.

Eulalie agite la main et lui fait signe de poursuivre.

— Ben, les magnans bougent dans tous les sens, c'est le signe qu'ils veulent faire leurs cocons. Alors on ramasse des rameaux de bruyère et de genêt dans les collines et on fait comme des cabanes avec, d'où que ça s'appelle l'encabanage.

— Les petits vers ils grimpent dedans et ils tissent leurs cocons, ajoute Huguette. Ils bavent et bavent et s'enroulent sur eux-mêmes. C'est leur bave qui fait le cocon. Il y en a des blancs comme neige, des jaunes comme les dents du pasteur, des verts ! Ils sont petits ou grands, gros comme Mireille ou maigres comme moi !

Les surveillantes se tordent de rire.

— Quinze, vingt jours après, un beau matin, ils sortent. Ce sont des papillons maintenant.

— Mais nous, on les laisse pas devenir papillons, non, on les tue avant.

— Tous ces efforts pour rien, les pauvres… lâche Eulalie sur un ton désolé.

— Ah non, pas pour rien ! Quand les magnans ont fini leurs cocons, on les enlève des cabanes.

C'est le décoconnage. On se met dans la cour avec les filles et les enfants et on chante des chansons en retirant les cocons.

— Pourquoi les enfants s'y mettent-ils ? Ne vont-ils pas à l'école ?

— Les enfants des ouvrières doivent mettre la main à la pâte. Monsieur Castanet le sait bien, il laisse faire. Et puis, il faut faire bien attention avec le décoconnage. Faut pas avoir de gros doigts. Faut surtout bien enlever la bourre.

— La bourre ?

— Ce sont les premiers fils que les vers bavent pour s'accrocher aux rameaux.

— Tous les cocons percés, ou moches, avec le ver mort avant d'avoir pu terminer, on les jette. On garde que les beaux.

— Et après ?

— C'est là que vos ouvrières entrent en jeu, m'dame. Descendons dans l'atelier, si vous le voulez bien.

Eulalie est curieuse d'apprendre la suite de l'histoire des magnans. Comment ces petites créatures si fragiles, si laides, peuvent-elles fabriquer de la soie si douce, si attrayante ?

La vie bat son plein dans l'atelier. Le bruit des machines est assourdissant. Mireille s'arrête près de la première de la ligne de cuves qui traverse la grande salle. Une ouvrière y travaille en silence. Elle est vieille et bossue. Ses mains s'activent dans l'eau chaude. Le contraste entre l'âge canonique de la femme et la vélocité de ses mouvements hypnotise Eulalie. La fileuse porte des petites lunettes ébréchées dont les verres sont embués par la vapeur de la bassine. Sur son ventre, un gros tablier de caoutchouc.

— Voyez, m'dame, dans ce panier par terre, l'informe Mireille en pointant le doigt vers une corbeille, ce sont les cocons qui ont été sélectionnés. Après les avoir enlevés des cabanes, zou, au four ! On les étouffe. Quand ils sont prêts, on les emporte à l'atelier.

Mireille se penche pour prendre le panier de cocons. Eulalie surmonte son dégoût et y plonge la main. Les petites billes soyeuses roulent mollement entre ses doigts.

— Ils sont si légers !

— Légers, et fragiles.

La surveillante donne un coup sec sur le bras de la vieille fileuse et la pousse de sa chaise sans ménagement.

— Laisse passer la dame.

— Oui, m'dame Pradet. S'cusez, m'dame Pradet.

L'ouvrière se lève avec difficulté. Ses mains fripées pendent misérablement au bout de ses bras rabougris. L'eau lui coule le long des doigts. Eulalie est choquée par la violence de la scène à laquelle elle vient d'assister. Elle a envie de demander pardon à la pauvre vieille qui lui paraît si vulnérable. Mais elle n'en fait rien. Elle songe au mépris d'Oton pour ces femmes. Mireille ne remarque pas son trouble. Pire, elle semble fière de faire place nette pour sa patronne.

— Voyez, m'dame, l'ouvrière a une bassine devant elle. Elle plonge les cocons dans l'eau chaude. Elle remue tout ça avec une escoubette.

La surveillante agite un petit balai de bruyère assez laid qui ressemble à une main griffue.

— C'est le battage. On enlève les vilaines soies, les frisons. Mais les frisons, on les garde quand même. Ça fait de la filoselle pour des bonnets et des gants bon marché. Après, quand les frisons sont écartés, les cocons lâchent leurs premiers fils. La fileuse en saisit quelques-uns et les assemble.

La surveillante montre de son gros doigt un brin blanc produit par la réunion des fils de cinq cocons qui trempent dans la bassine. Le mince câble ainsi constitué passe au travers d'un anneau suspendu à une baguette de fer en potence au-dessus de la bassine. Au bout de la baguette, un écheveau relié à un dévidoir mécanique.

— La tourneuse actionne le tour et zou, les cocons se dévident. Il reste la babote.

Elle exhibe une chrysalide morte.

— C'est ça qui pue, si vous vous demandez, m'dame.

Voilà donc d'où vient cette pestilence. Eulalie contemple d'un œil triste le petit croissant jaune et huileux.

— Qu'est-ce qu'on fait de tous ces… cadavres ?

— Bah, les fileuses sont bien contentes de les

ramasser pour nourrir leurs poules. Les œufs sont dégueulasses à vomir après mais elles s'en moquent.

L'aversion fait frissonner les épaules de la jeune directrice. La surveillante n'y prête aucune attention.

— Donc la fileuse mouline, mouline, puis une fois que les fils de soie sont enroulés autour des roquets, ces petites bobines-là, elle les double, c'est-à-dire que les deux fils des deux roquets vont être liés pour faire un fil plus gros. Ça se passe ici.

Mireille montre une grosse machine complexe accolée au dévidoir.

— C'est la banque de doublage.

— La banque de doublage…

Eulalie prend des notes. Son carnet se remplit peu à peu.

— Le gros fil est tordu sur des fuseaux pour devenir plus costaud. Ensuite, on les assemble avec un fil de liage sur une flotte.

A côté de la banque de doublage pendent à des crochets des petits cadres de bois, les flottes. Mireille montre comment les fils de soie sont enroulés autour des cadres avant d'être retirés pour former des nattes épaisses, lisses et élégantes.

— C'est magnifique. C'est stupéfiant.

Eulalie caresse longuement les voluptueuses tresses laiteuses et ambrées. Mireille la regarde avec fierté :

— Votre père y disait pareil. Y a pas à tortiller, m'dame, z'avez la soie dans le sang.

— Et notre courtier récupère les flottes ? s'enquiert Eulalie.

— Tout d'abord, faut vérifier que le produit fini est bien comme il faut avec monsieur Meynadier. A la fin de la semaine, vous envoyez la production à Lyon. Mais ça c'est à lui de vous le dire, pas à moi, non, pas à moi.

Eulalie lui sourit.

— Merci beaucoup, mesdames, pour ces explications. Je suis enchantée à l'idée de travailler dans un univers aussi… fascinant. Toutefois, j'ai encore quelque chose à vous demander avant de retrouver monsieur Meynadier dans mon bureau. Je voudrais que vous me présentiez les ouvrières.

Mireille et Huguette considèrent leur patronne avec étonnement.

— Ai-je dit quelque chose de choquant ?

Eulalie est à la fois amusée et inquiète.

— Ben, c'est-à-dire que… bredouille Huguette. Ben, y a pas grand-chose à dire sur elles, m'dame. Elles font le boulot qu'est demandé et pis c'est tout. Si elles travaillent mal, ou si elles respectent pas le règlement, zou, à la porte. Y en a qui sont là depuis longtemps et y'en a qui font juste la saison parce que ce sont des lavettes et que le travail est trop dur pour elles. Du coup, faut pas trop s'attacher, hein. C'est pour ça que m'sieur Bastide, paix à son âme, il leur avait donné un numéro. Pas sûr que m'sieur vot' père y connaissait le nom de toutes ces drôlesses.

— Un numéro ?

— Ben, voyez la vieille Lucia qu'est là ? Pour vot' père, c'était le matricule un. Parce qu'elle occupe la première bassine près de la porte, voyez.

Matricule un. Eulalie, perplexe, hausse les sourcils. Les ouvrières sont frustes, sans éducation, contrairement à elle. Elles ont fréquenté l'école de leurs villages respectifs tant que leurs parents n'ont pas eu besoin d'elles pour les travaux des champs et pour les tâches domestiques. A l'école de monsieur Castanet, Eulalie voyait souvent disparaître des camarades dont les mères, encombrées de marmaille, ne pouvaient plus s'occuper toutes seules du foyer et dont les pères avaient besoin de bras pour les travaux des champs. Quand venait le temps des moissons et des vendanges, ou quand il fallait *châtaigner*, la classe se vidait plus que de moitié. Quand les années étaient mauvaises, les enfants des familles indigentes ne revenaient pas en classe.

La jeune directrice regarde autour d'elle. Les ouvrières sont pauvres. La modestie de leurs mises ne laisse pas de doute à ce sujet. Ce sont les petites apprenties qui ont l'air le plus misérables. Penchées au-dessus des bassines bouillantes, elles regardent d'un œil terne leurs aînées s'activer. Elles ne doivent pas avoir plus de treize ans. Elles ont quitté l'école pour apprendre le métier. Eulalie sait qu'elles n'y retourneront plus. Elles tisseront de la soie toute leur vie sans avoir la chance de pouvoir en porter.

Leur sort est scellé dès qu'elles passent la porte de la fabrique. *Doivent-elles pour autant perdre leur nom en plus de perdre leur avenir ?*

— Je voudrais que vous me présentiez chacune des ouvrières, s'il vous plaît, insiste-t-elle. Je voudrais connaître leur matricule, mais aussi leur nom et prénom.

Mireille et Huguette haussent les épaules devant le caprice de leur patronne, mais elles s'exécutent.

Les ouvrières baissent les yeux quand Eulalie s'approche d'elles. Elles esquissent un petit sourire à l'annonce de leur nom et se remettent au travail avec empressement. Eulalie scrute chacune de ses employées, observe leur visage fatigué, leurs mains crevassées. Elle remarque avec horreur les cadavres des babotes qui gonflent les poches de leurs tabliers humides. Mireille aborde chaque bassine en annonçant avec autorité le matricule et le nom de la fileuse qui y officie et en profite pour la bousculer en douce afin qu'elle se lève en signe de respect. Eulalie est contrariée par ce procédé. Bien sûr, elle est ravie de constater que ses ouvrières sont dociles et révérencieuses. Mais elle n'approuve pas ces manières agressives et malsaines.

La surveillante arrive près de la bassine 17 où travaille une femme enceinte. Des perles de sueur inondent ses tempes et elle pousse des halètements déchirants quand elle actionne le dévidoir. Chacun de ses gestes semble pénible.

— Matricule 17 ! clame Mireille.

Elle lui fiche son coude dans les côtes. Eulalie pousse un « oh ! » furieux et indigné.

— Voyons, madame Pradet, un peu de décence, que diable ! Ne voyez-vous pas que la pauvre femme souffre déjà bien assez ?

Elle se précipite vers le matricule 17 qui prend appui sur sa chaise pour tenter de se mettre debout.

— Restez assise, madame. Dans votre état, mieux vaut limiter vos mouvements.

Eulalie, toute à sa colère, ne remarque pas le silence pesant qui s'est fait autour d'elle. Les ouvrières ont cessé de travailler, le souffle suspendu et le regard fixe. Elles dévisagent Mireille. Celle-ci est livide.

— M'enfin, m'dame… bredouille-t-elle, elle doit vous montrer le respect qu'elle vous doit, m'dame…

— Cette femme est quasiment au terme de sa grossesse ! Et vous l'avez frappée dans le ventre ! C'est scandaleux !

Eulalie tourne la tête. A la bassine 18, un grand sourire. Elle reconnaît ce visage rond et bordé de boucles blondes. C'est la demoiselle qui braillait le chant de gréviste quelques heures plus tôt.

Oton surgit dans l'atelier, alerté par le silence insolite qui règne tout à coup. Une baguette à la main, il promène un regard intrigué sur l'assistance. Aussitôt les fileuses se remettent au travail. Le bruit des machines envahit de nouveau l'usine.

— Madame Pradet, veuillez me suivre dans mon

bureau, je vous prie, dit Eulalie en aparté à la surveillante. Madame Bosc, je vous laisse la conduite de l'atelier.

La directrice traverse la longue pièce d'un pas martial, Mireille sur ses talons, les yeux rivés sur le sol, les traits décomposés, les larmes prêtes à jaillir. Elle sent sans le voir le regard pesant des ouvrières qui se régalent de son infortune. Eulalie gravit les marches avec célérité, introduit Mireille et claque la porte derrière elle. Oton est debout près du bureau.

— Madame Pradet, lâche l'héritière sur un ton froid, vous avez un poste qui vous place au-dessus des ouvrières, mais ce n'est en aucun cas une raison pour vous en prendre physiquement à l'une de mes employées, vous m'entendez ?

Lorsque Eulalie dit « mes employées », Oton frémit. Il darde un regard courroucé sur sa patronne. « Quoi ? se dit-il. Cette pimbêche est là depuis deux heures et elle voudrait déjà tout régenter ? » Mais il se retient. Il serre sa baguette fort, très fort, et se tient tranquille.

— C'est mon premier jour, et il est normal de procéder à quelques… ajustements. Je ne vous châtierai donc pas. Mais que cela ne se reproduise pas, suis-je bien claire ?

Mireille hoche la tête sans lever les yeux.

— Oui, m'dame.

— Très bien. Retournez à votre poste.

Mireille ferme la porte en sortant, laissant Eulalie et Oton face à face.

— Je sais que vous me désapprouvez, dit la jeune femme.

— Vous ne vous rendez pas compte de ce qui se passe ici. Vous marchez sur un fil. La moindre erreur, et vous tombez.

— Oui, mais en aucun cas je ne peux tolérer pareille violence et…

— Vous remettez en cause le fragile équilibre que votre père s'est donné tant de mal à instaurer !

Il parle à voix basse, de crainte qu'on l'entende.

— Vous rendez-vous compte du mal que vous venez de faire ?

— Non, au contraire. J'ai empêché que l'on fasse du mal à cette pauvre femme. Je n'ai causé de tort à personne, si ce n'est à l'orgueil de Mireille Pradet. Croyez-moi, elle s'en remettra.

— Mais les ouvrières ne la respecteront plus… Tout comme elles ne me respecteront plus si vous me coupez encore la parole comme vous l'avez fait tout à l'heure. N'oubliez pas que nous les sortons de la misère. Sans nous, elles mangeraient des racines. Ce sont des nigaudes sans éducation qui ne savent rien faire de leurs dix doigts. Elles nous sont redevables.

— Mais est-ce une raison pour…

Il la coupe en levant la main d'un geste péremptoire.

— Avez-vous déjà eu un chien, mademoiselle ?

Elle fronce les sourcils, ne sachant pas quoi répondre.

— Imaginons que vous adoptiez un chiot. Il ne pense qu'à s'amuser. Vous le punissez en le battant et en le privant de nourriture s'il commet des bêtises. Il finit par comprendre que vous ne le gardez près de vous que s'il reste dans le cadre que vous avez défini pour lui. Vous êtes plus intelligente que lui, vous commandez, vous êtes en mesure de le nourrir et de veiller sur lui, c'est l'ordre des choses. En échange, il doit vous servir, sinon, il n'y a aucune raison valable pour que vous vous embarrassiez d'une bouche inutile. Devenu adulte, le chien vous admire et vous aime parce que vous êtes sévère avec lui. Il sait que vous faites cela pour son bien. Il vous respecte, non pas parce que vous êtes en mesure de le punir, mais parce que vous lui prodiguez le cadre de vie dont il a besoin et dont il a peur d'être privé. Il vous suit partout parce que, sans vous, il n'existe pas.

Eulalie est assommée par ce discours. Elle s'affale sur la chaise. Oton s'approche du bureau dont il caresse le cuir vert à l'aide de sa baguette dans un geste presque sensuel.

— Laissez le chien vous mordre, et il retournera à ses premiers instincts. Relâchez-le, et il deviendra une bête sauvage inutile dont les loups ne veulent pas. Il errera à la lisière des villes pour chaparder des ordures. Les ouvrières, c'est pareil. Elles ont besoin d'un cadre, sans vous, elles n'ont ni volonté, ni projet, ni ambition. Si vous ne les commandez pas, elles retournent à leurs instincts les plus vils. Si vous ne les battez pas, elles n'ont pas peur de vous et elles n'obéissent pas. Si vous laissez un chien manger quand il lui sied, il se goinfre jusqu'à se rendre malade parce qu'il ne sait pas se rationner en prévision du lendemain. Il ne sait pas ce qui est bon pour lui. Si vous donnez trop d'argent aux ouvrières, elles s'achètent des fanfreluches et des pompons parce qu'elles ne savent pas épargner. Vous seule savez ce qui est bon pour elles. Comme les chiens, elles ne peuvent pas vivre en dehors de la société. Comme les chiens, elles ont besoin d'être dressées pour remplir leur fonction. Si vous donnez un coup dans le flanc d'un chien parce qu'il vous a manqué de respect, vous ne le brutalisez pas : vous faites cela pour son bien. Il en va de même pour vos ouvrières.

Eulalie a la gorge serrée. Une grande tristesse l'envahit. Oton sait que sa démonstration est imparable.

— Et puis, si vous êtes prospère, insiste Oton, portant le coup de grâce, vous pouvez continuer à acheter tout ce dont l'atelier a besoin quotidiennement pour continuer à tourner. Ainsi, vous procurez du travail à toutes ces femmes qui peuvent à leur tour faire vivre leurs familles avec leur salaire. Vous avez une grande responsabilité : vous employez la moitié des femmes du village. Si vous faites banqueroute, vous ruinez Callune.

Le reste de la journée se déroule sans anicroche. Eulalie suit Oton en silence. Il lui explique les règles du marché de la soie, le rôle des courtiers, les exportations. Elle l'écoute sans broncher, noircissant son carnet avec application. De temps en temps, elle surprend le regard noir de Mireille.

Les ouvrières travaillent en chantant.

Les chrysalides mortes puent.

Dix-sept heures. Eulalie retrouve Germain.

Le temps d'arriver à la propriété, le soleil se couche déjà sur la colline. Eulalie bouchonne son cheval et réintègre sa petite chambre. Elle se débarbouille et se glisse sous ses draps froids sans prendre le temps de souper.

Oton l'a bien corrigée. Elle se sent meurtrie. Elle tourne et retourne sur son matelas. Sans trouver le sommeil. Agacée, elle se lève pour entretenir le feu qui ronronne au rez-de-chaussée. Elle se traîne dans le siège à bascule de sa mère, près de l'âtre, là où elle l'a vue si souvent rapiécer les vêtements de toute la maisonnée avec une mine de condamnée. Elle l'ignore, mais elle affiche le même air affligé.

Elle tire une cigarette de son paquet, l'allume avec un brandon du brasier et aspire une longue bouffée qu'elle exhale en fermant les yeux de plaisir. *J'avais donc tout faux.* Elle pensait bien faire. Mais elle avait tort. Désormais, elle ne risquera plus de mettre en péril le fonctionnement de la fabrique.

Elle se montrera inflexible. Comme son père. Pas d'atermoiement. Pas de place pour les doutes ni les regrets. *Je ne serai pas aussi faible que ma mère.*

5

Indépendante

Les jours de labeur et les nuits trop courtes se succèdent à toute allure. A l'usine, Eulalie suit Oton docilement. Elle apprend tout du métier de son père. Elle a admis que le vieux contremaître sait ce qui est bénéfique pour l'entreprise. De peur de manquer à ses obligations, elle s'interdit de vivre hors de l'atelier. Elle a peur de mal faire et de mener Callune à la banqueroute.

Le soir, elle gagne sa maison grise et austère où le silence l'enveloppe. Elle écoute le cri des chouettes hulottes, le tintamarre des renards, les stridulations des criquets. Elle fume. Elle mange peu, elle maigrit. Elle ne fait plus attention à sa toilette et porte souvent les vieilles robes de sa mère. Elle n'a pas trouvé le courage de trier les affaires de ses parents. Elle n'a pas acheté de matelas pour le grand lit.

Elle se recroqueville dans sa couche d'enfant qui lui meurtrit les reins. Elle ne lit plus.

Eulalie n'a pas d'amis. Oton est sa seule relation à Callune. Elle passe une partie de ses dimanches à l'office et l'autre au domaine pour prêter main-forte à Pastor et Ugolin. Elle les charge de trouver des vendangeurs pour soulager les vignes qui ploient sous le poids des grappes. Des ouvriers agricoles affluent des villages environnants. Elle les loge dans la grange et elle se réjouit de les entendre chanter et rire quand elle va se coucher après sa journée de travail. Santina lui manque terriblement.

Les vendangeurs sont à peine partis qu'il faut trouver des bras pour récolter les châtaignes. Eulalie s'affaisse sous le poids des responsabilités. Elle glisse doucement dans un état d'épuisement qui la tétanise. Elle ne lit plus.

Au village, elle ne fréquente guère de monde. Elle se contente d'une visite à la boulangerie et à la boucherie les dimanches matin, après l'office. Après quoi, elle prend un café chez Louis, seule, avant de retourner chez elle. Personne ne la connaît, elle ne connaît personne. Elle ne lit plus, n'y songe même pas.

Elle reçoit une lettre de Santina au début du mois de décembre, qui s'inquiète du silence de son amie et annonce sa visite prochaine.

« Madame Chaptal me demande régulièrement de tes nouvelles. Elle est encore très impressionnée que tu aies hérité de la filature de ton père.

Comme j'en avais assez de ton mutisme, j'ai versé quelques larmes de crocodile en prétendant que tu étais tombée malade. Elle a eu si peur qu'elle m'a permis de m'absenter quelques jours pour pouvoir te rejoindre. Pourrais-tu envoyer ton contremaître me chercher ? »

Eulalie rit. Elle reconnaît bien là la malice de son amie.

Oton part pour Nîmes un dimanche matin. Après avoir assisté à l'office, Eulalie se précipite chez elle pour mettre de l'ordre dans sa maison. La semaine a été longue, fatigante, et elle n'a fait aucun effort pour se préparer à accueillir son amie. Elle trouve Pastor qui s'affaire au potager.

— Pastor, je peux vous demander quelque chose ?

Le jeune homme se redresse. Il passe une main sale sur son visage. Sa sueur se teinte de terre.

— Bien sûr, mam'zelle Bastide, qu'est-ce qui vous faut ? répond-il avec aménité.

— Une amie vient passer la semaine à la propriété.

— C'est bien ça, mam'zelle ! Ça vous fera de la compagnie un peu !

Eulalie soupire. Même son ouvrier agricole s'est aperçu de sa grande solitude.

— Le problème, c'est que je n'ai pas l'habitude de recevoir.

— C'est pas ben compliqué ça, mam'zelle !

— Vous ne comprenez pas… Je ne sais pas

cuisiner. J'ai vécu au pensionnat pendant toute ma jeunesse et je n'ai jamais appris à mitonner quelque plat.

Pastor considère Eulalie avec étonnement. *Me juge-t-il en tant que patronne ou en tant que femme ?*

— Ben, j'peux pas vous aider pour ça, mam'zelle… Par contre, ma sœur est une fieffée cuisinière, et elle s'rait ravie d'vous aider, ça oui ! C'est qu'elle vous aime beaucoup !

— Comment ça ? Je connais votre sœur ? répond-elle, surprise.

— Pour sûr ! Elle travaille à la filature ! Judit Vernet, qu'elle s'appelle !

La jeune femme est embêtée. Ce nom ne lui dit rien. Elle n'ose le confesser de peur de passer pour négligente. Pastor sourit ingénument :

— Mais vous la connaissez sous le matricule 18 !

Matricule 18. Judit Vernet. La responsable syndicale. La jeune fille qui s'époumonait en scandant un chant de gréviste. La sœur de Pastor. Comment a-t-elle pu passer trois mois au contact de ces gens en ignorant tout des liens qui les unissent ? Elle secoue la tête.

— Je ne voudrais pas importuner votre sœur. Je suis certaine qu'elle a suffisamment de travail comme cela.

— Vous en faites pas ! Elle passe son temps à rouméguer, comme quoi elle cuisine pour des cochons qui savent pas apprécier son talent ! Si elle cuisine pour la patronne, elle pourra enfin avoir l'avis de quelqu'un qui s'y connaît en tambouille de qualité !

Pastor est hilare à l'idée du coup qu'il prépare à sa sœur. De son côté, Eulalie est ennuyée. Elle s'est promis de garder des relations strictement hiérarchiques avec les ouvrières.

— Il va de soi que je la paierai pour chaque heure qu'elle passera dans ma cuisine.

Pastor secoue la main d'un air dédaigneux.

— Vous verrez avec elle, mam'zelle. En tout cas, vous manquerez pas de radis ni de blettes !

Le jeune homme brandit une botte de radis noirs et lisses et une gerbe de terre humide et compacte s'en échappe. Eulalie sourit. Son potager est riche et fertile même au cœur de l'hiver. Elle regarde les parmentières rouges à la chair douce et sucrée que Pastor a empilées dans une brouette crottée. Elle a honte. La semaine passée, elle a donné au porc des patates qui avaient germé faute d'avoir été cuisinées à temps. Cela lui avait donné envie de pleurer. Elle ne sait pas comment accommoder les légumes, par conséquent elle les laisse pourrir dans son cellier. Elle voudrait partager sa récolte avec les Vernet, mais elle ne cesse de penser aux gros sourcils d'Oton qui se fronceraient à cette idée. Elle imagine sa réaction. Il lui dirait qu'elle est trop naïve, qu'elle bouleverse l'ordre des choses, qu'elle sape les fondements du système qui lui permet de posséder une belle propriété plutôt qu'un mas humide et froid où elle crèverait de faim. Elle soupire :

— Merveilleux, des radis et des blettes. J'ai hâte de cuisiner avec votre sœur.

En début d'après-midi, alors qu'elle lave le sol à grande eau et qu'elle dispose des draps frais dans la chambre de ses parents, on toque à sa porte. C'est Judit. Le matricule 18.

— Entrez, Judit, soyez la bienvenue ! Puis-je vous servir quelque chose ?

— Merci, m'dame. Une grande tasse de café serait la bienvenue. La marche m'a congelée.

— Oh ! Je suis navrée de l'apprendre.

— Ne le soyez pas, j'suis ben contente de sortir de la maison, hé !

Judit s'esclaffe d'un rire frais comme les campanules. Elle ôte son épaisse cape de laine de ses épaules qu'elle pose sur une chaise de la cuisine. Le feu ronronne dans l'âtre, il fait bien chaud. L'ouvrière pousse un soupir d'aise.

— Alors comme ça, mon frère me dit que vous savez pas cuisiner ?

Eulalie se rembrunit. Mais Judit s'écrie sans malice :

— C'est pas grave, c'est pas ben sorcier la cuisine ! Surtout quand on a de belles choses comme celles que vous avez. Je peux toucher ?

— Faites, je vous en prie !

Pendant qu'Eulalie sert un café fumant dans

une tasse en fer-blanc, Judit trie les légumes qui jonchent la table de la cuisine.

— Je vais vous apprendre à faire de l'*aigue bulide*, ça tient bien au ventre et ça peut vous sauver la vie si vous vous sentez patraque. On peut faire des beignets d'oignons, de la soupe de potimarron aux châtaignes, de la soupe de poireaux, des navets en potée, une tarte aux blettes… Vous avez du lard ? Mon frère m'a parlé du gros cochon qu'il a abattu la semaine passée. Il m'a dit qu'il l'avait débité et mis au saloir. On peut aller voir ? Si vous avez du temps, je peux même vous montrer comment faire un fameux ragoût de porc.

Judit s'affaire en cuisine et régale sa patronne de son charmant babil. Pastor n'a pas menti : l'ouvrière connaît vraiment son affaire en matière de tambouille. Très vite, la maison est saturée d'odeurs enivrantes. Eulalie est aux anges. Elle tire une bonne bouteille de la réserve de vin de son père. Judit fait mine de refuser pour ne pas passer pour une débauchée, puis s'empresse de vider son verre en riant.

Quelques heures plus tard, la table de la cuisine est jonchée de farine, de sel, de coquilles d'œufs et d'épluchures en tous genres.

— Va falloir donner tout ça au cochon, m'dame, annonce l'ouvrière.

Un ragoût et une tarte cuisent lentement dans le four adossé à la maison. Une soupe onctueuse ronfle en faisant de grosses bulles au fond de la marmite pendue au-dessus du feu.

— Merci, merci mille fois, Judit. Mon amie et moi aurions mangé des oignons crus si vous n'étiez pas venue… Combien vous dois-je pour le temps que vous avez perdu à aider la pauvre empotée que je suis ?

L'ouvrière rougit aussitôt.

— Rien, rien, m'dame, voyons.

— Il n'en est pas question ! Vous passez toute la sainte semaine à l'usine, et le dimanche, vous cuisinez pour votre patronne ! Toute peine mérite salaire !

En entendant ces mots, Judit éclate de rire.

— En voilà un beau dicton, m'dame Bastide ! Vous passez une heure avec la syndicaliste de votre usine et vous voilà socialiste !

— Socialiste ? s'étonne Eulalie, qui n'a jamais entendu prononcer ce mot.

— Ça veut dire que vous pensez que je possède quelque chose qui est à moi, ma force de travail, et que je dois toucher un salaire quand vous la louez.

— Ma foi, ça tombe sous le sens !

Judit rit de plus belle. Eulalie est en train de prendre son employée en affection en dépit des recommandations d'Oton, mais elle ne peut résister. L'ouvrière est vive, chaleureuse, gaie comme un matin de printemps. Sa joie est communicative. De surcroît, sa jolie frimousse ronde et facétieuse donne envie de l'aimer.

— Si vous tenez absolument à me récompenser, je veux bien quelques légumes pour mes frères et moi, m'dame, déclare la jeune femme en pinçant ses lèvres en une moue rigolote. C'est qu'ils ont bon appétit ces animaux, même s'ils sont tout maigres.

— Bien sûr, bien sûr ! Prenez ce que vous voulez ! Le potager est immense et bien garni, et je suis seule.

Eulalie ne sait pas si elle fait bien de s'exprimer ainsi, mais le cœur a parlé.

— M'dame Bastide, si je peux m'permettre, les filles et moi, on vous trouve ben courageuse de vous installer dans la vieille maison de vos défunts parents et de travailler comme vous le faites.

— Merci, Judit.

— Des fois, sauf vot' respect, des fois on se demande quand même si vous vous sentez pas trop seule ici.

Eulalie regarde la face lunaire de son employée au milieu de laquelle deux grands yeux bleus luisent avec simplicité. Elle se demande l'espace d'un instant si Judit ne se moque pas d'elle.

— Je n'ai pas vraiment le droit de me plaindre… Je ne manque de rien, réplique-t-elle en agitant la main.

— Ma foi, m'dame, on peut être le plus riche des nababs et souffrir le soir quand on r'trouve une maison froide et silencieuse et un lit tout vide.

La fierté d'Eulalie est piquée au vif, même si elle sait que Judit est sincère. Elle se démène depuis des mois pour afficher son indépendance et sa détermination, et voilà que cette péquenaude lui renvoie l'image glaçante de sa solitude.

— Je ne vous permets pas de me parler ainsi, Judit. Je vous remercie pour votre aide en cuisine et je vous laisse retrouver la vôtre, siffle-t-elle.

— Je... je suis désolée... J'voulais pas...

— Vous l'avez dit vous-même : je suis courageuse. Je suis seule parce que je l'ai décidé. Je n'ai ni père, ni frère, ni mari auquel me soumettre et c'est très bien ainsi.

Le visage de Judit est cramoisi. Elle sait qu'elle doit partir. Elle récupère sa cape de laine, la passe sur ses épaules et se dirige vers la porte. Au moment de la franchir, elle se retourne et déclare d'une petite voix :

— Je voulais juste que les filles et moi on vienne vous voir de temps en temps pour faire de la cuisine et du tricot, rien de plus. Excusez-moi si j'ai été maladroite.

Puis, plus bas :

— Vous avez parfaitement raison de vous soumettre à personne.

Elle disparaît.

Le bruit des sabots de la mule d'Oton parvient aux oreilles d'Eulalie alors qu'elle extirpe la tarte du four. Elle se dépêche de la poser sur la table et sort précipitamment de la maison.

— Santina !

La Camarguaise est perchée sur la carriole.

— Oh ma chérie, te voici enfin ! jubile-t-elle. La route est magnifique, mais ça n'en finissait pas ! Je suis si contente d'être arrivée !

Oton grommelle tandis que sa mule s'arrête. Visiblement, il n'a pas apprécié la compagnie de la pétulante jeune femme. Il descend de la carriole, coince une pierre sous la roue avant et se redresse pour aider sa passagère à mettre pied à terre. Mais Santina, vive comme l'eau des montagnes, saute sur le sol sans craindre de ruiner ses jolis souliers.

— Qu'est-ce que vous croyez, monsieur Meynadier ? Je suis fille de palefreniers, je sais descendre d'une charrette !

Oton fronce les sourcils et grommelle de plus belle. Mais Santina n'en a cure : elle n'a d'yeux que pour Eulalie.

— Ma chérie, viens que je t'embrasse ! Oh, mais regarde-toi, une vraie Cévenole ! Où donc est passée l'élégante Nîmoise qui rasait les murs de l'école ?

Eulalie, gênée, tente de remettre de l'ordre dans sa coiffure et de lisser le jupon de sa mère. Mais sa camarade éclate de rire :

— Ne sois pas gênée, je te préfère mille fois ainsi !

Elle s'élance vers son amie et la serre dans ses bras. Eulalie lui rend son étreinte, puis se tourne vers Oton :

— Merci d'avoir amené mon amie. Désirez-vous vous joindre à nous pour le dîner ?

— Merci pour cette invitation, mais je préfère rentrer me reposer chez moi.

— Très bien. A demain, donc.

Les deux jeunes femmes regardent le contremaître descendre l'allée et sortir de la propriété.

— Quel horrible bonhomme ! s'écrie Santina quand il disparaît. Il n'a pas décroché un mot de la journée ! Tu n'étais pas sincère quand tu lui proposais de manger avec nous ?

Pour toute réponse, Eulalie s'esclaffe.

— Allez, viens te réchauffer, l'hiver est rude par ici.

Santina pousse des « ah » et des « oh » en découvrant la maison et la propriété. Elle s'extasie devant les talents culinaires de son amie. Elle réclame du vin, boit avec bonheur, touche à tout. Une bourrasque de fougue et de vitalité secoue la maison.

Confortablement installée à la cuisine, chauffant ses pieds près de l'âtre, un verre de vin dans une main, une cigarette dans l'autre, la Camarguaise goûte la simplicité de l'instant.

— Tu mènes une vie incroyable. Toute seule, directrice d'usine, si jeune ! Tu es sensationnelle.

— N'exagérons rien.

— Tu as prouvé à tout le monde que tu n'étais pas une potiche écervelée !

Elle jette son mégot dans le feu.

— A ce sujet, as-tu eu des nouvelles de ta sœur ? Sais-tu pourquoi ton père t'a tout légué ?

— Je n'ai rien appris de plus… Je me suis détournée du passé. Je me dévoue tout entière à la filature. Plus rien d'autre ne compte.

— Je te reconnais bien là, toujours aussi rigoureuse ! Demain, tu me feras visiter ton bureau ?

— L'atelier commence à tourner à six heures, et je dois être à mon bureau à sept heures, es-tu certaine que…

— Oh oui, trois fois oui ! Je me lèverai avec toi et je passerai toute la journée à tes côtés pour découvrir ta nouvelle vie ! C'est tellement plus excitant que la perspective de devenir institutrice !

— D'ailleurs, comment vont les autres filles de l'école normale ? Et cette chère madame Chaptal ? Je veux tout savoir !

Santina et Eulalie bavardent jusqu'à la nuit. En trois mois, peu de choses ont changé à l'internat. Félix Roustan s'est fiancé avec une fille de Montpellier, ce qui a brisé le cœur de la moitié du dortoir.

— Nous avons une nouvelle enseignante de littérature. Elle nous conseille des ouvrages nouveaux et modernes. Evidemment, madame Chaptal n'en sait rien ! Comme je sais qu'il n'y a pas de libraires par ici, je t'ai apporté quelques ouvrages qui viennent de sortir et que j'ai dévorés.

— Oh, chouette !

Eulalie bat des mains, ravie.

— Mais tu sais, ajoute-t-elle dans un soupir, je

suis tellement fatiguée le soir que je n'ai plus la force d'ouvrir un livre.

— Sers-moi du vin, dit son amie en brandissant son verre vide, offre-moi une cigarette et je te montre tout cela !

Quelques instants plus tard, Santina déballe des livres neufs soigneusement enveloppés dans des linges blancs.

— Tout d'abord, voici *Le Fantôme de l'Opéra* de Gaston Leroux. C'est renversant. C'est un roman fantastique. Tu connais ? Moi, je n'en avais jamais lu. Frissons garantis ! Un autre livre fantastique mais burlesque aussi, de Guillaume Apollinaire : *L'Hérésiarque et Cie.* Une galerie de personnages tous plus délirants les uns que les autres… Quel vertige ! C'est révolutionnaire, totalement avant-gardiste ! Bien loin de tes vieilles choses latines !

— J'adore mes vieilles choses latines.

Les deux jeunes femmes boivent, rient et fument jusqu'à minuit. Au moment de se mettre au lit, elles gagnent la chambre d'enfants. Eulalie a mis des draps frais dans le lit que Linon occupait jadis. Avant de se coucher, les amies partagent la cuvette de toilette et s'aspergent le visage et le cou d'eau fraîche, uniquement vêtues de leurs chemises de nuit. C'est alors que Santina découvre la maigreur de sa compagne, jusque-là dissimulée par sa tenue.

— Eulalie ! Comme tu es maigre ! Regarde tes bras ! Ils sont squelettiques.

— Tu exagères.

— Non, je t'assure. Tu manges à ta faim ? Pourtant, tout était succulent aujourd'hui, la tarte, le gigot…

Eulalie esquive le regard de son amie, qui fronce les sourcils :

— Toi, tu me caches quelque chose.

— Mais non.

— Allez, Eulalie ! Je n'ai pas fait toute cette route pour échanger des politesses avec une étrangère qui veut sauver les apparences ! Cela fait une décennie que je te connais. Durant toutes ces années, nous avons partagé les mêmes dortoirs, pleuré aux mêmes tourments, ri aux mêmes plaisanteries. Tu m'as tout dit de tes parents, du secret qui t'a conduite à Nîmes, de ta sœur si distante… T'ai-je jamais jugée ?

— Tu as raison, dit Eulalie en posant la main sur le bras de son amie. Tu es la personne que j'aime le plus au monde, une sœur pour moi. Je ne vais pas te mentir. Vivre seule, ici… C'est dur. C'est très dur. Je ne voulais pas te l'avouer car je ne voulais pas me l'avouer à moi-même… Mais… mais toute cette histoire n'est qu'un échec.

Santina voit les larmes couler sur les joues d'Eulalie.

— Cela m'a pris des mois pour comprendre le fonctionnement de la filature, poursuit celle-ci avec des tremblements dans la voix. Je commence à peine à tenir la comptabilité et à remplir le carnet de commandes.

— C'est normal, voyons ! Tu n'as pas été formée pour cela ! Tu as appris le métier d'institutrice !

— Je dors très peu, je travaille tout le temps... Ça me rend folle. Et puis, ces femmes, les ouvrières... Si j'échoue, elles se retrouveront sans rien.

— Tu fais face à d'énormes responsabilités, c'est compréhensible. Tu te retrouves à la tête de l'entreprise sans rien connaître du métier, au débotté, tu t'installes dans une grande maison solitaire, loin de tes amies... A ta place, moi aussi je broierais du noir !

Eulalie sèche ses larmes et sourit tristement.

— Je te remercie. Cela me fait du bien de parler, il n'y a personne ici qui pourrait comprendre et je garde tout pour moi. Mais si je veux être tout à fait honnête...

Elle marque une pause.

— Les difficultés du métier, la solitude, ce n'est pas ce qui me tourmente le plus.

Elle baisse la voix, comme si quelqu'un pouvait l'entendre.

— La filature réalise d'énormes bénéfices. Enormes. Je suis riche. Vraiment riche.

— Ha ha ! C'est cela qui t'empêche de dormir la nuit ?

— La production de la soie ne me revient pas très cher et je la vends un bon prix, mais pour réaliser ce tour de passe-passe, je dois faire quelque chose de terrible.

— Tu me fais peur !

— J'exploite mes ouvrières. Je les paie une misère. Elles travaillent de sept heures du matin à cinq heures et demie dans des conditions difficiles pour un franc soixante par jour pendant que je mets des lingots d'or dans mes poches. Je n'ose plus me faire belle parce que j'ai honte de moi quand je les vois avec leurs misérables loques. Je n'ose plus manger parce que j'ai honte de me remplir l'estomac alors qu'elles ont à peine de quoi s'offrir du pain.

— Eh bien, change les choses ! Augmente leur salaire ! Diminue leurs journées de travail ! C'est toi la directrice !

— C'est là que le bât blesse. Je ne peux pas. J'ai les mains liées. Oton m'a expliqué que si j'augmentais les salaires, je les rendrais fainéantes et revendicatrices. Et si la filature est déficitaire, je ruine tout le village. Ce monstrueux système ne peut être évité.

Santina saisit la brosse en écailles de son amie et entreprend de brosser ses longs cheveux. Elle démêle son vilain chignon. Eulalie se laisse faire avec docilité. Elle ferme les yeux. Personne ne l'a touchée depuis des mois. Elle soupire d'aise.

— Je me sens déjà mieux, murmure-t-elle. Grâce à toi, je vais enfin dormir ce soir.

— Je comprends que tu aies perdu le sommeil. Tu es piégée. Mais si tu veux mon avis…

Santina hésite.

— Parle sans détour, je t'en prie, la presse Eulalie.

— Il y a quelque temps, mes parents ont demandé

une augmentation à leur patron. Tu connais mes parents, ils ne rechignent pas à la tâche. Après des années de bons et loyaux services à la manade du baron, ils pensaient leur requête légitime. Tu te rends compte qu'ils vivent encore dans une cabane de roseaux au milieu des marais ? Ils sont constamment dévorés par des moustiques qui leur donnent des fièvres effroyables et ils ont mal aux os à cause de l'humidité. Tu sais ce que monsieur le baron leur a répondu ?

— Je crains le pire.

— Tu ne crois pas si bien dire. Il a répondu que leur travail était irréprochable, certes, mais qu'ils faisaient la même chose depuis trente ans : pourquoi diable seraient-ils payés plus aujourd'hui qu'il y a trente ans ? Mon père a expliqué qu'il se faisait vieux, que sa santé exigeait qu'il emménage dans une cabane maçonnée, mais le patron n'a rien voulu entendre, arguant que tout cela ne le concernait pas. Quand le ton est monté, monsieur Roque a déclaré qu'il songeait à embaucher des palefreniers plus jeunes et moins capricieux. Tu imagines ? Mon père, capricieux ! Le baron vit dans un château ! Un château ! Qu'est-ce que ça pourrait lui faire de payer un peu plus ses employés ?

— Tes parents sont de rudes travailleurs, ils ne méritent pas d'être traités de la sorte.

— Et tes ouvrières ? Méritent-elles un salaire aussi dérisoire ? Ne penses-tu pas que, si tu les augmentais – un peu, pas question de ruiner la filature ! –, elles travailleraient avec plus d'entrain ?

— Oton ne me laissera jamais faire une chose pareille…

— L'héritière des Bastide, c'est toi !

— Justement ! Oton fait partie des dispositions prises par mon père.

— Je comprends tes réticences, mais tu n'es pas tenue de devenir une esclavagiste pour autant !

Eulalie ne dit rien. Santina noue les lourds cheveux de son amie en une tresse sophistiquée.

— Ce n'est pas moi qui ai fait la cuisine aujourd'hui, lâche d'une petite voix la patronne de la filature.

— Je le savais, ma chérie. C'était facile à deviner.

— Peste que tu es ! A moi de tresser tes cheveux. Donne-moi le peigne.

— Parle-moi de cette fée qui nous a régalées de ses talents.

Santina prend la place de son amie pendant que celle-ci lui raconte comment Judit Vernet est venue lui prêter main-forte et comment elle s'est sauvée après avoir été réprimandée.

— Le plus triste, dans l'affaire, c'est qu'elle voulait juste me proposer de venir à la propriété accompagnée de ses amies pour cuisiner et tricoter.

— Pourquoi l'as-tu écartée de la sorte ? Tu avais enfin l'occasion de te faire des amies !

— Oton m'a bien spécifié de ne pas mélanger relations professionnelles et relations personnelles.

Il m'a interdit de frayer avec les ouvrières. Et si jamais l'une d'entre elle commettait une faute ? Comment flanquer une amie à la porte ?

— Tu ne le fais pas ! Tu la gardes et tu lui donnes une seconde chance ! Mince, Eulalie, quand es-tu devenue si calculatrice ? Ces ouvrières sont à l'image de mes parents : ce sont des gens pauvres, pas des arriérés ! Elles n'ont rien fait pour mériter cette vie, si ce n'est de naître dans la mauvaise famille !

Santina se lève.

— Je vais me coucher, lâche-t-elle sur un ton sec.

La mort dans l'âme, Eulalie ne cherche pas à plaider sa cause. Décidément, elle a du talent pour repousser toutes les âmes charitables qui s'intéressent à son sort. Elle éteint sa lampe à pétrole en soupirant.

Le lendemain matin, au chant du coq, Eulalie constate avec étonnement que Santina a déserté sa couche. Elle se précipite dans la cuisine, personne. Elle prend peur. Son amie aurait-elle quitté la propriété en pleine nuit ? C'est alors qu'elle entend du bruit dans la cour. Elle se précipite à la porte où elle est accueillie par une fanfaronnade :

— Alors, surprise ?

Santina a attelé Germain à la voiture rouge remisée dans la grange. Elle toise tranquillement son amie depuis la banquette de cuir agréablement rembourrée. Eulalie reste bouche bée.

— C'est incroyable, s'écrie-t-elle, cela fait des

mois que j'en rêve... Comment as-tu réussi... Toute seule ?

— N'oublie jamais d'où je viens !

— Je ne risque pas de l'oublier, rétorque Eulalie avec un sourire malicieux.

Elle se racle la gorge.

— Ton discours a fait mouche. Je ne peux plus me comporter ainsi. Je vais faire les comptes en tenant compte de l'augmentation du salaire des ouvrières, déclare-t-elle avec conviction.

— Et Oton ?

— Qu'il aille au diable ! Allez, viens, je t'offre un café. La journée va être longue.

Les deux amies franchissent les portes de la filature à sept heures pétantes. Santina s'offusque de la puanteur qui règne dans l'atelier.

— Pouah ! Comment fais-tu pour supporter cela ? C'est immonde !

— Tu verras, à la fin de la journée, tu ne t'en rendras plus compte. Viens, nous allons faire le tour des bassines. Je vais t'expliquer comment fonctionnent les machines.

La Camarguaise s'essuie le front. Dehors, l'hiver bat son plein, mais la manufacture est chaude et humide et l'écart de température est désagréable. Eulalie serpente entre les allées en prenant bien soin d'éviter Judit. Les fileuses restent muettes en présence de la patronne. Devant le spectacle de leurs corps tordus entre les bassines et les machines, le cœur de Santina se serre. Elle regarde leurs cheveux s'échapper de leurs pauvres coiffes et se coller à leurs visages poisseux. Elles ont les yeux rougis et enflés sous l'effet de la vapeur, les mains en sang au contact des fils coupants et de l'eau brûlante dans laquelle elles trempent les cocons. Un peu partout, des toux se font entendre. Eulalie est rayonnante, toute à sa joie de faire découvrir son métier à son amie, mais celle-ci est trop bouleversée par ces femmes exploitées comme du bétail pour se réjouir de la visite. Dans le fond de la grande salle, trône un tableau de rendement qui départage les bonnes des mauvaises fileuses.

— Suis-moi, je vais te présenter le travail fini, dit la directrice en prenant Santina par la main.

Elle l'emmène dans une petite salle où des caisses de bois sont sagement empilées sur des tables.

— C'est la production de la semaine dernière, regarde ! Nous l'emballons dans du papier confectionné avec des feuilles de mûrier pour les protéger et les mettre en valeur. Tu vois ? J'ai disposé les plus beaux écheveaux sur le dessus. Ce sont les flottes les plus blondes et les plus fournies. C'est magnifique, n'est-ce pas ?

— Magnifique…

— Que se passe-t-il, ma chérie ? Tu es encore fâchée à cause d'hier soir ?

— Non, non, pas du tout. C'est juste que… Tu n'as pas menti.

Elle chuchote.

— C'est un véritable bagne, ici. Je comprends que tu perdes le sommeil. J'ai de la peine pour ces pauvres femmes.

Une grosse voix les interrompt soudain :

— Ne vous inquiétez pas, mademoiselle Mailhan, ces femmes sont ici de leur plein gré et jouissent d'un salaire tout à fait raisonnable. Si elles ne sont pas contentes de leur sort, elles sont libres de partir. Comme chacun d'entre nous, d'ailleurs.

Oton est immobile, raide comme la mort.

— J'espère que mademoiselle Bastide vous a expliqué tout cela, ajoute-t-il, le regard noir.

Il se tient dans l'embrasure de la porte, comme pour les empêcher de sortir. Eulalie n'a pas menti : elle fait l'objet d'une étroite surveillance.

— Je… je vous remercie pour ces éléments d'explication, monsieur Meynadier, bafouille Santina.

Le contremaître hoche la tête et reste planté là. Santina prend les mains d'Eulalie dans les siennes.

— Ma chérie, il fait bien trop chaud et trop humide pour que je puisse rester. Je peux t'emprunter Germain ? Je vais visiter ton beau village.

Eulalie capitule. Toute joie l'a désertée :

— Bien sûr. Nous nous retrouverons ce soir.

La Camarguaise s'éclipse. Oton fronce ses gros sourcils.

— J'espère que vous avez passé un bon dimanche en compagnie de votre amie. Quand faudra-t-il que je la ramène à Nîmes ?

— Mercredi.

— Fort bien. Maintenant, suivez-moi dans votre bureau, nous avons reçu d'importantes commandes de l'archevêché de Lyon pour les festivités de Noël.

Eulalie est tendue. L'attitude de son employé la heurte profondément.

— Santina ne faisait rien de mal. Elle exprimait son sentiment personnel, qui est, malheureusement, bien proche de la réalité, même si vous êtes persuadé du contraire. – Elle le toise. – Vous dites que ceux qui ne sont pas contents de leur sort sont libres de partir. Peut-être exprimez-vous le souhait de prendre quelques jours de congé ?

Le vieux contremaître se penche vers sa patronne et plante le regard dans le sien. Elle ne cille pas. Il articule, lentement :

— Savez-vous qui a démarché l'archevêché de Lyon ? C'est moi, mademoiselle. L'archevêque est un homme qui a des idées très arrêtées sur les devoirs d'une femme et sa place dans la société. Comme la majorité de nos clients. Si je… si je partais en vacances, mademoiselle Bastide, je prendrais la peine de contacter chacun de nos clients pour les informer de mon… congé.

— C'est une menace ?

— Non, mademoiselle. Je tenais à vous rappeler à quel point je suis consciencieux.

Il lui tend un calepin.

— Venez. Cette commande ne va pas se préparer toute seule.

6

Conjurée

Callune, avril 1911

Le pasteur Joèl est ravi. Sa paroisse a fait preuve de générosité. Le repas communautaire de Pâques s'annonce riche. De nombreux paniers pleins à craquer jonchent le parvis du temple, les bouteilles de vin abondent. Le soleil brille haut dans le ciel cévenol et baigne Callune. Pour l'occasion, le pasteur a fait disposer de longues tables de bois sur la place du village. Il a hâte de conclure l'office pour pouvoir se remplir la panse, qu'il a fort large. Il s'agite sur son estrade et transpire abondamment. Face à lui, les ouvrières et leurs familles remplissent au moins la moitié du temple. En sa qualité de patronne de la filature, donc de notable du village, Eulalie est assise au premier banc, encadrée par le docteur Boussac, le maire Jeanjean et monsieur Castanet, son ancien instituteur. Derrière eux, on remarque Oton, Mireille Pradet et Huguette Bosc, Fabrice et Odette les bouchers, Pierrot le boulanger, Maurice le télégraphiste, Louis le cafetier et sa sœur, la belle Madeleine. Des ouvriers agricoles et des artisans complètent l'assemblée. Le pasteur lève ses mains vers le ciel :

— C'est un temps de joie, un temps de renouveau, le Seigneur nous est rendu, ainsi que le soleil ! Célébrons notre bonheur tous ensemble, amen !

— Amen ! Amen ! reprend la foule en chœur.

Eulalie étouffe. Il fait chaud. Les rayons du soleil dardent à travers les fenêtres. A sa gauche, le docteur Boussac, un petit homme gris et voûté, nettoie ses lunettes avec un pan de son veston. A sa droite, monsieur Jeanjean, aussi gras que le pasteur, respire avec difficulté et s'éponge régulièrement le front avec un petit mouchoir blanc. Monsieur Castanet, assis à côté du maire, a les yeux fermés depuis trop longtemps, tous les fidèles se demandent s'il dort. Eulalie pense avec nostalgie et regret à la vie nîmoise. Elle ne supporte plus cette ambiance de village où tout le monde se scrute et s'observe. Elle voudrait pouvoir longer à nouveau de longs boulevards où elle était anonyme. Elle voudrait pouvoir disparaître. Joèl prend un air pénétré :

— Je vous propose un temps de prière avant de clore cette célébration.

Le maire donne un coup de coude discret dans

les côtes du vieil instituteur qui se redresse sur sa chaise.

— Nous Te sommes reconnaissants pour ce moment passé en Ta présence. Merci de nous aimer, de nous fortifier dans la joie. Sois béni, Jésus, pour Ton sacrifice dans la croix. Amen.

— Amen !

— Chers amis, je vous invite désormais à participer au repas de l'amitié qui se tiendra sur la grand-place !

L'assemblée, enfin libérée, se disperse dans un joyeux brouhaha. Monsieur Jeanjean se lève précipitamment avant de tendre la main vers Eulalie.

— Mademoiselle Bastide, me ferez-vous l'honneur de vous asseoir à ma table ?

— Avec plaisir, monsieur le maire.

— En cette province reculée, je n'ai pas souvent l'occasion de parler de littérature, et je sais que vous êtes une amatrice distinguée des joies de notre belle langue.

— Vous me flattez, monsieur le maire. Mais avant, si vous le permettez, j'aimerais m'entretenir avec mon contremaître.

Elle sort de l'église. Oton la suit de près, comme toujours.

— Je voudrais aller fumer une cigarette, dit-elle à voix basse sans le regarder. Je ne m'éloigne que de quelques rues.

— Ce n'est pas une habitude élégante pour une dame.

— Oton, voulez-vous m'enlever le peu de liberté qu'il me reste ? A cause de vous, mes ouvrières me prennent pour le Croquemitaine et ma meilleure amie que j'aimais comme une sœur m'a tourné le dos !

— Je dis juste que c'est une vilaine habitude. Cela fait sept mois que vous êtes ici, il ne vous reste plus qu'un an avant de vous trouver un mari pour honorer la volonté de feu votre père, et si vous fumez comme une fille de mauvaise vie, aucun honnête homme ne s'intéressera à vous.

— Un an et demi ! J'ai un an et demi devant moi ! Allez, laissez-moi quelques minutes. Je veux juste fumer ma cigarette tranquillement.

Oton s'éloigne de mauvaise grâce. Eulalie attend qu'il soit hors de vue pour s'éloigner. Depuis qu'il lui a fait comprendre qu'il tenait toute la clientèle, elle file droit. Mais elle réfléchit. Elle réfléchit à ses moyens d'action pour se soustraire à sa vigilance. Elle lui fait croire qu'elle est privée de soutien, mais c'est faux : elle entretient une correspondance assidue avec Santina qui l'aide à conspirer contre lui. Celle-ci lui a conseillé de ne pas rester isolée. Mais c'est difficile. Oton guette sa carriole chaque matin. Il prend garde à ce qu'elle ne reste jamais seule avec une ouvrière. Il possède le double des clefs de son bureau et consulte le moindre de ses papiers. Huguette et Mireille sont ses yeux et ses oreilles. Il n'est pas le seul à la surveiller : depuis les fêtes de fin d'année, tous les notables du village semblent s'être donné le mot pour l'épier. Le maire apparaît dès qu'elle visite la boulangerie ou la boucherie. Le docteur est venu quatre fois lui rendre visite pour vérifier qu'elle allait bien. Quant au pasteur, il ne cesse de la pousser à la confession quand elle se rend au temple. Ces intrusions n'ont rien d'anodin : le maire, le médecin et le pasteur sont tous les trois membres du conseil municipal. Santina suppute qu'Oton a demandé à ces messieurs de garder un œil sur la nouvelle directrice de la source principale des revenus du village. Dans une de ses lettres, Santina s'interroge :

« Il est probable que les conseillers municipaux ont tout intérêt à ce que rien ne change à la filature. Lors de ma venue, tu m'as parlé des grèves : il serait intéressant de savoir comment le maire et ses sbires ont géré la crise. Tu devrais te rapprocher de la déléguée syndicale. Il faudrait savoir si ces messieurs ont touché des pots-de-vin de la part de ton père pour contenir le mouvement. »

C'est pour cela qu'Eulalie se retrouve à fumer une cigarette dans une ruelle sombre de Callune en ce lundi de Pâques.

Elle a un rendez-vous clandestin avec Judit.

L'ouvrière ne tarde pas à apparaître.

— M'dame, bonjour. C'est drôlement malin comme idée. Se retrouver un jour de fête alors que tout le monde est au repas communautaire, c'est astucieux.

Eulalie prend une cigarette et gratte une allumette.

— Merci d'être venue, Judit. Je n'ai pas eu le loisir de vous dire à quel point je regrette de vous avoir chassée lorsque vous êtes venue m'aider en cuisine. J'ai mûrement réfléchi depuis et j'ai ouvert les yeux sur ce qui nous unit.

— J'avoue que je suis ben curieuse, m'dame, répond l'ouvrière en acceptant la cigarette que sa patronne lui offre. Qu'est-ce donc qui nous unit ?

— Nos idées, Judit. Nos idées. J'ai entendu parler de la grève que vous aviez initiée il y a quatre ans. J'estime que vos revendications étaient justes et qu'elles le sont toujours. Je voudrais améliorer vos conditions de travail. Mais je suis surveillée de près par monsieur Meynadier et j'ai toutes les raisons de croire que le conseil municipal guette mes faits et gestes.

— Je pense que vous faites ben de vous méfier, m'dame. C'est eux qu'ont rameuté les policiers de Florac pendant la grève. Ils nous aiment pas. Ils veulent nous contrôler. Sûrement qu'ils veulent vous contrôler vous aussi. Pour être ben certains que rien ne change au village et qu'ils en restent les maîtres tout-puissants.

— J'aimerais beaucoup pouvoir discuter de tout cela un soir avec vous et vos amies. Mais il faudrait que nous nous retrouvions sans éveiller les soupçons.

— Pour ça, vous inquiétez pas, m'dame. Tous

les samedis, mes frères y vont gaspiller chez Loulou l'argent que vous leur donnez pour la semaine et y reviennent pas avant l'aube. Y a personne d'autre chez moi, on s'ra tranquilles.

Eulalie jette son mégot à terre.

— Rendez-vous samedi, donc. En attendant, faisons comme si de rien n'était.

— Oui, m'dame.

— Merci, Judit.

— Merci à vous, m'dame. Et, si j'peux me permettre, vous êtes sacrément jolie dans vos beaux habits du dimanche.

Puis, avec un sourire malicieux :

— Les gars, ça doit les faire pâlir que vous ayez pas envie de vous marier !

De retour au banquet, Eulalie prend place entre le maire et le pasteur. Ils ne l'ont pas attendue pour commencer à s'empiffrer. Une fois installée, elle regarde autour d'elle. Les gens sont assis en fonction de leur rang social, comme au temple. Les ouvrières et leurs familles sont groupées aux mêmes tables. Même chose pour les ouvriers agricoles. Quant à elle, elle se retrouve une fois de plus avec les notables de Callune, ainsi qu'avec les commerçants les plus aisés. Cette vision lui serre le cœur. En d'autres lieux, elle n'aurait pas pu partager la même table que Santina, fille de palefreniers. *Que le monde est absurde, injuste et vil !* Le pasteur lui tend une assiette garnie de charcuterie. Elle en a horreur mais elle accepte pour se montrer polie. D'une oreille distraite, elle écoute le maire pérorer.

— *Le Petit Journal* est formel. Le gouvernement va organiser une expédition pour pacifier les rebelles mahométans.

— Il était temps, renchérit le pasteur. On ne pouvait pas laisser impuni le meurtre de ce pauvre Emile Mauchamp. Vous vous rendez compte, tout de même, un homme si respectable ! Un homme de médecine !

Au bout de la table, le docteur Boussac encourage l'homme de Dieu d'un signe de tête. Monsieur Jeanjean apostrophe Eulalie qui grignote un beignet d'oignons :

— En tant que lettrée, cela doit vous faire chaud au cœur, mademoiselle Bastide !

— Et pourquoi donc, monsieur le maire ?

— Bientôt, la marque illustre de nos Lumières va s'étendre sur le Maroc. Nous allons encore sauver un pays africain de la ruine et de l'ignorance pour lui apporter civilisation, richesse et paix !

Eulalie se souvient de la rutilante couverture du manuel de géographie qu'on lui avait donné au lycée. La France, représentée sous les traits d'une belle et grande femme en armure, portait un rameau d'olivier dans sa main droite et un bouclier tricolore au bras gauche sur lequel on pouvait lire « progrès, civilisation, commerce ». Aux pieds de cette femme, des indigènes noirs, maghrébins et asiatiques tendaient les bras pour accueillir les grâces de cette auguste bienfaitrice.

— C'est une merveilleuse nouvelle que voilà ! poursuit le maire, extatique. Vous rendez-vous compte ? Des hommes, qui n'ont jamais lu un traître mot de toute leur vie, vont bientôt pouvoir découvrir la grandeur de Molière !

Eulalie pense aux indigènes du manuel et à leurs bras ouverts.

— Je me réjouis que Molière trouve de nouveaux lecteurs, mais vous avez parlé tout à l'heure d'une expédition. Quel rapport entre la littérature et la guerre ?

— Ma chère, la guerre est un mal nécessaire pour vaincre l'ignorance. Ces pauvres barbares nous prennent pour des agresseurs au lieu de louer les bienfaits que nous leur apportons.

Eulalie fait la moue. Quelque chose sonne faux dans ce discours, mais elle ne sait pas quoi.

— Et quel bénéfice la France tire-t-elle d'une telle entreprise ? hasarde-t-elle.

Des regards curieux et amusés s'échangent autour de la table – depuis quand les femmes se mêlent-elles de politique ? Oton, assis un peu plus loin, n'a rien perdu de l'échange. Il lève la tête et jette un regard furieux en direction d'Eulalie.

— Je reconnais bien là la fille Bastide, conclut le pasteur, toujours à envisager les potentiels bénéfices !

Les rires fusent. Eulalie ronge son frein. Bientôt,

se dit-elle, elle se réunira avec ses ouvrières. Bientôt, elle pourra poser autant de questions qu'elle le désire sans être publiquement humiliée. Bientôt, elle pourra parler librement.

Le banquet de Pâques s'éternise. En début de soirée, les hommes sont passablement éméchés. Monsieur Castanet s'est endormi sur sa chaise. Le maire chante. De nombreuses ouvrières sont rentrées chez elles. Eulalie s'ennuie. Elle fait signe à Oton qui se lève et l'accompagne jusqu'à sa charrette.

— A demain, mademoiselle Bastide.

La jeune femme s'éloigne de Callune sous le regard attentif de son contremaître. Elle est ravie d'être enfin seule. La solitude ne lui pèse plus, désormais, car elle est tout entière animée par le désir de changer les choses. Elle a retrouvé l'appétit et le sommeil. *Plus qu'une semaine.*

La période de Pâques est une période faste pour les industriels de la soie. Nombreuses sont les églises qui passent d'importantes commandes, sans oublier les dames fortunées qui désirent renouveler leur garde-robe en prévision des beaux jours. Eulalie croule sous le travail, si bien qu'elle est heureuse de pouvoir se livrer au plaisir tout simple de faire ses courses au village.

En ce dimanche matin après l'office, le marché bat son plein. Eulalie circule entre l'étal d'un quincaillier, d'un marchand de tissus, du cordonnier devant lequel se presse une affluence inhabituelle. Elle s'en étonne auprès de Pierrot, le boulanger.

— Il se fait vieux, le cordonnier, lui répond-il. Aussi ses visites se limitent-elles à quelques places et tout le monde, du village et des environs, vient ici pour faire rafistoler ses godillots. Je vais pas m'plaindre, c'est bon pour le commerce.

A la boucherie, où l'odeur de viande et le ballet des mouches lui soulèvent le cœur, elle achète du fromage et Odette lui sert deux pélardons blancs et crémeux. Enfin elle peut s'adonner à sa gourmandise hebdomadaire : s'installer à la terrasse du café tenu par Louis Migoule et sa sœur Madeleine, et lire au soleil en sirotant un bon café. Louis s'empresse auprès d'elle.

— Bien le bonjour, mademoiselle Bastide ! lance-t-il d'un ton chaleureux.

— Je ne vois pas votre sœur, est-elle souffrante aujourd'hui ?

— Oh, bonne Mère, ça risque pas d'arriver : elle a une santé de cheval ! Elle est encore au lit, la drôlesse. C'est qu'on a travaillé tard hier soir, parce que…

Eulalie laisse parler Louis sans l'écouter. Elle regarde distraitement autour d'elle. La place du village déborde de vie. Des enfants chahutent entre les étals du marché. Un chiffonnier annonce sa présence par des cris stridents. Une vieille marchande d'objets de piété tire un âne par le licol. Le pauvre animal tracte une lourde carriole pleine de bric et de broc. Une fileuse étudie une babiole chez le quincaillier, un marmot pendu au sein.

Eulalie peste quand elle sort son livre de son panier : les fromages ont maculé la couverture. Elle s'apprête à demander un torchon à Louis quand une voix charmeuse l'interrompt :

— Prenez mon mouchoir, mademoiselle. Je vous en prie.

Elle lève les yeux sur un jeune homme debout près de sa chaise. Il est petit, trapu et élégamment vêtu d'un beau veston de velours noir ouvert sur une chemise immaculée. Son visage carré est agréable, sans être tout à fait beau. Ses yeux en amande brillent d'insolence. Sa bouche charnue affiche un rictus arrogant. Il doit avoir à peu près l'âge de Linon.

— C'est du fromage, monsieur. Votre mouchoir sentira la chèvre.

— Peu importe. Votre seul souvenir saura faire oublier ce désagrément.

Elle lève un sourcil intrigué. Elle n'a pas vu de garçon aussi soigné depuis qu'elle a quitté Nîmes. Il sent le savon et la lavande. Ses beaux cheveux bruns sont coquettement plaqués en arrière.

— Puis-je m'imposer, mademoiselle ? demande-t-il, sûr de lui.

Soudain, Oton jaillit près d'eux comme un diable à ressort hors de sa boîte.

— Cessez d'importuner cette dame, monsieur, et

retournez à vos affaires. Je vois que le cordonnier a fini son ouvrage.

Surprise par l'apparition inopinée du contremaître, Eulalie regarde le cadran de l'horloge qui orne le frontispice de la mairie. Oton est ponctuel, comme tous les dimanches. Le jeune homme ne se laisse pas déstabiliser par la brutalité du chaperon. Il jette un coup d'œil à l'étal du cordonnier.

— Effectivement, il a terminé.

Il saisit la main d'Eulalie et la baise délicatement.

— Mademoiselle, ce fut un plaisir. Je vous laisse le mouchoir en souvenir de notre rencontre. J'espère avoir le bonheur de vous revoir bientôt. Dimanche prochain, peut-être ?

Il baisse le regard sur les sabots vulgaires et crottés d'Oton.

— Pour ma part, j'ai beaucoup de chaussures à confier au cordonnier, lâche-t-il d'un air narquois.

Puis il tourne les talons et disparaît dans la foule.

— Qui est ce jeune homme ? demande-t-elle à Oton.

Le contremaître grommelle sans répondre.

— Comment saviez-vous qu'il avait déposé des souliers chez le cordonnier ? L'avez-vous espionné ? Ou moi ?

— Vous ! Vous ! Vous ! Il n'y en a que pour vous, à vous entendre ! Encore un de vos nombreux défauts, mademoiselle : le narcissisme ! Je fais ce que feu votre père m'a demandé de faire. Je veille sur vous, et voici comment je suis remercié, par des soupçons et de la méfiance ! Vous êtes jeune, vous êtes seule, vous êtes l'héritière d'une industrie florissante. La rumeur de votre célibat va gagner tous les villages alentour et bientôt toute la racaille du pays va se précipiter pour vous tourner autour. J'étais l'homme de confiance de votre père, et je lui reste fidèle. Je ne laisserai pas n'importe quel fils de rien vous approcher.

Elle se lève.

— Qu'est-ce qui vous prend de me rabrouer de la sorte ? Je ne suis pas une petite fille ! Je vous souhaite une bonne journée, monsieur Meynadier. Pas la peine de me raccompagner, je rentre chez moi de ce pas, pour ne plus avoir le déplaisir de vous écouter !

Elle s'empare de son panier et rejoint Germain à grandes enjambées, pas peu fière d'avoir si bien simulé la colère. *Oton doit fulminer. De quoi lui passer l'envie de surveiller mes allées et venues.* Elle dépose son panier dans la carriole et se hisse sur la banquette.

En arrivant chez elle, elle aperçoit Pastor et Ugolin qui s'affairent dans la grange. Elle s'approche pour les saluer.

— Bonjour à vous ! Avez-vous mangé ce matin ?

— B'jour, mamzelle Bastide ! Oui, on a croqué un oignon avant de partir.

— C'est tout ? Par cette chaleur, vous avez besoin de vous nourrir ! J'ai du pain et du fromage. Suivez-moi à la cuisine.

Le plus jeune et le plus sauvage des deux frères, Ugolin, semble hésitant.

— J'ai également une bouteille de vin à finir, ajoute-t-elle.

Quelques instants plus tard, les trois compères sont attablés et dévorent à pleines dents.

— Les vêtements de mon père vous plaisent ? demande Eulalie à Pastor.

— Oh, oui, mamzelle !

— Tant mieux. Il m'en reste tout un placard. Voulez-vous faire des essayages ?

Les garçons sont ravis. Après leur repas, ils s'enferment à l'étage pour choisir leurs vêtements. Ils redescendent les bras chargés.

— Merveilleux ! Je préfère que vous les portiez plutôt que de les donner au chiffonnier.

— Grand merci, mamzelle ! L'ennui c'est qu'on est venus à pied et qu'on pourra pas tout rapporter...

— Pas d'inquiétude à ce sujet, mon cher Pastor ! J'irai déposer vos habits chez vous avec ma carriole. Peut-être même ce soir !

Pastor et Ugolin la remercient et retournent à leur ouvrage. Eulalie se félicite pour la deuxième fois de la journée. Elle a trouvé le parfait alibi pour justifier sa présence chez Judit au cas où leur rendez-vous secret venait à être découvert.

En début de soirée, Eulalie charge sa voiture avec les vêtements des frères Vernet. Elle en profite pour ajouter quelques effets de sa mère : des chemises, des jupes, quelques foulards. Nul doute que les dames apprécieront le geste. Elle attend que la nuit tombe avant de quitter les lieux.

Le chemin qui mène à la maison des Vernet est sinueux et accidenté. Eulalie encourage de la voix Germain qui hésite et bronche en approchant de sa destination. Une bicoque sombre et biscornue aux murs de granit grossièrement taillés apparaît enfin. Le toit est couvert de plaques de schiste. Dans la cour, un marronnier reverdit. Judit vient à la rencontre de sa patronne.

— M'dame, les garçons m'ont dit que vous viendriez pour les vêtements ! Y a pas à dire, vous êtes maline comme le diable pour ce qui est de trouver des excuses !

Elle aide Eulalie à descendre de sa charrette et à porter les vêtements.

— J'vais donner du picotin à ce pauvre bourrin qui m'a l'air d'être ben vieux !

Elle sert un seau d'avoine à Germain qui se met à mastiquer bruyamment.

— Allez, venez avec moi. Elena et Flor sont déjà là.

Les deux jeunes femmes pénètrent dans la chaumière. Il fait si sombre qu'Eulalie plisse les yeux. Elle distingue avec peine les silhouettes des deux autres ouvrières. Quand ses yeux s'habituent à la pénombre, elle embrasse la pièce du regard. Il n'y a pas de doute possible : les Vernet sont misérables. Malgré la chaleur du printemps, les murs suintent d'humidité et sont marbrés de taches vertes de moisissure. Le mobilier est rustique, antique, maintes fois rafistolé. Le sol de terre battue est maculé de souillures. Les ustensiles de cuisine pendent tristement au plafond qui est fort bas. Les femmes ont pris place sur des chaises de paille rapiécées avec de la ficelle. Judit installe une quatrième chaise pour Eulalie et l'invite à s'asseoir.

— M'dame, on sait que vous aimez bien le tabac, vous gênez pas si vous voulez partager vos cigarettes !

Eulalie rit doucement et sort sa blague à tabac. Elena et Flor se tortillent en silence sur leur siège, embarrassées de se trouver en présence de la patronne dans ce lieu inhabituel.

— Je me disais qu'on pourrait commencer par se présenter, déclare Judit pour briser la glace, parce que m'dame, elle nous connaît pas vraiment.

Devant les mines contractées de ses amies, elle se lance :

— Je m'appelle Judit Vernet, et j'ai dix-neuf ans. Je suis née à Callune. J'avais d'autres frères et sœurs avant mais il y a eu plein de maladies et il reste plus que Pastor, Ugolin et moi. Ma mère est morte en couches, mon père a eu le choléra, comme le vôtre, m'dame. Finalement, c'est pas plus mal parce que mon père était pas un rigolo et il m'aurait pas laissée faire la grève ni devenir déléguée syndicale.

Eulalie intervient :

— Justement, puisque vous en parlez, j'ai une

question à ce sujet, Judit. Qu'est-ce qui vous a conduite à choisir l'engagement… politique ?

— Oui, vous pouvez le dire, c'est d'la politique. Vous savez que ça vient du grec *polis* qui veut dire « ville » ? Se battre pour de meilleures conditions de travail et un meilleur salaire, c'est changer la vie de la ville et de ses habitants.

Judit est manifestement très fière de sa science. De son côté, Eulalie est estomaquée par la clarté de sa réponse. Les petits yeux rieurs de l'ouvrière brillent dans le noir. Sa tignasse blonde et frisée forme une couronne emmêlée autour de sa face toute ronde.

— Vous vous demandez d'où je sais tout ça, pas vrai, m'dame !

— Certes !

— Voyez, le parti s'est chargé de me donner l'éducation que j'ai pas pu avoir parce que j'ai commencé à travailler à douze ans.

Elena se racle la gorge, manifestement gênée. Judit ne s'émeut pas :

— Ben quoi, la patronne elle est venue jusqu'ici pour essayer de faire changer les choses, je pense pas qu'elle sera en colère si je parle du parti, pas vrai, m'dame ? Je vous raconte toute l'histoire : comme je vous disais, j'ai intégré la filature de votre père en 1904, j'avais douze ans. Ma mère était déjà fileuse avant moi. J'étais pas ben contente de quitter l'école et tout ça, mais fallait bien rapporter de l'argent à la famille. Au bout de trois ans, j'en avais plein le dos de travailler comme une folle, de me brûler les doigts, de cracher mes poumons, alors que mes frères ils travaillaient au grand air pour le même patron que moi et ils touchaient plus du double de mon salaire ! J'en ai parlé à une vieille ouvrière, qui m'a donné en cachette un papier imprimé. Ça disait que les ouvrières de Ganges, elles se réunissaient pour discuter aussi de tout ça. Ganges, c'était pas tout près, alors j'ai économisé pour négocier le trajet sur la carriole d'un quincaillier. J'ai rencontré les ouvrières et c'est là qu'elles m'ont parlé d'un parti, la Section française de l'internationale ouvrière, que ça s'appelait. C'est un groupe de gens qui se réunissent pour discuter des droits des ouvriers pour faire progresser la société. Ils mettent de l'argent en commun pour payer des réunions et acheter des livres. Le socialisme, c'est célèbre, maintenant. Grâce à un grand homme du nom de Jean Jaurès. Regardez : les socialistes, ils ont même leur propre journal, *L'Humanité*. Il y a une photographie de Jean Jaurès dessus.

Elle tend un journal à sa patronne. Un bel homme barbu sourit avec bienveillance en première page.

— Je le connais ! s'écrie Eulalie. Il est venu à Nîmes. Il a donné une grande conférence dans les arènes antiques il y a quelques années. Je n'ai évidemment pas eu le droit d'aller le voir, mais la ville était en ébullition.

— Les gens comme lui ils se battent tous les jours pour que les ouvriers aient le droit d'avoir une vie décente. Grâce aux fileuses de Ganges, j'ai reçu une éducation spéciale, une éducation politique, qu'elles disent : j'ai appris des chansons, j'ai appris comment les riches font pour nous manipuler et qu'on accepte de travailler comme des bêtes, j'ai appris ce que c'était que la révolution, et l'unité du genre humain. J'ai appris ce que le mot prolétaire voulait dire, et pourquoi tous les prolétaires du monde devraient se donner la main, et jamais accepter de faire la guerre parce que la guerre elle sert qu'à enrichir ceux qui possèdent déjà le capital. J'ai appris Marx aussi, et Engels, et Proudhon, et Bakounine. J'ai appris que les Allemands n'étaient pas nos ennemis mais qu'en vrai c'est les patrons qui sont nos ennemis et que les prolétaires allemands sont nos frères. J'ai appris qu'on écrasait nos colonies dans le sang pour voler des céréales, du coton, du café, du fer et du plomb.

Eulalie est stupéfaite. Elle reste interdite, penchée sur sa chaise. *Comment cette femme misérable peut-elle connaître des mots et des concepts aussi sophistiqués ?*

— Ma chère Judit, vous êtes une source d'étonnement intarissable. Je confesse ma parfaite inculture politique. J'ai appris le grec et le latin, mais j'ignore tout du sens du mot prolétaire. Je n'avais qu'une vague idée de ce qu'est un parti avant de vous entendre.

— Si ça vous intéresse, m'dame, on peut faire un échange. Je suis toujours ben chagrinée d'avoir quitté l'école. J'veux bien que vous m'donniez des cours de grammaire et de calcul et moi je vous apprendrai le socialisme… et la cuisine !

— Quelle riche idée !

Gagnée par l'enthousiasme ambiant, Flor sort de sa réserve et déclare de sa petite voix aiguë :

— J'me présente aussi, m'dame. Moi c'est Flor Bousquet et j'ai dix-sept ans. Je travaille à la filature depuis six ans. Moi, j'aimais pas bien l'école et j'étais contente de partir parce que monsieur Castanet m'faisait peur. Mon père est mort d'un accident. Il rafistolait la toiture pis il est tombé. Ma mère a un fils et quatre filles en plus de moi. Je suis la plus jeune. Tout le monde est marié sauf moi. Quand les filles ont fait grève en 1907, j'ai rejoint le mouvement parce que j'étais tombée très malade, que je n'avais pas d'argent pour payer le docteur et que Judit disait qu'on se battait pour avoir droit à ces choses-là.

Eulalie considère avec sympathie Flor dont la voix flûtée contraste avec le physique. Flor est grande, épaisse et solide, elle a un visage d'enfant posé sur un corps trop grand pour elle. En la voyant si jeune, il est difficile de croire qu'elle travaille depuis six ans. La patronne se sent mal à l'aise et honteuse. Elle qui jugeait malheureuse son enfance loin de ses parents, de sa sœur et de sa maison natale… Au moins, elle fut préservée, sans devoir travailler ni soucis d'argent.

Elle tourne la tête vers Elena. L'ouvrière est manifestement plus âgée. Ses grands yeux sont doux et tristes, ses mains larges et calleuses, son corps épais et lourd. A son tour, elle intervient pour livrer son témoignage personnel :

— Moi aussi c'est à cause du docteur que je suis entrée en grève. Moi, je suis mariée. Mais mon mari est un bon à rien. Un ivrogne qui travaille comme chevrier et comme bûcheron en fonction des saisons et qui disparaît quand l'envie lui prend. Un hiver, il nous a laissés tout seuls avec le petit Lélian – c'est mon fils – qui était bien malade. Il avait une grosse fièvre et je n'avais pas de quoi payer le docteur Boussac. Alors j'ai prié le petit Jésus et j'ai attendu. Lélian a guéri, et moi j'ai attrapé la fièvre. J'ai dû aller travailler alors que j'étais à moitié morte parce que j'avais pas le choix.

Eulalie écoute respectueusement les histoires de ses employées.

— Et que s'est-il passé après que vous avez décidé de vous mettre en grève ? demande-t-elle.

— On a fait un vote à main levée pour savoir qui c'est qui voulait arrêter le travail, répond Judit. Toutes les filles étaient d'accord, même les plus jeunes qui découvraient le métier. On a choisi des déléguées pour porter le message à votre père. J'en faisais partie. On est allées le voir dans son bureau, et on lui a dit : « La soie est un produit de luxe. C'est une étoffe magnifique et nous sommes ben fières de la fabriquer, même si on pourra jamais en porter, oh ça non, on se fait pas d'idées là-dessus. Mais c'est une joie de confectionner le textile le plus beau et le plus solide qui soit. Toutes les belles bourgeoises du monde portent de la soie, de Nîmes à Paris et jusqu'à Caracas. Alors pourquoi on serait pas reconnues pour notre travail ? Pourquoi les fileuses seraient traitées comme de la merde alors qu'on fabrique de l'or ? » On a commencé à s'énerver mais il nous a pas prises au sérieux. Le monsieur Jeanjean et sa clique du conseil municipal ont appelé la police de Florac pour nous disperser. Mais quand les fileuses de Ganges ont décidé de se mettre en grève et de créer le premier syndicat, ça a été une traînée de poudre. Toutes les filatures de la région s'y sont mises. On a organisé un congrès pour créer une fédération nationale des fileuses. On a réussi à demander une augmentation des salaires, petite augmentation, mais augmentation quand même. Nos syndicats ont été reconnus et nous avons toutes gardé nos postes malgré la grève. Mais c'était pas assez. Comme l'ont dit les filles, on voulait un meilleur salaire encore, et les soins médicaux gratuits. Vous avez vu l'état de nos mains, de nos yeux ? On a toutes les poumons en charpie à force de respirer de la vapeur. C'est à cause de la soie qu'on est comme ça, alors la soie doit nous payer le médecin et les médicaments !

— On demande rien de farfelu, ajoute Elena en hochant la tête.

— On sait que les gens ils aiment à dire qu'on est connes comme des poules, reprend Judit, mais c'est pas vrai. On sait qu'on a pas fait d'études.

Certaines ont à peine quelques rudiments de lecture. Mais on sait tenir un foyer avec un franc et soixante centimes par jour. Je peux vous garantir que ça demande de la cervelle de faire les comptes avec si peu pour éviter de finir dans le ruisseau.

— J'entends tout ce que vous dites, mesdames, et je vous remercie de votre franchise. Je vais m'entretenir avec monsieur Meynadier. Je vais lui exposer vos revendications.

— Sauf votre respect, m'dame Bastide, pourquoi vous demandez l'avis de ce vieux bouc ? C'est vous la patronne !

Eulalie se tait. Elle réfléchit un moment avant d'avouer :

— C'est compliqué.

Elle hésite à révéler les détails du testament établi par son père. Judit pose sa main abîmée sur la sienne. Le contact de la peau rugueuse et couturée surprend la patronne. En comparaison, la sienne est si jolie, si blanche, si douce. Une main de statue antique. L'ouvrière lui sourit avec bonté, sans la presser. C'est alors qu'Eulalie comprend. Elle comprend la responsabilité qui est la sienne dans sa fonction de directrice. Il ne s'agit pas seulement de faire tourner l'entreprise. Les ouvrières mettent leur emploi en jeu en exposant leurs revendications de la sorte. Elles risquent leur survie et celle de leur famille. Elles s'aventurent auprès de leur nouvelle directrice. Et pourquoi ? Pour cinquante centimes d'augmentation journalière ? Pour avoir accès aux soins médicaux ? Eulalie peut convoquer le médecin autant qu'elle le désire. Elle peut se vêtir de soie autant qu'il lui sied. Elle pense aux parents de Santina dans leur cabane au milieu des marais.

— Mesdemoiselles, voudriez-vous devenir mes amies ?

Elena et Flor se regardent avec surprise et circonspection.

— Evidemment, m'dame Bastide, déclare Judit. C'est ce qu'on a toujours voulu. On a toujours été de votre côté, depuis que vous êtes arrivée. On est des femmes, et entre femmes, on se soutient.

Le cœur d'Eulalie déborde de joie. Elle découvre la chaleur d'une communauté. Elle peut s'exprimer sans crainte d'être jugée ou d'être rejetée. Toutes trois se battent pour le même objectif : la reconnaissance. Eulalie veut être reconnue comme la directrice légitime, les ouvrières comme des professionnelles respectables. Eulalie dresse la tête.

— Mesdames, dit-elle solennellement, je vais vous confier toute la vérité.

Elle entreprend de raconter son histoire dans les moindres détails. Le départ pour Nîmes, le silence de Linon, le décès de ses parents, la succession à la tête de la filature, les clauses du testament auxquelles elle est soumise pour en conserver la direction. L'emprise d'Oton, ses menaces, le nuage noir du mariage obligatoire dans l'année à venir. Les ouvrières restent bouche bée.

— Nous, on pensait que vous étiez libre, intervient Judit après un moment de silence. On était bien sottes. Vous êtes aussi coincées que nous.

— Ma mère aussi elle veut que je me marie l'année prochaine, avec le fils Poujol, ajoute Flor. Mais je veux pas. Il est bouvier. Il pue.

— Mon père, Oton, les maris… lâche Eulalie avec un sourire désabusé. Finalement, quoi qu'on fasse, on est toujours soumises à la volonté des hommes, n'est-ce pas ?

Judit réfléchit, menton dans la main.

— On va se revoir, m'dame, dit-elle enfin. On va papoter. On va cuisiner. On va tricoter. On va se donner des livres et des journaux. On va laisser tout ça mijoter dans nos têtes. Et quand on s'ra prêtes, on f'ra la révolution. Entre sœurs.

7

Charmée

Callune, septembre 1911

L'été a apporté son lot de tâches agricoles, mais, malgré le surcroît de travail, Eulalie, Judit, Flor et Elena se sont régulièrement fréquentées. Eulalie est désormais une socialiste convaincue. Elle a secrètement pris la carte officielle du parti qui possède un bureau à Nîmes. Elle a demandé que le courrier lié à ses activités politiques soit envoyé chez Judit. Les deux femmes dévorent ensemble *Le Combat social*, l'organe hebdomadaire de la Fédération socialiste du Gard, ainsi que *La République sociale*, journal syndical qui soutient la lutte pour l'émancipation ouvrière. Eulalie et ses camarades composent, à quatre mains, un nouveau règlement pour les ouvrières de la filature, moins coercitif et plus respectueux des droits des travailleuses. Elles font des calculs pour penser autrement la gestion de l'entreprise. Moins d'intermédiaires, plus de vente directe, marge accrue, augmentation des salaires. Mais comment démarcher les clients quand on est une femme ? Elles réfléchissent. Elles rêvent d'une société communautaire pour les fileuses, où elles pourraient travailler ensemble, prendre leur repos ensemble, veiller sur leurs enfants ensemble. Eulalie fourmille d'idées.

Ces réunions ont également pour vertu de tisser des liens solides entre les quatre comparses qui apprennent à se connaître et à s'apprécier malgré tout ce qui les différencie. Flor, qui n'a pas sa langue dans sa poche, amuse la galerie en colportant avec humour tous les potins du village. Ainsi, Eulalie apprend que la joyeuse et fantasque Madeleine vend ses charmes les vendredis et samedis soir avec la bénédiction de son frère et que les chambres à l'étage du troquet tiennent davantage du cabaret que de l'auberge familiale. Le pasteur est le plus fidèle client de la tenancière. Le maire, quant à lui, a tenté une carrière militaire dans sa jeunesse avant d'être réformé en raison de son obésité née de sa gloutonnerie maladive. Ces historiettes croustillantes font glousser les jeunes femmes.

A l'usine, Eulalie se montre souriante, aimable et distinguée. Elle obéit docilement à Oton. Quand elle est au temple, elle tient volontiers compagnie aux notables du village. Le maire Jeanjean, le docteur Boussac et le pasteur Joël paraissent convaincus du caractère inoffensif de la jeune femme et relâchent peu à peu leur surveillance.

Le manège aurait pu durer longtemps. Les jeunes femmes auraient pu prendre leur temps. Elles auraient pu élaborer une stratégie afin de s'emparer subtilement de l'entreprise et pour proposer un nouveau modèle industriel. Mais, au moment où la fièvre des vendanges s'empare de la ville, une autre fièvre s'empare d'Eulalie.

Tout commence un dimanche où, conformément à ses habitudes, la jeune femme se rend en ville après l'office pour faire ses courses et pour boire un café chez Louis. Installée à la terrasse, elle tire son livre de son sac et se plonge dans sa lecture, profitant de ce précieux moment qui n'appartient qu'à elle. Tout à coup, une voix la tire de son occupation.

— Pas de fromage de chèvre, aujourd'hui ?

Elle lève les yeux sur le visage effronté du jeune homme qui était venu lui faire la causette quelques mois plus tôt. Elle se souvient de la manière dont il avait été fraîchement cueilli par Oton.

— Pas de godillot à ressemeler de votre côté ? rétorque-t-elle sans se départir de son sang-froid.

Le garçon a un petit rire gêné et rougit un peu. Il ôte son chapeau et passe une main distraite sur l'épaisse toison noire de sa chevelure. Eulalie remarque que son veston est ourlé de soie.

— Mademoiselle, puis-je m'imposer à votre table ?

Elle jette un coup d'œil autour d'elle, à gauche, à droite. Personne de sa connaissance ne semble observer la scène.

— Bien sûr, prenez donc une chaise.

Eulalie ne sait que penser de cette situation. Elle a compris que le jeune homme vient lui conter fleurette. Elle n'a jamais pris part à ce jeu. Elle n'a pas côtoyé de garçon quand elle était à l'école normale, encore moins au lycée. Elle n'avait jamais parlé à aucun homme hormis son père, son instituteur, son pasteur et Oton avant de rencontrer le notaire. En prenant la tête de la filature, elle a brusquement quitté le monde des femmes pour pénétrer dans l'univers des hommes. Elle s'est habituée à la présence de Pastor et Ugolin Vernet, puis à celle des vendangeurs. Elle s'est mise à fréquenter régulièrement le maire, le médecin et le pasteur en raison de son statut de notable. Elle a appris à dialoguer avec les commerçants. Elle parle quotidiennement à différents types d'hommes désormais, lesquels n'ont jamais tenté de la séduire. Mais le jeune homme qui se tient devant elle aujourd'hui s'intéresse à sa personne. Cette situation est inédite.

Elle referme son livre d'un coup sec. Il regarde la couverture dont il déchiffre le titre.

— *Les Travailleurs de la mer.* C'est une histoire de matelots ? demande-t-il.

— C'est cela et bien plus que cela. Connaissez-vous Victor Hugo ?

— Mon instituteur en a parlé à l'école. J'ai bien peur de vous décevoir : je ne lis pas. Ou très peu.

Elle est effectivement déçue mais n'en laisse rien paraître.

— Comment occupez-vous votre temps si vous ne lisez pas ? lui demande-t-elle.

— Je suis marchand de vin.

— J'ignorais qu'il fallait être aussi élégant pour vendre du vin ! lance-t-elle ingénument.

Il rit avec franchise. Elle le trouve gracieux. Autour d'eux, les villageoises et les villageois vaquent à leurs occupations et le marché bat son plein sous un soleil sincère.

— Je suis élégant car j'aime les belles étoffes. Je tiens cela de mon père qui a une véritable passion pour les cotonnades et les soieries.

— Je partage votre goût pour la soie.

Les lèvres du garçon se tordent en une moue d'agacement.

— Je vous ai froissé, monsieur ? s'inquiète-t-elle.

Il balaie l'air de la main sans prendre la peine de répondre et hèle Louis avec rudesse :

— Vous, là ! Qu'attendez-vous pour me servir ?

Puis il se tourne vers Eulalie, manifestement satisfait de sa démonstration de force. Elle manque de s'étouffer. *Ce garçon charmant est en réalité terriblement infatué ! Il était si sympathique quelques instants auparavant…* Elle secoue la tête. Elle ouvre son livre là où elle avait laissé son marque-page.

— Veuillez m'excuser, dit-elle sèchement, mais

je vous demanderai de bien vouloir quitter ma table.

— Qu'ai-je fait pour vous déplaire, mademoiselle ? demande-t-il, désarçonné.

— Vous vous êtes montré dédaigneux avec le cafetier, voilà pourquoi vous me déplaisez.

— Mille excuses, j'ignorais que vous étiez liés.

— Rien ne nous lie, si ce n'est notre humanité. Pour être un homme de cœur, il ne suffit pas de porter un beau veston. Il faut respecter autrui, quel qu'il soit.

— Mademoiselle est une bonne chrétienne.

Elle est piquée par cette remarque. Elle aimerait rétorquer que ce n'est pas le catéchisme qui la pousse à penser de la sorte, mais sa foi socialiste naissante.

— Je vous souhaite le bonjour, monsieur, répond-elle froidement.

— J'espère vous revoir bientôt, mademoiselle.

— Il vous faudra auparavant apprendre les bonnes manières, monsieur.

Elle plonge le nez dans son livre et ne lève plus les yeux. Le garçon se lève et s'éloigne, consterné et piteux. C'est alors qu'Oton apparaît au détour de la place. Il se précipite vers Eulalie.

— Encore lui ! Que faisait-il là, mademoiselle Bastide ?

— Décidément, tous les hommes des environs se sont donné le mot pour m'importuner aujourd'hui ! dit-elle en soupirant.

Oton se renfrogne. Eulalie ne doit pas éveiller ses soupçons. Elle offre un sourire contrit au contremaître.

— Excusez mon mouvement d'humeur, Oton. Mais ce livre est véritablement magnifique et je voudrais en goûter chaque mot sans être dérangée. Ce monsieur est reparti aussi vite qu'il est venu. Je l'ai congédié. Voyez-vous, je n'aspire qu'à la tranquillité après nos rudes semaines de travail.

Le soir même, elle retrouve Flor et Elena pour une réunion secrète chez Judit. Pastor et Ugolin sont au café, elles ont le champ libre. Elles s'installent sous le porche de la maison décrépite de l'ouvrière et sortent leurs ouvrages de tricot. A leurs pieds, le petit Lélian s'amuse à creuser la terre.

— Mon gougnafier de mari s'occupe de faire descendre les chèvres des pâturages estivaux et y a personne pour veiller sur le gamin, plaide Elena. Mais vous inquiétez pas, il est trop jeune pour comprendre quoi que ce soit. Il caftera pas.

A dire vrai, les amies sont bien contentes de voir le petit garçon. C'est un enfant charmant, doux et silencieux. Il a la tête ronde et les yeux gentils.

— Ne vous excusez pas, c'est un bonheur de l'avoir avec nous, quel ange ! s'écrie Eulalie.

Elena se rengorge, manifestement fière de sa progéniture. Mais Judit s'en moque. Elle veut parler d'un autre sujet. Un sujet brûlant…

— Lélian est un joli petit garçon, pour sûr, mais

c'est qu'il y a plus palpitant ce soir ! déclare-t-elle. J'ai entendu dire que notre patronne ici présente avait un beau courtisan, un rupin avec des souliers en cuir !

Eulalie, démasquée, pique un fard et enfonce le menton dans le col de sa robe.

— Ah non, mam'zelle, s'insurge Elena, vous pouvez pas nous faire ça ! On s'est dit qu'on se débrouillait pour faire nos vies sans hommes… Moi, je suis mariée, et à part le p'tit gars qu'est là, ça m'a rien apporté de bon, croyez-moi !

Lélian lève sa petite bobine maculée de terre et esquisse un joli sourire qui fait rire l'assistance.

— Je ne vous abandonne pas, chères amies. Je n'ai vu ce jeune homme que deux fois. Il s'est mis en tête le projet saugrenu de me plaire, mais je n'en ai cure. Il est fat, suffisant et grossier. Il ne me plaît pas du tout.

Judit ricane.

— Pourtant, il est bien joli, Alarì Cabanel.

Elena et Flor manquent s'étouffer.

— Alarì Cabanel ? C'est Alarì Cabanel qu'a essayé de séduire la patronne ?

— Qui est donc ce mystérieux personnage ? Allons, parlez, ne faites plus de secrets ! exige Eulalie.

Judit pose son tricot sur ses cuisses, imitée par Flor et Elena. L'instant devient grave.

— Vous connaissez pas l'histoire de vot' famille, d'après ce que je vois, commence Judit après s'être éclairci la voix. Je vais rectifier ça. Vous êtes prête ? Ça va pas être joli, joli.

Eulalie acquiesce sans mot dire. Elle retient son souffle en attendant que l'ouvrière poursuive.

— Je sais pas tout, mais je sais que vot' père était le fils d'une famille qu'est arrivée il y a longtemps dans les Cévennes et qui a réussi à faire fortune avec les produits de la terre. Mais vot' père, il était différent. Il voulait pas se contenter de ça. C'est mon père à moi qui me l'a raconté. Ils étaient à l'école ensemble et ils étaient copains. A l'époque, y avait pas encore d'instituteur à Callune, alors ils allaient à l'école à Fumeterre, un bourg pas trop loin.

Eulalie tique. *Fumeterre... ça me rappelle quelque chose...*

— Abèl Bastide, il voulait pas cultiver la terre, continue Judit. Il voulait travailler dans l'industrie. A l'école de Fumeterre, il avait un camarade qui s'appelait Basilì. Basilì Cabanel.

Soudain, la lumière se fait chez Eulalie.

— Monsieur Cabanel de Fumeterre ! Le bonhomme qui a proposé deux cent mille francs au notaire pour racheter la filature à la mort de mon père ! Oh, Judit, je vous en supplie, dites-moi tout ! Si vous pouviez m'aider à percer un des mystères de ma famille...

— Les Cabanel étaient la plus riche famille de Fumeterre, et les Bastide la plus riche de Callune. Les Cabanel travaillaient dans la soie depuis des générations. Ils possédaient des magnaneries et ils avaient installé une filature à Callune, près du Tarn, pour la force hydraulique, parce qu'à Fumeterre y a pas de rivière. Tout ce p'tit monde aurait pu vivre tranquille, mais non, les deux patriarches, vot' grand-père et celui d'Alarì, essayaient sans arrêt de se mettre des bâtons dans les roues. Mon père a entendu dire que le vieux Cabanel avait empoisonné les moutons du vieux Bastide, par exemple. Mais cette querelle est devenue vraiment grave quand vot' père et Basilì avaient une douzaine d'années. Une fille de la ville, Gileta Revel, est venue vivre à Fumeterre avec son père qui travaillait dans l'ancien bureau de poste.

L'héritière reste bouche bée. *Mon Dieu, se pourrait-il que… L'ami de jeunesse de ma mère, celui qu'elle désirait épouser, serait Basilì Cabanel ? Voilà pourquoi mon père a empêché ma mère de le revoir…*

— Gileta, c'était de loin la plus jolie fille de la région. Vot' père et Basilì en sont tombés fous amoureux. D'après mon paternel, ils n'avaient d'yeux que pour elle. La situation a jeté un froid à l'école. Tout le monde craignait que les fils Cabanel et Bastide ne s'entretuent. Mais Gileta ne montrait de préférence ni pour l'un, ni pour l'autre. Et pourtant… Mon père jure que le soir du bal du 14 juillet 1871, il a vu Gileta et Basilì s'embrasser sous la lune.

Eulalie se tait, abasourdie par ces révélations. Mais elle n'est pas au bout de ses surprises :

— Malgré tout, c'est bien Abèl, vot' père, que

Gileta a épousé près de cinq ans plus tard. Il se trouvait des mauvaises langues au village pour dire que le père Bastide avait offert une somme mirobolante au pauvre Revel pour remporter la mise. Le postier aurait vendu sa fille aux Bastide. Mais vous tourmentez pas, mam'zelle, ce sont des ragots de villages. Les gens sont peu nombreux par ici et ils s'épient les uns les autres. Par contre, ce qui est vrai, c'est que la guerre qui opposait les Bastide aux Cabanel s'est confortée avec cette histoire de mariage. Les patriarches sont morts, Abèl et Basilì les ont remplacés.

Judit marque une pause pour boire une gorgée de vin.

— Et puis, quelques années avant votre naissance, vot' père a fait un voyage en Italie. A son retour, il s'est produit une catastrophe. Les mûriers de Basilì sont tombés malades. La maladie des morts-flats. Tous les vers des Cabanel sont morts dans leurs cocons. Ils n'ont pas pu faire de soie cette année-là et ils ont fait faillite. Basilì Cabanel a été contraint de vendre la filature de sa famille. Vot' père a acheté l'usine. Basilì a failli en crever de rage. Mais l'histoire ne s'arrête pas là : vot' père avait rapporté des graines de son voyage en Italie. Des œufs de vers. L'année suivante, la filature Bastide tournait à plein régime. Que s'est-il passé ? Pourquoi les mûriers des Cabanel sont-ils tombés malades ? Pourquoi vot' père a-t-il acheté des œufs en Italie ? Maintenant qu'il est mort, on le saura jamais. Pour ma part, je pense que vot' père, c'était un malin. Il avait entendu les ragots du coin. Il devait savoir qu'une épidémie faisait des dégâts plus loin dans le pays et il a réagi avant qu'il ne soit trop tard…

— Et ce faisant, il s'est vengé de son ennemi juré. Il s'est vengé de Basilì qui avait été le premier amour de ma pauvre mère, conclut Eulalie.

— Par la suite, Basilì s'est marié lui aussi, avec Faní Rochefort, dont il a eu un fils, Alarì. Comme vous le savez, vos parents ont pas eu de fils. D'après ce que j'ai entendu, Basilì se moquait de vot' père, il faisait courir des bruits, comme quoi seul un Cabanel aurait pu engendrer un héritier pour la filature, comme quoi votre père avait bouleversé le destin en lui volant Gileta. Il proposa donc de marier Linon à Alarì. Evidemment, vot' père refusa tout net.

— Et voilà donc que, des années après tout cela, Alarì Cabanel vient me faire les yeux doux au café. Comme j'ai refusé de vendre la fabrique à son père, il doit caresser l'espoir de m'épouser pour reprendre la main sur la fortune familiale.

Eulalie pose son ouvrage sur le sol, cherche son paquet de tabac dans son jupon, allume une cigarette et contemple la fumée qu'elle exhale. Ses camarades sont silencieuses. Elles ont peur de dire quelque chose de maladroit. Eulalie tire une longue bouffée qu'elle rejette avec mélancolie.

— C'est bête, mais j'ai pensé un instant que cet homme me trouvait à son goût.

— Bien sûr qu'il vous trouve à son goût, vous êtes comme votre mère : vous êtes la plus jolie fille des Cévennes ! s'écrie Flor.

— Merci, Flor, mais ce sont des foutaises. Des histoires de pouvoir et d'argent. Comme toujours avec les hommes, dit-elle avant de s'adresser à Judit. Vous êtes la seule à me dire la vérité, mon amie. Je vous remercie pour cela. J'ai encore une question pour vous : savez-vous pourquoi mon père nous a envoyées à Nîmes, Linon et moi ?

— Je sais rien là-dessus. J'me dis qu'il voulait en finir avec ces histoires et qu'il voulait vous éloigner de Callune et de Fumeterre. Vous avez bien vu que les Cabanel sont prêts à tout !

Le lundi matin, Eulalie retrouve Oton à l'usine. Le contremaître lance un regard mauvais à la jeune femme. *Il est furieux d'avoir vu Alarì Cabanel discuter avec moi au marché.* Elle aimerait lui dire qu'il ne doit pas s'inquiéter, car elle sait tout. Le garçon ne s'intéresse qu'à son patrimoine. Elle ne vendra jamais la filature aux Cabanel. Ni à aucun autre homme, par ailleurs. Elle voudrait la partager avec les ouvrières pour qu'elles puissent vivre en communauté. Mais bien sûr, elle se tait.

La journée est longue et fatigante. Il fait encore chaud et l'atmosphère est étouffante. L'automne n'est pas loin pourtant. Les vendanges battent leur plein. Les trois cueilleurs espagnols qu'Eulalie a embauchés pour soulager les frères Vernet sont très bruyants la nuit venue. Ils logent dans la grange, et, quand ils chantent, elle les entend aussi clairement que s'ils étaient dans sa chambre. Aussi Eulalie peine-t-elle à garder les yeux ouverts dans la journée. Les ouvrières sont dans un état semblable. Nombreuses sont celles qui prêtent main-forte à leurs pères, maris et fils pour les récoltes quand elles rentrent chez elles le soir.

Quand Eulalie quitte enfin la filature, elle se hisse avec peine dans sa carriole. Elle claque sa langue contre son palais et Germain se met en route. Le pas chaloupé du vieux cheval berce la jeune femme qui se fait violence pour ne pas s'endormir. Elle longe Callune, sort du village et remonte la route de campagne qui mène jusqu'à sa propriété. Elle s'endort quelques secondes et se réveille en sursaut quand les rênes de l'attelage lui glissent entre les mains. Enfin, la maison apparaît dans son écrin de schiste et de verdure. Les vendangeurs, pliés en deux, s'agitent sur le coteau. Ils auront bientôt achevé la récolte et repartiront dans les jours qui viennent. Les paniers d'osier débordent de raisins mûrs.

Pastor surgit dans l'allée.

— Bonsoir, mam'zelle! Vous m'avez l'air ben fatiguée. Laissez-moi Germain, je vais m'occuper de le bouchonner. Rentrez vous reposer !

— Merci, Pastor, mais ce n'est pas la peine...

— Je vous assure que ça ne m'embête pas !

Il ébouriffe la crinière du vieux cheval qui bronche doucement.

— Et pis le père Germain et moi on a pas discuté depuis longtemps !

— J'ai ouvert une bouteille de vin hier. N'hésitez pas à vous servir dans la cuisine. Il y a du fromage aussi. Dites à votre frère et aux ouvriers de vous rejoindre. Vous êtes ici comme chez vous.

— Vous êtes la meilleure des patronnes !

Elle offre un sourire amical au jeune homme. Puis elle file rejoindre son lit et se laisse glisser dans un profond sommeil réparateur.

Elle dort depuis quelques heures déjà quand des cris la réveillent. Engourdie, elle se traîne jusqu'à la fenêtre pour jeter un coup d'œil dans la cour.

Le feu s'est emparé de la grange.

Elle se précipite dehors. Les vendangeurs sont affolés. Un monstre de flammes éclaire la nuit noire et vomit des brandons dans un grondement de tonnerre. Des braises et des volutes de cendres virevoltent autour d'elle, l'air brûlant semble lui-même incandescent. Dans l'étable attenante à la demeure, les bêtes, épouvantées par l'odeur, poussent des cris déchirants.

— Qu'est-il arrivé ? crie-t-elle à l'oreille d'un homme qu'elle a saisi par le bras.

Le vendangeur est trop bouleversé pour répondre et roule des yeux terrifiés. Interdite, elle hésite une seconde avant de s'élancer dans le bâtiment, presque par réflexe, parce qu'il lui faut agir. Elle est accueillie par une fournaise éblouissante et un océan de fumée âcre qui la fait suffoquer. La paille qui jonche le sol est en flammes, mais les murs de bois, auxquels de nombreux objets sont suspendus, n'ont pas encore été atteints. La structure peut être sauvée. Soudain, elle est prise de vertige et commence à défaillir. Elle est sur le point de perdre connaissance quand une main solide l'empoigne par la chemise de nuit et la tire vivement hors de la grange. Secouée par une quinte de toux, elle titube. Ses yeux brûlent, sa gorge est sèche, elle est désorientée.

— Mouillez vos vêtements ! lance-t-on près d'elle.

Sans chercher à comprendre, elle se jette dans l'abreuvoir de Germain. Elle en ressort trempée et crottée, mais elle a retrouvé ses esprits. Elle regarde autour d'elle. L'homme qui lui a parlé se tient à ses côtés. Elle ne le reconnaît pas. Pour le moment, cela n'a pas d'importance.

— C'est la paille qui est en feu ! Le bâtiment peut encore être sauvé, lui dit-elle.

Il hoche la tête.

— Sortez tout ce que vous avez, seaux, pots, bassines ! ordonne-t-il. Vous, là, venez ici ! Nous allons faire la chaîne depuis le puits jusqu'à la grange !

Eulalie et ses employés obéissent prestement. En un clin d'œil, tout le monde s'active pour apporter l'eau à l'aide de toutes sortes de récipients. L'étranger se tient à la porte de la grange et arrose copieusement le foin.

Quelques minutes plus tard, le brasier s'affaiblit.

Après une heure d'efforts soutenus, le feu est circonscrit. Les vendangeurs épuisés s'allongent dans l'herbe. Eulalie et l'inconnu entrent dans la grange pour constater les dégâts et écraser du pied les dernières flammèches.

— Vous avez de la chance. C'était superficiel, déclare-t-il d'une voix experte.

— J'ai eu peur. Il n'a pas plu depuis des mois, et, si le feu s'était propagé, toute la propriété aurait été ravagée.

Eulalie pousse un soupir de soulagement. Elle dénoue son chignon et secoue ses cheveux sales. Son visage ovale est maculé de suie.

— Mon Dieu, dans quel état je suis !

L'homme se met à rire.

— Pardonnez-moi, monsieur, mais avec toutes ces émotions, j'ai oublié mes bonnes manières. Merci infiniment d'être venu à notre secours. C'est le Seigneur qui vous a envoyé ! Comment puis-je vous remercier ?

— Pour le Seigneur, je ne peux pas me prononcer. Cependant je voudrais bien me débarbouiller et boire un verre d'eau, si vous le voulez bien ! répond-il sur un ton plaisant.

Il va chercher un gros sac de toile et lui emboîte le pas. Elle le conduit dans la cuisine et convie les vendangeurs à les rejoindre. Elle distribue de l'eau fraîche et des linges propres. Les hommes essuient la suie qui souille leur visage et leurs bras. Elle coupe du pain, du fromage, des oignons. Tous se restaurent.

— Messieurs, dit-elle aux journaliers espagnols, vous allez dormir dans ma chambre cette nuit, vous ne pouvez pas retourner dans la grange. Il y a deux matelas, vous pourrez vous serrer.

L'inconnu s'inquiète :

— Et vous, madame ?

— Ne vous tracassez pas pour moi. Je vais ranger et nettoyer tout ce désordre. De toute manière, je me lève tôt.

Les ouvriers prennent congé et se retirent dans la chambre à l'étage. Eulalie se retrouve face à face avec l'étranger. Il mange un oignon. Elle l'observe à la dérobée. Maintenant qu'ils sont seuls et que le feu est éteint, ce moment prend une tournure étrange.

— Je m'appelle Ectòr. Ectòr Brémond. J'étais sur le chemin de Callune quand j'ai vu la lumière du feu. A vrai dire, j'étais perdu ! déclare-t-il, comme pour mettre fin au malaise.

— Que venez-vous faire à Callune, monsieur Brémond ?

— Je vous en prie, appelez-moi Ectòr. Je viens rendre visite à mon oncle. C'est le pasteur du village.

— Vous êtes le neveu du pasteur Joèl ?

— C'est exact.

Il porte un élégant costume de coton brun et une chemise blanche devenue bistre par endroits à cause des flammes. Elle distingue son corps sous ses vêtements. Dans sa solide poigne, l'oignon semble être une fraise. Ses épaules sont massives, son cou épais, ses bras larges. Elle ne peut détourner le regard de l'échancrure de sa chemise légèrement ouverte sur son torse qui luit sous la lampe.

— Et vous, madame ?

Elle déglutit.

— Eulalie Bastide, la propriétaire des lieux. Je fréquente la paroisse de votre oncle.

— De vous à moi, j'ai toujours trouvé ses sermons soporifiques ! dit-il avec un sourire moqueur.

Il est drôle et il s'exprime bien, il me plaît beaucoup.

— Vous avez dit que vous devez vous lever tôt. Vous gérez seule cette propriété ?

— Oh non, j'ai deux ouvriers agricoles qui viennent quotidiennement s'occuper du potager et des bêtes. Les hommes que vous avez vus ce soir sont de passage, ils récoltent le raisin. Je travaille parfois au potager, quand j'en ai le temps, mais je n'ai guère de talent pour cela. Mon véritable emploi, je l'exerce à Callune. Je dirige une filature de soie.

Il écarquille les yeux et dévoile deux grands iris bleus émaillés de petites taches marron.

— Vous dirigez une entreprise ? Voilà qui est impressionnant.

Il passe une main dans ses cheveux châtains bouclés. Son épaisse toison est parsemée de cheveux gris çà et là.

— Une filature de soie… Ce doit être un environnement très poétique, dit-il d'un air songeur.

— Vous seriez déçu de constater à quel point la fabrique est tout sauf poétique ! Il y fait une chaleur étouffante, il y règne une odeur pestilentielle, et les ouvrières travaillent dans la sueur et le sang. Non, vraiment, c'est un univers d'une grande rudesse.

Les yeux d'Ectòr se plissent et révèlent des rides gracieuses.

— Vous êtes un personnage fascinant, dit-il à voix basse. – Il marque une pause. – Vraiment fascinant.

Eulalie se sent rougir. Ectòr est si beau. C'est un homme mûr, pas un freluquet comme Alarì Cabanel. Il est solide, sûr de lui, sa présence est apaisante. Eulalie voudrait que leur conversation dure toute la nuit.

— Et vous, Ectòr ? Quelle est votre profession ? Seriez-vous pasteur, comme votre oncle ?

Il s'esclaffe. Son rire est grave et chaud.

— Ah, ma mère avait ce souhait ! Elle aurait voulu que je suive le chemin de son frère, mais non, je ne suis pas un homme de Dieu. J'ai été élevé dans la foi protestante, mais j'étais habité par un autre amour. Celui du bois. Je suis sylviculteur, bûcheron, charpentier. Comme il vous sied !

Il ouvre ses deux mains gigantesques face à lui et les observe d'un air inspiré.

— Je coupe, je scie, je débite, je taille, je sculpte, je ponce. Tant que Dieu me prête vie, je m'occuperai du bois.

Il lève la tête et regarde autour de lui. Il passe la langue sur sa lèvre pour l'humecter. Il a une bouche charnue, un nez court et rond. *C'est donc cela, cette musculature imposante. C'est un bûcheron. Cela explique aussi pourquoi il n'a pas peur du feu. Il doit avoir l'habitude de voir le bois se consumer.* Ectòr lève un doigt vers le plafond.

— Les charpentes de votre demeure sont remarquables. Voyez comment le charpentier a su tirer parti de la pente ! L'assise de la maison est creusée dans le schiste, le reste est soutenu par une armature en châtaignier. Tenez, les arbres ont presque été conservés dans leur intégralité, ainsi votre maison a la longueur et la hauteur des châtaigniers. Vous vivez au cœur d'une forêt !

Il s'enthousiasme et son regard brille avec candeur.

— D'après ce que je vois, cette maison a au moins deux cents ans. Si le poids des plaques de lauzes du toit a été régulièrement réparti sur les murs, la charpente pourra tenir deux cents ans de plus. Vous vous rendez compte ? Le bois défie le temps.

Il se rend compte qu'il s'est laissé emporter par

la passion. Il baisse la tête et plante ses yeux rieurs dans ceux de la jeune femme.

— Mais je n'ai pas vraiment répondu à votre question, pardonnez-moi. Je suis né près de Florac. A dix-sept ans, j'ai commencé à travailler comme apprenti au domaine du château de Portes, non loin d'Alais, pour la famille Pagèze de La Vernède. Je vivais avec mon maître artisan. Après son décès, j'ai été chargé de m'occuper de la forêt domaniale de Portes. J'étais tour à tour forestier, intendant, charpentier. Je suis resté presque vingt ans au domaine. Mais les seigneurs ont cessé de s'intéresser au bois de construction pour se consacrer à l'exploitation du charbon, plus rentable. Ils ont embauché des charbonniers pour réduire la forêt en cendres. J'ai été remercié. Comme je n'ai pas d'autre famille que mon oncle Joèl, je suis venu le rejoindre. Toute ma vie tient dans le sac que vous voyez là.

Elle tente vainement de réprimer un bâillement.

— Je vous ennuie, avec mes histoires ! lance-t-il, amusé.

— Pas du tout, Ectòr. C'est la fatigue. Je ne vais pas être très fraîche tout à l'heure !

Elle se tourne vers la fenêtre. Les premières lueurs du jour commencent à poindre. Il n'est pas loin de sept heures. A l'étage, les ouvriers ronflent bruyamment.

— D'ailleurs, je devrais être à mon bureau. Je vais aller me débarbouiller.

Elle se lève. Ectòr l'imite.

— Je vous en prie, proteste-t-elle, restez assis et mangez donc tout ce qui vous fait envie. Tous les matelas sont occupés, mais je peux plier des couvertures dans la grande chambre pour que... Oh !

Soudain, sa tête se met à tourner et un voile noir s'abat devant ses yeux. Elle titube. Ectòr se précipite pour l'empêcher de tomber.

— Mon Dieu, bredouille-t-elle, je ne sais pas ce qui me prend tout à coup...

Il l'aide à s'asseoir avec précaution.

— C'est très courant. Vous avez respiré beaucoup de fumée et vous êtes intoxiquée. Il faut que vous sortiez respirer l'air frais et que vous vous reposiez.

— Je respirerai sur le trajet.

Il secoue la tête.

— Pas question, mademoiselle. Surtout si, comme vous le dites, l'air est suffocant à la filature. C'est dangereux. Y a-t-il un médecin à Callune ?

— Oui, le docteur Boussac. J'irai le voir ce soir. Ne vous inquiétez pas pour moi.

— Je m'inquiète, mademoiselle. Je m'inquiète tant que je voudrais vous proposer mon aide. Permettez-moi de vous accompagner, je conduirai votre voiture.

Je ne suis plus une enfant, je sais me débrouiller toute seule. Elle se lève de la chaise. Le tournis la prend de nouveau. Son corps ignore ce que sa raison lui dicte. Alors, elle abdique.

— Très bien, Ectòr, vous me conduirez. Je vous

remercie. Vous profiterez de la charrette pour vous rendre chez votre oncle. – Elle pose sa main sur son bras. – Je veux vous remercier pour votre aide. Vraiment. Tout ce que vous voudrez.

Il sourit, prend une inspiration et déclare :

— Epousez-moi.

8

Troublée

Eulalie cligne des paupières et ouvre les yeux sur Ectòr penché sur elle.

— Mademoiselle, vous m'entendez ?

— Que... que s'est-il passé ?

— Nous discutions... Vous avez fait un malaise.

Elle gît sur le sol. Ectòr a plié un linge et l'a soigneusement placé sous sa tête. Elle secoue la tête en essayant de reconstituer ses derniers souvenirs. Elle se masse les tempes puis peu à peu tout lui revient. Se pourrait-il que la déclaration inattendue d'Ectòr ait provoqué son évanouissement ? Elle se garde bien de lui révéler son trouble. Elle tente de se mettre sur ses pieds mais elle est arrêtée dans son mouvement par une violente quinte de toux.

— Vraiment, mademoiselle, proteste Ectòr, vous devriez rester au lit. Vous avez besoin de repos.

— Si vous le dites... Mais je vais mieux, et il faut

tout de même que je me rende à mon bureau pour prévenir mon contremaître avant d'aller consulter le docteur Boussac.

— A la condition que je vous accompagne. Je vais atteler votre cheval.

Quelques instants plus tard, Eulalie prend place à côté d'Ectòr. Elle rougit, perturbée par la promiscuité imposée par l'étroitesse de la banquette et la carrure de son voisin. Sa cuisse frotte contre celle d'Ectòr, le contact tiède est à la fois embarrassant et grisant, sensation nouvelle. Tout à coup, la carriole fait une embardée. Instinctivement, l'homme plaque la main contre la poitrine de sa passagère pour l'empêcher de basculer en avant. Eulalie en a le souffle coupé. C'est la première fois que quelqu'un lui touche les seins. Il retire prestement son bras.

— Veuillez m'excuser, je ne voulais pas... Mais pour éviter que...

— Je sais, le coupe-t-elle.

Elle a besoin de silence. Elle veut simplement savourer le trouble qui l'habite. Le contact de la main d'Ectòr a échauffé son corps. Elle regarde droit devant elle pour éviter de croiser son regard, mais elle ne peut empêcher sa cuisse de toucher celle d'Ectòr au gré du pas du cheval. Pour la première fois de sa vie, elle sent le désir brut, organique et spontané s'éveiller en elle. Elle ferme les yeux.

— Je vais avertir mon contremaître puis je vous conduirai chez votre oncle, lui dit-elle en maîtrisant le tremblement de sa voix quand la charrette s'arrête devant la filature.

— Je vous attends ici.

A peine a-t-elle posé le pied à terre qu'elle est prise d'une quinte de toux si éprouvante qu'elle manque de défaillir de nouveau. Ectòr saute de la voiture.

— Appuyez-vous sur moi, mademoiselle.

— Ce n'est rien, je...

— Ne parlez plus. Je vais vous conduire à votre bureau.

Eulalie, bien malgré elle, franchit les portes de la fabrique en enlaçant Ectòr. Ce dernier la serre fort contre lui. Quand le couple s'avance dans l'atelier, le silence se fait.

Toutes les ouvrières les dévisagent, bouche bée.

Eulalie lève la tête sur ses employées : c'est lui qu'elles regardent. *Et pourquoi ne le regarderaient-elles pas ? Il est si beau.* Dans le fond, un visage inquiet se distingue. *Judit.* Eulalie baisse les yeux. C'est alors qu'Oton jaillit du bureau, mécontent de voir les ouvrières inactives.

— Qu'est-ce qui vous prend ? Allez, remettez-vous...

Soudain, il avise Eulalie qui claudique, pendue au bras d'Ectòr.

— Oh ! Mademoiselle ! Que se passe-t-il ? s'enquiert-il, ébahi.

— Ne vous inquiétez pas. Un feu a éclaté hier dans ma grange, mais ce monsieur m'est venu en aide et l'incendie a rapidement été circonscrit. Cependant, j'ai respiré beaucoup de fumée et j'ai besoin de consulter le docteur. Je suis désolée, mais je ne pense pas être en état d'être présente aujourd'hui.

A sa grande surprise, le contremaître d'ordinaire si grincheux montre une extrême sollicitude.

— Bien sûr, mademoiselle, prenez votre journée. Reposez-vous bien.

Il se tourne vers Ectòr et lui tend la main.

— Merci pour votre secours, monsieur.

Eulalie et son soutien quittent l'atelier. Ils reprennent place dans la voiture et se dirigent vers Callune. Sans mot dire, ils traversent le village. Eulalie surprend les regards curieux de Fabrice, Odette et Pierrot derrière leurs vitrines respectives. Les ragots vont aller bon train au bourg. Elle soupire.

Ectòr arrête Germain devant le temple.

— Je vais rejoindre mon oncle. Comment vous sentez-vous, mademoiselle ?

— Suffisamment forte pour cheminer seule. Ne vous inquiétez plus pour moi, répond-elle en souriant.

— Je ne suis pas près d'oublier cette nuit rocambolesque ! Je vous souhaite un prompt rétablissement, dit-il en lui rendant son sourire.

— Je vous remercie de tout cœur pour toute l'aide que vous m'avez apportée.

D'un geste vif, il porte la main de la jeune femme

à ses lèvres et y pose un baiser délicat. Eulalie tressaille.

— J'espère vous revoir bientôt, déclare-t-il.

Puis il se lève, saute de la carriole, récupère son gros sac de toile et passe la porte du temple sans se retourner. Elle reste là, pantelante, abasourdie. Elle sent encore le souffle chaud de l'homme sur sa main. Elle secoue la tête pour s'extraire de sa torpeur, s'empare des rênes de l'attelage, et se met en route.

Le docteur Boussac réside dans une vieille bâtisse sombre de la rue Baudin, près du temple. Son domicile personnel se situe à l'étage, son cabinet occupe le rez-de-chaussée. Il y règne une odeur d'humidité, de vieux cuir et d'alcool à brûler. Eulalie prend place sur un fauteuil racorni. Elle lui explique les circonstances de son intoxication.

— Vos poumons sont empoisonnés. Il faut que vous rentriez chez vous et que vous preniez du repos, toutes fenêtres ouvertes. Evitez les atmosphères humides et enfumées. Prenez ceci, dit-il en tendant une fiole opaque. C'est du sirop de bourgeons de pin. C'est excellent contre les affections respiratoires.

Elle le remercie avant de prendre congé.

Chez elle, elle retrouve les vendangeurs et les frères Vernet, très étonnés de la voir revenir si tôt à la propriété. Elle se propose pour les accompagner dans leurs travaux, mais les hommes refusent tout net. Pastor se montre intransigeant :

— Si le docteur vous a dit de rester tranquille, mam'zelle, c'est que vous en avez ben b'soin. Ugolin et moi, on s'occupe de déblayer la grange et de jeter ce qui a été abîmé. C'est trois fois rien. Les gars auront fini de ramasser le raisin c'soir, ils partiront demain. On a pas b'soin de vous !

Il sourit benoîtement. Eulalie capitule et se retire dans sa chambre. Elle fait sa toilette, avale une rasade de sirop, se dévêt et se glisse entre ses draps. Au-dessus de son lit, la fenêtre est grande ouverte, elle entend les éclats de voix des hommes qui s'activent dans la propriété. Elle contemple le ciel d'un bleu éclatant. Elle prête l'oreille au concert du vent qui joue dans les châtaigniers. Sans en prendre conscience, elle ferme les paupières. Elle s'enlise avec douceur et bonheur dans un sommeil profond et chaud. Dans son rêve, des images fugaces du corps d'Ectòr lui apparaissent, elle visualise ses mains, son dos, sa nuque, ses cheveux, sa bouche. Elle respire même son odeur. Le songe est si cru et son désir si violent qu'elle se réveille en sursaut, la honte au front et les joues cramoisies. Elle entend Ugolin chanter dans la grange. Le ciel est toujours d'un même bleu lumineux, elle ne s'est assoupie que quelques instants. Elle se sent étourdie et légèrement fébrile. Le sommeil la reprend et elle passe ainsi la journée dans son lit à s'abandonner à des rêveries de plus en plus lascives.

Le soir venu, elle s'extirpe de sa couche pour se passer de l'eau sur le visage. Ses poumons ne la font plus souffrir, elle se sent revigorée par son somme réparateur. La maison est à présent silencieuse. Les vendangeurs ont terminé leur journée et elle les reçoit sous la tonnelle pour leur servir vin et fromage. Elle leur donne leur salaire, ils la remercient avec chaleur et ripaillent gaiement avant de retrouver la grange pour une ultime nuitée. Ils partiront aux premières lueurs de l'aube. Eulalie les regrettera : leurs chants nocturnes vont lui manquer.

Une fois seule, elle range la cuisine et gagne sa chambre. Elle frémit d'excitation à l'idée de retrouver ses fantasmes oniriques. Elle se couche avec délice. Elle ferme les yeux et retrouve Ectòr par le songe. Elle ne dort pas seule cette nuit-là. Son lit est hanté par la vision érotique de cet homme dont elle sait très peu de choses et qui a enflammé sa mémoire.

Le lendemain matin, elle se rend au travail comme à l'accoutumée. Oton semble soulagé de la voir en bonne forme. Quelques ouvrières lui sourient avec gentillesse quand elle traverse l'atelier. Elle s'abîme dans le travail pour ne pas penser à autre chose. Quand vient l'heure de la pause déjeuner, elle s'isole dans son bureau. On frappe à la porte alors qu'elle s'apprête à avaler un en-cas. Mireille Pradet se présente :

— Pardon, m'dame, mais le matricule 18 demande à vous voir.

— Faites-la entrer, je vous prie, répond Eulalie en posant son casse-croûte.

Judit pénètre dans la pièce et Mireille ferme la porte derrière elle.

— Mam'zelle, que s'est-il passé ? murmure-t-elle. Avec Elena et Flor, on s'inquiète depuis hier !

— C'est très aimable de votre part, ma chère Judit ! Rien de trop grave. Un feu a éclaté dans ma grange, j'ai respiré un peu de fumée et j'ai été obligée de garder le lit parce que j'étais intoxiquée. Tout est rentré dans l'ordre.

— Et ce beau garçon qui vous escortait, c'est qui ? Toutes les filles de la fabrique se demandent d'où il sort et ce qu'il fait là !

La patronne reste interdite. Ectòr est son jardin intime et secret. Elle n'apprécie pas qu'il fasse l'objet de commentaires. Elle s'oblige tout de même à répondre à son amie.

— Ectòr Brémond, le neveu du pasteur Joèl. Il était de passage quand il a vu le feu et il est venu me prêter main-forte pour éteindre l'incendie.

Judit fait la moue.

— Vous avez eu beaucoup de chance que ce soit ce gars-là qui soit venu vous aider, dites donc.

— Vous semblez ironique, je me trompe ? dit Eulalie sèchement.

— Je dis juste que c'est bizarre qu'il se pointe comme ça. Si le pasteur avait un neveu aussi séduisant, le village l'aurait su.

— Il travaillait près d'Alais, à quelques heures

d'ici, c'est loin, on ignore s'il a jamais mis les pieds à Callune, argumente Eulalie avec humeur.

L'échange est tendu.

— Vous inquiétez pas, m'dame, répond Judit avec douceur, je remets pas votre parole en doute, c'est juste que je me fais du souci pour vous. Après le fils Cabanel, il faut faire attention. Vous êtes un beau parti. Pas mal de charlatans se feraient passer pour le fils du bon Dieu pour vous mettre le grappin dessus.

— Vous avez raison de vous montrer méfiante. Excusez-moi, je n'aurais pas dû faire preuve de tant de susceptibilité, acquiesce Eulalie. Nous en parlerons samedi, d'accord ?

Judit acquiesce de la tête avant de prendre congé, laissant sa patronne plus perturbée qu'elle ne l'était auparavant.

Les vendanges achevées, Pastor et Ugolin ont transporté le raisin fraîchement cueilli chez Oulivié Rambier, un vigneron établi non loin de Callune. Les grappes sont foulées aux pieds par Oulivié et sa famille, puis le jus est conservé dans des cuves en bois afin qu'il fermente pendant quelques semaines. Le vigneron vendra à Eulalie son vin à un bon prix.

Sur les coteaux de la région, la vigne se rendort tandis que ses feuilles brunissent. Les températures rafraîchissent, les jours raccourcissent, l'automne est là. Les frères Vernet plantent l'ail, le chou et la salade dans le potager d'Eulalie. Les évêchés d'Avignon et de Lyon préparent les célébrations de la Toussaint et les commandes de soie sont nombreuses. Tout le monde s'active dans la filature.

Le samedi soir, Eulalie retrouve ses amies au domicile de Judit. Les quatre femmes sont exténuées par la semaine qui vient de s'achever. Assises en rond sous le porche, elles s'esquintent les yeux sur leur tricot.

— Je vais chercher des lampes, propose Judit. On y verra mieux.

La lumière est accueillie par des « ah » de satisfaction.

— Vous êtes parfaitement guérie, maint'nant ? demande Elena à sa patronne.

— Oui, ma chère, parfaitement guérie.

— Et le beau gars qu'était avec vous, le neveu du pasteur, vous l'avez revu ?

Eulalie rougit légèrement mais sa réaction passe inaperçue dans la pénombre.

— Non. Je suppose qu'il est occupé. De toute manière, j'ai eu tant à faire à la filature que je n'aurais pas eu le temps de le recevoir.

En réalité, elle est un peu vexée qu'Ectòr ne soit pas venu prendre de ses nouvelles. Il s'était montré si prévenant à son égard qu'elle était persuadée qu'il le ferait. Elle attend le culte du lendemain dans l'espoir de le rencontrer enfin au temple.

— N'empêche qu'on était toutes ben jalouses de vous voir pendue à son bras. On en voit pas souvent, de beaux garçons comme ça ! fait remarquer Flor.

— Moi, je jetterais bien mon mari aux orties si je pouvais l'échanger contre celui-là ! ajoute Elena en ricanant.

Flor et Elena s'esclaffent. Judit semble sur la réserve et observe Eulalie qui évite de croiser son regard.

— Vous voyez ce qui se passe ? On parle plus de la filature ni de la manière de tout changer. Un beau garçon passe, et vous avez la tête qui tourne. C'est le problème avec les hommes, ça. Ils nous détournent de nos objectifs et on s'en rend même pas compte. Soyez pas cruches, souvenez-vous des choses qui ont de l'importance ! vitupère Judit.

— Facile à dire pour toi, tu te fiches des hommes. Mais nous, on les aime, et on les aime beaux et vigoureux comme Ectòr Brémond, réplique Elena.

Elle prend un ton si contrarié que ses amies cessent les badineries pour se concentrer sur le dernier bulletin du *Combat social*. Eulalie se charge de faire la lecture à haute voix comme d'ordinaire. Son élocution impeccable tient les ouvrières en haleine.

— « En Angleterre, la fièvre ouvrière s'est emparée de tous les secteurs de la vie économique : mines, chemins de fer, docks et transports, ingénierie, construction. En août dernier, la classe dominante britannique a été forcée de déployer des troupes et des bateaux de guerre à Liverpool pour écraser une grève générale presque insurrectionnelle. La révolution est en marche ! Malgré la répression, le prolétariat n'entend plus se faire écraser docilement. Si les capitalistes s'alarment en Angleterre, alors nous devons les faire trembler dans toute l'Europe ! Vive la convergence des luttes, vive l'union internationale des prolétaires ! »

Le discours soulève l'enthousiasme de toutes. Mais Eulalie n'a pas la tête à la révolution. Ectòr occupe chacune de ses pensées. Judit a raison : il l'empêche de se concentrer sur ce qui est réellement important. *Souviens-toi de ta mère. Qu'est-ce que la fréquentation des hommes lui a apporté ? Rien, à part des regrets éternels et une vie de misère. Ne pense plus à Ectòr.*

Pourtant, de retour chez elle, Eulalie se précipite devant l'armoire de ses parents, oubliant ses bonnes résolutions. Comme chaque semaine quand le dimanche approche, elle veut se faire belle, non, éblouissante cette fois, pour être au centre des regards lors de l'office dominical – en particulier celui d'Ectòr, s'il daigne se montrer. Rien de convaincant parmi les vêtements de sa mère, ne parlons pas des siens ; au moment où le découragement la saisit, une illumination lui vient : la malle dans laquelle sa mère gardait les atours qu'elle ne portait que dans les rares grandes occasions.

C'est là qu'Eulalie trouve son bonheur. Parmi d'autres splendeurs, elle déniche une robe en faille de soie avec corsage qui lui va parfaitement. Elle se contemple dans le miroir. C'est une autre femme qui la regarde, une très belle femme. *Combien de temps une ouvrière doit-elle travailler avant de pouvoir s'offrir une robe comme celle-là ?* La honte la saisit. *Se parer de la sorte, n'est-ce pas une attitude bourgeoise et ridicule ?* Désemparée, elle se laisse choir sur son lit. Dehors, les grillons stridulent et les hiboux hululent. Elle pense à Santina. Que son amie lui manque… La Camarguaise, si elle était là, pourrait la conseiller. *Elle me dirait de suivre mon cœur.*

Elle portera la robe.

Le lendemain matin, Eulalie se réveille aux aurores, tenaillée par l'excitation. Elle noue ses cheveux en un chignon austère pour mettre en valeur son corsage. Elle part de chez elle pour arriver avec quelques minutes de retard au temple afin que chacun la remarque.

Place du temple, tout le village est là. Villageoises et villageois, ouvrières, fermiers, commerçants et éleveurs attendent le signal du pasteur. L'air est frais, mais le soleil est vif. Le ciel est d'un bleu immaculé. Eulalie arrête Germain à une dizaine de mètres de la place. Elle prend son temps pour descendre de la voiture. Aussitôt, le maire Jeanjean se précipite pour lui venir en aide.

— Mademoiselle, permettez !

Elle se dresse, lisse sa robe d'un geste gracieux et distingué.

— Merci pour votre aide, monsieur le maire,

mais je me débrouille très bien toute seule. Après tout, si j'ai réussi à venir jusqu'ici, je peux faire le reste du chemin ! dit-elle au notable en souriant.

— Je n'en doute pas. Permettez-moi tout de même de vous offrir mon bras pour vous escorter jusqu'à votre banc, mademoiselle. – Puis, avec un sourire en coin : – Pour le plaisir.

Elle s'exécute à contrecœur.

— Laissez-moi m'enhardir à vous dire que vous êtes splendide. Vous êtes véritablement le joyau de cette ville, lui glisse-t-il entre deux halètements.

— Vous me faites trop d'honneur, monsieur le maire.

Sur le parvis du temple, tous les yeux sont rivés sur Eulalie. Elle surpasse tout le monde en élégance en ce dimanche ordinaire. La jeune femme sourit avec amabilité aux gens qu'elle connaît : Louis, Pierrot, Fabrice, Odette, monsieur Castanet. Oton, Huguette et Mireille la dévisagent, sidérés. Elle évite de regarder du côté des ouvrières, tant elle a honte de faire l'étalage de ce luxe. Le pasteur l'apostrophe avec bonne humeur.

— Mademoiselle Bastide, c'est toujours une joie de vous compter parmi nous. Mon neveu m'a raconté votre infortune, et je suis heureux de voir que vous semblez parfaitement rétablie.

— En effet, monsieur le pasteur, je suis en pleine forme.

— C'est peu de le dire, mademoiselle. Vous êtes l'incarnation même de la grâce.

Elle s'incline et esquisse une légère révérence. Alors qu'elle savoure son triomphe, elle lève le visage et ses yeux rencontrent d'autres yeux. Des yeux bleus. Des yeux doux et réjouis, cerclés de rides charmantes. Des yeux qui illuminent un visage viril et harmonieux. Ectòr est là. Comme tout un chacun, il la contemple sans perdre une miette du spectacle de sa beauté. Eulalie garde la tête droite, mais son pouls s'emballe.

— Je dois ma bonne santé à monsieur Brémond. Je vous salue, monsieur, dit-elle sans dévoiler le trouble qui la gagne.

Ectòr remue les lèvres qui ont tourmenté Eulalie toutes les nuits, mais aucun son n'en sort. Elle est secrètement ravie de l'effet qu'elle produit. Son regard s'écarte de l'homme et son cœur s'arrête. *Mais, qu'est-ce que…* Une femme est au bras d'Ectòr.

Madeleine.

Madeleine, la sœur de Louis le cafetier, l'experte en amour, qui cajole les frères Vernet le samedi soir, s'agrippe à Ectòr. La pittoresque Madeleine et son opulente chevelure brune qui rehausse l'éclat de ses yeux verts. En comparaison de cette grande et belle femme mûre, Eulalie a l'impression d'être une timide petite souris. Elle sourit délicatement à la belle-de-nuit qui lui rend la politesse.

— Chers frères et chères sœurs, je vous invite à entrer afin de procéder à l'office, intervient à bon escient le pasteur, mettant fin à ce face-à-face gênant.

Toujours accolée au maire, Eulalie traverse le temple d'un pas majestueux et s'assied au premier rang, comme à son habitude. La cérémonie commence. Mais la jeune femme, sous le coup de sa déconvenue, n'écoute rien de la célébration. A la fin de la cérémonie, elle se dépêche de saluer le pasteur, le maire et le médecin, puis elle file dans sa voiture sans demander son reste. Elle claque les rênes d'un geste dépité et Germain se met en route de son pas pesant.

— A-t-on livré la quantité de charbon que j'avais demandée en fin de semaine ?

Eulalie est d'une humeur massacrante. Elle s'en prend à Mireille qui balbutie, rouge de confusion.

— J'ai oublié de lui dire que m'dame en voulait plus, je suis désolée…

— Epargnez-moi les détails de votre incompétence, madame Pradet ! Vous n'êtes pas novice dans le métier. Vous savez pertinemment que les machineries ont besoin de davantage de combustible quand nous entrons dans la saison froide.

Elle claque la langue contre son palais.

— Disparaissez de ma vue.

Mireille s'échappe sans demander son reste. Eulalie regarde autour d'elle. Elle en a marre de l'atelier, du bruit et des odeurs, des mines renfrognées. Elle voudrait passer quelques jours à Nîmes, fréquenter ses anciennes amies, serrer Santina contre son cœur. Sur le moment, elle regrette d'avoir délaissé les bancs de l'école normale pour s'infliger une vie de corvées et de contrariétés. Oton la hèle depuis le couloir :

— Mademoiselle, venez jeter un coup d'œil aux caisses. La livraison pour Lyon est prête à partir.

Elle emboîte le pas à son contremaître et inspecte les colis. Les flottes disposées sur le dessus sont douces, brillantes et duveteuses. Elle les caresse avec volupté. Elle se radoucit instantanément.

— Quand j'oublie pourquoi je me lève si tôt le matin, cette vision me rappelle aussitôt la noblesse de notre tâche.

Oton grommelle son assentiment. Le vieux bougon aime aussi la soie, même s'il l'exprime rarement.

— Je vous remercie, Oton. Vous pouvez emporter les caisses.

Elle se rend dans l'atelier. Elle longe les bassines des fileuses avec lenteur pour examiner le travail en cours. Tandis qu'elle donne quelques conseils à une jeune apprentie qui peine à la tâche, Huguette s'approche d'elle.

— M'dame, un visiteur, pour vous. Il attend dans votre bureau.

Eulalie se fige sur place. *Se pourrait-il que... ?* Elle s'éloigne précipitamment et se presse vers son bureau.

— Monsieur le pasteur ? s'écrie-t-elle en découvrant son visiteur et s'efforçant de cacher sa déception.

— Mademoiselle, bonjour.

Elle lui offre un siège.

— Je suis désolé de venir vous importuner sur votre lieu de travail.

— Ne vous inquiétez pas, monsieur, c'est toujours un plaisir de vous voir. Que se passe-t-il ? Un problème avec l'une de mes employées ?

— Point du tout. Je suis venu vous parler de mon neveu, dit-il en balayant l'air de la main.

Le cœur d'Eulalie manque un battement.

— Voyez-vous, Ectòr a perdu son travail. Il loge chez moi en attendant de retrouver de l'ouvrage. Mais il s'ennuie, et l'ennui ne mène à rien de bon. C'est un bon garçon, travailleur et honnête, et un fidèle croyant.

Eulalie acquiesce.

— Votre père, Dieu ait son âme, avait coutume d'embaucher des bûcherons pour soigner ses châtaigniers à l'automne. Je sais que les frères Vernet s'occupent de votre propriété, mais entre le déchaussement des nouvelles vignes et le semis du blé et du froment, ils doivent avoir fort à faire, n'est-ce pas ? Je me disais que, peut-être, vous pourriez embaucher Ectòr pour votre châtaigneraie…

Eulalie n'en croit pas ses oreilles. Voilà que le pasteur lui offre l'opportunité de fréquenter l'objet de son désir tous les jours sans avoir à ruser. L'homme de Dieu la regarde, l'espoir dans les yeux.

— Mais bien sûr, monsieur le pasteur, avec plaisir ! s'écrie-t-elle.

— Merci, merci mille fois pour votre grand cœur, mademoiselle ! Je me souviendrai de votre geste.

— En réalité, c'est moi qui ai une dette envers votre neveu. Il m'a sauvée des flammes.

Ectòr se présente le dimanche qui suit. Eulalie a passé la semaine à attendre cet instant dans un état d'extrême fébrilité. Elle retient son souffle quand elle entend le pas de sa monture dans l'allée. Elle est assise sous le porche et tricote, mais ses mains sont agitées de spasmes nerveux et elle doit s'y reprendre à plusieurs fois avant de pouvoir nouer la laine avec succès.

— Bien le bonjour, mademoiselle Bastide ! lance-t-il d'un ton joyeux.

Elle se lève pour aller à sa rencontre. Il met pied à terre et laisse son cheval brouter l'herbe folle du jardin.

— C'est la bête de mon oncle. Une vraie rosse.

Il sourit avec douceur.

— Je vous remercie de me proposer du travail. Mais ne croyez pas que j'ignore que mon oncle est derrière tout ça !

— A la vérité, la propriété est bien trop grande pour les seuls frères Vernet et moi-même, rétorque-t-elle. J'avais grand besoin de bras supplémentaires pour entretenir les arbres. Venez, suivez-moi. Je vais vous présenter le domaine. Vous n'avez pas encore eu l'occasion de le voir de jour !

Il lui emboîte le pas. Comme elle s'attendait à

crapahuter dans les collines, elle porte un chemisier simple et un large jupon serré à la taille. Les longs cheveux auburn qui dépassent de son fichu flottent dans le vent. Elle lui montre la maison et le potager, puis ils grimpent le long des bancels. Tout en ahanant, elle lui donne le détail des arbres fruitiers. Puis ils parviennent à la terrasse où les grands châtaigniers regardent le temps passer. Ectòr s'émerveille du panorama. De là où ils sont, ils peuvent embrasser des yeux toute la propriété, mais aussi les hauteurs environnantes.

— Comme vous pouvez le voir, je possède plus d'une centaine de châtaigniers, explique-t-elle. J'ignore pourquoi mes ancêtres en avaient planté autant ! Je sais que c'est un bois de construction et je sais tout au sujet de la soupe de châtaigne mais je ne connais pas les autres bienfaits de cet arbre et de son fruit.

— Et pourtant, ils sont nombreux ! répond-il en promenant un regard expert autour de lui. La châtaigne se consomme fraîche, en bouillon comme vous le dites, ou cuite au four. Mais elle peut également se consommer sèche. Réduite en farine, elle vous permet de confectionner des galettes, des crêpes, du pain. Avec du fromage et du lait, vous avez un repas simple, mais complet. Il était temps, vous avez bien fait de faire appel à mes services. Regardez : vos fruits sont tombés et ils ont commencé à se gâter.

Il fouille le sol du pied.

— Je vais ramasser les bogues, puis je vais les mettre dans de gros sacs de toile que je vais battre à la masse sur le billot. Une fois le débogage terminé, je mettrai les fruits à fumer dans vos claies. Je les sortirai en novembre. Les petites châtaignes ou celles qui sont abîmées iront au bétail.

— Vous aurez bientôt fini, alors, dit-elle sans masquer sa déception.

— Je ne pense pas. Vos arbres ne sont pas entretenus depuis longtemps. D'après ce que je peux voir, le terrassement est à refaire par endroits. Quand il pleut, l'eau creuse des ravines qui déracinent peu à peu les châtaigniers. C'est pour cela que des murets courent tout le long des terrasses. Ils retiennent la terre, même en cas de fortes pluies et des conduites d'eau favorisent le ruissellement. Voyez-vous, les châtaigniers sont des arbres qui aiment être entretenus par la main humaine. Sans nous, il leur pousse des tiges inutiles qui entravent leur croissance. Il faut les tailler sans cesse jusqu'à ce qu'une belle couronne vienne auréoler leur tronc en forme de moignon. Pour qu'ils se multiplient et qu'ils produisent de bonnes châtaignes, il faut les greffer. On coupe des jeunes pousses qu'on transplante sur des arbres mûrs pour les régénérer. Si on ne les greffe pas, les arbres vieillissent et la châtaigneraie périclite.

Ils longent un petit muret de pierres grises illuminé par la lumière du début d'après-midi. Les châtaigniers se dressent comme des mains sombres et tourmentées. Les bogues brunes sont tombées. Eulalie se penche et en saisit une qui fait comme un oursin au creux de sa main. Trois châtaignes, une maigre enserrée par deux plus dodues.

— Après la récolte, il faudra nettoyer les terrasses, ramasser les bogues sèches et les branches tombées au sol, puis brûler le tout, conclut Ectòr.

Eulalie pose les yeux sur le tronc d'un vieux châtaignier. Son bois est comme fondu par endroits. Des excroissances turgescentes lui font un gros nez.

— J'en ai pour des mois de travail. Si vous êtes d'accord, bien entendu.

— Evidemment que je suis d'accord ! répond-elle en souriant. Je suis très fière de cette propriété et je l'aime. Je ne veux pas la négliger. Cela ne fait qu'un an que je vis ici. Auparavant, j'étais pensionnaire à l'école normale de Nîmes. J'étudiais pour devenir institutrice. J'ignorais tout des tâches agricoles quand je suis revenue dans la maison de mes parents. Depuis, j'apprends, petit à petit, au contact des frères Vernet.

— Vous êtes curieuse et opiniâtre. Deux belles qualités.

Elle rosit. Tout son corps s'accorde avec les teintes de ce paysage où les feuilles alezanes et les fourrés fauves font comme un écrin de rousseur autour de ses mèches de cheveux et de ses yeux noisette. Elle devine qu'Ectòr n'est pas insensible à ce spectacle. Elle a senti son regard s'attarder sur ses prunelles mordorées. Ils se tiennent là, face à face, le vent jouant autour d'eux. Elle voudrait qu'il lui prenne la main et qu'il l'embrasse. Elle secoue la tête pour se débarrasser de cette idée et pense à Judit et à son sermon sur les hommes.

— Le compliment me touche, dit-elle avec humilité. Je m'en retourne à mon tricot. Avez-vous besoin de quoi que ce soit ?

— J'ai apporté mes outils. Je vais m'y mettre dès maintenant.

— Fort bien, dit-elle en hochant la tête. Je vous laisse à votre ouvrage et vous souhaite bien du courage.

Elle s'éloigne. Il la hèle alors qu'elle est encore à portée de voix :

— Mademoiselle Bastide ?

Elle se retourne.

— Merci encore pour ce travail. Je suis heureux de retrouver les arbres.

En fin de journée, alors que la lumière pâlit sur les coteaux, Eulalie prépare une citronnade pour Ectòr. Depuis le porche, elle l'a observé ramasser les châtaignes des heures durant sans s'interrompre un instant. Elle monte la colline avec un cruchon et un gobelet. Quand elle arrive à son niveau, elle se fige. Il a retiré sa chemise et un simple tricot de corps maculé de sueur moule son torse puissant. Ses cheveux collent à son front et à son cou, ses épaules massives luisent sous le soleil finissant. Ses bras sont gonflés par l'effort. Eulalie déglutit.

— Je me suis dit que vous deviez avoir soif, dit-elle d'une voix chevrotante.

— Je vous remercie, répond-il en s'essuyant le visage avec sa chemise.

Il vide le gobelet d'un trait. Quelques gouttes perlent le long des poils de sa barbe et viennent s'écraser sur son cou. Elle le sert à nouveau. Il boit avec avidité.

— Merci encore.

— Je vous laisse à votre travail.

Elle quitte les bancels et gagne sa maison en silence, les jambes flageolantes. Elle ne peut plus lutter : tout son jeune corps crie de désir. Elle s'enferme dans la cuisine, saisit du papier et son porte-plume, et se met à écrire.

9

Eprise

Callune, 17 octobre 1911

Ma très chère Santina,

Je suis troublée à un point que tu n'imagines pas. Hélas, je suis privée de tes conseils avisés. Je t'écris pour te raconter les derniers événements et solliciter ton aide. Il y a quelque temps, un homme est venu à mon secours alors que je luttais contre un incendie. Il s'appelle Ectòr Brémond et c'est le neveu du pasteur de la paroisse de Callune. J'ai honte de l'avouer, mais c'est le plus bel homme que j'aie jamais vu. Il est tellement bien fait ! Et les traits de son visage sont irrésistibles ! Il est bien éduqué et s'exprime avec élégance. En sa présence, je défaille. Je pense qu'il s'agit d'amour, mais je ne suis pas sûre. Je n'ai jamais fréquenté d'homme, comme tu le sais... Il est plus âgé que moi (de dix années, peut-être ?) et je suppose qu'il a dû connaître bien des femmes. Dimanche dernier, j'ai vu Madeleine à son bras, la sœur de Louis, le cafetier du village. Elle se vend à mes ouvriers lorsqu'ils reçoivent leur paie. Peut-être qu'Ectòr s'offre ses charmes, peut-être est-il épris, ou peut-être s'est-il simplement montré galant. Si elle lui plaît, je ne veux pas m'interposer.

Toujours est il que, maintenant, il s'occupe des arbres de ma plantation, car c'est son métier de travailler avec le bois sous toutes ses formes. Je vois bien qu'il me regarde, mais je ne sais pas quoi faire. L'encourager ou le décourager ? Une demoiselle dans ma position ne peut commettre d'impair sous peine de devenir la honte du village. Je ne peux pas risquer le moindre faux pas. Le testament de mon père m'oblige à me marier cette année. Si je m'affiche avec Ectòr, cela signifie presque des fiançailles, et en l'épousant, je perdrais le contrôle de la filature. Je ne le veux pas. J'ai tant souffert pour en arriver là. Tant de nuits blanches et de crampes à l'estomac avant de devenir celle que je suis maintenant. Judit, Elena, Flor et moi-même nous voyons très régulièrement pour discuter du mouvement ouvrier et nous désirons marquer l'Histoire en devenant les premières femmes à diriger leur propre usine. Nous nous intéressons de près au concept de collectivisme économique… Je ne veux pas décevoir mes amies, tout comme je ne veux pas me décevoir moi-même. Que faire ? Aide-moi, je t'en prie !

Avec tout mon amour sororal,

Ta dévouée,

Eulalie.

Nîmes, 21 octobre 1911

Ma chère Eulalie,

J'ai ri, j'ai soupiré, j'ai hurlé en lisant ta lettre ! Quelle surprise, venant de toi ! Ainsi donc, ma très bonne amie a un cœur, et, par-dessus tout, un corps ! Cet Ectòr doit être d'une beauté renversante. Tu sollicites mon conseil, le voici : ne te précipite pas ! Comme à l'accoutumée, tu montres trop d'empressement. Tu parles de mariage, de perte de contrôle de la filature… Mais tu ignores tout des sentiments de cet homme ! Avant de nous emballer et d'imaginer les fadaises les plus extravagantes, il faut savoir si Ectòr entretient une liaison amoureuse avec cette Madeleine. Je te propose un stratagème pour le découvrir. Tu me dis que tes ouvriers la fréquentent. Avec innocence, sur le ton de la conversation, demande-leur s'ils savent quel vin boit Ectòr, car tu voudrais le remercier d'avoir éteint l'incendie. Si tes garçons te renseignent du tac au tac, tu sauras qu'ils ont pour habitude de se fréquenter chez Louis, puisque c'est le seul troquet de la ville. Une fois que tu auras tiré cela au clair, écris-moi de nouveau.

J'espère te lire bien vite et t'embrasse bien fort,

Santina.

Callune, 24 octobre 1911

Chère amie,

Je n'ai pas été en mesure d'appliquer ton astuce. En effet, les choses ont beaucoup évolué depuis ma précédente lettre. Vois-tu, j'ai pour habitude d'offrir une collation à mes ouvriers à mon retour de la filature quand ils ont terminé leur travail aux champs. Tout naturellement, Ectòr a accompagné les frères Vernet, et tous trois ont fort bien sympathisé. Cela fait maintenant une semaine que les trois gaillards m'attendent à la fin de la journée pour me faire déguster les produits de leur cueillette. Chaque soirée est surprenante, drôle et chaleureuse. C'est comme si Ectòr avait apporté le liant qui manquait à notre petit groupe. Depuis qu'il est là, la maison est pleine de vie. Cela fait près d'un an que les frères Vernet travaillent pour moi, et ils n'avaient jamais été si joyeux auparavant. Ectòr répand la bonne humeur autour de lui. Nous buvons des litres de vin ensemble et nous nous amusons beaucoup. Nous jouons aux cartes, aux dés et j'apprends tant d'amusements que j'ignorais !

Il y a cependant une ombre au tableau : Judit soupçonne ce qui se trame. Ses frères lui ont raconté combien je suis transfigurée depuis qu'Ectòr travaille pour moi et elle ne cesse de me mettre en garde contre lui. Elle pense que cette histoire est trop belle pour être vraie. Elle craint que je ne me fasse embobiner. C'est difficile pour moi de continuer à fréquenter Ectòr en ayant le sentiment de la trahir. Mais je ne veux pas me passer de sa présence. Cela fait un an que je suis seule dans cette maison et Ectòr y apporte de la vie. Il ne se passe rien de scandaleux entre nous, c'est un honnête homme qui sait se tenir. Il me pose sans cesse des questions et me complimente sur mon esprit d'analyse ainsi que sur mon audace. Il se montre impressionné par mes réalisations professionnelles. Agirait-il de la sorte si je lui étais indifférente ?

Je te remercie pour tes bons conseils. J'espère

que ta rentrée à l'école normale se déroule sous les meilleurs auspices. Obsédée que j'étais par Ectòr, j'ai oublié de te présenter toutes mes félicitations pour ton passage en dernière année. Je suis tellement fière de toi ! Je veux tout savoir de ta nouvelle vie !

Avec toute ma tendresse,

Eulalie.

Nîmes, 26 octobre 1911

Ma chérie,

Merci pour tes félicitations, et ne t'inquiète pas pour le retard ! Ma petite vie tranquille est tellement moins excitante que la tienne. Mais je dois avouer que je suis bien contente d'être en dernière année. Les cours dispensés à l'école normale sont un peu redondants, mais je suis ravie d'être enfin considérée comme une adulte, même si je me retrouve encore à l'internat… Je suis installée à l'enclos de la Salette avec les autres étudiantes de mon âge. L'endroit est magnifique. Nous devons respecter un code de vie assez strict, mais nous avons le droit de nous promener en ville accompagnées d'un chaperon. Nous pouvons danser, chanter, pique-niquer… Un vrai régal ! Nous portons une adorable robe à jaquette noire décorée de palmes violettes au collet qui me va à ravir. Tous les hommes se retournent quand nous traversons la rue ! Mais tout cela n'est pas très impressionnant au regard de ta vie si aventureuse… Quand je pense que tu prends ton repas avec tes ouvriers tous les soirs, quelle femme moderne ! Je me réjouis qu'Ectòr se montre si courtois. Concernant

Judit, je pense que tu devrais la remettre à sa place. Tu ne fais rien de mal avec cet homme, en vertu de quoi s'inquiète-t-elle ? Si elle est réellement ton amie, elle devrait être ravie de te voir heureuse et épanouie ! Je me souviens de ma visite en décembre dernier, tu étais pâle comme un linge et maigre comme un clou… Je préfère savoir que tu t'amuses en bonne compagnie plutôt que tu broies du noir, seule, dans une maison froide et isolée ! Tiens-moi au courant de l'affaire Madeleine dès que tu en sauras davantage.

Baisers,

Santina.

Callune, 28 octobre 1911

Ma très chère,

J'ai été ravie d'avoir de tes nouvelles. J'aimerais tant trouver le temps de te rendre visite pour voir cet uniforme ainsi que ton nouveau lieu de vie !

Je te remercie pour ta sollicitude. Je suis toujours bien triste de contrarier Judit mais je suis soulagée de savoir que tu ne me condamnes pas comme elle le fait.

Ectòr a fini de ramasser mes châtaignes. Il les a mises à sécher et les bancels fument en permanence. Quand souffle le vent de terre, une odeur délicieuse se répand dans toute la maisonnée. Désormais, Ectòr s'occupe de mes terrasses qui se sont effondrées par endroits. Je prends conscience peu à peu que cette propriété est comme un petit univers. Il faut prendre soin de chacune de ses parties sous peine de voir l'ensemble s'écrouler. Ectòr m'a conseillé d'acheter des chèvres à la prochaine foire afin de produire mon propre fromage. Il m'a promis de me montrer toutes les étapes de la fabrication de ce délice.

Je prends autant de plaisir à travailler à la filature qu'à la propriété. Je suis fière de chacun de mes apprentissages. Judit et les filles sont d'accord avec moi : l'indépendance d'une femme passe aussi par la capacité à savoir couper son bois et produire sa nourriture. Je n'ai plus envie d'être une petite chose fragile qu'il faut entretenir. Tu as eu de la chance, tes parents t'ont sollicitée dès ton jeune âge pour les aider dans leurs travaux. Pour ma part, je n'ai connu que l'école, mais je me réjouis de pouvoir rattraper mon retard.

Bien qu'Ectòr et moi-même nous voyions tous les jours, je n'ai pas osé le questionner sur la nature de ses relations avec Madeleine.

Je t'écris très bientôt et t'embrasse bien fort,

Eulalie.

Nîmes, 30 octobre 1911

Mon amie,

Quand je te lis, j'ai envie de retourner en Camargue pour m'occuper des chevaux sous le soleil ardent, le visage irrité par le sel marin ! Te savoir capable de telles réalisations me montre à quel point je vis une existence sophistiquée et artificielle… Plus que quelques mois et je serai diplômée. J'espère alors que je serai nommée institutrice dans un petit village rural où je pourrais occuper une petite maison avec un potager… Continue de m'écrire, tu attises les braises dans l'âtre de mon âme !

Avec toute mon affection,

Santina.

Callunc, 2 novembre 1911

Ma chère Santina,

Pardonne-moi de ne pas avoir donné de nouvelles plus tôt, mais les riches catholiques ont passé des commandes colossales pour la Toussaint auprès de mon négociant et nous avons eu du travail par-dessus la tête. De plus, ce pauvre Oton ne rajeunit pas. Il a mal aux articulations et ne cesse de contracter rhume sur rhume, ce qui le ralentit.

Cela fait un mois que mon cher Ectòr travaille pour moi. Nous nous côtoyons tous les jours avec bonheur. Je t'avoue que tous les soirs, en rentrant de la filature, mon cœur se serre quand je monte la route jusqu'à la maison. Le désir que j'éprouve pour lui est toujours aussi vif. Combien de fois ai-je rêvé de poser ma main sur la sienne ou de toucher ses magnifiques cheveux bouclés… Mais je reste décente en toutes circonstances.

Judit ne semble plus fâchée contre moi. Nous nous fréquentons toujours dès que nous en avons l'occasion. Notre cénacle de femmes produit de nombreuses idées. Je caresse l'espoir de pouvoir un jour prendre mes propres décisions. Quand le moment sera venu, je voudrais proposer aux ouvrières de venir vivre avec moi à la propriété afin que nous puissions mettre nos savoirs en commun. Avec mes terrasses cultivées et mes réserves forestières, nous pourrions accéder à l'indépendance économique. Voilà ce qui alimente le brasier de mon âme !

Je t'écrirai bientôt.

Ta dévouée,

Eulalie.

Nîmes, 27 novembre 1911

Très chère Eulalie,

Voici près d'un mois que je n'ai pas eu de nouvelles de toi. Je suppose que tu croules sous les commandes !

Au pensionnat, il y a eu des remous. Une fille de mon âge est tombée enceinte. Elle a immédiatement été renvoyée. La directrice nous a convoquées dans l'amphithéâtre pour nous rappeler que, en tant que futures institutrices, nous nous devions d'être les gardiennes de la moralité. Mais nous n'avons pas tardé à apprendre que le père de l'enfant était notre professeur de sciences naturelles, marié et père de famille. Evidemment, lui a conservé son poste, alors que notre pauvre camarade est perdue. A l'instar de Judit, j'éprouve désormais la plus grande méfiance à l'égard de l'engeance masculine. Si jamais ton projet de communauté féminine voyait le jour, je me porte volontaire pour exercer la fonction d'institutrice !

Au plaisir de te lire.

Bien affectueusement,

Santina.

Callune, 30 novembre 1911

Ma chère amie,

Ton histoire m'a fait froid dans le dos. Je suis désolée pour ta camarade. J'aimerais pouvoir offrir un toit et un emploi à toutes les pauvres filles abusées de la sorte. Il va de soi que tu serais la première informée si toutefois mon rêve communautaire se réalisait !

De mon côté, j'ai bâti – avec l'aide d'Ectòr, bien entendu – une petite chèvrerie dans l'étable. J'ai acquis deux chevrettes et un bouc de race alpine chamoisée. Leurs robes sont d'un beau marron luisant et leurs têtes bien noires. J'ai hâte qu'elles soient pleines et qu'elles mettent bas pour les traire. Je les ai nommés Don Juan, Charlotte et Mathurine, en hommage à Molière !

Il faudra bientôt préparer les festivités de la Nativité. Comme tu peux l'imaginer, nous sommes intensément sollicités à la filature. Je t'écrirai dès que j'aurai davantage de temps.

Mille baisers,

Eulalie.

Callune, 9 décembre 1911

Ma chérie,

Je me précipite pour t'écrire cette lettre sans attendre ta réponse car un rebondissement incroyable s'est produit dans l'affaire Madeleine. Je te raconte tout par le menu.

Mon pauvre Germain a souffert d'un terrible abcès du pied après avoir marché sur un clou à ferrer. J'ai convoqué le maréchal-ferrant pour qu'il nettoie l'infection. La malheureuse bête a dû rester à l'écurie pendant toute une semaine. Comme je ne pouvais plus me rendre à la filature en voiture, j'ai décidé de dormir dans mon bureau. Quand Oton a appris cela, il a refusé tout net. Il a demandé à Loulou de me louer une chambre à l'étage de son café. Tu imagines bien que j'étais hilare à l'idée de dormir dans un lupanar ! Mais Louis et sa sœur se sont révélés des hôtes impeccables. Je n'ai manqué de rien et la nourriture était délicieuse. La chambre était propre et bien chauffée. Chaque jour, Madeleine attendait mon retour de la fabrique avec un grand café bien chaud et des petits gâteaux. Au début, j'étais fort triste d'être privée de la présence lumineuse d'Ectòr, mais la vénéneuse Madeleine a su me divertir. Elle fume de longues cigarettes turques qu'elle fixe au bout d'un élégant fume-cigarette en bois et en ivoire, un présent de son défunt fiancé qui a servi dans les colonies. Elle raconte sa vie en exhalant de longues traînées de fumée blanche et hypnotique. Un soir, alors que je ne m'y attendais pas du tout, elle s'est mise à me questionner sur ma vie amoureuse. J'ai rougi et j'ai rétorqué que j'avais quitté l'école normale pour prendre sur-le-champ la direction de la filature et que je n'avais jamais eu l'occasion d'avoir un prétendant. Elle a ricané en affirmant que je faisais tourner bien des têtes au village et que j'étais souvent au cœur des discussions des habitués du café. Alors que je ne pouvais être plus embarrassée, elle a murmuré que le plus épris de tous n'était autre que mon cher Ectòr ! Mon cœur cognait dans ma poitrine tellement j'étais en joie ! Sur ces entrefaites, elle m'a fait l'éloge de l'objet de mon affection. Elle me vante sa droiture, sa fidélité, sa piété ainsi que son ardeur au travail avec tant de détails que je lui demande comment il se fait qu'elle le connaisse aussi bien. Eh bien, figure-toi qu'Ectòr a déjà été marié, avec la cousine de Madeleine ! Ils n'avaient pas vingt ans quand ils se sont unis. Ils n'ont guère eu le temps d'en profiter : la pauvre femme était de constitution fragile. Atteinte par la scarlatine dans son enfance, elle avait gardé un cœur fragile, lequel n'a pas tardé à lâcher. Ectòr est resté célibataire depuis, dans le souvenir de son épouse disparue. Selon Madeleine, il n'a plus regardé aucune autre femme, jusqu'à ce qu'il me rencontre. C'est si romantique !

C'est le cœur rempli d'allégresse que je suis rentrée chez moi ce soir. Oton m'a ramenée avec sa charrette. Quand je suis arrivée à la maison, je me suis précipitée pour voir Germain. Grâce à Dieu, il était guéri. Ectòr et les frères Vernet étaient déjà rentrés chez eux. J'ai dîné seule, mais cela n'a aucune importance : je sais qu'il m'aime. Il m'aime, Santina, il m'aime ! Je le verrai demain au culte. Je suis si impatiente !

Ecris-moi, je t'en prie !

Eulalie pose son porte-plume et allume une cigarette. Elle se figure être une héroïne de roman. Elle n'a jamais ressenti de joie aussi intense. *Rien d'autre que le bonheur ne peut advenir désormais.* Elle aime un homme qui l'aime en retour. Un homme bon, honnête, sincère, qui ne se préoccupe que de son bien et qui ne lui causera aucun tort.

Le lendemain, alors qu'elle se fraye avec grâce un chemin dans la foule des paroissiens pour gagner le parvis du temple, elle avise Ectòr qui discute avec son oncle. Elle salue distraitement le maire qui s'empresse auprès d'elle et qui masque mal sa déception quand elle s'éloigne sans s'arrêter. Elle a revêtu l'élégant costume tailleur qu'elle portait parfois à Nîmes. Elle a tressé ses beaux cheveux qu'elle a ramenés sous un chapeau orné de rubans et de plumes. Sa tenue raffinée et son allure attirent tous les regards. On s'écarte pour la laisser passer. Elle adresse une révérence au pasteur, qui incline la tête avec déférence en retour. Elle se tourne vers Ectòr, qui se tient là, droit dans son vêtement du dimanche, les cheveux négligemment ramenés en arrière sous son chapeau de feutre. Son cœur bat à se rompre. Autour d'eux, le silence se fait. Elle n'entend plus que des murmures. Enfin, souriant de toutes ses dents, Ectòr lui propose son bras qu'elle accepte sans mot dire. Un frisson électrique parcourt son échine quand elle glisse sa main sous le bras de son soupirant. Eulalie et Ectòr sont les premiers à pénétrer dans le temple et ils s'avancent jusqu'au premier rang. Elle l'invite à s'asseoir à son côté. Le maire les rejoint en transpirant. Mais la carrure imposante du sylviculteur empêche l'adipeux édile de s'asseoir près du couple. Il rejoint à contrecœur le deuxième rang où ont pris place Oton et l'instituteur. Eulalie frémit d'allégresse et de fierté. C'est elle qui décide à qui vont ses faveurs. Elle sent une centaine de paires d'yeux rivés sur sa nuque. Les villageoises et les villageois n'ont rien manqué de la scène. La patronne a choisi son champion.

Dès le lendemain, Eulalie retourne à sa routine quotidienne. Tandis que les ouvrières s'échinent à la filature, elle organise ses commandes, régente l'atelier, puis retrouve Ectòr et les frères Vernet le soir venu à la propriété. Les ragots vont bon train à Callune, mais personne ne soupçonne la fille Bastide d'une quelconque inconduite. Chacun devine qu'elle attend la proposition officielle du bûcheron.

A la fin de la semaine, Pastor et Ugolin empochent leur salaire et disparaissent aussitôt, laissant la jeune femme seule avec Ectòr. Celui-ci se présente à la cuisine alors qu'elle est affairée à moudre le café. Il est planté dans l'encadrement de la porte, l'air hésitant. Elle pose le moulin sur la table et lève le regard sur son visiteur.

— Les terrasses sont comblées, les châtaigniers sont soignés. Ma tâche est finie. Je dois… je m'en vais, balbutie-t-il.

La gorge de la jeune femme est si sèche que ses mots restent bloqués.

— Mais je ne peux pas partir, Eulalie, ajoute-t-il.

Coup de tonnerre. Jamais il ne l'a appelée par son prénom. Elle sait que le moment est venu.

Elle court vers lui et se jette dans ses bras offerts. Elle colle ses lèvres sur celles de l'homme, comme elle a vu des amoureux le faire. Ectòr lui rend son baiser avec fougue, plaçant sa grosse main sur la nuque d'Eulalie. Elle comprend la chorégraphie de ses lèvres et de sa langue et lui répond avec enchantement.

Ils s'embrassent longtemps contre la porte. Puis il la guide vers la table de la cuisine, la soulève par la taille et l'y assied. Personne ne l'a jamais touchée ainsi. Le visage d'Ectòr, contracté dans une expression de désir, fait chavirer la jeune femme. Tout en l'embrassant, il déboutonne son chemisier, découvre son corsage, balade ses mains sur tout son corps pour l'explorer. Elle s'enhardit à faire de même. Il laisse tomber sa veste, déboutonne sa chemise et retire son tricot de corps, dévoilant son buste large et puissant. Elle promène ses doigts sur son ventre, son torse, ses bras musculeux. Elle pense être au comble de l'exaltation, mais il remonte son jupon sur ses cuisses et plonge la main dans sa grande culotte bouffante. Stupéfaite, elle le laisse faire. Il touche son sexe avec délicatesse. Elle découvre le plaisir charnel quand il caresse avec insistance une proéminence au bas de son mont de Vénus. Elle laisse échapper un cri de surprise qui semble l'encourager car il continue de plus belle. Elle s'accroche aux épaules d'Ectòr pour ne pas tomber de la table. Quand elle se met à trembler comme une feuille, il déboutonne son pantalon sur sa virilité. Il plaque le front contre celui de la jeune femme.

— Tu le veux vraiment ? demande-t-il en haletant.

Elle est surprise d'entendre sa voix rendue rauque par la frénésie amoureuse. Elle sait obscurément que l'heure est grave, car c'est le moment où les filles perdent leur honneur aux yeux de la société. Mais tout cela est si bon, si naturel, si enivrant… Comment y voir le mal ? Tant de plaisir lui fait perdre la raison. Elle désire Ectòr, le bel Ectòr, celui que tout le monde regarde, celui que tout le monde envie, le grand et solide Ectòr qui n'a pas connu l'amour depuis son veuvage !

— Oui, je le veux vraiment, répond-elle dans un souffle.

Il colle son bassin contre le sien et entre en elle très doucement. Elle est si excitée que la surprenante sensation de la pénétration efface la brûlure. Elle laisse toutefois échapper une grimace quand il commence un irritant mouvement de va-et-vient. Au fur et à mesure, le rythme devient plus saccadé et agréable. Son pubis vient s'écraser contre celui de la jeune femme et continue d'affoler ce voluptueux petit relief qu'elle a découvert sous ses doigts. Leurs visages sont collés l'un à l'autre. Ectòr pousse de brefs gémissements graves et bouleversants. Instinctivement, elle lui intime l'ordre de se plaquer davantage contre son sexe, car une sensation merveilleuse agite son bas-ventre. Il ondule en elle jusqu'à ce qu'elle ferme les yeux sous l'emprise de la jouissance. Elle pousse un cri aigu. Dans une dernière étreinte, il jouit à son tour.

Eulalie n'est plus vierge. Elle a découvert les plaisirs de la chair. Ectòr, à présent dégrisé, la regarde avec embarras.

— C'était merveilleux, Eulalie. Je suis fou de joie. Mais je suis aussi conscient de la portée de mon acte. Nous venons de faire l'amour, tu comprends ? Ce n'est pas sans risques. Et nous ne sommes pas mariés. Il faut faire très attention si tu ne veux pas être considérée comme une dévergondée par tout le village. J'ai une question très indiscrète à te poser. Ne sois pas choquée.

Elle se tait, ne sachant pas à quoi s'attendre.

— A quand remontent tes derniers saignements ?

Effectivement, elle est choquée. Elle rougit et baisse la tête.

— Je n'ignore pas que toutes ces choses te mettent mal à l'aise, dit-il d'un ton rassurant. Mais nous avons besoin de savoir si nous risquons de nous retrouver dans une situation compromettante.

Elle incline la tête et réfléchit.

— Cela fait presque un mois.

Il sourit.

— Alors c'est bon, nous ne risquons rien.

Il se penche pour saisir son pantalon.

— Par contre, nous ne sommes pas à l'abri des ragots. Je vais rentrer de ce pas au village.

— Quand te reverrai-je ?

Emu par son impatience, il l'embrasse avec tendresse.

— Demain, je serai au temple près de toi.

Eulalie est transfigurée lorsqu'elle apparaît sur le parvis. Tout son corps irradie de bonheur. Elle détient un tendre secret qui la rend superbe et radieuse. Elle n'ose chercher Ectòr du regard dans la foule des fidèles, de peur de se trahir. Elle échange quelques mots avec le maire et le médecin. Puis son amant s'approche et le temps s'arrête. Il la salue naturellement, elle fait de même. Ils entrent dans la pénombre et gagnent leur banc où ils s'assoient. La cuisse d'Ectòr est collée contre celle d'Eulalie. Elle rosit. La célébration commence, mais elle n'écoute rien. Elle ferme les yeux pour paraître abîmée dans la prière, mais dans son esprit défilent les images de la veille.

Après l'office, Eulalie monte dans sa carriole. Elle s'enfonce sur le chemin de terre qui conduit à sa propriété. A mi-chemin, elle entend un bruit de sabots dans son dos. Elle se retourne. *C'est lui.* Il s'arrête à sa hauteur et met pied à terre. Elle immobilise Germain et saute sur le sol. Les deux chevaux s'éloignent pour brouter tandis que les amants s'allongent dans l'herbe folle, n'écoutant plus que le désir impétueux qui s'empare de leur chair.

— Je ne pouvais pas laisser cette journée nous séparer, ma chérie.

Ce nom d'amour fait tourner la tête de la jeune

femme. Le grand corps d'Ectòr est couché sur le sien. Elle manque de s'étouffer sous son poids mais elle ne dit rien tant elle veut ressentir son étreinte.

— Te sentir si proche de moi au temple m'a donné la fièvre, Ectòr.

— Tout ce que je voulais, c'était retrousser tes jupes et te prendre là, sur ce banc.

Ils s'embrassent. Il remonte son jupon et délace son pantalon.

— J'essayais de te chasser de mon esprit mais c'était impossible. La chaleur de ta cuisse contre la mienne…

Il se frotte contre elle et la caresse. Elle se laisse submerger par le plaisir. Peu après, elle l'invite en elle. La brûlure de la pénétration est plus vive que la veille, mais la volupté l'emporte. Elle l'enferme entre ses jambes, l'obligeant à entrer plus loin. Ils font l'amour fiévreusement pendant que le vent d'hiver secoue les genêts sans fleurs.

Callune, 10 décembre 1911

Ma très chère Santina,

Je t'écris une lettre scandaleuse. Cache-toi dans un coin pour la lire.

Ectòr et moi sommes amants.

Nous avons cédé à l'impétuosité du désir. Nous prenons nos précautions pour ne pas être découverts, mais nous ne pouvons rester plus d'un jour sans nous voir. Je n'ai jamais rien connu d'aussi délicieux. Je suis si émue que cet homme m'ait choisie. Il me fait découvrir les délices de la chair avec patience et générosité.

Mais je deviens négligente. Cela fait des semaines que je n'ai pas rendu visite à Judit. Je crains qu'elle ne découvre ce qui me tourmente. Je ne pense plus à la révolution prolétarienne ni au bien-être de mes ouvrières. Je suis consumée par la honte. Mais mon attraction pour Ectòr est bien plus puissante que tout le reste. Je suis prête à tout abandonner pour lui. Suis-je folle, ou bien stupide ? Je voudrais tant qu'il demande ma main, nous n'aurions plus à nous cacher…

Mille baisers,

Eulalie.

10

Abusée

Callune, janvier 1912

— Reprenez donc du gâteau des rois !

Le maire pousse Eulalie à accepter une large part de pain sucré à la fleur d'oranger. Elle accepte en souriant. Monsieur Jeanjean a organisé une réception dans le hall de la mairie pour fêter l'Epiphanie, et seuls les notables du village et les commerçants les plus en vue ont été conviés. Joèl, Ectòr, Fabrice et Odette, Pierrot, Louis et Madeleine, Oton, le docteur Boussac et monsieur Castanet sont de la partie. Eulalie salue le boulanger d'un geste de la main :

— Je vous félicite, Pierrot. C'est le meilleur pain de sucre que j'aie jamais mangé.

L'artisan se rengorge. De nombreuses galettes sont réparties sur une longue table qui occupe le centre de la pièce. Une ouvrière de la filature est chargée de faire le service des boissons. Eulalie a revêtu la robe en faille de soie de sa mère pour l'occasion. Madeleine s'approche d'elle.

— Vous êtes splendide, ma chère.

— Vous n'êtes pas en reste, mon amie, répond Eulalie.

— Cette robe flatte vos courbes à merveille. Une création de Nîmes ?

— Non, un héritage de ma mère.

— Elle vous va à ravir. – Puis, dans un chuchotement : – Votre mère aurait été soufflée de la voir sur vous, dans votre état !

L'héritière des Bastide fronce les sourcils, intriguée.

— Mon état ? Mais de quoi parlez-vous ?

— Je parle de cette lumière qui émane de votre visage. Et aussi de votre poitrine. Regardez comme elle est opulente à présent !

Cramoisie, Eulalie coule un regard sur son corsage. Ses seins sont lisses et ronds, certes, mais n'est-ce pas là l'ouvrage du corselet ?

— Vous vous trompez, Madeleine.

— Je ne le pense pas. Dites à Ectòr qu'il est grand temps qu'il prenne ses responsabilités.

Après un sourire complice, la vénéneuse belle-de-nuit s'éloigne, laissant Eulalie en proie à une violente angoisse. Dans le fond de la pièce, Ectòr discute avec Fabrice et Odette. Mais il tourne la tête et remarque le trouble de son amante. Il coupe court à sa conversation et la rejoint à grandes enjambées.

— Tu te sens mal ? lui demande-t-il.

— C'est Madeleine.

— Quoi, Madeleine ?

— Elle m'a tenu des propos inquiétants... Elle pense que je suis grosse.

Ectòr la regarde, interdit.

— Tu m'avais dit que je ne craignais rien si je comptais bien les jours... murmure-t-elle en se tordant les mains.

— Dans ce domaine, on ne peut jamais être sûr de rien, ma chérie. Mais si elle a raison, c'est une merveilleuse nouvelle, répond-il avec tendresse.

— Ah bon ?

— Oui. D'ailleurs, je ne vois pas pourquoi j'attends plus longtemps.

— Tu attends quoi ?

Il ne prend pas la peine de lui répondre.

— Chers amis, lance-t-il d'une voix forte, je voudrais profiter de cette fête pour faire une annonce officielle.

Eulalie se fige. Les participants les encerclent en un rien de temps, piqués par la curiosité.

— Tout d'abord, je voudrais vous remercier pour votre accueil chaleureux, déclare Ectòr. Depuis mon arrivée à Callune, vous avez fait en sorte que je me sente à mon aise, et je suis ravi de vous considérer désormais comme mes amis.

La petite foule, charmée, se répand en applaudissements.

— Parmi vous, une personne s'est montrée spécialement concernée par mon sort. Je parle bien entendu de la bienfaitrice de Callune, la grande patronne de la filature Bastide.

Tout le monde se tourne vers elle et l'applaudit. Elle esquisse une révérence embarrassée.

— Mademoiselle Eulalie Bastide m'a offert du travail dès mon arrivée. Grâce à elle, j'ai retrouvé le goût de la sylviculture. Mais j'ai également retrouvé le goût de l'amour.

Cette déclaration est accueillie par un fracas d'exclamations. Ectòr esquisse un geste d'apaisement avant de poursuivre :

— J'ai connu l'amour jadis. Malheureusement, le Seigneur a rappelé mon épouse près de lui avant notre premier anniversaire de mariage. Depuis, j'ai vécu dans la solitude, persuadé que je ne connaîtrais jamais plus le bonheur. Jusqu'à ce que mes yeux se posent sur cette magnifique jeune femme.

Il va me demander en mariage. Eulalie attend ce moment depuis des mois. Son cœur enfle dans sa poitrine. Elle lutte pour ne pas défaillir.

— Quand je l'ai vue pour la première fois, elle se démenait contre les flammes en chemise de nuit. Elle était couverte de suie et de crottin de cheval !

Les rires fusent dans la salle.

— Je l'ai trouvée très courageuse. J'ai ensuite appris qu'elle dirigeait sa propre entreprise. Je l'ai trouvée encore plus courageuse. Ebloui par cette céleste apparition, je me suis montré impudent. Quand elle m'a demandé ce qu'elle pouvait m'offrir pour me remercier de mon aide, je l'ai aussitôt demandée en mariage. Elle s'est évanouie !

Les spectateurs s'esclaffent.

— Ce qu'elle ignore, c'est que ce n'était pas tout à fait une plaisanterie, poursuit Ectòr. J'ai su, à la seconde même où je l'ai vue, que c'était là la femme la plus audacieuse et la plus forte que j'avais jamais rencontrée. J'ai su que je l'aimais, et que je l'aimerais jusqu'à la fin de mon existence. Elle m'a sauvé des ténèbres de mon veuvage. Et, si Dieu me prête vie, je voudrais passer ma vie entière à la remercier pour cela.

Un silence de plomb s'abat sur la salle tandis que le sylviculteur met un genou en terre.

— Je ne peux malheureusement pas solliciter la bénédiction de votre père, ma chère Eulalie. Alors je vous le demande sans ambages : voudriez-vous me faire l'immense honneur de me prendre pour époux ?

Les noces sont fort belles. Eulalie, au comble du bonheur, a convié presque tout le village à la cérémonie. Le temple est plein à craquer, il faut rajouter des chaises. Santina et madame Chaptal ont fait le trajet depuis Nîmes pour l'occasion. Même la mystérieuse Linon a daigné venir d'Uzès. Eulalie est stupéfaite de voir apparaître sa sœur sur le parvis du temple. Elle n'en espérait pas tant.

Eulalie est vêtue d'une longue robe blanche de soie sauvage avec corset et manches en guipure ouvragée. Santina a piqué des fleurs de viorne d'hiver dans son opulente chevelure ramenée en diadème sous un petit chapeau fleuri. Ectòr porte un élégant costume en drap de laine noire. Un petit gilet de soie blanche couvre son buste herculéen. Les amants incarnent l'image de la perfection amoureuse. Le pasteur Joèl verse quelques larmes durant les sacrements. Une longue salve d'applaudissements accueille la proclamation des épousailles.

Après la cérémonie, les frères Vernet, le maire, le docteur, l'instituteur, les ouvrières et leur famille, ainsi que les commerçants du village se rendent à la propriété des Bastide à l'invitation d'Eulalie, qui a fait venir un petit orchestre de Florac afin d'animer la réception par un bal champêtre. Le jardin accueille de longues tables de bois sur lesquelles se dressent des bouquets de fleurs d'hiver et des bougies de toutes tailles. Oulivié Rambier, le viticulteur, a livré un nombre pantagruélique de bouteilles de vin. Tout le monde danse, chante, rit à gorge déployée. Eulalie et Ectòr s'embrassent sous les yeux enchantés de leurs convives. Puis vient le temps des cadeaux : les ouvrières ont tissé des couvertures pour le couple et leurs enfants à venir. Oton a commandé un service à thé en porcelaine. Les notables de la ville se sont cotisés pour garnir la chambre à coucher des époux en mobilier. Madame

Chaptal et Santina ont apporté de Nîmes une corbeille à pain en argent. Linon offre à sa sœur un camée gravé sur coquille. Eulalie est au comble du bonheur. Cette nuit, le monde n'est plus qu'amour, liesse et bienveillance.

Les Cévennes sont silencieuses au cœur de l'hiver. Un manteau de neige se dépose sur chaque arbre et chaque pierre.

Dans leur maison, les jeunes mariés se serrent l'un contre l'autre et se prodiguent des tendresses. Eulalie regarde son ventre enfler. Cela fait bientôt deux mois qu'elle est mariée, trois que son fruit grandit en elle. Elle se sent bien, quoiqu'un peu barbouillée. Ectòr s'occupe de la propriété avec dévotion. Il leur semble que le bonheur est voué à durer toujours.

Mais un matin, alors qu'elle se lève au chant du coq pour se rendre à la filature, une violente douleur dans le bas de son ventre la plie en deux.

— Tu devrais rester alitée et éviter de bouger, lance Ectòr depuis le lit conjugal d'une voix soucieuse.

Elle le rassure et part travailler. Mais la douleur persiste et se fait plus vive à mesure que la journée avance. A plusieurs reprises, elle va discrètement vomir aux latrines.

Le lendemain matin, la douleur est intolérable.

— Tu devrais rester alitée, insiste Ectòr.

En début d'après-midi, Eulalie s'aperçoit que du

sang macule ses sous-vêtements et elle se résout à consulter le docteur Boussac, qui fait quérir la sage-femme. La vieille dame replète qui entre dans le cabinet est la grand-mère de Louis, le cafetier. Elle a aidé à mettre au monde la plupart des enfants de Callune. Après avoir ausculté une Eulalie terrifiée, elle secoue la tête. La grossesse se présente mal. Elle doit rentrer chez elle et garder le lit.

La nuit suivante, Eulalie perd son enfant. La vision des draps ensanglantés et de la petite chose sanguinolente qui souille sa couche s'imprime à jamais dans sa mémoire.

— Tu aurais dû rester alitée.

Ectòr est furieux, triste et déçu. Il s'emporte contre sa jeune épouse en larmes, qu'il traite d'inconsciente.

Le matin suivant, Ectòr lui interdit de retourner à la filature.

Ils se disputent, poussent des cris, se jettent des objets à la figure. Eulalie finit par céder. *Le bébé est mort par ma faute.*

Ectòr fait corriger le frontispice de la fabrique : le panneau annonce désormais « Filature Bastide-Brémond ».

Eulalie sombre, jour après jour. Les Cévennes deviennent un tombeau. Les collines se dressent autour de la maison et enferment le couple comme dans une geôle. Plus rien n'a d'importance. Elle perd l'appétit et le sommeil, demeure prostrée chez elle et renonce à se rendre à la filature. Elle ne répond plus aux lettres de Santina. La moindre tâche la plonge dans des abîmes de fatigue. Judit vient toquer à sa porte un soir. Elle n'ouvre pas.

Ectòr s'empare des rênes du ménage. Par souci d'économie, il licencie Ugolin. Eulalie ne bronche pas. Elle regarde la vie qui passe comme si elle était derrière une vitre. Il lui semble que ce corps n'est plus le sien, que cette existence n'est plus la sienne. Elle ne sort plus de chez elle, si ce n'est pour se rendre au temple le dimanche matin. Les villageoises et les villageois observent sa déchéance avec consternation. Ils voient leur étoile naguère lumineuse se ternir office après office, agrippée au bras de son colosse de mari.

Madeleine ne reste pas de marbre devant ce spectacle pitoyable. Quand viennent les fêtes de Pâques, elle profite du banquet de la paroisse pour approcher Eulalie, assise en bout de table, les yeux clos. Son mari se dresse non loin et discute avec le maire et le pasteur sans se préoccuper d'elle.

— Je vous dérange, madame ? entreprend Madeleine et s'asseyant à côté de la jeune femme.

Eulalie ouvre des yeux vides et la regarde sans répondre.

— Il y a longtemps que je veux vous parler, poursuit la flamboyante rouquine dans un murmure.

Eulalie fronce les sourcils, une lueur de vie apparaît dans ses prunelles et elle dresse la tête, intriguée par le ton d'urgence et d'embarras qu'elle perçoit dans la voix de sa voisine.

— Je suis consumée par la honte, madame, enchaîne Madeleine. Je détiens un secret dont j'aurais dû vous faire part dès le début et qui aurait changé votre destinée.

Eulalie la foudroie du regard.

— Encore un secret ? crache-t-elle. J'en ai assez des secrets. Je voudrais de la lumière, enfin.

— Je vais vous éclairer, madame. Il se trouve que j'entretiens des relations, disons, intimes avec votre oncle par alliance, monsieur le pasteur…

Madeleine marque une pause et cherche ses mots. Eulalie la dévisage sans bouger.

— Parfois, Joèl se laisse aller à la confidence. Il m'a raconté une histoire qui me hante et que je vous livre car je suis peinée de vous voir vous enliser dans la mélancolie. Vous me rappelez votre pauvre mère. Elle aussi a sombré dans la dépression après s'être mariée. C'est le chagrin qui a eu sa peau. Elle serait sûrement encore parmi nous si elle n'avait pas été si malheureuse.

Eulalie déglutit. Ainsi, malgré tous ses efforts pour devenir indépendante, elle s'est laissé absorber par un tyran domestique qui a entrepris de la faire disparaître, comme son père avait fait disparaître sa mère.

— Il y a quelque temps, continue Madeleine, Alarì Cabanel, fils de Basilì Cabanel, vous a approchée avec dans l'idée de vous séduire et ainsi récupérer la filature que votre père avait achetée à son père dans des circonstances… étranges.

— Je me souviens de sa piètre tentative.

— Ce que vous ignorez, c'est que le pasteur, le maire, l'instituteur et le médecin ont pris peur. Ils ont craint que le contrôle de l'entreprise n'échappe à Callune. Vous n'ignorez pas que la filature emploie la moitié de la ville ! Que se serait-il passé si les Cabanel avaient décidé de remplacer les ouvrières de Callune par des femmes de Fumeterre ? Les notables de la ville se sont réunis pour élaborer une contre-attaque. Profitant de votre jeunesse et de votre crédulité, ils ont suivi le même plan que les Cabanel.

Elle marque un temps d'arrêt.

— Ils vous ont envoyé un homme.

Eulalie sursaute en émettant un hoquet de surprise.

— Le pasteur avait un neveu fort beau et veuf. Ils ont décidé qu'il ferait l'affaire. Joèl a fait mander Ectòr qui a quitté son emploi au château de Portes pour venir à Callune. Restait à savoir comment vous aborder sans éveiller vos soupçons : vous étiez plus maligne qu'il n'y paraissait, vous aviez éconduit le fils Cabanel et vous aviez compris la supercherie. Ectòr a donc décidé de prendre les grands moyens.

Eulalie ferme les yeux. Elle a compris.

— Il a mis le feu à ma grange, articule-t-elle d'une voix sourde.

SECONDE PARTIE

La crête

1

Délivrée

Lyon, 25 juillet 1914

Depuis plusieurs années, de vives tensions opposent l'Empire austro-hongrois et l'un de ses voisins, la Serbie. En juin, l'archiduc François-Ferdinand, héritier de la couronne impériale d'Autriche-Hongrie, est assassiné à Sarajevo. En juillet, l'ambassadeur austro-hongrois adresse un ultimatum inacceptable au gouvernement serbe. La guerre entre les deux pays et leurs alliés, l'Allemagne et l'Italie pour le premier, la Russie, le Royaume-Uni et la France pour le second, semble inévitable.

Les socialistes se méfient. Pour eux, derrière ce jeu d'alliances politiques se joue une guerre économique. Détourner l'attention des masses laborieuses des crises politiques, diviser les ouvriers et les berner à l'aide du mensonge nationaliste : tel est le véritable objectif du conflit qui se trame. Tromper les prolétaires pour s'emparer des richesses coloniales en leur faisant croire qu'ils se battent pour la liberté, la culture et la paix : voilà l'ambition secrète du nationalisme grandissant. Les ouvriers oublient qu'ils désirent s'unir par-delà les drapeaux. Ils ne voient plus que les drapeaux.

Jean Jaurès est à Lyon, dans le quartier de Vaise. Il essuie son front à l'aide de son mouchoir blanc. Il se réjouit : la salle est comble. Il fixe quelques visages au hasard pour forcer sa concentration. L'enjeu est capital. La France et l'Europe peuvent encore être sauvées. La perspective d'un conflit armé ne fait pas l'unanimité, tant s'en faut. Le président du parti socialiste milite en faveur de la paix depuis des mois et ses partisans sont légion. Il s'éclaircit la voix.

— Citoyens, je veux vous dire ce soir que jamais nous n'avons été, que jamais depuis quarante ans l'Europe n'a été dans une situation plus menaçante et plus tragique que celle où nous sommes à l'heure où j'ai la responsabilité de vous adresser la parole. Ah ! citoyens, je ne veux pas forcer les couleurs sombres du tableau, je ne veux pas dire que la rupture diplomatique dont nous avons eu la nouvelle il y a une demi-heure, entre l'Autriche et la Serbie, signifie nécessairement qu'une guerre entre l'Autriche et la Serbie va éclater et je ne dis pas que si la guerre éclate entre la Serbie et l'Autriche le conflit s'étendra nécessairement au reste de l'Europe, mais je dis que nous avons contre nous, contre la paix, contre la vie des hommes à l'heure actuelle, des chances terribles et contre lesquelles il faudra que les prolétaires de l'Europe entreprennent les efforts de solidarité suprême qu'ils pourront tenter...

Callune, 1er août 1914

— Pastor, donnez-moi le panier, s'il vous plaît.

Malgré l'heure matinale, la chaleur est déjà étouffante. Eulalie est au potager où elle cueille des poivrons. Depuis qu'elle a cessé de travailler à l'usine, deux ans plus tôt, la propriété est devenue son unique source de réalisation.

— C'est fichu, maugrée-t-elle. Il y a des pucerons et des limaces partout. Regardez l'état des feuilles ! Il va falloir arracher les plants infectés. Merde !

Elle se lève, jette son panier à terre et lui donne un grand coup de pied. Pastor baisse les yeux. Il est habitué aux colères de sa patronne. Après avoir passé près d'un an à se morfondre dans des élans de mélancolie délétères, celle-ci est devenue agressive. Elle s'oppose souvent à Ectòr et leurs sujets de fâcherie sont nombreux. Les époux font désormais chambre à part. Elle a retrouvé son lit d'enfant, alors que le colosse dort dans la couche qui leur a été offerte pour le mariage.

— Potager de merde, ferme de merde !

Les poivrons gâtés volent dans les airs.

— M'dame, vous voulez qu'on aille traire les chèvres ? questionne Pastor pour détourner son attention.

Eulalie nourrit une affection particulière pour son cheptel caprin. Elle sourit quand elle s'occupe de ses petites protégées. Mais l'ouvrier n'a pas le temps de l'attirer dans la grange car, tout à coup, quelqu'un se met à crier dans l'allée. C'est Judit, qui arrive en courant.

— Il est mort ! Ils l'ont tué ! hurle-t-elle, les yeux fous, le jupon froissé.

— Pourquoi t'es pas à la filature, toi ? Qui est mort ? s'écrie son frère en allant à sa rencontre.

— Ils ont tué Jean Jaurès !

Pastor accuse le coup. Puis il se ravise et sourit.

— On va enfin l'avoir, not' guerre. Les Boches n'ont qu'à bien se tenir, lance-t-il d'un air bravache.

— Les Boches ? Les Boches ? Qu'est-ce qu'ils t'ont fait, les Boches ? crache Judit.

— Sedan ! L'Alsace ! La Lorraine ! répond-il frénétiquement.

— Bougre d'abruti, tu saurais même pas dire où c'est sur une carte, l'Alsace ! Et la Lorraine encore moins ! Tu sais c'est qui qu'on va envoyer se battre contre les Boches ? Les ouvriers ! Les pauvres cornichons comme toi ! Et pour ramener du fric à qui ? Aux bourgeois qui se foutront bien de ta gueule quand tu crèveras les tripes à l'air !

Elle s'affale par terre et fond en larmes.

— Venez à l'intérieur, intervient Eulalie en la relevant. J'ai du café chaud. Pastor, finissez votre travail au potager.

Elles marchent jusqu'à la cuisine, bras dessus bras dessous. Judit s'assied. Elle contemple d'un air grave le café qu'Eulalie lui sert. Dehors, son frère retourne à sa tâche, le sourire aux lèvres. L'ouvrière déclare d'un ton las :

— Jaurès, c'était mon étoile au ciel. C'était l'espoir fait homme pour les gens comme moi.

— Je sais, ma chérie, je sais. Calmez-vous. Prenez mon mouchoir.

— Maintenant, tout va foutre le camp. Y a plus d'espoir. Les riches vont gagner. Ils vont faire la guerre. On va tous mourir, et, si on meurt pas, on va tout perdre, à commencer par nos rêves.

Elle se mouche bruyamment.

— Comment l'avez-vous appris ? demande Eulalie.

— C'est Maurice. Il a reçu le télégramme de Nîmes et il est allé crier la nouvelle dans tout le village. J'pouvais pas rester travailler, fallait que je sorte.

— Comment monsieur Brémond a-t-il pris ta réaction ?

Monsieur Brémond. Cela lui fait toujours un drôle d'effet de désigner Ectòr ainsi. Le temps où elle l'appelait affectueusement par son prénom est définitivement révolu.

— Ah ben il m'a vue fondre en larmes sitôt

qu'j'ai entendu l'information. J'étais si verte et si tremblante qu'il croyait que j'allais vomir. Du coup, c'est lui qui m'a demandé de déguerpir.

— Bien. J'intercéderai en ta faveur pour qu'il ne retire pas la journée de ton salaire.

— A quoi bon, hein, dites ? Dans une semaine, ça sera la guerre. Si c'est pas plus tôt que ça. Monsieur vot' mari il partira au front, comme tous les autres. Il en aura rien à foutre de mon salaire quand il portera son fusil.

— Tous les hommes de Callune partiront ? s'enquiert Eulalie, interloquée.

— Ben oui, m'dame ! Tous les hommes valides qu'ont plus de vingt ans et qu'ont fait leurs classes. Ils partiront les uns après les autres avec leur régiment.

— Et nous, que deviendrons-nous ?

— On restera à bosser, m'dame.

— Sans hommes ?

— Sans hommes, m'dame.

Eulalie ne s'était jamais sentie concernée par la menace d'un conflit. Callune est loin de tout, niché dans ce désert cévenol qui avait su protéger les protestants de la persécution religieuse. Comment imaginer des troupes bravant les coteaux escarpés, des escadrons franchissant les collines profondes, des bataillons enjambant les rivières capricieuses ? A présent, Jaurès, le porte-parole de la paix, est mort. La guerre va avoir lieu. Cette triste nouvelle est porteuse d'un espoir secret, honteux mais exaltant.

Quand les hommes partiront, les femmes s'émanciperont. *A commencer par moi. Le mariage est un champ de bataille, et l'homme est l'ennemi.*

Le soir venu, Eulalie et Ectòr dînent en silence. Les grillons stridulent dans la clarté du jour finissant.

— Je suis allée dans les collines cueillir les asperges cet après-midi. Il y en avait plein. C'est bon ?

Il enfourne une bouchée et grogne.

— Tu as entendu, pour Jean Jaurès ? reprend-elle d'une voix hésitante. Tu crois que nous allons avoir la guerre ?

Il frappe du poing sur la table. Elle sursaute.

— Evidemment, Eulalie ! s'emporte-t-il. Je ne suis pas sourd. Pas plus que je ne suis idiot. Tu penses que la guerre va éclater, et tu te réjouis que je m'en aille ! Je vais défendre notre pays au péril de ma vie, et toi, tu es contente ! Tu crois que je ne vois pas clair dans ton petit jeu ?

Elle baisse la tête en souriant. Il jette sa fourchette sur la table.

— Tu as bien conscience que tout est de ta faute, n'est-ce pas ? vocifère-t-il. Tu as détruit notre mariage. Tu as détruit notre bonheur.

— Encore cela ? Encore ce reproche, après deux ans ? Les femmes font des fausses couches, cela arrive. Ce n'est pas de ma faute, tu entends ? Ce n'est pas de ma faute !

— Peut-être, mais les femmes dont tu parles partagent la couche de leurs maris pour avoir d'autres bébés, et toi, tu te refuses à moi !

— Tu sais très bien pourquoi.

Il se dresse en envoyant sa chaise valdinguer.

— Parce que je t'ai pris ta précieuse filature ? s'exclame-t-il. Mais elle n'a jamais été à toi, jamais ! Bonté divine, Eulalie, n'as-tu donc jamais lu le testament de ton père ? Tu n'es là que pour servir d'intermédiaire !

Elle lui tourne le dos.

— Tu aimais cela, avant. Tu aimais que je sois la patronne. Tu aimais ma détermination, murmure-t-elle avec tristesse.

— Il y a beaucoup de choses que j'aimais et que je n'aime plus.

Jamais Ectòr n'a tenu de propos aussi durs. Elle prend alors conscience de la réalité, cruelle mais sans illusion : son mari ne l'aime plus. *M'a-t-il jamais aimée ? C'est peut-être cela, mûrir. Goûter à l'indifférence. Savoir que l'amour est parti, et l'accepter sans chercher à lutter.*

— Epargne ta salive, Ectòr. Il n'y a plus rien à dire, dit-elle d'une voix blanche. Je sais. Je sais tout. Je sais que notre rencontre n'a rien de romantique. Je sais que tu as mis le feu à la grange. Je sais que ce sont les notables de Callune qui t'ont poussé dans mes bras pour prendre le contrôle de la filature.

— Mais… je ne… bredouille-t-il.

— Je sais tout cela depuis longtemps, Ectòr.

Il hésite, bafouille, puis serre les dents.

— Pourquoi as-tu attendu tout ce temps pour me le dire ?

— Parce que ce n'est pas une raison suffisante pour demander le divorce. Parce que, devant un tribunal, ma requête ne tiendrait pas. Je perdrais tout. Et surtout parce que j'ai cru… j'ai cru qu'un jour, je finirais par te pardonner, mais ce jour n'est jamais venu, murmure-t-elle. Pourtant, j'ai souhaité la paix de tout mon cœur. Je te l'annonce aujourd'hui car tu viens enfin d'avouer que tu ne m'aimais plus. Et parce que la guerre va éclater bientôt et que tu vas partir. – Elle plisse les yeux. – Et quand tu seras sur le front avec tes camarades qui se languiront de leurs femmes, sache que tu n'auras rien de moi, pas une lettre. Dès que tu seras parti, je retournerai ton matelas, et je reprendrai possession de ma chambre, de ma maison, et surtout de ma filature. J'effacerai ton nom du frontispice et seul le nom de Bastide restera. J'en réformerai le fonctionnement et veillerai à une plus juste répartition des bénéfices en intéressant les ouvrières. Plus personne ne pourra m'empêcher d'appliquer la politique que j'entends mener. Vous serez loin, tes amis et toi. Et quand vous reviendrez – si vous revenez – vous trouverez des femmes changées. Elles auront pris goût à la liberté, à la dignité, au respect. Et elles ne voudront plus jamais ramper devant vous. Tu m'as pris ce que j'avais de plus cher. Tu m'as montré que l'amour n'était qu'une illusion. Tu m'as manipulée et tu m'as conduite au seuil de la folie. A toi de connaître la solitude.

Callune, 2 août 1914

Le tocsin retentit vers quatre heures de l'après-midi. Eulalie et Pastor sont au potager. Ils dressent la tête comme deux campagnols aux aguets.

— Ça y est, m'dame, c'est la guerre.

La guerre. Un drôle de mot dont la jeune femme peine à percevoir toute l'horreur. Elle n'imagine pas le cauchemar des champs de bataille. Elle pense au départ des hommes qui lui ont menti toute sa vie. Elle lâche sa binette.

— Je vais atteler Germain. Nous allons descendre au village, dit-elle en s'essuyant le front avec sa manche maculée de terre.

La route habituellement déserte est encombrée de monde. Les paysans ont quitté leurs terrasses et leurs champs et marchent sans parler, la mine résignée. Ici, une femme pleure dans son mouchoir. Là, un enfant perché sur les épaules de son père pousse des cris stridents. Ceux qui croisent Eulalie soulèvent leur chapeau en marmonnant un bonjour.

A Callune, la procession se groupe devant la mairie. Sur le perron, le maire Jeanjean éponge la sueur qui ruisselle sur son visage. Il tient un document à la main. Il attend que la place soit remplie avant de prendre la parole. Eulalie regarde autour d'elle : tout le village est là, ou presque. Seuls manquent ceux qui sont partis emmener moutons et brebis paître sur les hauteurs. Ectòr accourt, suivi par Oton, Huguette et Mireille. Le cortège houleux des ouvrières les suit de près. Le maire Jeanjean hausse les sourcils et se racle la gorge.

— Mes chers concitoyens, nous vivons un jour historique, annonce-t-il d'un ton grave et solennel. La mobilisation générale vient d'être décrétée. Le président de la République ainsi que tous les membres du gouvernement attendent de vous un comportement exemplaire. S'il s'en trouve parmi vous qui ne sont pas convaincus de la nécessité de ce conflit, qu'ils pensent à tout ce que l'Allemagne nous a volé en 1870.

Ici un cri : « Mon père ! » Là, un autre : « Mon oncle ! »

— Les pacifistes doivent se remettre en question. La France acceptera-t-elle de se faire molester une fois de plus par ceux qui l'ont violemment agressée par le passé ? Les Français sont-ils du genre à se laisser humilier sans mot dire ? N'avons-nous donc aucune fierté ?

Il marque une pause en balayant la foule du regard, sûr de son effet.

— Le parti socialiste, ébranlé par l'assassinat de Jean Jaurès, s'est rendu à la raison, et appelle chacun à faire son devoir. Notre président nous invite à vous unir derrière le drapeau. Il est temps que chacun oublie ses désirs personnels. Vous êtes appelés par quelque chose de plus grand que vous, quelque chose de sacré : la patrie ! La patrie a besoin d'unité !

L'assemblée est divisée, l'enthousiasme voisine avec la résignation et les larmes.

— Dès demain, poursuit le maire, chaque homme âgé de vingt à quarante-huit ans rejoindra son régiment. Votre livret militaire contient une feuille de route avec une date d'appel ainsi qu'un titre de transport gratuit. En fonction de votre date de mobilisation, vous vous rendrez à Alais, pour recevoir votre équipement.

L'angoisse gagne certains visages. Les choses sont devenues soudainement très concrètes. Le maire s'en aperçoit et adopte un ton bravache pour couper court à l'appréhension générale :

— Vous quitterez Alais pour partir en train jusqu'à la frontière, quel périple mes amis ! s'écrie Jeanjean avec exaltation. Combien d'entre vous ne sont-ils jamais allés plus loin que Nîmes, ou Florac ? Songez à l'aventure qui vous attend ! Rentrez chez vous, mes chers concitoyens. Embrassez vos femmes et vos enfants qui s'occuperont de vos fermes pendant que vous ferez votre devoir sacré. Nous nous retrouverons à Berlin pour fêter notre victoire ! A Berlin !

Il lève le bras et quelques hommes rejoignent son cri de ralliement, « A Berlin ! », puis le silence se fait. Chacun regarde ses pieds. Maurice cloue une petite affiche sur la porte de la mairie et les coups de marteau réveillent la place. Sur l'affichette, deux drapeaux français s'entrecroisent au-dessus de la mention : « Ordre de mobilisation générale ». Eulalie observe son mari qui lui rend son regard sans ciller.

En raison de leur jeune âge, Pastor et Ugolin sont les premiers à partir. Ils prennent le train pour rejoindre leurs régiments respectifs. Ils ne savent pas exactement où ils vont. Ils savent cependant qu'ils se dirigent vers l'est, là où la frontière est menacée.

Le départ des frères Vernet est suivi par celui de Gustau, l'époux d'Elena.

Oton disparaît sans mot dire, puis c'est au tour du maire Jeanjean, de Pierrot le boulanger, de Fabrice le boucher, de Louis le cafetier et de Maurice le télégraphiste de quitter Callune. Les femmes les escortent jusqu'au dépôt d'Alais, les embrassent, écrasent quelques larmes, agitent des mouchoirs sur le quai.

Callune se vide de ses hommes. Seuls restent le pasteur Joèl, le docteur Boussac et monsieur Castanet, trop âgés pour être mobilisés. Il n'y a plus de boulanger. Odette est désormais en charge de la boucherie. Maurice a confié la gestion du télégraphe à sa jeune nièce Magali. Joèl assure l'intérim à la mairie. Madeleine s'improvise cafetière. Toutes et tous ont des mines soucieuses et le sommeil troublé. Tous sauf Eulalie qui exulte : Ectòr est sur le départ.

Le colosse est appelé le 4 août, alors que les Allemands envahissent la Belgique. Il passe sa dernière matinée à la filature puis rentre à la propriété pour faire sa valise. Eulalie lui prépare un casse-croûte avec indifférence. Puis ils prennent place dans la carriole en silence.

— Tout le monde s'accorde pour dire que ce sera une guerre rapide, assure Ectòr tandis qu'ils cheminent vers Alais. Nous devrions être de retour pour Noël.

Elle ne répond pas, les yeux perdus dans le lointain.

— Avec les nouvelles technologies, nous écraserons les Boches et nous les renverrons dans leur fosse à purin en quelques semaines, persiste-t-il.

Elle hoche la tête.

— Je te laisse la gestion de la maison et de la filature, ajoute-t-il en lançant sur elle un regard méfiant. Mais ne t'habitue pas à jouer la patronne, je serai bientôt de retour.

— On verra bien, lâche-t-elle sèchement.

Le couple s'arrête devant le dépôt où les conscrits se pressent pour recevoir leurs effets militaires. Ectòr esquisse le geste de caresser la joue de sa femme, mais elle se dérobe. Puis, brusquement, il lui prend le bras, le visage contracté. Eulalie comprend qu'il a peur, ce qui l'émeut. Elle voudrait le serrer contre elle pour le rassurer. Mais elle n'en a pas la force, ni l'envie. Elle lui offre un sourire sans passion. Autour d'eux, des familles se déchirent dans la chaleur de l'été.

— Sois prudent. Ne joue pas au héros, dit-elle à voix basse.

Il lâche son bras et considère son épouse comme s'il ne devait plus la revoir. Puis elle s'éloigne sans se retourner, sentant peser dans son dos le regard intense de son mari.

A son retour d'Alais, Eulalie fait une entrée triomphale à la filature, la tête haute et le sourire aux lèvres. En pénétrant dans l'atelier, elle soupire de bonheur. *L'odeur de la chrysalide. L'humidité. La chaleur étouffante.* Cet environnement nauséabond mais familier lui a tant manqué. Autour d'elle, les fileuses sont au garde-à-vous, droites et tendues dans leur tablier de caoutchouc. Il est trois heures de l'après-midi. Eulalie bouillonne intérieurement : elle s'apprête à prononcer le plus grand discours de sa vie. Un discours qu'elle répète inlassablement dans son esprit depuis longtemps. Si la guerre s'annonce aussi courte qu'Ectòr le prédit, il ne faut pas perdre une seconde. Elle se plante au milieu de l'atelier et tape dans ses mains pour réclamer le silence.

— Mesdames, monsieur Brémond a quitté Callune comme vos pères, vos frères, vos époux et vos fils, et nul ne sait quand ils reviendront, s'ils reviennent. Mais il faut continuer le travail malgré tout. Le soleil poursuit sa course et il faut remplir les assiettes de vos enfants. Vous avez besoin de vos salaires maintenant plus que jamais. Nos hommes sont partis défendre nos frontières, et nous devons continuer à travailler.

Les ouvrières l'observent avec circonspection. Voilà que la patronne est réapparue avec ses belles paroles.

Après la mort du père Bastide, elles avaient espéré un changement. Mais Eulalie s'était révélée totalement subordonnée à l'autorité d'Oton. Quand elle s'est mariée, elle les a abandonnées aux mains de son époux, qui s'est montré dur et inflexible. Pourquoi le retour de la fille Bastide serait-il une bonne chose ?

Eulalie sent bien que sa venue ne suscite aucun enthousiasme. Elle regarde autour d'elle. Les ouvrières sont moins nombreuses qu'avant. *Ectòr a-t-il procédé à des licenciements, ou certaines sont-elles restées à la maison suite à la mobilisation de leur mari ? Flor n'est pas là. Pourquoi ?* Elle fronce les sourcils.

— Nous devons continuer à travailler pour vivre, poursuit-elle. Mais nous n'avons pas à perpétuer un système inique pour autant. Mesdames, ce sont les hommes qui ont établi le règlement intérieur de la filature. Ce sont les hommes qui ont fixé le montant de vos salaires. Ce sont eux qui ont réprimé vos grèves et qui vous ont privées de votre nom pour le remplacer par un matricule.

Elle marque une pause.

— Ces hommes sont partis.

Judit et Elena ne perdent pas une miette de la pièce qui se joue. Le moment qu'elles ont tant espéré est enfin arrivé. A l'autre bout de l'atelier, deux mines se renfrognent de seconde en seconde : Mireille Pradet et Huguette Bosc sont aux abois.

— Ils sont partis ! poursuit Eulalie avec véhémence. Je ne me réjouis pas que vos hommes risquent la mort, loin de là, mais je me réjouis de la liberté qui nous est offerte ! La liberté, mesdames, la liberté ! Vous êtes libres de continuer à travailler, et de le faire dans de bonnes conditions : c'est pourquoi je déclare dès aujourd'hui l'abolition du règlement intérieur !

Elle s'approche du mur, se saisit du cadre qui contient l'affichette jaunie du protocole en vigueur et le jette à terre. La vitre se fracasse dans un grand bruit.

— Plus de course au rendement ! s'écrie-t-elle en lançant sur le sol le tableau départageant les fileuses en fonction de leurs résultats. Il nous incombe désormais de choisir notre destin. Oui, mesdames, notre destin ! Notre émancipation passera par notre habileté à créer un nouveau genre d'industrie, où nous nous entraiderons, où les bénéfices seront répartis équitablement, où nous n'aurons plus peur de personne. Nous n'avons plus à craindre le courroux de nos pères, de nos maris, de nos frères : ne craignons plus le courroux de nos patrons !

Dans l'assemblée, l'atmosphère se détend peu à peu. Quelques sourires se font voir, ici ou là. Judit exulte et bat des mains à tout rompre.

— Je suis la propriétaire légitime de cet endroit et des machines. Mais je n'ai pas envie de vous asservir par la grâce d'un héritage. Je vous propose de tenter une nouvelle expérience, le collectivisme. – Elle marque un temps d'arrêt. – Judit, pouvez-vous me rejoindre, s'il vous plaît ?

L'ouvrière en a les larmes aux yeux. Elle se fraie

un passage parmi ses camarades pour rejoindre son amie. Elle l'étreint avec une émotion si sincère qu'Eulalie en a la gorge serrée.

— Merci, merci, m'dame, bredouille Judit entre deux sanglots. J'aurais jamais cru dans mes rêves les plus fous entendre ce discours de la bouche d'une patronne.

— Merci à vous de m'avoir ouvert les yeux, ma chère Judit. Et plus de m'dame ni de patronne entre nous : appelez-moi Eulalie.

Judit sourit largement.

— Bien chères toutes, aujourd'hui est un grand jour, un très grand jour, déclare-t-elle en s'adressant à ses sœurs de labeur. Eulalie – c'est comme ça qu'il faut l'appeler maint'nant, parce que nous sommes toutes égales – nous invite à imaginer une société nouvelle. Voyez les murs autour de vous, voyez les machines, voyez les cocons dans l'eau bouillante : tout ça, c'est à nous.

Le brouhaha s'empare de la salle. Huguette et Mireille blêmissent.

— Nous allons nous organiser en collectivité, explique Judit. Collectif, ça veut dire tout le monde ensemble. Faut imaginer que la filature nous appartient, à nous toutes, à parts égales, et nous nous partagerons l'argent que rapporte la vente de la soie. Y en aura pas une qui sera payée plus que l'autre, même pas m'da… même pas Eulalie !

Cette déclaration est suivie de hourras. Elena applaudit à tout rompre. Les fileuses se regardent, bouche bée. L'instant de liesse est troublé par une voix qui s'élève, celle d'Huguette.

— M'dame Brémond, c'est quoi ces bêtises ? s'insurge la surveillante. Pourquoi vous laissez la Vernet dire une chose pareille ?

— Chère Huguette, ce ne sont pas des bêtises, répond Eulalie d'une voix douce. Mon père et mon mari appartiennent au passé. Le passé ne m'intéresse pas. Il est temps de regarder vers l'avenir. Bientôt, la société sera égalitaire. Plus personne ne supportera d'être l'esclave d'un patron.

— Mais, m'dame... Vot' mari, il va revenir de la guerre, et il sera furieux ! Et m'sieur Meynadier, m'dame ? Et M'sieur le maire ? Ils seront pas d'accord avec tout ça, j'peux vous l'garantir.

— Vous les voyez autour de vous ? Ils ne sont pas là, réplique Eulalie en souriant.

— Mais ils vont rev'nir ! La guerre, elle va pas durer toujours !

— Eh bien, quand ils reviendront, ils devront se faire à l'idée que les choses ont changé, tout simplement.

Huguette est médusée. Mireille prend la relève :

— Si c'est comme ça, m'dame, je démissionne. On veut pas travailler dans des conditions pareilles, oh, ça non. Vous allez toutes nous ruiner avec des idées aussi farfelues. Dans une semaine, vous aurez plus de quoi payer les salaires.

Des murmures d'inquiétude parcourent la salle.

— Je vous regretterai, répond-elle calmement.

Mais je ne peux pas vous retenir contre votre gré. Libre à vous de partir. Je ne pense pas que la collectivisation de la filature nous mènera à la ruine, au contraire. Je pense que si nous travaillons main dans la main, nous donnerons le meilleur de nous-même. Je crois que les ouvriers travaillent mieux quand ils sont traités avec équité et dignité.

Huguette et Mireille quittent la filature en claquant la porte. Eulalie hausse les épaules.

— Nous allons nous réunir pour une réunion extraordinaire, déclare Judit. Aujourd'hui, pas de travail, d'accord, Eulalie ?

Celle-ci hoche la tête.

— Vous toutes, vous allez nous parler de tout c'que vous voulez, ordonne la fileuse. On va tout entendre et voter à main levée. C'est votre entreprise maint'nant. A vous d'en faire que'que chose dont vous avez envie.

Eulalie, Elena et Judit s'installent dans les bureaux et accueillent durant les heures qui suivent les ouvrières une à une pour recueillir leurs doléances et suggestions. Elles ne sont plus que vingt-trois, dont quatre apprenties. Eulalie apprend avec consternation que Flor a quitté Callune avec sa mère et ses quatre sœurs. Les femmes de la famille Bousquet ont eu peur de la misère et de la guerre, elles sont parties vivre chez un cousin du côté de Clermont-Ferrand. Eulalie soupire. Elle ne verra plus le visage poupin de son amie avant longtemps.

Les fileuses défilent silencieusement dans le bureau d'Eulalie. Elles se montrent tout d'abord timides et craintives. Puis, peu à peu, elles s'enhardissent et leur parole se libère. Elles réclament la gratuité des soins médicaux pour elles et leurs enfants. Elles optent pour le passage à la semaine anglaise, c'est-à-dire pour l'arrêt du travail le samedi à midi. Elles votent pour l'établissement d'une garderie dans les locaux de la filature afin de surveiller leurs enfants en bas âge. Elles demandent que le dortoir soit gratuit pour toutes celles qui ont besoin de dormir sur place. Les jeunes apprenties sollicitent de pouvoir accéder à l'instruction.

De son côté, Eulalie ouvre le livre des comptes et dévoile dépenses et recettes. Avec l'aide de Judit, elle explique comment elle compte s'y prendre pour redistribuer équitablement le profit. Les bureaux bruissent de bavardages, de rires et d'exclamations. La filature est enfin devenue un endroit joyeux.

A la fin de la journée, les unes et les autres s'embrassent avec ferveur. Les fileuses commencent à prendre la mesure du changement qui est en train de s'opérer. Elles remercient chaleureusement Eulalie, qui est folle de joie. Munie d'un pot de peinture blanche et d'un pinceau, elle grimpe sur une échelle pour effacer la mention « Filature Bastide-Brémond » de la façade. Les ouvrières votent à main levée pour décider du nouveau nom de l'usine. Moins d'une heure plus tard, « Commune libre des fileuses de Callune » orne le frontispice de l'imposant bâtiment.

Judit convainc ses camarades de se lancer dans l'écriture d'un journal où chacune pourrait écrire des articles pour prodiguer des conseils agricoles et ménagers, mais aussi pour discuter politique et apporter un soutien moral à leurs concitoyens éprouvés par la guerre qui fait rage. Il est aussitôt baptisé « Journal de la commune libre des fileuses ».

Le soir venu, Eulalie propose à celles qui le souhaitent de venir s'établir dans sa propriété.

— J'ai du bétail, un potager, des vignes, des châtaigniers, et je ne peux pas m'en occuper toute seule. J'ai également un grand four où nous pourrions faire du pain, puisque nous n'avons plus de boulanger. Je vous propose de venir me prêter main-forte, et, en échange, nous partagerons tout.

Judit, qui se sent isolée dans sa maison délabrée depuis le départ de ses frères, décide de la suivre, ainsi que Bérangère, une ouvrière plantureuse d'une trentaine d'années, mère de trois jeunes enfants. Depuis le départ de son mari, elle est incapable de s'en occuper seule en travaillant dix heures par jour. Elle les a placés chez sa sœur et souffre d'en être séparée.

— Comment se nomment-ils ? lui demande Eulalie tandis qu'ils font route pour les récupérer. Quel âge ont-ils ?

— L'aîné a quatorze ans et s'appelle Enguerrand. Les deux autres sont des jumelles, Joana et Manon.

Elles ont huit ans. Elles allaient encore à l'école de monsieur Castanet avant qu'il parte à la retraite. Enguerrand, lui, aidait son père. Mon mari est castreur de bétail.

— Que va faire votre fils, maintenant que votre mari est parti ?

— J'me disais que peut-être... Si quelqu'un s'occupait vraiment de l'instruction à la filature comme vous l'avez dit, peut-être qu'Enguerrand pourrait suivre les cours ? Je regrette qu'il ait dû arrêter l'école, voyez.

— Bérangère, je tiendrai toutes mes promesses. Je le jure. Ne vous inquiétez pas pour Enguerrand. Je connais la personne parfaite pour cet emploi.

Eulalie sourit en pensant à la surprise qu'elle réserve à Santina. Bérangère pose sa grosse main chaude sur la sienne.

— Merci, m'dame Eulalie, pour tout c'que vous faites. Avec la guerre, nous autres, on savait pas comment on allait s'en sortir. Maint'nant qu'on va avoir de bons salaires, on aura pas à s'en faire. Vous êtes un ange tombé du ciel, m'dame Eulalie.

— Absolument pas. Je me suis contentée de naître pour obtenir tout ce que j'ai. Remerciez plutôt Judit. C'est elle qui m'a convaincue de partager mes possessions.

Bérangère passe les bras autour des épaules de Judit et d'Eulalie et serre les deux jeunes femmes contre son opulente poitrine dans un geste maternel.

— Je suis ben contente de venir vivre avec vous, les filles ! On s'ra comme des sœurs !

Après avoir embarqué Enguerrand, Joana et Manon dans la carriole, Eulalie conduit sa petite bande improvisée à la propriété. Elle prépare le repas, aidée par Judit. Après l'usine, c'est au tour de la maison des Bastide de retentir des rires et des éclats de voix.

Les gamins, tout excités, mènent un sabbat d'enfer sous le regard amusé d'Eulalie et celui inquiet et courroucé de leur mère.

— J'vous jure, m'dame Eulalie, ils sont pas tout le temps comme ça ! plaide-t-elle.

— Et j'en suis ravie, Bérangère, répond Eulalie. Cette maison a été un sépulcre pendant si longtemps… C'est un bonheur de voir un peu de vie et d'agitation !

Dans la cuisine, Judit malaxe la pâte à pain. Eulalie soupire de bonheur. *Merveilleux. Cette première soirée est parfaite.* Son cœur est gonflé de fierté.

Elle a tenu son pari.

> Callune, 10 août 1914
>
> Ma très chère Santina,
>
> Voilà une semaine que nos hommes sont partis faire la guerre on ne sait où. Ectòr ne m'a pas écrit, et cela se comprend : nous nous sommes quittés fâchés, comme tu l'imagines bien. Depuis son départ, j'ai l'impression de revivre. Je sais que cela peut sembler

cruel, mais je ne rougis pas de ce bonheur tout neuf. Beaucoup de choses ont changé en quelques jours : j'ai enfin pu mettre mon plan à exécution. Enfin, Santina, enfin ! Après tant d'années, de soupirs et d'espoir, nous voilà enfin libres ! J'ai décidé de faire de la filature une entreprise collective, et les ouvrières m'ont suivie avec enthousiasme et énergie. Elles travaillent chaque jour avec plus d'opiniâtreté qu'elles n'en ont jamais montré. Nous nous sommes réparti le travail avec équité et bon sens. Nous avons instauré un système de rotations afin que chacune puisse assumer différentes tâches pour ne pas risquer de se lasser et pour éviter les tensions. Nous préparons nos repas, nous lavons et séchons notre linge, nous nous occupons des enfants de celles qui en ont, nous dévidons les cocons pour former la soie grège, nous l'enroulons sur les écheveaux pour préparer les flottes, nous nettoyons l'atelier, puis nous recommençons, ensemble. L'usine est devenue un lieu de joie et d'entraide où toutes les femmes sont égales. Elena a une voix magnifique et nous régale de chansons pour nous inspirer et nous porter à travailler davantage. Quel bonheur !

Judit s'est installée chez moi, ainsi que Bérangère, une autre ouvrière, et ses trois charmants enfants, Enguerrand, Joana et Manon. Bérangère et ses bambins se sont établis dans la grande chambre à coucher et chaque soir les enfants poussent des cris de protestation au moment de se mettre au lit... Ce qui nous amuse beaucoup, Judit et moi ! Nous dormons dans mon ancienne chambre d'enfant. Nous nous occupons collectivement du potager et du bétail. En revanche, personne ne pourra faire les vendanges, cette année. Nous serons contraintes de manger le raisin, sinon les oiseaux s'en occuperont à notre place !

Si je te raconte tout cela, c'est pour t'appâter. Certaines ouvrières – surtout les plus jeunes – ainsi que leurs enfants aimeraient que nous installions une école à la filature. Je te propose de venir nous rejoindre et de devenir notre institutrice ! Nous te laisserions les bureaux pour que tu installes ta classe. Qu'en penses-tu ? Je t'en supplie, dis oui ! Je sais que tu officies dans ta propre école à Beaucaire désormais, que tu es une dame respectable qui loue son appartement le long des quais et qui s'est fiancée à un banquier distingué... Mais, de grâce, viens t'encanailler dans les sauvages Cévennes au contact d'ouvrières socialistes et indisciplinées !

Ton amie qui t'aime,

Eulalie.

Beaucaire, 17 août 1914

Ma chérie,

Quelle joie, quelle émotion de lire cette lettre ! Nous sommes deux institutrices dans ma petite école beaucairoise et c'est déjà beaucoup trop : j'imagine que maintenant que la guerre est déclarée, la plupart des enfants prêteront main-forte à leurs mères et je ne les verrai pas à la rentrée. J'ai donc tout naturellement informé ma collègue, cette chère madame Poujol – toujours aussi moche et revêche, le temps qui passe ne l'arrange pas – de mon départ prochain, et elle n'a pu contenir sa joie de se débarrasser de moi ! Je viendrai donc rejoindre ton assemblée de fileuses en septembre, dès que je serai libérée de mes obligations. Cela me changera les idées, car je suis bien seule depuis qu'Alphonse est parti à la guerre. Je passe presque chaque jour devant la banque et mon cœur se serre de ne plus voir son sourire derrière la vitre.

Je t'embrasse bien fort et je me languis de te voir,

Ta dévouée,

Santina.

Callune, 21 août 1914

Ma très chère amie,

L'annonce de ta venue a suscité une explosion de joie à la filature. Serena, une vieille fileuse, a demandé à suivre ta classe malgré son âge avancé. Elle a exhumé de très anciens cahiers pour nous montrer la qualité de sa calligraphie. Sa fille Naís, qui travaille aussi avec nous, n'avait jamais vu l'écriture de sa mère. C'était un moment émouvant. Mais je crois que c'est Judit la plus enthousiaste de toutes. Cela fait des années qu'elle caresse l'espoir de reprendre des études. Quel merveilleux spectacle que celui de toutes ces femmes, vieilles et moins vieilles, ravies à l'idée de prendre leur instruction en main ! Aucune d'entre elles n'est illettrée, mais toutes ont de sérieuses lacunes en grammaire, en orthographe et en culture générale. Toutefois, elles sont très fortes en calcul ! Elles m'épatent par leur capacité à tenir les comptes de la filature avec logique et discernement. Ce n'est pas difficile à comprendre, sachant qu'elles ont dû tenir les budgets familiaux pendant des années avec un salaire de misère… Ce salopard d'Oton m'a fait croire durant des années que les ouvrières étaient des bécasses inaptes et stupides, tu verras que c'est tout le contraire !

Notre félicité est presque parfaite. Seule ombre au tableau : ce satané pasteur, alerté par les surveillantes Mireille et Huguette, qui ont claqué la porte de l'entreprise dès qu'elles ont entendu le mot « collectivisme », est venu me rendre visite à plusieurs reprises pour me menacer des flammes de l'enfer. Il n'a de cesse de me mettre en garde contre le retour de mon époux et de la fureur qui sera la sienne quand il verra que je dilapide le patrimoine familial, ce que le pasteur prend pour un caprice de bonne femme. Je suis révoltée par son attitude. C'est totalement faux ! Le marché de la soie est déséquilibré par cette guerre. Peu d'usines tiennent aussi bien le choc que la nôtre. Personne ne se plaint d'avoir affaire à une femme. Ces trois dernières semaines, nous avons vendu et expédié toutes nos flottes à Lyon avec autant de succès que du temps où Ectòr était le patron. Je suis si furieuse contre ce tartuffe minable et sournois que je ne fréquente plus le temple le dimanche ! Les ouvrières sont quelque peu choquées par ma réaction, mais elles ne m'en tiennent pas rigueur. Judit a décidé de sécher le culte elle aussi ! Nous pouvons nous occuper de la propriété tout notre soûl le dimanche et c'est très bien ainsi, car nous ne manquons pas d'ouvrage.

Plus que quelques jours et tu seras parmi nous !

Je t'envoie tout mon amour,

Eulalie.

2

Ruinée

Callune, 5 octobre 1914

— Ils ont pris Lens.

Magali se dresse toute droite, un télégramme à la main. Depuis le départ de Maurice, le télégraphiste, la silencieuse jeune fille le remplace avec dévouement.

— C'est où ça, Lens ? demande Judit avec désinvolture.

En ce dimanche matin, Eulalie, Santina, Bérangère et ses enfants sirotent un café à la terrasse de Madeleine en sa compagnie.

— Enguerrand, mon chéri, tu me prêtes ton bâton une minute ? demande Santina de sa voix flûtée.

Le jeune garçon, qui est très épris de sa maîtresse, s'exécute de bonne grâce. Santina trace sommairement la carte de la France sur le sol et pointe la frontière belge.

— Regardez, Judit, c'est là, Lens. C'est tout au nord. Pas très loin de Lille. Vous vous souvenez, nous en avons parlé ?

— Ah, oui, je vois. Là où il y a beaucoup de filatures de laine et de lin.

— Vous savez, ma chérie, il y a autre chose que les filatures, dans la vie, se moque-t-elle.

En regardant ces femmes et ces enfants badiner au soleil sur la place du village, difficile d'imaginer qu'à quelque huit cents kilomètres de là, la guerre fait rage. Seule Magali, son télégramme à la main, semble concernée par la progression des Allemands dans le nord du pays.

— C'est très loin, Magali, la rassure Eulalie. Ne vous inquiétez pas, ils ne viendront jamais par ici.

— Ce n'est pas pour ça que je m'inquiète. Peut-être que mon oncle est là-bas, lâche la jeune fille.

Sa déclaration jette un froid. Bérangère pense à son mari, Judit à ses frères, Santina à son fiancé. Les courriers du front sont assez rares. Les troupes sont sans cesse en mouvement et les lettres mettent du temps pour parvenir à leurs destinataires. De plus, elles sont pratiquement illisibles, maculées par la censure qui veille à ce qu'aucun renseignement ne puisse être utilisé par l'ennemi s'il venait à mettre la main dessus. Aucune femme ne sait où se trouve celui dont elle attend le retour. L'armée, qui pense que le conflit sera réglé avant Noël, ne projette pas de permissions pour ses soldats.

— Des nouvelles des allocations ? s'enquiert Eulalie pour changer de sujet.

Le gouvernement a promis le versement d'aides pour aider les femmes à subvenir aux besoins du foyer. Un franc cinquante par jour pour chaque épouse de mobilisé, le tout majoré de cinquante centimes par enfant de moins de seize ans. Mais personne n'a vu la couleur de cet argent. Pourtant, les fileuses ont scrupuleusement suivi la procédure en remplissant un dossier de demande circonstancié. Eulalie et Santina ont passé un temps infini à préparer les documents des ouvrières qui le demandaient. Ces allocations seraient bien utiles, même si la filature Bastide fait figure de bonne élève sur les marchés lyonnais, car les commandes se raréfient. D'un autre côté, le coût de la vie augmente. Le prix du porc salé grimpe dangereusement. Il faut compter un franc cinquante le kilo, soit le montant de l'allocation journalière prévue par l'Etat. L'hiver sera bientôt là et il faudra chauffer les maisons et le dortoir de la filature. Eulalie commence à s'inquiéter.

— Magali, vous avez bien envoyé le télégramme à la préfecture de Nîmes, comme je vous l'avais demandé ?

— Oui, m'dame. Toujours pas de réponse.

— Je ne comprends pas, s'agace Santina qui jette son mégot sur le sol graveleux de la place. Les femmes de Beaucaire ont touché leurs allocations en septembre. Une amie me l'a appris par lettre la semaine dernière. Que se passe-t-il ici ?

— Maudites allocations ! grogne Madeleine. Seulement accordées aux femmes mariées ! Comme si toutes les autres ne souffraient pas de la guerre ! Qu'est-ce qu'ils croient ? Que les affaires sont florissantes ? Il n'y a plus de voyageurs, ni de colporteurs. Les femmes et les vieillards restent chez eux à compter le moindre sou. Je n'ai presque personne au café !

Le mécontentement gronde parmi les femmes de l'arrière. Eulalie a peur que la récession ne mette un terme à son rêve collectiviste. Maintenant que la lune de miel de son expérience est passée, les fileuses exigent ce qu'elle leur a promis : un meilleur niveau de vie. Mais, pour le moment, elle ne peut que recommander la patience. *La situation va se stabiliser. Le cours de la soie va remonter. Il doit remonter. Il n'y a pas de matière textile plus noble et plus fiable que la soie. Le cours va remonter, c'est certain.* Elle se répète cela jour après jour. Mais elle a peur. Les ouvrières commencent à quitter la filature. Elles étaient vingt-trois deux mois plus tôt. Désormais, elles ne sont plus qu'une quinzaine.

La cloche du temple retentit. Eulalie se lève d'un bond.

— Le culte est achevé, déclare-t-elle. Je vais voir le pasteur. Il pourra me fournir des réponses au sujet des allocations. Après tout, c'est bien lui, le nouveau maire, non ?

Judit, Santina et Madeleine l'encouragent de la voix. La jeune femme quitte le café, traverse la place d'un pas résolu et s'avance vers le temple. Quelques vieillards chenus et quelques paysannes en sortent en claudiquant et en plissant les yeux quand ils passent de la pénombre à la lumière. Odette, pendue aux bras d'Huguette et de Mireille, baisse les yeux quand elle aperçoit Eulalie. *Tout le village me trouve indigne. En plus d'être socialiste, je déserte le temple. Le rejet et l'hostilité, voilà la rançon de la liberté.* Eulalie hausse les épaules. Des fileuses sortent du temple et la saluent avec courtoisie. *En fin de compte, tout le monde ne me déteste pas !* Elle leur rend leur salut et s'avance vers l'autel. Joèl est occupé, en pleine conversation avec le docteur Boussac. Tous deux font la moue quand la jeune femme apparaît.

— Tiens donc, que me vaut le déplaisir, madame Brémond ? siffle le fielleux pasteur.

Joèl est le dernier à l'appeler ainsi. Il espère certainement lui rappeler avec subtilité ses devoirs d'épouse. Eulalie ne prend pas la peine de relever le trait.

— Vous fuyez toujours le Seigneur ? Oh, ne vous inquiétez pas, Il vous juge, même si vous pensez éviter Son regard ! Il est tout autour de nous et scrute chacune de nos actions et chacune de nos pensées ! ajoute-t-il avec agressivité.

Eulalie ne montre rien de sa colère intérieure, de ses tripes nouées par le désir de gifler l'arrogant personnage. Elle esquisse même un petit sourire qui veut dire : *Continue tes sarcasmes, ça me passe dessus comme de l'eau tiède ; et même, tu m'amuses.*

— Je vois que la compassion ne fait pas partie de vos devoirs de chrétien qu'on pourrait attendre d'un homme de Dieu. Et pourtant, Il ne vous punit pas. Peut-être qu'Il est bien plus clément que vous ne le pensez, répond-elle du tac au tac.

— Quelle insolence ! Quelle vulgarité ! Proférer des accusations scandaleuses ici, dans ce lieu consacré !

Le docteur Boussac se dandine d'un pied sur l'autre, mal à l'aise. Il agite sa main ridée et constellée de taches de vieillesse.

— Je rentre chez moi, chevrote-t-il. Mes vieilles jambes ne me permettent plus de rester debout si longtemps. Je vous présente mes hommages.

Il s'éclipse, laissant Joèl et Eulalie face à face.

— Je ne suis pas venue pour discuter de mon âme, ni de la vôtre, dit Eulalie avec froideur. A vrai dire, je me fiche de savoir ce qui m'attend après la mort. C'est ce qui se passe dans cette vie-là qui m'importe. Contrairement à vous, je me soucie des habitantes de ce village. Spécialement de celles qui travaillent avec moi. Je ne me contente pas d'un sermon une fois par semaine pour estimer que mon devoir envers elle est rempli.

Joèl est blanc de rage et s'agite. Il ramasse les

livrets de chant écornés qui traînent sur les bancs de prière, montrant ainsi qu'il a autre chose à faire que d'écouter cette pimbêche.

— Les allocations, lâche-t-elle. C'est pour cela que je suis ici. En tant que maire intérimaire, vous avez dû recevoir les avis d'attribution.

Il rougit. Elle a donc vu juste.

— Vous les avez reçus, et vous refusez de nous les transmettre ? C'est indigne, même de vous. Je vais prévenir la préfecture. Je ferai tout ce qui est en mon pouvoir pour…

— Très bien, très bien ! coupe-t-il. Dites aux femmes de mobilisés qu'elles pourront venir à la mairie demain.

Elle sourit fièrement. Mais le pasteur ne veut pas en rester là.

— Vous pensez que vous avez gagné ? persifle-t-il. Il n'en est rien. Je vais faire de votre vie un enfer. – Puis, plus lentement : – Un enfer.

— Votre neveu, sur vos recommandations, s'y est employé pendant deux ans, assène-t-elle. Il a échoué. J'ai traversé l'Enfer, et je suis revenue.

Elle s'approche si près de lui que leurs visages se touchent presque. Elle réprime un frisson de dégoût en respirant son haleine. Elle pense à Madeleine et la plaint amèrement.

— Les femmes travaillent dur, même quand elles se vident de leur sang ou qu'elles portent le poids d'un enfant, murmure-t-elle. Personne ne peut briser une femme. Personne.

Puis elle tourne les talons, désertant l'atmosphère funèbre du temple pour retrouver la compagnie de ses camarades.

Le lendemain, rongée d'inquiétude, Eulalie travaille jusqu'à l'étourdissement. Elle file les cocons, lessive le linge sale, frotte le sol de l'atelier avec acharnement. Elle essaie de se persuader en se répétant une prière à laquelle elle-même ne croit guère : *L'aventure ne peut pas s'arrêter ainsi. C'est trop bête. Joèl va s'occuper des allocations. Le cours de la soie va remonter. Et alors, tout ira pour le mieux.* Elle n'a pas le courage de parler avec ses camarades. Elle les fuit.

Elle est occupée à étendre le linge dans l'arrière-cour de la filature quand un bruit de pas, lourd et claudiquant, se fait entendre. Elle pose son panier au sol, se redresse et plaque ses mains sur ses reins endoloris.

— Judit ? Santina ? Qui est là ?

Un homme âgé paraît. Il avance lentement, le bras gauche replié dans le dos, la main droite serrée sur le pommeau d'une canne en bois lustré. Il est vêtu de manière élégante. Ses souliers, impeccablement vernis, montrent qu'il n'a pas pour habitude de marcher beaucoup. Il avance le nez en l'air, les yeux rivés sur la façade de la filature qu'il scrute avec bienveillance comme s'il retrouvait une vieille amie. Eulalie le regarde avec étonnement. Il n'est pas bien grand, mais il est très ventru, ce qui est rare, compte tenu de la frugalité coutumière des Cévenols. Son visage est d'une taille peu commune, aussi bien en longueur qu'en largeur. Son grand nez pointu surplombe une bouche lippue. Ses cheveux blancs sont parfaitement plaqués en arrière.

— Monsieur, puis-je vous aider ? demande Eulalie.

L'homme tourne sa large face vers elle. Il lui sourit. Aussitôt, deux grandes rides avenantes creusent ses bajoues. Ses gros sourcils s'arc-boutent au-dessus de ses tout petits yeux sombres et rieurs.

— Bien le bonjour, jolie madame, lance-t-il avec aménité en ôtant son chapeau. Je cherche la propriétaire des lieux.

Eulalie s'apprête à répondre que l'entreprise appartient à l'ensemble des fileuses mais elle ne veut pas perdre son temps en explications inutiles.

— C'est moi-même, répond-elle avec sobriété.

— Bien sûr que c'est vous.

Il soupire.

— Vous êtes presque aussi belle que votre mère.

— Vous avez connu ma mère ? A qui ai-je l'honneur ?

— Je vous rends visite pour vous proposer de racheter votre entreprise, lâche-t-il tout à trac, sans prendre la peine de lui répondre.

— Mais enfin, monsieur, je n'ai nullement l'intention de vendre ! répond-elle, interloquée.

Le visage de l'homme se métamorphose d'un coup, perd sa mine sympathique et se contracte dans une expression affreuse. Ses yeux ne sont plus que deux petites fentes sombres et terrifiantes. *Ce gros ventre, cette énorme bouche… On dirait un ogre !* songe Eulalie avec frayeur.

— Vous vous êtes assez divertie comme cela, gronde-t-il. La plaisanterie a assez duré. C'est la guerre. Bientôt, vous n'aurez plus d'argent. Vous n'avez pas le choix.

La peur la saisit mais elle ne veut pas le montrer.

— Vous ne m'avez pas dit qui vous étiez, demande-t-elle d'un ton sec.

L'homme fait un pas vers elle. Il sent étonnamment bon.

— Basilì Cabanel, lâche-t-il, sûr de son effet.

Eulalie esquisse un mouvement de recul. Il sourit – il grimace, plutôt.

— C'est vous… L'ennemi de mon père…

— Et l'ami de votre mère.

Il se radoucit et son visage reprend son expression bonhomme. *Quelle personne saine d'esprit peut passer aussi soudainement de la rage à la douceur ?*

— En mémoire de votre mère, je réitère ma première offre.

Elle fouille dans ses souvenirs pour se rappeler le montant annoncé par le notaire, quatre ans plus tôt.

— Deux cent mille francs.

— C'est exact.

Il frappe le sol de sa canne.

— Je vous laisse réfléchir.

Sans plus de cérémonie, il lui tourne le dos,

longe la façade de la filature, laissant Eulalie seule et perplexe.

Près d'une semaine s'est écoulée depuis l'altercation entre le pasteur et Eulalie, laquelle n'a parlé à personne de la visite du père Cabanel, pas même à Judit ni à Santina. Elle ne veut pas semer le trouble dans leur esprit. Car bien sûr, si elle vendait, elle serait à l'abri du besoin pour le restant de ses jours, mais elle ne veut pas que l'on puisse croire qu'elle céderait à cette tentation ou qu'elle dilapiderait le produit de la vente pour assurer la survie immédiate des fileuses. Lui revient en mémoire un proverbe de Moïse Maïmonide que madame Clavel lui avait enseigné lors d'une leçon de morale : *Donne un poisson à un homme, il mangera un jour. Apprends-lui à pêcher, il mangera toute sa vie.*

Pour autant, elle est rongée par le doute. Mais une bonne nouvelle vient la rassurer : contre toute attente, Joèl tient promesse. Il réunit toutes les épouses concernées et distribue les certificats d'attribution des allocations. Les ouvrières retrouvent un peu de sérénité. Elles peuvent désormais acheter un morceau de viande sans grimacer. Eulalie est soulagée. La vie reprend tranquillement son cours à la filature.

Santina a installé sa classe dans l'ancien bureau d'Eulalie. De son ancienne école, elle a apporté du matériel scolaire : des cartes de France et d'Europe, des règles, des compas, des équerres, du papier, de l'encre, des crayons et des porte-plume.

Les ouvrières s'organisent pour mener de front leur travail à la filature et la classe assurée par Santina. Leurs enfants, privés d'école depuis le départ à la retraite de monsieur Castanet, gonflent les rangs de l'école improvisée. Le petit Enguerrand suit sa maîtresse partout, porte ses cahiers, lui tient la porte. La jeune institutrice s'amuse et oublie parfois sa détresse de savoir son fiancé si loin d'elle.

Eulalie est soulagée. Depuis que les allocations sont versées, la grogne s'est calmée. Les ouvrières ont retrouvé leur enthousiasme pour le travail. Judit a lancé la rédaction du premier numéro du *Journal de la commune libre des fileuses de Callune*. Toutes veulent y participer et proposent quantité d'astuces ménagères. Elena propose d'aider ses camarades à écrire de jolies lettres pour leurs maris qui sont au front. Les fileuses mettent leurs compétences en commun pour le bien de toutes. C'est ainsi qu'au détour d'une conversation avec Serena, la doyenne, Eulalie découvre les vertus de la châtaigne.

— Oui, m'dame Eulalie, la châtaigne est un don du ciel. De mon temps, quand les moissons de blé étaient insuffisantes, ou que ma mère n'avait plus assez d'argent pour acheter du pain, nous faisions de la farine de châtaigne. Le pain de châtaigne est lourd et il bourre l'estomac ! Pas de disette avec la châtaigne.

— Ah bon ?

— Oui, la châtaigne nourrit bien mieux que la pomme de terre ! – Nous étions très pauvres, mes parents et moi. Mais nous n'avons jamais souffert de la faim grâce au pain de châtaigne.

Les clèdes sont remplies de châtaignes qui n'attendent qu'à être déboguées et sa châtaigneraie produit de grandes quantités de fruits en cette saison. Eulalie publie donc une annonce dans le journal que la communauté prépare :

Avis aux villageoises – Toutes celles qui le désirent peuvent venir prêter main-forte à la propriété Bastide les dimanches pour ramasser les châtaignes, les mettre au séchage et au fumage, déboguer puis moudre celles qui sont prêtes à être consommées. En échange, j'invite chacune à se servir à l'envi de farine et je mets à disposition mon four à bois.

Judit se rend à Florac, où un imprimeur dispose d'une presse rotative dernier cri. Eulalie a donné son accord pour l'impression de cinquante exemplaires qui seront vendus cinq centimes pièce. Fière de sa mission, elle prend possession du stock et dépose des journaux chez Madeleine, chez Odette et au bureau de la télégraphiste. Le tirage entier est vendu en quelques jours.

L'annonce d'Eulalie fait mouche dès la parution : le dimanche qui suit, près de vingt villageoises se pressent chez elle pour ramasser et traiter les châtaignes. L'héritière arpente sa propriété avec empressement, suivie de près par des femmes de tous âges qui la canardent de questions. Où ranget-elle les sacs de jute pour le débogage ? Et les chaussures cloutées ? Et le billot de bois ? Elle n'en sait rien, Ectòr était responsable de l'entretien de la châtaigneraie. Elle exhume son carnet de notes et retrouve toutes les instructions qu'elle avait soigneusement consignées en vue du moment où elle devrait s'occuper seule de sa propriété. Ce moment est venu.

La mère d'Eulalie disposait d'un moulin à grain, à défaut d'un moulin à farine communal. Sa fille avait laissé l'objet prendre la poussière dans la grange. Aidée par ses nouvelles camarades, elle extirpe l'antiquité derrière le fourrage réservé aux bêtes et l'installe près du four creusé dans le mur extérieur de la maison. Les villageoises les plus aguerries s'emparent des sacs de châtaignes déjà séchées et décortiquées qu'Ectòr avait entreposés dans la remise. Les fruits sont déjà triés, cuits et déshydratés. Il ne reste plus qu'à les moudre.

L'opération est longue, car le moulin à grains est de taille modeste. L'appareil présente un grand entonnoir pour accueillir les fruits qui sont broyés par un mécanisme entraîné par une manivelle. Les châtaignes écrasées sortent par une trappe sous la forme d'une farine blanche parsemée de taches brunes. Les femmes se relaient avec régularité pour moudre la farine. Soucieux de plaire à Santina, pour laquelle il nourrit une passion d'enfant, Enguerrand s'échine sur la machine et provoque l'hilarité de sa mère et de ses amies. Le four tourne toute la journée. Les pains s'empilent avec régularité.

Après des semaines de doute, Eulalie respire enfin. *En fin de compte, nous nous en sortons bien.* La guerre est loin, une rumeur dont elle perçoit à peine les échos et qui ne la concerne pas. Une affaire d'hommes agités par des considérations qui lui échappent. Elle ne reçoit pas de nouvelles d'Ectòr. Elle est libre et profite de cette liberté pour façonner un monde qui lui plaît.

Mais la guerre la rattrape.

Elle surgit un jeudi de novembre sous la forme d'une affichette que Magali placarde dans toute la ville. Eulalie la découvre alors qu'elle prend son service au matin.

Déclaration obligatoire auprès de la mairie de tous les biens possédés – bêtes, foin, avoine, blé, harnais, charrettes, cordes – tout ce qui est utile à la victoire de la France sera réquisitionné – Femmes françaises, soyez fières d'être de véritables patriotes.

Eulalie met la main dans la poche de son pantalon de laine. Elle porte les vêtements de son père pour être plus à l'aise dans ses mouvements. Elle a également pris l'habitude d'enfiler les grandes chemises d'Ectòr pour respirer confortablement dans l'atmosphère poisseuse de la filature. Elle tresse sommairement ses cheveux sous son fichu et ne se préoccupe plus de son apparence. Tout ce qui l'intéresse, c'est de faire tourner son entreprise avec succès. Les soucis et les responsabilités, comme ses drames personnels, pèsent lourd et l'ont endurcie, elle a parfois l'impression d'être plus âgée que son corps, qui reste celui d'une jeune femme.

Elle porte une cigarette à sa bouche, gratte une allumette et inspire, le regard rivé sur l'affichette. *La voilà, la guerre.* Elle sait qu'elle va tout perdre. On va lui prendre sa charrette. On va lui prendre son vieux Germain. On va lui prendre ses jolies chèvres. Elle sait que Joèl veillera personnellement à ce que tout lui soit enlevé. Il va se délecter de la voir réduite à la misère. Elle est fichue, il a gagné. Humide de la rosée du matin, l'affichette luit pâlement. Du doigt, Eulalie caresse les petits drapeaux tricolores.

A l'atelier, tout le monde vaque à ses occupations comme si de rien n'était. Eulalie travaille avec acharnement, plongeant ses mains dans l'eau brûlante pour récupérer des fils de cocons et les agglomérer. Elle secoue son escoubette avec détachement. Non loin d'elle, Elena chante un joli cantique. Eulalie est tellement absorbée par sa tâche qu'elle ne remarque pas que des nouveaux venus viennent d'ouvrir la lourde porte de bois de la fabrique. Naìs s'approche.

— Des gens à la porte, pour vous.

— Qu'est-ce qu'ils veulent ?

— Ils déclarent qu'ils sont des réfugiés. Qu'est-ce que ça veut dire, des réfugiés ?

Eulalie hoche la tête avec tristesse.

— Ce sont ceux qui n'ont plus nulle part où habiter parce qu'ils ont pris la fuite devant l'avancée des armées allemandes. Comme nos ancêtres au temps des persécutions des catholiques. Ils ont tout quitté et sont partis sur les routes en quête d'un endroit épargné par la guerre où trouver refuge.

Eulalie s'essuie le front et les mains avant de se diriger vers la porte d'entrée où l'attendent, immobiles, un homme et une femme. Ils sont grands, élancés, le teint pâle, les cheveux noirs comme le diable. Le garçon s'appuie sur l'épaule de sa voisine.

— Bonjour, que puis-je pour vous ? s'enquiert Eulalie.

— C'est vous, Eulalie Bastide ? répond la jeune femme sur un ton bravache.

Eulalie esquisse un mouvement de recul. Ces inconnus sont-ils venus pour la menacer, ou pire encore ? Ils la toisent avec un air sombre sans sourire. Joèl les aurait-il envoyés pour lui faire peur ? Mais, contre toute attente, l'inconnue lui tend les bras avec aménité :

— Vous êtes une héroïne !

— Je vous demande pardon ?

Sans prévenir, la jeune femme fait un pas et la serre contre son cœur avec brusquerie. Eulalie sent son corps s'écraser contre sa silhouette osseuse.

— Mais qui êtes-vous ? demande-t-elle, stupéfaite et sans réaction.

— Je m'appelle Yvonne. Yvonne Wouters. Mon frère que vous voyez là, c'est Zacharie. Nous avons fui le Nord quand les Allemands sont entrés en Belgique. Nous voyageons par le train et surtout à pied depuis deux mois, voyez. Quant à vous, ça fait au moins trois semaines que nous vous cherchons.

Yvonne et Zacharie Wouters. Quelle fratrie extravagante !

— Et comment se fait-il que vous me connaissiez ?

— Nous sommes nous aussi des socialistes. Des camarades soyeux qui nous ont hébergés à Lyon nous ont montré ça.

Elle sort un papier chiffonné de la poche de sa veste élimée. C'est un exemplaire du *Journal de la commune libre des fileuses de Callune.*

— C'est écrit là-dedans qu'Eulalie Bastide – c'est-à-dire vous – a décidé de mutualiser sa filature et sa propriété pour créer une collectivité avec ses ouvrières.

— C'est exact.

— C'est un rêve devenu réalité ! Ah ! Quel bonheur de vous avoir trouvée !

Eulalie est décontenancée par la gouaille énergique d'Yvonne Wouters, aussi vive et alerte que son compagnon est inerte et mutique.

— Nous sommes des camarades de filature, voyez, poursuit-elle. Dans le Nord, mon frère et moi étions employés dans une usine de laine. On sait tout ce qu'il y a à savoir sur la gestion d'une fabrique de textile, absolument tout. Nous pouvons vous être d'une grande aide, voyez. Nous sommes solides et travailleurs. Et puis nous sommes des camarades !

Elle met la main sur son cœur en prononçant ces dernières paroles.

— Vous désirez rejoindre la collectivité, c'est ça ? s'enquiert Eulalie.

— Oui, m'dame. Rien ne pourrait nous faire plus plaisir.

Eulalie jette un coup d'œil sur son frère. Il a une mine bien trop sérieuse pour quelqu'un de son âge, car il n'a qu'une petite vingtaine d'années. Son regard inquiet révèle une grande lassitude. Eulalie comprend d'instinct que ce garçon est prématurément usé par la vie, comme elle. Elle lui sourit avec bienveillance, mais il ne lui répond pas. Son long visage anguleux est encadré par une masse de boucles folles luisante comme l'obsidienne. Son nez, droit et allongé, surplombe une lèvre délicatement ourlée. Sa peau est d'un blanc laiteux. Çà et là, quelques grains de beauté. Ses yeux couleur charbon sont grands ouverts et ne cillent pas. Il y a un restant de douceur juvénile dans ses traits malgré leur sévérité. Elle détourne le regard et le pose sur Yvonne.

— Que savez-vous faire ? lui demande-t-elle.

— Absolument tout. Etirage, défeutrage, démêlage, filage, peignage, à la main ou mécanique. Les ateliers de tissage n'ont pas de secrets pour nous. Mon frère est un petit génie, il connaît les machines comme personne, entretien et réparations.

— Voilà qui est intéressant. Notre mécanicien

est au front, et nous aurions bien besoin de vous par ici.

Il hoche la tête sans mot dire.

— Suivez-moi, je vais vous faire visiter les lieux.

Yvonne lui emboîte le pas, sourire aux lèvres. Son frère s'appuie sur son épaule. Il boite bas.

— La jambe de mon frère va bien, m'dame, s'empresse de déclarer Yvonne. Il peut pas la plier, c'est tout. C'est pour ça qu'il a été réformé. Il peut pas faire la guerre. Mais il est dur à la tâche malgré tout.

— Ne vous justifiez pas, Yvonne. Je m'inquiétais pour sa santé, c'est tout. Zacharie, avez-vous besoin de soins ? Sachez que notre organisation prévoit l'accès gratuit aux soins médicaux. Le médecin de notre village peut inspecter votre jambe.

Zacharie plante ses yeux noirs dans les siens. Il ne croit pas à sa sollicitude. Il se penche vers l'oreille de sa sœur. Sa voix n'est qu'un murmure éraillé. Elle le regarde avec pitié. *Même la voix du garçon est cassée.*

— Pardonnez mon frère, il est sauvage, s'excuse Yvonne.

Eulalie est émue par ce tandem mais n'en laisse rien paraître. Comment un jeune adulte, grand et vigoureux comme lui, peut-il avoir peur de communiquer avec un autre que sa sœur ? *Il est peut-être attardé. Mais ce regard, si pénétrant…*

— Il n'y a rien à pardonner. Allons-y, dit-elle d'un ton rassurant.

Elle les emmène faire le tour de la fabrique. Elle

leur montre les machines, les bureaux, la magnanerie, le dortoir. Zacharie s'arrête devant chaque machine qu'il contemple d'un air admiratif. De ses grandes mains, il caresse les rouages. Au bout d'un long moment d'observation mutique, il se penche vers sa sœur pour murmurer quelques mots de sa voix accidentée.

— Votre mécanicien était pas très regardant, manifestement, traduit Yvonne.

Eulalie fronce les sourcils. Si tous ses biens viennent à être saisis comme elle le craint, les machines de la fabrique seront sa seule planche de salut. La guerre n'a que faire d'engins à filer la soie.

— Que voulez-vous dire ? s'inquiète-t-elle auprès de Zacharie.

Il souffle à l'oreille de sa sœur.

— La maintenance industrielle, c'est sérieux, m'dame, relaye Yvonne. Surtout dans un environnement chaud et humide. Regardez vos dévideuses. Ça fait combien de temps qu'on n'a pas retiré les boîtiers des bobines pour enlever la gomme ? Elles sont toutes encrassées.

— Je ne sais pas, je…

— Toutes vos machines manquent d'huile, aussi. En les graissant convenablement, on réduirait de moitié cet horrible bruit ambiant. Vous n'en avez pas marre de vivre dans un vacarme pareil ?

— Certes, mais…

— Et là ! Regardez là !

Il montre une moulineuse du doigt. Eulalie fronce

les sourcils, ne sachant pas exactement quoi regarder. Elle attend qu'il ait fini ses messes basses et qu'Yvonne prenne la parole :

— La courroie de cuir ici est toute fendillée, il faut la changer. Si elle cède en plein travail, c'est la catastrophe assurée.

Zacharie se penche, mais à cause de sa mauvaise jambe, il ne peut pas s'accroupir pour inspecter la mécanique comme il le voudrait. Il grimace. Et soudain, il parle.

— Vous avez besoin de moi, dit-il avec assurance et détermination de sa voix éraillée.

En voyant les grands yeux qu'ouvre Yvonne, Eulalie comprend que le garçon n'a pas pour coutume de parler en public.

— Sortons d'ici le temps de partager une cigarette, dit-elle.

Elle se dirige vers la porte, suivie d'Yvonne et de Zacharie qui boitille. A l'extérieur, Eulalie partage son tabac. Un vent léger agite les mèches de cheveux qui dépassent de son fichu. Elle regarde Yvonne d'un air soucieux.

— Je vous offre tout ce dont vous avez besoin. Nourriture, toit, soins. Mais je ne vais pas vous mentir. Je ne sais pas combien de temps tout ceci va durer.

Du menton, elle désigne les affichettes punaisées à la porte qui tremblent sous la brise.

— Vous voyez cela ? C'est ma déclaration de guerre à moi. J'ai un ennemi au village. Il va en profiter pour me dépouiller de tout. Je ne sais pas si j'aurai de quoi subvenir aux besoins des ouvrières et de leurs enfants le mois prochain. Alors oui, vous pouvez vous installer ici, mais ne vous faites pas d'illusions. Notre rêve communautaire touche à sa fin.

Zacharie ne bronche pas. Il la fixe du regard sans ciller. Yvonne esquisse une moue de déception.

— La vente des flottes de soie n'est pas suffisante pour nourrir tout le monde, m'dame ?

— Le marché connaît un recul tout à fait compréhensible. L'argent que nous gagnons nous permet tout juste de faire tourner la boutique. Heureusement, nous pouvons compter sur les abondantes ressources de la propriété. J'ai un potager, des clèdes pour les châtaignes, un peu de bétail, un poulailler. Mais je crains le pillage, mes ennemis sont puissants et les réquisitions sont le prétexte idéal. Notre village est loin de tout. Nous n'avons plus de boulanger. Nous devons être autonomes, ou nous devons partir.

Elle tire une dernière bouffée sur sa cigarette, la jette au sol et l'écrase du talon.

— Je vous laisse prendre vos quartiers dans le dortoir.

Avant de s'éloigner, elle attrape Yvonne par le bras :

— Je compte sur vous pour vous montrer discrets au sujet de ce que je vous ai révélé. Je ne veux pas créer de panique parmi mes camarades. Beaucoup d'entre elles ont de jeunes enfants qui auront bientôt besoin de passer l'hiver au chaud. Si nous devons connaître la disette, je pense qu'il serait préférable de l'affronter tous ensemble, entre quatre murs de pierres, plutôt que de nous jeter à corps perdu sur les routes des Cévennes à la recherche d'un éventuel travail.

Le frère et la sœur opinent du chef. Eulalie tourne les talons et s'engouffre dans la filature.

— Pas Germain ! Pas Germain !

Enguerrand s'agrippe au licol de la bête tandis que le garde champêtre venu du Pont-de-Montvert entraîne le vieil animal à sa suite. Eulalie a le cœur brisé. Elle se tient derrière la fenêtre de sa cuisine et fume cigarette sur cigarette en attendant que la réquisition soit achevée. Le pasteur Joël est arrivé tôt ce matin, accompagné du garde champêtre et d'un policier de Florac. Les deux fonctionnaires conduisent une carriole chacun, derrière lesquelles quelques mules, réquisitionnées elles aussi, s'agitent mollement. Ils ont déjà visité plusieurs maisons avant de mettre à sac celle d'Eulalie. Les charrettes débordent d'ustensiles en tous genres.

— Germain !

La petite voix d'Enguerrand s'éteint tandis que le garde champêtre attache le cheval avec les mules derrière sa carriole. Bérangère, Santina et Judit se tiennent immobiles sous la pluie, comme pour manifester leur silencieux désaccord. Manon et Joana sanglotent sous le porche. La semaine passée,

Joèl est venu en personne dresser la liste des biens d'Eulalie. Il trottine gaiement derrière les fonctionnaires, sa liste à la main. Il peut enfin dépouiller l'enfant gâtée de Callune. L'héritière le regarde faire sans rien dire. Elle ne veut pas céder au désespoir devant lui.

Près de deux heures plus tard, le garde champêtre, le policier et le pasteur repartent en emportant la carriole d'Eulalie. Les trois charrettes tanguent sur les vieilles dalles de schiste, bringuebalant de gauche à droite dans un tintamarre de marmites qui s'entrechoquent. Germain et les mules ferment la caravane. Bérangère, Santina et Judit retrouvent Eulalie à l'intérieur.

— M'dame Eulalie, on sait que vous avez bon cœur et que vous vous serviez de tout ça pour nous aider, déclare Bérangère avec tendresse. Ne vous en faites pas, on va pas vous laisser tomber. Nous resterons avec vous et apprendre à cultiver sans outils. Et comment qu'ils faisaient, nos ancêtres, quand ils sont arrivés de Paris, hein ? Ils ont gratté la terre avec leurs mains. Ils ont enlevé une pierre après l'autre. Vous verrez, nous sommes des huguenotes, aucun travail n'est trop dur pour nous !

Eulalie enfouit son visage dans le cou gras et chaud de la brave femme. Judit lui frotte le dos. Santina lui caresse les cheveux.

— Ma chérie, nous allons tout reconstruire. Ce n'est pas la fin. Ce n'est que le début.

Eulalie éclate en sanglots, étouffant entre deux

hoquets. Enguerrand et ses petites sœurs l'imitent. Le chagrin appelle le chagrin.

Après avoir pleuré tout son soûl, Eulalie s'assied à la table de la cuisine et invite ses amies à la rejoindre. Elle s'essuie le visage avec son fichu de soie. Ses yeux rougis brillent.

— Je vais vendre la propriété, déclare-t-elle d'une voix étonnamment forte.

Tonnerre de protestations.

— Je sais, reprend Eulalie avec lassitude, mais je n'ai pas le choix. Comment pourrions-nous continuer à vivre ici sans cheval ? Comment ferons-nous quand il se mettra à neiger ? Regardez autour de vous. Les pluies ont déjà commencé à faire pencher les terrassements. Sans main-d'œuvre pour remonter les murets, le terrain de la châtaigneraie glissera dans un mois, entraînant tout sur son passage. Le potager sera ruiné. Il faut le reconnaître : une telle propriété coûte cher à entretenir. Et je n'ai plus d'argent. Cela ne sert à rien de s'entêter.

Les trois femmes gardent le silence.

— J'ai été chassée de cette maison quand j'étais petite, poursuit Eulalie. Ma mère s'est laissée mourir de chagrin ici même. Mon père est mort dans le lit à l'étage sans que je puisse lui dire au revoir. J'ai perdu mon enfant entre ces murs, et j'ai connu deux ans de mélancolie au coin de cette cheminée auprès d'un mari qui ne m'aimait pas. Ne comprenez-vous pas ? Cette maison est un tombeau. Je vais la vendre. Enfin, si je trouve preneur par les temps qui courent. Et nous partagerons l'argent de la vente.

Judit, Bérangère et Santina opinent du chef.

— Nous allons nous installer dans le dortoir dès que la pluie aura cessé, ordonne la patronne en claquant dans ses mains. Faites vos bagages. Emportez tout ce qui peut nous être utile. Santina, viens m'aider à vider la cave de mon père. Ce soir, je veux boire. Je veux que tout le monde boive.

Le soir venu, les quatre femmes et les trois enfants posent leurs bagages dans la longue salle à l'étage de la filature, face à la magnanerie. Elles retrouvent les derniers ouvriers qui font tourner la fabrique : Yvonne et Zacharie Wouters, Naìs et sa mère, la vieille Serena, Elena et son fils Lélian, Faïs, une jeune apprentie de quatorze ans, et Melina, une ouvrière taciturne d'une quarantaine d'années.

Le dortoir compte douze lits. Eulalie inspecte les maigres matelas sommairement posés sur des lits de camp à la structure de bois poncée et aux ferronneries rouillées. *Le compte est bon. Il y a de la place pour chacun.* Elle lève la tête. De longues poutres en bois de châtaignier soutiennent la toiture en lauze. Les murs de pierre froide suintent d'humidité. Au fond de la pièce se trouve une cuisine rudimentaire. Eulalie ramasse tous les gobelets qu'elle y trouve et ouvre les bouteilles de vin qu'elle a emportées avec elle.

— Mes bien chers amis, l'essentiel de mes biens

a été saisi. J'ai donc décidé de vendre ma propriété pour investir dans la filature. La commune libre des fileuses ne s'arrête pas là : ce n'est qu'un nouveau départ. Dorénavant, nous vivrons tous ensemble ici, comme une grande famille. Cette usine est notre bien à tous. Nous allons travailler dur, nous serrer les coudes et nous traverserons cette guerre.

Elle distribue un verre de vin à chacun, sauf aux enfants, qui se contentent de quelques gouttes diluées dans de l'eau. Elle lève son gobelet.

— Je trinque à notre santé, à notre bonne volonté, et à toutes les femmes qui, comme moi, se retrouvent sans draps ni casseroles ce soir !

— Je trinque en l'honneur de mes deux couillons de frères qu'ont jamais aimé ni le froid ni la pluie et qui doivent être ben malheureux ce soir sur le front ! enchaîne Judit.

— A mon satané mari ! poursuit Elena.

— A papa ! s'écrie à son tour Lélian, qui joue dans un coin avec Enguerrand.

— A mes compatriotes du Nord en zone occupée. J'espère qu'ils brûlent leurs ateliers plutôt que de bosser pour ces satanés Boches, souhaite Yvonne.

— A la victoire du prolétariat ! lance Melina.

Tous reprennent en chœur :

— A la victoire du prolétariat !

Elena, de sa belle voix, entonne *L'Internationale*, aussitôt suivie par ses compagnons, y compris les enfants qui grimacent quand il leur manque un mot :

Debout ! les damnés de la terre !
Debout ! les forçats de la faim !
La raison tonne en son cratère,
C'est l'éruption de la fin.
Du passé faisons table rase,
Foule esclave, debout ! debout !...
C'est la lutte finale
Groupons-nous, et demain,
L'Internationale,
Sera le genre humain.

Eulalie est heureuse. Elle n'a pas cédé à l'abattement. Assise sur le bord du misérable galetas sur lequel des générations d'ouvrières se sont cassé le dos, elle regarde ses amis en souriant. Santina, Judit, Elena et Bérangère l'entourent. Enguerrand, Lélian, Manon et Joana sautent partout en gloussant. Yvonne se sert de vin en braillant. Naìs serre sa mère dans ses bras. Eulalie croise le regard de Zacharie. Le garçon est assis sur le lit de sa sœur, sa jambe brisée tendue devant lui. Elle soutient son regard. Le vin sur son estomac vide provoque une légère ivresse qui commence à lui tourner la tête. Soudain, les lèvres charnues de Zacharie s'étirent en un sourire magnifique qui illumine tout son visage. Surprise et émue, Eulalie lui rend son sourire. Tous deux se contemplent à travers la pièce, partageant un instant de profonde communion malgré le chaos qui les entoure.

3

Endeuillées

Callune, 2 décembre 1914

— Eulalie, mon frère a besoin de toi, dit Yvonne avant de rejoindre Judit qui dévide des cocons dans une bassine.

Cela fait près de deux mois qu'Eulalie et ses compagnes se sont installées dans le dortoir. Elle a envoyé un télégramme à sa sœur pour l'avertir de son projet de vente. Mais Linon n'a pas répondu.

Des amitiés se sont nouées à la filature. Yvonne et Judit sont devenues inséparables. Elles ont rapproché leurs lits pour pouvoir discuter jusque tard dans la nuit. Enguerrand et Lélian sont comme des frères. Leurs jeux et leurs cris égayent la filature. Naïs suit Santina absolument partout. L'ouvrière rêve de tenter le concours d'institutrice après la guerre et Santina l'aide quotidiennement. Bérangère et Elena chantent des chants de Noël toute la journée. La nuit, elles se murmurent des paroles de soutien. Leurs maris leur envoient parfois des lettres chiffonnées qui mettent des semaines à leur parvenir et qu'elles gardent comme des trésors.

L'attente commence à peser. Les estomacs sont vides. Eulalie puise dans ses économies pour acheter chez Madeleine des patates, des carottes et des navets fournis par quelques vieilles paysannes et les fileuses confectionnent des soupes détrempées.

L'usine ne tourne plus qu'avec onze paires de bras, la production est maigre. Avant la guerre, les ouvrières généraient plus de huit kilos de soie par semaine. A présent, les flottes ne pèsent plus que deux à trois kilos. Le marché s'est effondré. Un kilo de soie grège ne rapporte plus que quarante francs. Eulalie livre toujours les soyeux lyonnais, lesquels peinent à régler leurs factures en temps et en heure. Les temps sont durs pour tout le monde.

Eulalie et Zacharie sont devenus très proches, unis par l'expérience du malheur. Ils ne se parlent pas beaucoup. Il sait qu'un mariage malheureux l'a accablée, comme elle sait que son enfance dans le Nord fut sinistre. Le jeune homme est sans cesse secoué par une toux qui l'épuise, nommée la « fièvre du tisserand », stigmate de sa jeunesse passée dans une usine de lin à respirer des poussières de fibres.

Depuis quelque temps, Zacharie dort près d'Eulalie. L'un et l'autre ont le sommeil ponctué de cauchemars. Quand il se dresse en sursaut, couvert de sueur, elle l'accompagne dans l'atelier. Ils s'asseyent sur le sol glacé et partagent quelques cigarettes en attendant que ses angoisses s'estompent.

Eulalie est heureuse d'avoir un ami doux et silencieux près d'elle. Zacharie est l'opposé d'Ectòr. Le colosse aimait parader. Il voulait que les femmes le contemplent et que les hommes l'envient. Zacharie, quant à lui, est d'une timidité maladive. Son grand corps qui occupe tout l'espace et qui attire l'attention bien malgré lui le gêne. Il ne veut pas qu'on le regarde, ne veut pas qu'on l'écoute, et encore moins qu'on cherche à le connaître. Eulalie était fière de s'exhiber au bras d'Ectòr, mais celui-ci n'avait aucune considération pour elle. Maintenant, elle passe ses journées avec un homme impénétrable et taciturne qui la respecte.

Eulalie le trouve en train de trimer pour retirer la bobine d'une moulineuse.

— Zach ? Que se passe-t-il ? Ta sœur m'a dit que tu voulais me voir.

Il plisse les lèvres tout en s'échinant sur la machine. Il tend le doigt et elle se penche pour regarder.

— Merde, lâche-t-elle. La bobine est coincée. Je peux t'aider ?

D'un mouvement du menton, il désigne le couteau qui pend à la ceinture de la jeune femme.

— Tu veux utiliser mon couteau comme levier, c'est ça ? demande-t-elle.

Il hoche la tête. Elle déplie la lame et lui tend l'ustensile.

— Fais attention, il est affûté. Je vais chercher une bobine dans la remise pendant que tu retires celle-là.

Zacharie enfonce la lame dans l'interstice entre le boîtier et la bobine. Mais le couteau glisse et la pointe s'enfonce dans la paume de l'ouvrier qui la porte prestement à ses lèvres. Eulalie n'a rien manqué de la scène.

— Tu t'es fait mal ! Montre-moi ta main, exige-t-elle.

Le jeune homme secoue la tête. Elle lui attrape le poignet pour inspecter la plaie qui saigne abondamment.

— Tu t'es fait une belle entaille. Mon pauvre Zach, tu as besoin de points de suture.

Il retire violemment son bras et disparaît dans la remise, le visage fermé. Intriguée par cette réaction, Eulalie attend quelques instants devant la porte de la remise. Puis elle tourne les talons et file à l'atelier. *Yvonne saura le convaincre.*

— Je suis inquiète, lui dit-elle. Ton frère s'est fait une méchante coupure. Il a besoin d'une suture, mais il refuse que je le touche. Comment le persuader de se rendre chez le docteur Boussac ?

L'ouvrière a un geste de dépit et hausse les épaules.

— Tu ne peux pas. Personne ne touche Zach.

— Comment ça, personne ne touche Zach ?

Yvonne regarde le sol, gênée.

— Tu peux tout me dire, insiste Eulalie. Je ne répéterai rien. Depuis le temps que vous êtes là, vous avez appris à me faire confiance, non ?

— C'est-à-dire que… Zach préfère crever d'une infection plutôt que d'aller chez le médecin. C'est comme ça.

Que de mystère !

— Bon, je vais voir ce que je peux faire.

La plaie de Zacharie est sérieuse. Eulalie retourne à la remise.

— Zacharie, tu peux m'ouvrir, s'il te plaît ? demande-t-elle en toquant doucement à la porte. Je ne te toucherai pas, promis.

Pas un bruit.

— Ouvre-moi, s'il te plaît, murmure-t-elle d'une voix rassurante. Tu sais bien que je ne te veux pas de mal. Je suis ton amie.

La porte s'ouvre. Le jeune homme est devant elle, blême. Il appuie un chiffon contre sa blessure qui continue de saigner et des gouttes tombent sur le sol. Elle s'approche de lui avec précaution, comme s'il était un animal blessé. Il roule de grands yeux effrayés.

— Zach, tu ne peux pas rester ainsi. Tu perds trop de sang. Il faut fermer la blessure.

Il secoue la tête en regardant ses pieds. Sa main valide est blanche de serrer sa blessure.

— Bon, arrêtons là, déclare Eulalie sur un ton ferme. Je ne veux pas que tu restes ici. C'est un nid à microbes. L'air est humide, ta plaie risque de s'infecter. Va t'allonger dans le dortoir.

Eulalie se réveille au cours de la nuit, frissonnante. Elle se sent fébrile. Autour d'elle, ses amis ronflent à intervalles réguliers. Elle écoute le souffle paisible des enfants. Elle se tourne vers Zacharie. Il dort profondément. Délicatement, elle tend la main et écarte une mèche de cheveux noirs pour lui toucher le front. Il est moite et brûlant. Elle s'assied dans son lit, soucieuse. Elle allume la lampe à huile qu'elle approche du lit de Zacharie. Elle tire le drap et découvre une large auréole foncée qui luit dans la lumière de sa lampe. Le jeune homme se vide de son sang. Sa main a pris une sale couleur.

— Zach, Zach, réveille-toi, chuchote-t-elle en le secouant.

Il entrouvre des yeux vitreux et la regarde sans la voir.

— Ta plaie s'est infectée. Il faut aller voir le médecin.

Il secoue mollement la tête.

— Je ne te laisse pas le choix.

L'infection a provoqué une fièvre qui l'assomme. Elle profite de son état hagard pour l'aider à se redresser. Pour la première fois, il se laisse faire.

— Encore un petit effort !

Elle passe un bras sous son aisselle et l'oblige à se lever. Il s'appuie sur elle de tout son poids et elle chancelle. Il s'accroche à son épaule, sa tête branlante frotte contre celle d'Eulalie. Une odeur musquée s'exhale de sa crinière noire trempée de sueur. Elle le soutient pour traverser le dortoir endormi sans bruit. Ils descendent l'escalier marche après marche. Une fois dans le bureau, elle l'assoit sur une chaise. D'un geste tendre, elle écarte les cheveux qui lui barrent le visage.

— Je vais chercher le médecin. Ne bouge pas d'ici.

Il ne dit rien. Il dodeline de la tête. Elle s'assure qu'il est bien installé et qu'il ne risque pas de tomber puis elle s'éclipse.

Dehors, il fait froid et humide. Elle court à perdre haleine sans se rendre compte qu'elle est en chaussettes. Elle longe la rivière jusqu'au village et navigue dans le noir par le dédale de petites rues.

— Docteur, docteur ! Venez vite ! crie-t-elle en tambourinant sur la porte du docteur Boussac.

Rien. Puis la lueur d'une chandelle apparaît à l'étage. Le vieillard ouvre la fenêtre.

— C'est pour quoi ? demande-t-il d'une voix chevrotante.

— Mon manœuvre s'est coupé la main. La plaie s'est infectée.

— J'arrive.

Quelques instants plus tard, le médecin surgit, sa trousse de cuir à la main.

— Dieu soit loué ! s'écrie Eulalie. Prenez mon bras, les pavés sont glissants.

Il s'exécute, remarque qu'elle ne porte pas de chaussures, mais ne dit rien.

Le médecin commence par nettoyer la plaie de Zacharie qui, assommé par la fièvre, se laisse manipuler sans broncher.

— C'est une bien vilaine coupure, dit-il d'un air soucieux. Qu'est-ce qui l'a provoquée ?

— Un couteau.

— Le tendon est touché, les nerfs sont abîmés. Il a perdu beaucoup de sang. Mais ce qui me préoccupe le plus, c'est l'infection de la plaie.

Il l'ausculte longuement à la lumière de la lampe à huile, plissant les yeux pour mieux voir dans la lumière chiche de la pièce. Il passe ses doigts fripés sur les lèvres pâles de Zacharie et inspecte ses gencives. Il examine de même l'intérieur de ses paupières.

— Ce garçon est anémié. En outre, je pense qu'il a un début de scorbut, ce qui expliquerait pourquoi cette infection s'est déclarée aussi rapidement.

Il fouille dans sa trousse.

— La plaie est nettoyée. Maintenant, je vais la recoudre. Il faudra faire attention à ne pas la mouiller au cours des prochains jours. Ce serait mieux si votre manœuvre évitait de rester dans l'atmosphère humide de l'atelier. Il doit prendre l'air. Et surtout, qu'il mange un citron !

Un citron, en plein hiver, en pleines Cévennes, en pleine guerre !

— Mais c'est impossible ! proteste-t-elle.

Le vieil homme réfléchit.

— Du chou fera l'affaire, mais il faudra en préparer une belle quantité.

Eulalie ouvre le tiroir de son bureau où se trouve la petite caisse et en sort plusieurs pièces qu'elle tend au médecin.

— Madame Brémond, c'est beaucoup trop ! proteste-t-il.

— Je vous demande de revenir demain et les jours suivants pour vérifier l'état de sa blessure.

Il accepte en hochant la tête puis il met son chapeau. Eulalie lui propose de le raccompagner, mais il refuse.

— Mettez déjà ce gaillard au lit ! Et pensez aux choux. C'est important. D'ailleurs, toute votre petite compagnie devrait en manger aussi.

Il quitte la filature d'un pas hésitant. Eulalie reste seule dans le bureau avec Zacharie affalé sur sa chaise, grelottant de fièvre. Elle touche son front puis sa main. Il est brûlant. *Et si l'infection se propageait ?*

— Zach, il faut que tu retournes te coucher.

Au moment où elle se penche pour l'aider à se lever, il pose ses lèvres sur les siennes. Tétanisée, elle ne respire plus. Zacharie, presque inconscient, accentue sa pression. Elle ferme les yeux.

Et lui rend son baiser.

Les lèvres douces et chaudes du jeune homme ont un goût de fièvre et de sucre. La sensation est étonnamment délicieuse. Puis il rompt leur étreinte et chancelle. Elle le rattrape et ils remontent en titubant dans le dortoir. Il s'écroule de toute sa hauteur sur son grabat. Elle rabat le drap rougi et la couverture sur son corps anguleux et lui dépose un baiser délicat sur le front.

— Bonne nuit. Réveille-moi si tu as besoin de quoi que ce soit.

A-t-il entendu ? Elle se couche et le silence se fait autour d'elle. Elle n'entend plus que les respirations de ses compagnons et les battements de son propre cœur. Elle a les yeux fixés sur le plafond. *Mais que signifie ce baiser ? Zacharie était-il conscient ? Ou a-t-il agi sans s'en rendre compte ?* Elle tourne sa tête vers lui. Elle ne distingue qu'une vague masse dans l'obscurité. Elle pense à son visage long et impassible, à ses yeux noirs, à sa bouche. Cette bouche si chaude et si sensuelle. Elle pense à son torse étroit, à ses épaules graciles. Machinalement, elle caresse ses propres lèvres avec son doigt, comme pour se souvenir de ce baiser impromptu. Elle donne libre cours à sa rêverie avant de se ressaisir. *Non, non, c'est impossible. Je suis une femme mariée et il est plus jeune que moi.* Furieuse contre elle-même, elle bascule sur le flanc pour lui tourner le dos. Pourtant, elle crève d'envie de recommencer. L'embrasser, encore. Elle voudrait s'allonger près de lui et lui toucher le corps. Il a allumé en elle un feu qu'elle aurait préféré garder éteint.

Le lendemain, Yvonne découvre toute l'affaire avec horreur.

— Le docteur est venu parce que sa plaie s'est infectée ? s'écrie-t-elle. Eulalie, tu aurais dû me réveiller !

Zacharie est assis dans son lit, la mine sombre et boudeuse, comme un enfant puni. Il observe sa main blessée avec circonspection. Il se penche vers sa sœur.

— Tout va bien, je ne sens presque plus rien. Ne blâme pas Eulalie, elle a bien agi, murmure-t-il à son oreille.

Celle-ci, qui a entendu, pose sa main sur l'épaule de sa camarade.

— J'ai fait au plus vite. Cela ne servait à rien d'affoler tout le dortoir. – Elle marque un temps d'arrêt. – Le médecin a dit quelque chose d'important. Il m'a dit que ton frère avait un début de scorbut, probablement comme nous toutes. Nous sommes fatigués parce que nous ne mangeons pas assez de bonnes choses. Ecoutez-moi, vous tous !

Elle claque dans ses mains pour réclamer le silence.

— Puis-je vous confier la fabrique pour la journée ? Je vais faire le tour des propriétés alentour, pour voir si une fermière aurait quelque chose à me vendre.

Elle se tourne vers Zacharie.

— Et toi, reste au lit. Ton corps se bat encore

contre l'infection. Tu peux sortir pour respirer un peu d'air frais, mais c'est tout. D'accord ?

Il plante ses yeux sombres et opaques dans les siens.

— D'accord, murmure-t-il.

Puis, encore plus bas :

— Merci.

Yvonne, surprise de le voir prononcer une parole à haute voix, ouvre grand la bouche, mais Eulalie disparaît avant qu'elle ait le temps de dire quoi que ce soit.

Eulalie marche tout le jour. Quand le soir tombe, elle n'en peut plus, ses bottines lui meurtrissent les pieds. Ses joues, son nez et ses doigts sont en feu sous le vent polaire. Elle serre sa grosse écharpe de laine autour de son visage. Elle porte un pantalon de laine, une grosse chemise de coton, un paletot et une vareuse fatiguée. Malgré tout, elle est gelée.

Elle a visité quatre fermes tenues par des femmes de tous âges dans les environs de Callune. Les paysannes ont accepté à contrecœur de se séparer de quelques salsifis, d'une douzaine de carottes, d'une petite citrouille, de blettes et, surtout, de quatre beaux choux. Eulalie a dépensé de l'argent mais elle s'en fiche. Elle doit veiller sur sa communauté. Elle doit veiller sur Zacharie. Elle a tenté toute la journée de ne pas penser à lui sans pouvoir chasser le souvenir de son baiser. Malgré le froid vorace, elle se sent fiévreuse.

De retour au dortoir, elle se lance dans la préparation d'une énorme soupe de chou et oblige tout le monde à en avaler de larges rasades. Elle sert copieusement Zacharie qui la remercie d'un murmure. Enguerrand et Lélian font la grimace et font rire toute l'assistance.

Quelques jours plus tard, Zacharie est complètement rétabli. Cependant les rêveries d'Eulalie s'intensifient. Elle s'efforce de cacher son trouble, mais elle a l'impression que toutes ses amies ont flairé quelque chose. Elle tente de mettre un peu de distance avec le jeune homme, mais sa pensée et ses rêves continuent de la réveiller en pleine nuit. Pis encore, il se met à lui parler. Quelques mots ici ou là, pour des banalités. Yvonne est la première étonnée, mais elle est soulagée de ne plus avoir à jouer la traductrice.

Eulalie n'est pas la seule à vouloir dissimuler une passion secrète. Une semaine avant la veillée de Noël, les températures se mettent à chuter brusquement. Yvonne et Judit ont l'idée d'approcher leurs matelas pour faire couche commune et profiter de leur chaleur mutuelle. Bientôt, tout le dortoir les imite. Sans demander son avis à la jeune femme, comme si c'était la chose la plus naturelle à faire, Zacharie s'empare du matelas d'Eulalie et le colle au sien. Celle-ci reste interdite. *Que vont penser les autres ?* Mais personne ne semble choqué par la manœuvre du garçon. Depuis le temps que les

Wouters sont installés ici, on s'est habitué à voir l'ouvrier aux basques de la patronne, comme un chiot pataud et un peu collant. Dans cet univers d'épouses, de mères, de frères et de sœurs, le garçon mutique et sa patte folle attirent la compassion. Alors Eulalie se couche près de lui sans mot dire. Ils se mettent dos à dos. Elle n'ose plus bouger et remarque qu'il reste lui aussi immobile. Par crainte de la toucher ? Elle ferme les yeux, s'efforce de faire le vide dans son esprit. Vainement. Savoir qu'il est si proche, sous les draps, sa peau laiteuse à quelques centimètres de la sienne…

Elle a chaud, elle se sent bien. *Yvonne et Judit ont raison. Rien ne vaut la chaleur humaine.* Elle s'endort.

Au cœur de la nuit, un bruit l'éveille en sursaut. Le filet de lune qui se glisse par une lucarne baigne la longue pièce d'une lumière spectrale. En s'accoutumant à l'obscurité, elle commence à distinguer des formes autour d'elle. Elle réprime un hoquet : Zacharie est tourné vers elle, ses yeux noirs à demi ouverts luisent dans son beau visage émacié.

— Tu es réveillé depuis longtemps ? murmure-t-elle.

Il hausse les épaules. Une épaisse mèche de cheveux lui tombe en travers du front. Soudain, le bruit qui l'a tiré du sommeil se fait entendre de nouveau. Des soupirs. Des soupirs de plaisir. La perplexité l'envahit. *Mais… il me semble que des gens font l'amour dans le dortoir… C'est impossible, il n'y a que des femmes et des enfants ici !* Elle se soulève légèrement pour regarder autour d'elle. Tout le monde dort. *A moins que…* Elle plisse les yeux. *Dans le fond, près de la cuisine, Yvonne et Judit ne bougeraient-elles pas sous leurs draps ?* Elle laisse sa tête retomber sur son oreiller, confuse et rougissante.

— Nous n'aimons pas tous de la même manière, tu sais, murmure Zacharie.

Elle contemple le plafond plongé dans les ténèbres. *Aimer. C'est donc de cela qu'il s'agit ? Yvonne et Judit s'aiment ?* Elle a entendu parler d'amours similaires. Des soupçons pesaient sur certaines camarades de son lycée de Nîmes, les rumeurs circulaient dans le dortoir. Elle a appris par ses lectures l'existence d'une poétesse et de philosophes grecs qui connaissaient cette inclination du cœur. Elle ferme les yeux. Après tout, en quoi cela est-il plus dérangeant que sa propre position ? Son mari est au front en ce moment même et elle dort à côté d'un jeune homme tout juste majeur. *Si Yvonne et Judit s'aiment, tant mieux pour elles. Le véritable amour est rare et précieux.* Cette réflexion lui donne le cafard. *Ne pense pas. Rendors-toi.* Mais c'est trop tard. Son esprit s'égare. Elle se demande si quelqu'un l'a jamais vraiment aimée. Sa mère était une créature silencieuse, effacée, détruite par son passé, incapable de s'aimer ou d'aimer ses propres enfants. Son père s'est débarrassé de ses filles sans un regret. Sa sœur, Linon, lui a tourné le dos de la même manière. Quant à son mari… Il a prétendu l'aimer pour mettre la main sur le magot de la famille Bastide et s'est éloigné d'elle à la seconde où elle a perdu leur bébé. Sa gorge se noue. *Suis-je donc indigne d'être aimée ?* Zacharie bouge sous le drap. Elle sent son effluve et la chaleur qu'il dégage. *Bien sûr que je suis digne d'être aimée.* Cela fait plus de dix années qu'elle jouit de l'affection de Santina, sa sœur de cœur. Cela fait plus de deux ans qu'elle partage la vie de Judit et d'Elena. Cela fait quelques mois qu'elle ne vit plus que pour les occupants de la filature, homme, femmes et enfants. *Il est là, le véritable amour. Parmi ces gens simples, bienveillants et sincères. Ils forment ma nouvelle famille.* Quant à Zacharie... Elle va enfouir le sentiment qui s'éveille en elle, le ranger dans un tiroir secret de son âme. Elle n'a que faire d'un nouvel amant, ni d'un nouveau mari. Elle a besoin de sa nouvelle famille, et elle ne fera rien qui puisse mettre en péril ce bonheur dont elle a été privée toute sa vie. Au fond du dortoir, un gémissement laisse comprendre qu'une des amantes connaît l'extase. Eulalie se rendort paisiblement en souriant.

C'est une catastrophe. La veillée de Noël aura lieu dans trois jours. Eulalie n'a rien pour préparer le réveillon et elle s'est brouillée avec le pasteur. Cette année, la sainte nuit risque d'être bien morne, sans dinde ni chants et prières au temple. *Il n'y a presque plus d'argent, que faire ? Basilì Cabanel a-t-il raison ?*

Toute cette aventure n'est qu'un caprice d'enfant ? Dois-je me montrer raisonnable et lui céder la filature ?

Il pleut. La jeune femme fume une cigarette sous le porche de l'usine. Elle contemple Callune d'un œil absent. Les nuages s'étirent et s'effilochent dans le ciel. La pluie devrait bientôt cesser. Entre les lambeaux de nuages, on devine un peu de ciel bleu. Elle resserre son épaisse écharpe de laine autour de son cou. Autour d'elle, tout n'est qu'hostilité : le vent impatient s'engouffre çà et là, joue avec la fumée qui s'échappe des cheminées du village et malmène les gouttes d'eau qui s'écrasent dans la plus complète anarchie. Tout suinte : les murs, l'herbe folle, les troncs des arbres, leurs dernières feuilles jaunâtres. Elle jette son mégot à terre. Il est près de quatre heures de l'après-midi et le soleil ne va pas tarder à disparaître, englouti par l'horizon. Encore une journée à filer de la soie et à confectionner des flottes qui peinent de plus en plus à trouver des clients à Lyon. Elle compte sur ses doigts : Ectòr est parti depuis cinq mois. Cinq mois sans nouvelles. Il était certain d'être de retour pour Noël. Il s'est lourdement trompé. Cette guerre n'est pas près de s'achever. Les nouvelles arrivent, lentement. La situation est décourageante. La Champagne s'est creusée de tranchées dans lesquelles les hommes se terrent comme des rats. Gustau, l'époux d'Elena, ainsi qu'Alphonse, le fiancé de Santina, croupissent dans ces sillons de la mort. Leurs lettres ont ému tout le dortoir. Ils racontent la faim, le froid, la terreur, le manque de sommeil, la boue, les barbelés qu'il faut sans cesse raccommoder au petit matin. Le vacarme des obus qui labourent la terre. Les hennissements des chevaux éventrés. La mort, partout. L'ennui. Malgré la censure qui strie les lettres de larges traits noirs, impossible d'échapper à l'angoisse qu'elles transmettent.

Si Elena et Santina reçoivent du courrier, les autres femmes en sont privées. Madeleine n'a plus de nouvelles de Louis, tout comme Odette, l'épouse de Fabrice. Les frères de Judit, Pastor et Ugolin, sont silencieux. Pas de lettre depuis des semaines. La syndicaliste est rongée par l'inquiétude. Heureusement, son amante lui tient compagnie nuit et jour.

Eulalie fronce les sourcils. Deux cavaliers en uniforme rouge et bleu traversent le village. La peur la saisit. Que font-ils là ? Sont-ils porteurs de mauvaises nouvelles ? Elle pense à Pastor, à Ugolin, à Alphonse, à Gustau. Et à Ectòr, bien sûr. *De qui est-ce le tour ? Quelle femme va pleurer dans son lit ce soir ?* Elle n'est pas prête. Elle prie silencieusement pour que les deux cavaliers traversent le village sans s'arrêter. Mais non, ils longent la rivière, passent le petit pont de pierre et remontent le chemin en direction de la filature. Quand ils ne sont plus qu'à une dizaine de mètres, elle est soudain tentée de retourner à l'intérieur de la fabrique et s'enfermer. Mais elle ne peut éviter le destin. Alors elle se tient droite sous le porche malgré le froid, prête à accueillir l'annonce de la mort.

— Bonsoir, madame. Savez-vous où je peux trouver madame Brémond ?

— C'est moi.

Le soldat lance un regard étonné à ses frusques dépenaillées. Eulalie retient son souffle. *C'est Ectòr. Il est mort.* Le militaire fouille dans son veston. Son camarade, qui vient de le rejoindre, déchiffre l'inscription sur le frontispice de la bâtisse d'un air circonspect.

— Tenez, madame, c'est pour vous. Le lieutenant aimerait une réponse sur-le-champ.

Intriguée, Eulalie saisit la lettre que le cavalier lui tend et l'ouvre en tremblant.

> A l'attention de madame Brémond.
>
> La France a besoin de vous. Nous affrontons désormais un nouvel ennemi : l'hiver. Nos braves soldats manquent de vêtements adaptés. Nous avons besoin de soie pour garnir les uniformes des officiers et des pilotes d'avions. La réputation de la qualité des fils de soie Bastide n'est plus à faire. Nous souhaitons que vous expédiiez vos flottes à la filature de Saint-Jean-du-Gard afin de répondre aux besoins de l'armée. De surcroît, nous nous engageons à acheter chaque semaine l'intégralité de votre production jusqu'à la fin du conflit. Nous vous proposons quatre-vingts pour cent du cours en vigueur. Nous comptons sur votre esprit patriotique.
>
> Bien respectueusement,
>
> Lieutenant Cayzac – garnison d'Alais.

Elle écarquille ses yeux cernés. Le soldat s'impatiente et se tortille sur sa selle. Les soldats sont toujours impatients. Avant la guerre, ces hommes étaient paysans, maçons, charpentiers, barbiers, marchands de bestiaux, ébénistes, ferblantiers, sabotiers, ouvriers. A présent, ils portent un uniforme qui leur donne un sentiment de toute-puissance. Le jeune homme qui lui fait face ne cache pas son agacement. Il n'a probablement pas encore connu le feu mais il méprise déjà les civils.

Eulalie réfléchit à toute vitesse. Elle se moque de l'arrogance du soldat. Elle pense à son affaire. Les quatre cinquièmes du tarif du moment, c'est peu, car le cours de la soie a chuté. Cependant l'armée lui offre la garantie d'écouler l'intégralité de sa production jusqu'à la fin de la guerre. *Un marché pareil ne se refuse pas.*

Aujourd'hui, les régiments réclament du tissu de soie pour passer l'hiver. Mais au printemps, l'armée aura sûrement besoin de crin de Florence. Quand les vers auront fini de se gaver de feuilles de mûrier avant de se muer en papillons, les fileuses les tremperont encore vivants dans du vinaigre et les éviscéreront. Elles fouilleront les entrailles des bombyx et tireront un fil si pur qu'il fera le bonheur des médecins pour les sutures. *L'armée a besoin de soie. Nul matériau n'est aussi solide ni aussi fiable.* Et puis, par les temps qui courent, mieux vaut collaborer avec l'armée. Un contrat avec l'armée lui offrira la garantie d'être protégée, quoi qu'il advienne. La filature, les fileuses, Zacharie et les enfants seront à l'abri, aussi bien de la faim et du froid que de l'avidité de Basilì Cabanel.

— Alors, madame ?

— Je vais consulter mes associés. Allez chez Madeleine, le café au centre du village. Dites-lui que vous venez de ma part. Mettez ce que vous voulez sur mon ardoise. Je ne serai pas longue.

Sue ces mots, Eulalie tourne les talons et entre dans l'atelier.

— Santina ! Judit ! Yvonne !

Les fileuses, Santina, Zacharie et les enfants se réunissent autour de la jeune femme. Dans la grande salle des bassines et des machines, il fait froid malgré les braseros disposés aux quatre coins de la pièce. Toute l'assemblée est emmitouflée dans des écharpes et des bonnets de laine.

— Qu'est-ce qui s'passe ? demande Judit en exhalant de petits panaches de vapeur.

Eulalie exhibe la lettre du lieutenant Cayzac.

— L'armée nous propose un contrat.

En quelques phrases, elle expose la demande des autorités militaires : l'achat, certes à tarif réduit, de la totalité de la production de la filature.

— C'est ça, oui ! éructe Yvonne. Plutôt mourir que de rendre service à ces bouchers ! Ils ont voulu pousser les prolétaires à s'entretuer, tant pis pour eux. Qu'ils se débrouillent sans nous.

— Ne décidons pas sur un coup de tête, répond Eulalie d'un ton raisonnable. Travailler pour l'armée

– et je précise que nous vendons de la soie, et non des armes, pour équiper nos soldats, vos maris, vos frères – nous permettrait de nous mettre à l'abri du besoin tout le temps du conflit. Nous pourrions négocier... Un cheval, peut-être, une carriole, même du charbon... Nous participerions à l'effort de guerre : pourquoi nous les refuserait-on ?

Les arguments d'Eulalie font mouche. Seule Yvonne fait la moue. A son côté, Judit réfléchit. Elle pèse le pour et le contre. Elena, Bérangère et Santina chuchotent en hochant la tête.

— C'est vrai que nous manquons de certaines choses, concède Bérangère. C'est impossible de chauffer cette grande bâtisse avec de pauvres braises. Nous avons besoin de charbon.

— Et puis nous déplacer à pied n'est plus tenable, ajoute Santina. Il fait trop froid. Nous ne pourrons pas rester indéfiniment cantonnées dans l'enceinte de Callune. Pensez aux kilomètres qu'Eulalie a dû faire pour trouver quelques malheureux choux ! Quand le village ne pourra plus nous approvisionner, que ferons-nous si nous n'avons pas de moyen de locomotion ?

Zacharie ne dit rien. Il se contente de dévisager Eulalie. Celle-ci s'approche de lui tandis que ses camarades se groupent autour d'Yvonne pour tenter de la convaincre.

— Que penses-tu de tout cela ? lui demande-t-elle.

— Tu sais ce que tu dois faire, répond-il à voix basse.

— Je dois accepter ?

— Evidemment. Mais il faudra négocier.

— Tu viendras avec moi ? Les soldats sont chez Madeleine.

— Je ne parlerai pas.

— Bien sûr, mais la présence d'un homme les rassurera.

Elle lui sourit, puis se tourne vers ses compagnes.

— Je propose un vote à main levée. Qui est pour ?

Tout le monde tend le bras, même les enfants. Seule Yvonne ronchonne.

— Qui est contre ?

La Nordiste lève un doigt frondeur. Elle regarde autour d'elle et constate qu'elle est la seule. Elle quitte l'atelier en pestant.

— T'inquiète, Eulalie. Je vais lui parler, lâche Judit.

Les militaires ont pris leurs aises dans le café de Madeleine, laquelle les a largement abreuvés. Eulalie déglutit. *Il faudra payer pour tout ça.* Madeleine se tient près du bar, un torchon sur l'épaule. Eulalie lui adresse un sourire de connivence avant de s'approcher des soldats. Zacharie la suit de près en boitant. Les soldats, un peu éméchés, ne prennent pas la peine de se lever.

— Messieurs, mes associés et moi-même acceptons la proposition de votre officier, déclare Eulalie avec courtoisie.

Le soldat qui lui a remis la lettre se dresse sur sa chaise et lève sur elle des yeux vitreux en affichant un mauvais sourire satisfait.

— Cependant, nous avons une liste de requêtes à transmettre au lieutenant Cayzac, poursuit-elle.

— Quoi ? Des requêtes ?

— Nous vendrons notre soie si l'armée accepte les conditions stipulées dans ce document.

Elle lui tend une enveloppe adressée au lieutenant. Le militaire considère la jeune femme avec incrédulité sans faire un geste.

— Sauf votre respect, madame, ce n'est pas aux civils de dicter leurs conditions à l'armée. Vous devriez être honorée de pouvoir servir votre pays.

A cet instant, Zacharie intervient en se raclant la gorge. Le soldat examine l'imposante stature du jeune homme et le regard noir rivé sur lui. Il saisit l'enveloppe.

— Saloperies de pékins, grommelle-t-il en fourrant le document dans sa poche. Et de planqués, ajoute-t-il en dévisageant Zacharie avec insolence.

Puis il fait signe du menton à son camarade qui se lève. Ils traversent le café en poussant sans ménagement tables et chaises avant de sortir en claquant la porte.

— Quelles pourritures, ces soldats ! s'écrie Madeleine. Ils se croient tout permis. Comme s'ils étaient les seuls à pâtir de la situation.

Eulalie observe Zacharie qui a légèrement rougi sous l'affront. Son cœur se serre. Son infirmité ne saute pas aux yeux et il est souvent jugé comme un tire-au-flanc, un carottier, un escroc. Un planqué.

— Merci de m'avoir accompagnée, lui dit-elle. Je ne sais pas si je serais parvenue à mes fins si j'avais été seule.

Il hoche la tête.

— Qu'est-ce que c'est que toute cette histoire ? demande Madeleine.

— L'armée propose d'acheter notre production de soie grège jusqu'à la fin de la guerre, mais pour un prix modique, répond Eulalie. Nous accepterons si on nous accorde un cheval et du charbon.

— Je comprends. Quelle femme de tête vous faites ! Vous trouvez toujours le moyen de tirer votre épingle du jeu, dit-elle en souriant.

Le surlendemain, alors que Callune s'apprête à réveillonner maigrement, Magali, la jeune télégraphiste, déboule chez Madeleine où toute la filature s'est rassemblée.

— Ça vient de la garnison d'Alais !

Eulalie s'empare du télégramme et le lit à voix haute :

— « Requêtes accordées. La première livraison de charbon sera faite vendredi 1er janvier. En même temps sera emportée la première livraison de soie. Joyeux Noël aux fileuses de Callune. Lieutenant Cayzac. »

Dans le café, c'est l'explosion de joie. Comme l'a dit Madeleine, Eulalie a tiré son épingle du jeu et elle se sent gonflée d'orgueil. Elle est intouchable, désormais. Le pasteur ne peut plus lui nuire. Pas plus que Basilì Cabanel.

Les ouvrières ne prennent pas le temps de fêter la Nativité, ni la nouvelle année. Tout s'accélère. Les enfants courent entre la magnanerie et l'atelier pour approvisionner les fileuses en cocons qui sont jetés dans les bassines. Les escoubettes dansent pour attraper les fils. Les brins se détachent et se nouent grâce au grès. Eulalie, Santina, Naìs, Serena, Melina, Elena et Faïs suent à grosses gouttes au-dessus des bassines et frottent leurs yeux rougis par la vapeur. Les dévidoirs mécaniques ronronnent. A la banque de doublage, Judit et Yvonne s'escriment pour assembler les fils. Bérangère et Zacharie tirent le fil de liage pour assembler la soie grège afin de former de belles flottes épaisses et duveteuses. Le jeune homme sillonne régulièrement l'atelier pour s'assurer que les machines tiennent le coup.

Avant la guerre, la filature employait trente-huit ouvrières et produisait huit kilos de soie par semaine. Désormais, il faut batailler dur pour produire trois kilos de flottes. *Odette vend deux francs un kilo de porc. Douze œufs coûtent deux francs et soixante-dix centimes.* Les chiffres envahissent l'esprit d'Eulalie. *Trois kilos rapporteront quatre-vingt-seize francs. Quatre-vingt-seize francs par semaine nous mettraient à l'abri du besoin. Nous pourrions acheter de la viande. Il faut tenir bon. Quatre-vingt-seize francs.*

Le premier jour de l'année s'ouvre sur un paysage de neige. Le jour se lève sur un tapis immaculé, opalescent dans la clarté naissante. Partout, les pierres sont coiffées de chapeaux blancs. Le silence est stupéfiant.

Eulalie et ses camarades ont peu dormi après une journée éreintante et un réveillon modeste mais joyeux qui les a entraînés tard dans la nuit. Les militaires seront là dans l'après-midi et il reste encore près de deux cents grammes de soie grège à produire. Un premier rayon de lumière vient baigner le dortoir. Tous ses occupants profitent de ces dernières minutes de répit avant de retrouver l'ouvrage qui les attend. Yvonne câline Judit. Bérangère secoue délicatement Manon et Joana. Enguerrand et Lélian ronflent encore, roulés l'un sur l'autre. Santina et Elena se prêtent main-forte pour s'entortiller dans leurs nombreux châles de laine et de filoselle. Eulalie, épuisée, sommeille encore. Zacharie entreprend de la réveiller en chuchotant à son oreille. Elle grommelle, s'étire, se retourne dans la chaleur bienfaisante des couvertures. Elle ouvre les yeux sur le visage du jeune homme allongé à son côté, appuyé sur un coude, la tête dans la main, qui la dévisage. Malgré la présence de ses compagnes et de leurs enfants, le désir s'empare d'elle. Subrepticement, sans dévier le regard, elle insinue la main sous la couverture. Cela fait des semaines qu'ils se sont embrassés et qu'elle ne rêve plus que de le toucher. *Il ne faut pas, non, il ne faut pas. Je ne dois pas me laisser aller...* Mais c'est trop tard. Sa main n'obéit plus qu'à son instinct et à son impatience. Elle caresse la cuisse de Zacharie, sa fesse, sa hanche, son ventre dur et creux, son torse maigre, puis elle longe son bras et vient s'arrêter sur sa large main couturée. Le jeune homme s'empare alors de celle de sa voisine et la guide contre son sexe. Il ferme les yeux. Un rictus à la croisée du plaisir et de la douleur déforme ses traits. Eulalie est cramoisie. Elle voudrait pouvoir remonter sa robe de nuit et l'inviter à s'abandonner entre ses cuisses. Elle voudrait connaître le bonheur que produirait le frottement de sa peau laiteuse contre la sienne. Elle voudrait l'entendre gémir de plaisir.

Soudain, Santina surgit.

— Allez, debout, bande de fainéants ! lance-t-elle avec entrain. Nous avons du pain sur la planche !

Eulalie retire prestement son bras et se redresse. Zacharie ramène la couverture contre lui pour dissimuler son émotion.

Eulalie s'éclaircit la voix avant de parler.

— Tu as raison, ma chérie. Tu veux bien faire chauffer de l'eau pour le café, s'il te plaît ? Je vais voir s'il nous reste assez de miches pour le petit déjeuner.

Puis elle se lève et va s'affairer en cuisine.

Vingt minutes plus tard, les ouvrières et leurs enfants sont rassasiés, habillés et fin prêts pour s'attaquer à cette nouvelle journée de travail, qui aurait été fériée si les temps étaient ordinaires. Tandis que les uns et les autres rejoignent l'atelier en babillant, Eulalie reste dans la cuisine pour passer un coup de balai. Enfin, c'est le prétexte. Elle a besoin d'être seule. Seule avec son désir inassouvi qui la tourmente. *Je n'en peux plus...* Elle pose son outil, s'éloigne dans un coin de la pièce, et soulève sa jupe. Elle souffle sur ses doigts pour les réchauffer et les plonge dans sa grosse culotte de coton. Elle ferme les yeux pour se représenter en pensée le visage de Zacharie. Puis elle les ouvre.

Il est là, devant elle.

Elle pousse un petit cri. Elle retire sa main comme si elle s'était brûlée, en se sentant devenir cramoisie. Mais il la rejoint en une enjambée. Il presse son grand corps contre le sien. Elle jette ses bras autour de son cou et l'attire à elle, colle sa bouche contre la sienne et retrouve le goût sucré de ses lèvres. Il dégrafe son pantalon. Sans attendre un instant, il s'enfonce en elle. Cela fait longtemps qu'elle n'a pas fait l'amour, la sensation est tout d'abord douloureuse. Elle s'en fiche. Il ahane. A chacun de ses coups de butoir, ses longs cheveux noirs et épais virevoltent. Elle ne pense plus, laisse le plaisir monter en elle. Enfin Zacharie se cabre en poussant un long gémissement. Haletante, elle dresse sa tête et ouvre les yeux. Elle caresse le visage de son amant et essuie des larmes.

Au soir, les flottes sont prêtes. Zacharie, les enfants et les fileuses ont réussi l'impossible : assembler trois kilogrammes de soie grège en une semaine avec onze paires de bras. Enguerrand, Lélian, Manon et Joana se chamaillent devant la porte de l'atelier. Ils guettent les soldats.

— Ils sont là ! s'écrie Enguerrand quand deux charrettes franchissent avec lenteur le pont de pierre qui mène au village.

Toute la compagnie sort de l'atelier. Les deux véhicules s'engagent sur le parvis de la filature. Ce ne sont pas les mêmes soldats que la dernière fois. Ceux-là ont l'air plus sympathiques. L'un d'entre eux charge les caisses de flottes dans sa carriole tandis que le second s'approche d'Eulalie en ôtant son képi.

— Brigadier Pincemaille, à votre service, madame. Ce cheval est pour vous, dit-il en lui tendant les rênes de la monture. C'est une vieille bête, mais elle est dure à la tâche. La charrette est aussi pour vous. Nous vous livrons également sept quintaux de charbon.

Il fouille dans sa veste.

— Cent francs. Tenez.

Cent francs ! Le lieutenant a arrondi à la dizaine supérieure. Quelle veine ! Eulalie s'empresse de saisir les papiers que lui tend le soldat. Elle est un peu dépitée. Elle tient cinq billets bleu et bistre dans sa main. L'homme sourit.

— Vous n'avez pas coutume de voir des billets, n'est-ce pas ?

— Effectivement, je n'ai jamais manipulé que des pièces.

— Nous remplaçons autant que possible la monnaie métallique par les billets afin d'économiser la matière première. Il faut les utiliser. Aucun commerçant n'est en droit de les refuser. C'est une habitude à prendre, ajoute-t-il d'un ton rassurant devant son froncement de sourcils.

Elle fourre les billets dans une poche. Autour d'elle, les enfants pépient, les fileuses gloussent. Enguerrand et Lélian lancent des boules de neige. Zacharie aide le deuxième soldat à décharger les sacs de charbon. Son cœur se serre en voyant le visage de son amant se crisper de douleur. *Sa jambe le fait souffrir.*

Le brigadier s'approche d'Eulalie.

— Je peux vous parler en privé ? lui demande-t-il en baissant la voix.

Elle le précède de quelques pas dans la cour en s'éloignant de la compagnie qui caquette.

— Que se passe-t-il, brigadier ?

— Le lieutenant a saisi l'occasion de notre visite pour nous charger des avis de décès.

Eulalie accuse le coup et blêmit. Cette journée est pourtant si radieuse. La neige, magnifique, luit sous le soleil d'hiver. Ses compagnes, rivalisant de courage, ont réussi un tour de force grâce auquel elles ont obtenu cinq rutilants billets de vingt francs. Et, comble du bonheur, elle a fait l'amour avec Zacharie. *Comment le malheur peut-il s'inviter maintenant ?*

— De qui s'agit-il ?

Le soldat déplie les papiers qu'il tire de sa poche.

— Louis Migoule.

Pauvre Madeleine…

— Sa sœur tient le café du village. Vous n'aurez aucune peine à la trouver. Je vous en conjure, soyez doux avec elle. Son frère était presque sa seule famille.

— Je vous remercie. Je dois également avertir l'épouse de Fabrice Calzat.

— Odette est la bouchère du village. Son échoppe n'est pas loin du café.

— Merci bien. Il me reste à trouver la famille de Pastor et Ugolin Vernet.

— Pardon ?

Eulalie n'en croit pas ses oreilles. *Les frères de Judit sont morts.*

— Vous êtes certain de ce que vous dites, brigadier ? Tous les deux ?

— Malheureusement oui, madame.

Elle est trop choquée pour parler. Elle revoit les deux jeunes hommes, leur gouaille, leurs cheveux filasse, les litres de vin qu'ils engloutissaient à sa table. Elle revoit Pastor courir dans son champ, coiffé du chapeau de son père.

— Je… j'annoncerai leur décès à leur sœur moi-même, si vous le voulez bien.

Le soldat acquiesce, manifestement soulagé, et lui remet les deux avis de décès.

— Nous reviendrons la semaine prochaine, madame.

— Espérons que vous ne porterez pas d'aussi terribles nouvelles, brigadier.

— Je l'espère aussi.

Puis, d'une petite voix, il ajoute :

— Je viens de perdre un fils, vous savez.

Eulalie pose une main sur l'épaule de l'homme qui peine à masquer son émotion.

— Je vous souhaite un bon retour, brigadier Pincemaille, et je me réjouis de vous retrouver la semaine prochaine.

— Merci, madame. Moi de même.

Les soldats saluent les fileuses, puis s'éloignent lentement. Les roues de leur charrette tracent de longs sillons bruns dans la neige. Eulalie s'approche de Santina.

— Tu peux faire rentrer les enfants et les camarades, s'il te plaît ?

— Nous n'allons plus chez Madeleine fêter notre première commande ?

— Louis est mort sur le front. Les soldats vont lui annoncer la triste nouvelle.

— Oh, mon Dieu !

— Le mari d'Odette est mort lui aussi. Mais ce n'est pas tout.

— Seigneur, Eulalie ! C'est Ectòr ?

— Non. Les frères de Judit, ajoute-t-elle dans un murmure.

— Mon Dieu !

— Ne dis rien, s'il te plaît. Fais rentrer les enfants. Retournez au dortoir. Mangez et buvez. Demain, nous irons à Florac acheter tout ce dont nous avons besoin.

Santina hoche la tête et s'engouffre dans l'atelier. Eulalie avise Judit et Yvonne qui batifolent dans la neige.

— Vous venez avec moi, toutes les deux ? Je voudrais savoir ce que vaut ce canasson.

Les deux jeunes femmes se hissent sur le plateau de la charrette avec gaieté. Eulalie est à la torture de voir son amie si enjouée, si amoureuse. Elle va lui briser le cœur.

Elle s'installe sur le banc où Zacharie la rejoint d'un bond et se colle à elle. Il lui sourit. Elle pose sa main sur la sienne.

— Je vais avoir besoin de toi, lui dit-elle en confidence. J'ai une mauvaise nouvelle à annoncer à Judit.

Elle claque sa langue contre son palais et le cheval s'ébranle. Elle s'engage sur le pont et longe la rivière en prenant soin d'éviter Callune. Elle ira voir Madeleine plus tard. Pour le moment, elle se préoccupe de Judit.

— Il est costaud, ce canasson ! s'écrie Yvonne en riant. Quel bonheur, nous avons une voiture !

Eulalie ne réagit pas. Zacharie se serre contre elle. Ils parviennent dans une clairière. Le spectacle est magnifique. La neige, immaculée, brille d'un éclat singulier dans la lumière du soleil couchant. Tout le monde admire le panorama féerique en silence.

— Judit, ma chérie, déclare Eulalie d'une voix blanche, je veux que tu saches que je t'aime. Nous t'aimons tous.

— Merci, moi aussi je t'aime ! Pourquoi tu me dis…

Elle se tait subitement.

— Mon Dieu, mon Dieu… C'est le soldat, c'est ça ? Mes frères ?

Eulalie acquiesce.

— C'est Pastor ? C'est Pastor, c'est ça ?

Son amie ne répond pas.

— Oh non, et Ugolin, mon pauvre petit Ugolin… ?

Eulalie baisse le regard.

— Les deux ? demande Judit d'une voix étranglée.

— Oui, ma chérie. Les deux. Je suis désolée. Voilà les certificats de décès.

Elle lui tend les papiers militaires. Judit s'en empare et les déchire avec rage.

— Ces cons ! Ils sont morts ! Quels cons ! Tout ça pour quoi, hein ? Ils me laissent toute seule, sans famille, de la chair à canon pour défendre un pays de merde qui fait la guerre pour se faire de la maille !

Puis elle pousse des cris de bête blessée en se balançant d'avant en arrière. Yvonne fait le geste de la prendre dans ses bras, mais Judit s'arrache de son étreinte et saute de la charrette. Elle s'élance dans la clairière. La neige l'empêche d'aller loin. Alors elle lève les bras vers le ciel et déverse un torrent d'insultes. Eulalie écrase ses larmes contre l'épaule de Zacharie.

4

Fâchées

Un mois et demi s'est écoulé depuis l'annonce des décès de Fabrice, de Louis et des frères Vernet. Depuis, le village a connu de nouveaux deuils. Le maire Jeanjean a péri sur le front. Loin de la guerre, monsieur Castanet a été paisiblement emporté dans son sommeil. Elena a appris que son mari, blessé à l'œil par un éclat d'obus, était soigné dans un hôpital de campagne en Champagne. Lélian, d'habitude si bavard, s'est muré dans un silence lourd d'inquiétude pour son père, ce qui attriste toutes les fileuses et leurs enfants.

Tous les soirs, Santina fait la lecture au dortoir. Elle lit à voix haute les articles de *L'Humanité* qu'Eulalie fait livrer chaque semaine chez Madeleine. La petite troupe est tout ouïe. Tout y passe, depuis l'édito jusqu'aux comptes rendus des affrontements. A écouter Santina, les fileuses, Zacharie et les enfants oublient qu'ils sont piégés dans leur usine, dans leur village, dans les Cévennes. La lecture du journal ouvre une brèche dans leur univers hermétique.

Toujours sans nouvelles d'Ectòr, Eulalie n'oublie pas qu'elle est mariée. Elle dissimule sa liaison avec Zacharie à tout le monde, même à Santina. Ce secret la navre, mais le risque est trop grand. Le feu qui consume les amants ne semble pas connaître de fin. Excités par le caractère clandestin de leur relation adultérine, ils attendent que le dortoir soit endormi pour s'éclipser dans le bureau où ils font l'amour avec passion. Dès qu'ils le peuvent, ils s'échappent de l'atelier pour se rendre à cheval dans les bois. Seuls dans la nature, ils s'embrassent, se touchent, s'abandonnent l'un dans l'autre. D'abord pressé et maladroit, Zacharie apprend à satisfaire son amante avec zèle et enthousiasme. Ils ne se font pas de promesse et ne se murmurent pas de mots d'amour.

Peu à peu, Zacharie se libère. Il parle. Sa voix est souvent réduite à un chuchotement, mais il n'a plus besoin de sa sœur pour s'exprimer. Yvonne est stupéfaite de la mue de son frère et s'interroge sur les raisons de cette transfiguration. Elle n'a jamais vu Zacharie irradier de la sorte.

Chaque soir, Santina fait la lecture.

Les ouvrières, horrifiées, découvrent au fil des pages les conditions de vie de leurs homologues à travers le pays. Santina rapporte les propos d'une jeune couturière tenus lors d'une réunion du groupe des Femmes socialistes à Paris. Celle-ci raconte qu'elle confectionne des sacs de couchage pour les soldats. Le patron de la fabrique lui verse un salaire médiocre : trois francs vingt pour vingt heures d'ouvrage fastidieux… Eulalie pense à l'époque pas si lointaine où elle rémunérait ses ouvrières un franc soixante par jour. Elle ne leur verse plus de salaire à présent : comme les membres d'un même foyer, elles se servent dans la caisse commune en fonction de leurs besoins : tout est partagé. Grâce à la carriole octroyée par l'armée, Eulalie et Zacharie se sont rendus plusieurs fois à la propriété. Ils ont trouvé le potager d'hiver en bon état. Ils promettent de revenir régulièrement pour l'entretenir. Carottes, betteraves, céleris, choux, endives, épinards et poireaux croissent sagement dans le silence du jardin abandonné.

Chaque soir, Santina fait la lecture.

Dans les colonnes du journal, un grand roman historique et patriotique, *L'Invasion*, des Lorrains Erckmann et Chatrian, publié sous forme de feuilleton, a passionné l'assistance. Assis aux pieds de l'institutrice, emmitouflés dans leurs couvertures, moulés les uns contre les autres, les auditeurs ont été captivés par le courage de villageois des Vosges qui résistent aux Suédois, aux Autrichiens, aux Russes, aux Prussiens et aux Anglais à l'assaut de l'Empire napoléonien en déroute. Cette histoire les a transportés ailleurs, loin de la filature, à une autre époque.

Santina prolonge le voyage en racontant ses souvenirs de Camargue. Les marais salants roses sous la lumière du soir. Les aigrettes perchées sur les dos des taureaux noirs. Le vent poisseux qui colle les cheveux. L'eau brune qui barre l'horizon. Hormis l'institutrice, personne ici n'a jamais vu la mer. Judit et Yvonne, qui ont quitté l'enfance pour entrer à l'usine sans jamais connaître autre chose que le labeur, se prennent à rêver. Elles font part de leur désir d'aller en Russie quand la paix sera revenue, ce grand pays derrière l'horizon où les socialistes révolutionnaires défendent les paysans et où les sociaux-démocrates soutiennent les intérêts des ouvriers. Leur discours exalté fait sourire Eulalie et Zacharie.

L'hiver est particulièrement dur à Callune et le ressentiment s'accumule contre les fileuses comme les congères le long de la route. Grâce au contrat qui la lie à l'armée, la filature dispose de charbon en abondance quand les habitants du village grelottent. Eulalie sait que ses adversaires, rongés par la jalousie, complotent contre elle. Elle n'a pas croisé le pasteur Joël depuis l'affaire des réquisitions, mais elle sait qu'il prépare sa revanche à l'abri dans son temple glacial, soutenu par Mireille et Huguette, ses complices aigres et rancunières. Callune n'est plus qu'un petit village fouetté par la bise et écrasé par la neige, peuplé de fantômes, de vieillards et de rancœurs tenaces. Elle imagine le père Cabanel, retranché comme un tigre à l'affût derrière les murs de sa propriété à Fumeterre, attendant le moindre faux pas pour bondir.

La bise et la neige forcissent. La factrice se fait rare. La fenêtre sur le monde ouverte par *L'Humanité* se rétrécit et les fileuses ont peur d'être plongées dans le noir et d'être coupées des réalités extérieures.

Contre vents et marées, chaque soir Santina fait la lecture.

Callune, 20 février 1915

Aujourd'hui, c'est le dernier jour avant le début du Carême. Pour l'occasion, les fileuses s'accordent une virée au village. Depuis près de deux mois que le brigadier Pincemaille échange les nattes de soie contre des billets bleus, les fileuses peuvent se permettre une sortie d'agrément. Eulalie emmène sa troupe au café de Madeleine pour y déguster un chocolat chaud. La tenancière entame ses réserves de sucre. Le froment commence à manquer. Bientôt, l'approvisionnement en pain sera délicat. Il faut en profiter maintenant. Pour l'heure, le soleil trône dans le ciel et le vent s'est fait rare. Chacun veut jouir de cette atmosphère printanière précoce, et on s'installe en terrasse. Le chocolat est doux et chaud. C'est un véritable luxe. Les enfants, chaudement emmitouflés, chahutent sur la petite place et leurs cris résonnent parmi les vieilles bâtisses du village.

Serena, Bérangère et Melina tricotent. Santina et Naìs bavardent. Elena fait rire Madeleine avec ses anecdotes sur son mariage. Judit, serrée contre Yvonne, sourit tristement. Parfois, elle suspend son geste et regarde fixement devant elle. Alors sa bien-aimée lui pose une main réconfortante sur l'épaule.

Nul n'ignore que Judit et Yvonne sont amantes, sauf les enfants et Faïs, l'apprentie. Mais personne ne s'en offusque. La solidarité, ciment de leur petite société en ces temps difficiles, l'emporte sur les velléités de jugement.

Eulalie et Zacharie, côte à côte, partagent une couverture. Le jeune homme chuchote à l'oreille de sa compagne qui l'écoute avec attention. La matinée est agréable. Une apparition vient soudainement troubler la quiétude du moment. Sur la place est apparue une grande femme maigre et brune. Eulalie écarquille les yeux en reconnaissant sa sœur. Elle repousse la couverture et se dresse.

— Linon ?

Celle-ci tourne la tête.

— Eulalie.

Elle a lâché son prénom sans émoi ni chaleur. Eulalie reste immobile, muette. Autour d'elle, ses amis se taisent.

— C'est sa sœur, murmure Santina, elles ne se sont pas vues depuis…

Eulalie achève sa phrase dans un souffle :

— Depuis mon mariage.

Eulalie fait enfin un pas et s'approche de Linon,

qui n'a pas changé, remarque-t-elle. Son visage est toujours aussi blanc et creusé, son interminable chevelure sagement tressée est dissimulée sous un chapeau de feutre. Elle porte un gros sac. Elle est élégamment vêtue, à la mode citadine.

— Ma sœur, tu es magnifique. Quelle joie de te revoir… balbutie Eulalie.

Linon inspecte sa cadette des pieds à la tête d'un œil ostensiblement méprisant. Eulalie a tout d'une paysanne avec sa jupe longue reprisée et sa vareuse élimée aux coudes. Elle s'empourpre aussitôt et rajuste maladroitement son pauvre fichu de coton.

Un silence gêné flotte un instant entre les deux sœurs.

— Excuse-moi, dit Eulalie avec un sourire contraint. Veux-tu prendre place parmi nous et boire une boisson chaude ? Tous mes amis sont là.

Linon jette un coup d'œil sur la terrasse où tout le monde la dévisage avec de grands yeux curieux. Elle fait la moue.

— D'accord, allons-y.

Linon s'installe sous le regard des fileuses et de leurs enfants. Elle s'assoit sur le bord de sa chaise comme si elle était sale ou comme si elle se tenait prête à détaler à tout instant. Yvonne est la première à rompre un silence embarrassé.

— D'où venez-vous ? lance-t-elle sur un ton où perce l'angoisse. Les Allemands sont chez vous ?

L'aînée des sœurs Bastide agite une main dans un geste d'agacement.

— Mais non, rien de tout cela. Demain, c'est le

premier dimanche du Carême. J'ai décidé de venir le passer avec ma sœur.

Madeleine lui tend une tasse fumante qu'elle accepte sans dire merci. Elle avale une gorgée de café et grimace.

— J'ai eu du mal à trouver quelqu'un qui puisse m'amener jusqu'ici. Heureusement, un pasteur itinérant en carriole a accepté de me conduire à l'entrée du village. Le pauvre vieil homme n'arrêtait pas de jacasser, je n'en pouvais plus. Après cela, j'ai marché.

Elle contemple avec dégoût ses jolies bottines de cuir lisse maculées de boue et de feuilles sèches.

— Le Carême est un moment important, dit-elle d'une voix monocorde. Un moment de repentance. Un moment d'introspection.

Linon se dresse sans terminer son café et déclare d'un ton sans discussion :

— Ma sœur, je suis fatiguée. J'aimerais me reposer et faire un brin de toilette.

Eulalie se lève, touche furtivement le bras de Zacharie avant de s'adresser à toute la tablée.

— Profitez de votre journée. J'emmène ma sœur à la fabrique, à tout à l'heure pour le dîner.

Les sœurs Bastide s'éloignent. Eulalie sent la tension et la réprobation dans l'attitude de Linon, qui ne s'en cache pas. *Pourquoi est-elle venue me voir ? Elle se fiche bien du Carême, il y a une autre raison.*

— Qui est ce garçon ? Le mari d'une ouvrière ?

— Non, c'est le frère d'Yvonne, celle qui t'a demandé d'où tu venais.

— Pourquoi n'est-il pas au combat, comme tous les bons Français ?

— Il est handicapé. Il a été réformé à cause de sa jambe.

— Je vois. Et quelle est la nature de vos relations ?

Eulalie blêmit. Linon grommelle tandis qu'elle soulève d'une main jupe et jupon pour les empêcher de traîner dans la boue en tenant son sac de voyage de l'autre.

— Zacharie est un ami, bredouille Eulalie. Nous travaillons ensemble.

— Je trouve que tu entretiens une trop grande proximité avec tes employés. Ce n'est pas bon pour se faire respecter.

Eulalie éprouve soudain de la pitié pour les élèves de son institutrice de sœur. *Elle doit les traiter avec tant de froideur…*

— Je voudrais te parler de la propriété, lâche Linon. J'ai un marché à te proposer.

Nous y voilà. C'est donc là la raison de sa présence.

— Te souviens-tu du monsieur qui proposait deux cent mille francs pour acquérir la filature à la mort de père ? poursuit l'aînée.

— Basilì Cabanel.

— Tu as bonne mémoire, ma sœur.

Eulalie garde le silence. Elle ne sait pas si Linon a connaissance du conflit qui opposait les Bastide aux Cabanel, ou de l'histoire qu'a vécue leur mère, l'infortunée Gileta. *Dois-je lui révéler que le père Cabanel est venu me faire peur, et que, depuis, je vis dans l'angoisse que ses prophéties se réalisent ?*

— Monsieur Cabanel m'a écrit, reprend Linon. Il est intéressé par la propriété. Il te propose cinquante mille francs pour la bâtisse et les terrains. Cette offre est ferme et définitive.

Stupéfaite, Eulalie s'immobilise. *Pourquoi Basilì a-t-il écrit à Linon ? Devant mes réticences, a-t-il tenté de circonvenir l'autre sœur Bastide dans l'espoir qu'elle m'influence ?*

— Je ne comprends pas... dit-elle. Que cet homme veuille acheter la filature, passe encore. Mais la propriété ? Quel intérêt ?

Par sentimentalisme, peut-être ? Pour se souvenir de notre mère ? Ou par vengeance ? Pour posséder tout ce qui, autrefois, appartenait aux Bastide ? Elle observe sa sœur, manifestement troublée par sa question.

— Quant à toi... continue Eulalie. Il y a quatre ans, je t'ai proposé de partager l'héritage de Père et tu n'en avais rien à faire. Et, tout à coup, tu veux vendre la propriété ? A ce monsieur ? D'ailleurs, comment se fait-il que tu le connaisses ? Rien de cela n'a de sens !

— Les temps ont changé. C'est la guerre, répond Linon d'un ton las.

— Tu as besoin de cet argent, c'est ça ?

— Peut-être.

La cadette se tait. Elle sait ce que cet aveu coûte à sa sœur.

— Cela n'explique pas pourquoi monsieur Cabanel t'a écrit, reprend-elle après un silence. Après tout, je suis la seule héritière.

— A vrai dire, ton mari possède de droit la moitié de la propriété. C'est pour cela que Basilì Cabanel m'a écrit. Il n'osait pas s'adresser directement à toi. Il ne savait pas si Ectòr était toujours en vie. Je suppose qu'il n'avait pas envie de passer pour un profiteur avide de s'emparer du bien d'une jeune veuve…

— Veuve ou non, toujours est-il qu'il profite du moment où les femmes sont aux abois pour faire surface ! C'est incroyable, ces hommes qui font des affaires pendant la guerre. Mais qu'il en soit ainsi. Je consens à lui vendre la maison et les terrains. De toute façon, je n'ai plus envie d'y vivre.

Trop de fantômes entre ces murs.

— Et puis, par les temps qui courent, nous aurons bien besoin de cet argent, toi, moi, et tous ceux qui vivent avec moi.

Elles sortent de Callune et longent la rivière. La filature apparaît au loin.

— Comment ça, tous ceux qui vivent avec toi ? Qu'est-ce que… Oh !

Linon s'arrête de marcher et lâche ses jupes, le regard rivé sur l'inscription du frontispice de la fabrique.

— « Commune libre des fileuses de Callune » ?

Qu'est-ce que ça veut dire ? Où est passé le nom de Père ? Enfin, Eulalie, explique-toi !

Celle-ci observe sa sœur et sourit devant sa mine déconfite.

— Linon, j'ai beaucoup à t'apprendre. Beaucoup. J'ai voulu me rapprocher de toi à la mort de nos parents, mais tu m'as repoussée. Nous ne nous sommes vues que deux fois depuis. La première dans le bureau du notaire à la lecture du testament de Père, la seconde à mon mariage. Je t'ai écrit et tu n'as jamais répondu à mes lettres. Le temps a fait son office, c'est ainsi. Je ne sais plus qui tu es. Je ne te connais pas. Tu ne me connais pas non plus. Tu voulais que je t'oublie… C'est chose faite. Es-tu satisfaite ?

A mesure qu'elles s'approchent de la filature, le bruit de la rivière devient assourdissant.

— Je suis une socialiste, poursuit-elle en haussant la voix. Une syndicaliste. Je suis peut-être même une révolutionnaire. Je suis pacifiste. Et, par-dessus tout, je suis une suffragette.

Linon lâche son sac qui s'écrase dans la boue avec un bruit mou.

— Il ne se passe pas un jour sans que je regrette d'avoir épousé Ectòr. Les hommes ne veulent qu'une chose : le pouvoir. Par tous les moyens. C'est pourquoi, aussitôt qu'ils sont partis, je me suis empressée de changer le statut de la filature. Elle ne m'appartient plus que sur le papier. Dans les faits, elle appartient à tous ceux qui y travaillent. C'est une entreprise collectiviste. Par exemple, Zacharie, le garçon dont nous parlions tout à l'heure, n'est pas mon employé. C'est mon collaborateur. De même qu'Yvonne, Judit, Bérangère. Santina est notre institutrice. Enfin, elle était. Depuis que nous travaillons pour l'armée, elle file la soie comme nous autres.

— C'est ridicule… Tu cours droit à la faillite ! Si Père savait cela…

— Il repose six pieds sous terre depuis des années. Et puis c'était un patron avide et égoïste. Et un mauvais père. Enfin, Linon, souviens-toi ! Il nous a chassées de notre maison ! Il s'est débarrassé de nous ! Et mauvais mari aussi. Dans une de ses lettres, notre mère le qualifiait de geôlier !

L'aînée des sœurs Bastide fixe le sol, interdite.

— Soit, déclare-t-elle d'une voix blanche. Fais-moi visiter votre… « communauté ».

Eulalie et Linon passent le restant de la journée ensemble. La cadette étale son savoir de sériciacultrice et y prend plus de plaisir qu'elle ne l'aurait imaginé. Elle aimerait rattraper le temps perdu, retrouver cette sœur dont elle était si proche dans sa prime jeunesse. Se sentir intime, à nouveau, avec celle avec laquelle elle est liée par le sang et une expérience commune. Mais elle craint que le fossé qui les sépare ne puisse jamais se combler. Il est trop tard. Trop de secrets. Trop de suspicion. Et surtout, trop peu de points communs. Linon est bigote et conservatrice. Elle est revêche et sèche de cœur. Son univers est étroit, figé, pavé de convenances. Elle est déjà vieille. Linon ne peut pas comprendre la solidarité qui unit les ouvrières. Elle ne comprendra pas le collectivisme. Elle ne peut comprendre la liberté.

Le soir venu, tout le monde réintègre le dortoir dans un joyeux tintamarre. Linon, frigorifiée, examine d'un œil réprobateur la charpente qui suinte. Plantée dans un coin, elle assiste, muette et immobile, au ballet qui prend place. Bérangère, Melina, Elena et Serena s'affairent dans le petit coin qui sert de cuisine. Une délicieuse odeur de lard grillé embaume les lieux. On s'active pour déplacer les matelas. Linon déglutit en devinant que ces gens vont tous dîner ici, assis sur leurs matelas, les uns contre les autres. Cette promiscuité l'écœure.

— Eulalie, nous n'allons pas manger à même le sol comme des sauvages, tout de même ? demande-t-elle avec une mine horrifiée.

— Oh si, ma sœur ! répond sa cadette avec un enthousiasme forcé. Savais-tu que les Romains mangeaient allongés ? Nous faisons pareil ! Plaisanterie à part, nous n'avons pas assez de tables et de chaises. Il faut faire contre mauvaise fortune bon cœur ! Tu verras, ce sera amusant.

Le repas s'avère en effet joyeux pour tout le monde, sauf pour Linon qui contemple, médusée, les uns et les autres se servir dans les plats disposés au milieu des couches, manger avec les doigts, tacher les draps dans de grands éclats de rire et vider des verres de vin sans aucune retenue. Au menu, des patates au lard saupoudrées de persil haché grossièrement. Le lard est trop gras, trop salé. Mais c'est un aliment qui tient au ventre, et, par les temps qui courent, un véritable luxe. Les enfants se hâtent d'en enfourner le plus possible dans leurs petites bouches qui luisent de graisse. Ce spectacle provoque chez Linon un hoquet de dégoût. Elle fusille du regard sa sœur installée sans gêne à côté de ce jeune homme qui vit entouré de femmes de tous les âges et de leurs enfants.

Après le repas, chacun s'affaire pour débarrasser les plats et remettre en place les matelas pour la nuit. Linon arpente le dortoir de long en large.

— Je vois, dit-elle à sa sœur avec un sourire mauvais, tout le monde dort avec tout le monde, comme les porcs dans la soue.

— Je sais que tu es choquée par notre façon de vivre. Mais les temps sont durs et nous devons économiser le charbon afin d'alimenter l'atelier en priorité. Partager les couchettes est le meilleur moyen de se tenir chaud.

— Je suppose que je dormirai avec toi ?

Eulalie hésite une fraction de seconde.

— Bien sûr ! répond-elle avec un empressement douteux.

Linon pose sur elle un regard suspicieux.

— Eulalie, j'espère que ce jeune homme ne reste pas ici.

— Eh bien... Je sais que cela te paraît scandaleux, mais il dort parmi nous. Les nuits sont trop froides pour que...

— Très bien, coupe l'aînée d'un ton qui laisse comprendre qu'elle en a assez entendu.

Elle tourne les talons et va récupérer son manteau et son sac sous les yeux interrogateurs de sa cadette.

— J'ai honte de toi, siffle-t-elle. Honte. Tu te conduis comme une débauchée. Tu es toujours mariée, ne l'oublie pas. Le Seigneur te voit et Il te juge.

— Je pense que le Seigneur, s'Il existe, se fiche bien de mon cas.

— Je vois. – Elle s'éclaircit la gorge. – Je vais prendre une chambre au village. Je suis venue pour le Carême, j'assisterai au culte demain avant de partir. Tu devrais te joindre à moi. Il me semble que tu as beaucoup de péchés à expier.

— Je ne fréquente plus le temple. Le pasteur Joèl est un sale bonhomme malhonnête.

— De mieux en mieux ! Te voilà mécréante maintenant !

Eulalie croise les bras.

— Je ne pense pas que tu sois venue pour me voir, ni pour fêter l'entrée en Carême, dit-elle d'une voix calme. Tu es ici pour me parler de la vente de la propriété car tu as besoin d'argent, un point c'est tout.

— Tu insinues que je suis cupide ?

Eulalie hésite à lui demander si elle est de mèche

avec le père Cabanel, puis se ravise. *Cela ne fait aucun sens.*

— Je ne le crois pas, sinon tu aurais exigé de partager l'héritage de Père. Je pense que tu es seule, et que tu as peur. C'est la guerre, il est normal d'avoir peur. C'est pour cela qu'il faut se serrer les coudes. Reste avec moi, je t'en prie. Tu te feras à la vie communautaire. Tu verras, ce n'est pas si mal. Surtout en ce moment.

Linon semble hésiter. Elle embrasse le dortoir du regard. Judit et Yvonne font la vaisselle en riant. Les enfants, après une journée au grand air, tombent de fatigue et se laissent entraîner vers leurs lits sans regimber. Santina lit un article de journal à voix basse. Naìs, Melina, Serena et Faïs l'écoutent silencieusement en tricotant avec dextérité. Après l'effervescence du repas, la veillée est paisible. Linon se tourne vers Eulalie qui lui sourit avec douceur.

— Ma sœur…

Elle s'interrompt brusquement. Zacharie est en train de faire sa toilette. Accroupi près de son lit, il plonge les mains dans une cuvette en émail et se frotte le visage et la nuque avec du savon de Marseille. Il ne porte qu'un tricot de peau blanc terni par la sueur qui moule ses larges épaules et son torse osseux. Linon réprime vainement un haut-le-cœur et baisse les yeux.

— Bonne nuit, Eulalie.

Puis elle fait volte-face et disparaît dans l'escalier.

Toute la nuit, Eulalie est hantée par sa sœur. L'institutrice est obsédée par les convenances, les normes, la bienséance. Pourtant, elle n'était pas comme cela quand elle était petite. Eulalie se souvient de leurs jeux dans les arbres. Elle revoit Linon pendue dans les branches, la tête en bas et les jambes nues que ne cachait plus sa jupe déchirée par les ronces. Oui, elle était bien différente à l'époque. *Que s'est-il passé pour qu'elle devienne cette étrangère sévère et décharnée ?*

Ce n'est qu'au petit matin qu'Eulalie sombre dans un sommeil profond et sans rêve. Zacharie la réveille d'une caresse sur le visage.

— Eulalie, il faut se lever. Allez, viens ! Les bassines chaudes t'attendent dans l'atelier. Il est temps de se mettre au travail.

Toute la journée, elle tente de noyer ses pensées dans l'eau brûlante où elle plonge ses cocons pour en tirer le précieux fil blanc nécessaire pour nourrir tout son petit monde. Quand la journée de travail s'achève, elle doit se rendre à l'évidence : Linon ne viendra pas lui dire au revoir.

Le lendemain, Madeleine tambourine de bonne heure à la porte de l'atelier. Yvonne lui ouvre.

— Ça alors, Madeleine ! Quel bon vent t'amène ? Je crois que j't'ai jamais vue sortir de ton café !

— Je dois parler à Eulalie. Tu peux lui dire que je l'attends sur le perron ?

Eulalie la retrouve quelques instants plus tard. La tenancière lui offre une cigarette.

— J'ai vu votre sœur, hier, au culte.

— Je sais. Elle était… de passage.

— Il faut que vous sachiez qu'il s'est dit de drôles de choses au temple.

— Ah bon ? répond-elle d'un ton faussement détaché en expirant la fumée.

— Lors de son sermon, Joèl a parlé de vous, les fileuses. Nommément. Il a fustigé ce qu'il appelle « la maison des vices ». La filature. Il a déclaré que c'était l'antre du démon. Que vous vous adonniez à la luxure.

— Vous avez dû bien rire.

— Pas du tout. Le temple était bondé et les gens l'écoutaient, vous savez. Cet homme est plus dangereux que la peste. Durant toutes les années où j'ai été sa maîtresse, je l'ai vu à l'œuvre. Il est méchant. Vraiment. Il ne recule devant rien lorsqu'il veut nuire à quelqu'un.

— Je vous crois. Après tout, c'est lui qui m'a envoyé Ectòr. Que pourrait-il faire de pire ?

— Je ne sais pas. Mais je vous conjure de rester sur vos gardes. En ces temps incertains, il n'est pas bon d'avoir des ennemis aussi déterminés.

— Ne vous inquiétez pas. Nous bénéficions de la protection de l'armée, c'est le plus important, non ?

— Peut-être. Faites attention, c'est tout.

Le mois de mars n'est plus très loin. Il était temps. Cet hiver trop rigoureux mine tout le monde. Bientôt, il faudra placer les œufs des vers à soie dans les armoires à incuber. Quand les feuilles des mûriers seront d'un beau vert tendre, le moment sera venu de sortir les vers. Un nouveau printemps, une nouvelle génération de magnans. La vie suit son cours.

Un matin, Magali la télégraphiste se présente à l'atelier. Son arrivée reste ignorée un moment en raison du vacarme des machines qui enroulent les fils de soie autour des bobines. Elle s'approche de la bassine au-dessus de laquelle Eulalie, trempée de sueur, s'échine en grimaçant.

— J'apporte un télégramme. C'est urgent.

Eulalie lâche son escoubette.

— C'est pour moi ?

— Non, pour Santina. Mais je préfère vous le montrer d'abord.

Eulalie, tremblante, déplie le papier jaune que lui tend la jeune fille. Elle a peur de découvrir de funestes nouvelles au sujet d'Alphonse. Elle parcourt le message des yeux. La nouvelle est funeste, mais le fiancé n'est pas concerné.

— Merci, ma belle. Tu peux t'en aller.

La jeune fille disparaît. Eulalie enfouit le télégramme dans une poche. Elle regarde autour d'elle. Chacune s'active au-dessus de sa bassine, sauf Judit et Yvonne qui travaillent à la banque de doublage et Bérangère et Zacharie qui tirent le fil de liage. Elle ferme les yeux pour fixer cette image dans son esprit. Elle sait que c'est la dernière fois qu'ils sont tous réunis. Elle observe Santina qui noue des fils de soie. La Camarguaise fronce les sourcils, concentrée sur sa tâche. Cette vision serre le cœur d'Eulalie. Elle voudrait que le temps se fige. Bientôt, son amie va partir.

Elle lui touche délicatement le bras et lui demande de la suivre dans le bureau. Elle ferme la porte derrière elle. Le tintamarre de la machinerie est un peu étouffé.

— Ma chérie…

Elle sort le télégramme de sa poche.

— Mon Dieu, Alphonse... gémit Santina en blêmissant.

— Non, ce n'est pas Alphonse. – Elle prend une inspiration. – C'est ton père. Il a attrapé une mauvaise fièvre. Ta mère veut que tu ailles lui faire tes adieux.

Santina fond instantanément en larmes. De gros sanglots la secouent. Son amie la prend dans ses bras. Elle se souvient de leurs conversations, lorsqu'elles étaient plus jeunes, seules sur le toit de leur école. La Camarguaise confiait sans pudeur l'admiration qu'elle portait à ses parents, ces pauvres gens vivant dans une cabane battue par les vents qui se saignaient pour lui permettre de faire ses études à la ville. Des éleveurs de chevaux qui rêvaient que leur fille soit institutrice. Des personnes simples et généreuses.

— Je vais prendre la carriole, si tu veux bien, bredouille Santina entre deux hoquets.

Elle quitte la filature quelques heures plus tard. Eulalie assiste, impuissante, aux allées et venues de sa meilleure amie qui rassemble ses effets. Elle lui donne une gourde de café. Elena lui prépare un casse-croûte. La Camargue est loin, la route est dangereuse. Eulalie la serre contre elle.

— Je reviens vite, c'est promis.

Ce soir, Santina ne fera pas la lecture.

5

Trahie

Callune, 4 mars 1915

Cela fait bientôt une semaine que Santina est partie, emmenant le cheval, la carriole, et la sérénité d'Eulalie qui sursaute dès qu'elle entend frapper à la porte de l'atelier. Elle se rend deux fois par jour au bureau de Magali dans l'espoir d'y trouver un télégramme rassurant. Mais aucune nouvelle ne lui parvient. Alors, elle fait ce qu'elle sait faire de mieux pour oublier : travailler d'arrache-pied.

— Allez, allez, il est trois heures passées ! Il faut accélérer ! Enguerrand, Lélian, plus vite que ça ! Vous voyez bien que je n'aurai bientôt plus de cocons !

Les gamins lèvent les yeux au ciel, mais ils s'exécutent. Enguerrand est en train de jeter des cocons dans la bassine quand, soudain, des coups violents ébranlent la porte de l'atelier. Eulalie se dresse, inquiète. *Qui peut faire un boucan pareil ? Ce n'est pas Magali. Elle ne peut pas frapper avec autant de force.* Toutes les ouvrières ont levé la tête comme des campagnols aux aguets, suspendant leur geste.

— Je m'en occupe. Ne bougez pas, lance Eulalie.

Elle va ouvrir et laisse échapper un hoquet de surprise. Huguette et Mireille sont sur le perron. La haine brille dans leur regard. Elles sourient de toutes leurs dents gâtées.

— M'dame Brémond, bonjour, disent-elles en chœur. Le pasteur nous a chargés de conduire ces messieurs de l'armée chez vous.

Eulalie écarquille les yeux. Huit hommes sont là. L'un d'eux est pourvu d'une sorte de petit bélier. *Voilà d'où venait le bruit.*

— C'est pour la commande ? demande-t-elle avec agacement. La livraison est prévue pour demain, vous ne pouviez pas attendre ? Où est le brigadier Pincemaille ? C'est toujours lui qui nous rend visite.

— Madame Brémond, répond un militaire, nous avons reçu l'information selon laquelle vous cachez un déserteur chez vous.

— C'est ridicule ! s'offusque-t-elle. C'est une filature de soie ! Il n'y a que des ouvrières et des enfants ici !

Le soldat qui a parlé, un homme nerveux à la moustache noire, s'avance vers elle, la mine menaçante.

— Poussez-vous, madame, et tenez-vous tranquille. Nous allons inspecter votre bâtiment.

Eulalie s'exécute de mauvaise grâce. Les huit soldats pénètrent dans l'atelier en brandissant leur fusil comme s'ils étaient assaillis. Les ouvrières poussent des cris perçants.

— Enguerrand ! Lélian ! clame Bérangère.

Les garçons courent se planquer derrière ses jupons.

— Là ! Il est là ! s'écrie Mireille en tendant le bras. Le fuyard ! Le salaud !

Eulalie tourne la tête.

Zacharie.

Celui-ci est blême et lance des regards traqués autour de lui. Il bande ses muscles, prêt à détaler, mais les soldats sont déjà sur lui et l'empoignent sans ménagement. Yvonne se met à crier. Elle court vers les soldats en levant les poings, prête à en venir aux mains.

— C'est mon petit frère, bande de brutes ! Lâchez-le ! Il n'a pas déserté ! Il a été réformé à cause de sa jambe ! Regardez sa jambe !

Judit la ceinture de ses bras. Yvonne se débat pour se libérer de son étreinte.

— Arrête, je t'en prie, arrête ! implore Judit. Ils sont armés, laisse-les faire ! Eulalie va leur montrer les papiers ! – Puis, plus bas : – J'ai déjà perdu mes frères, je ne peux pas te perdre. Laisse-les faire.

Yvonne fond en sanglots.

— Mon petit frère… Sa jambe… Eulalie, fais quelque chose… dit-elle entre deux hoquets.

Plus furieuse que bouleversée, Eulalie s'interpose entre la porte et les soldats qui encadrent un Zacharie hébété et inerte.

— Vous mesurez le ridicule de la situation ? s'écrie-t-elle. Ce sont des femmes et des enfants, à la fin ! Vous n'êtes pas face à des Allemands !

— Madame, poussez-vous, ou nous serons contraints de vous embarquer vous aussi.

Eulalie entend Mireille et Huguette glousser derrière elle. Elle serre les poings.

— Où l'emmenez-vous ?

— En cellule à Alais, madame, répond le moustachu.

— Pff ! lâche-t-elle avec mépris. Cet homme a été réformé. Ses papiers officiels sont dans mon bureau. Nul besoin de le conduire en prison.

— Libre à vous de venir les présenter demain.

— Pourquoi attendre demain, puisque je vous dis que j'ai les papiers à l'étage ?

Eulalie regarde Zacharie frémir d'épouvante entre les deux soldats qui l'empoignent.

— Madame, cet homme a été désigné comme déserteur par l'autorité militaire. Si sa condition physique lui garantit effectivement la réforme, le médecin de la caserne lui délivrera l'attestation nécessaire et il sera relâché. Mais, pour l'heure, nous devons l'emmener. Soyez raisonnable. N'opposez pas de résistance.

Eulalie baisse la tête avec résignation. Puis elle lève les yeux et les plante dans ceux de Zacharie comme s'ils étaient seuls dans la pièce.

— Zach, regarde-moi ! Je te rejoindrai là-bas. Je vais y aller à pied, même si cela doit me prendre deux jours. J'apporterai tes papiers et j'attendrai devant la porte de la caserne qu'ils te libèrent. Je te le promets.

Zacharie opine mollement du menton. Sur un ordre du moustachu, les soldats l'emmènent. Triste spectacle : la troupe marche trop vite pour sa mauvaise jambe et le jeune homme manque de tomber deux fois avant d'atteindre la porte. Enfin la cohorte disparaît, suivie de Mireille et d'Huguette qui ne cachent pas leur satisfaction. Eulalie enlève prestement son tablier de caoutchouc et le jette sur le sol.

— Judit, Elena, Bérangère, je vous confie les clefs de la maison. Vous êtes aux commandes jusqu'à mon retour. Vous devez remettre au brigadier Pincemaille la commande de vendredi quoi qu'il advienne, d'accord ? ordonne-t-elle d'un ton ferme.

Elle agrippe le bras d'Yvonne.

— Je vais chercher ton frère, lui promet-elle. Je ne les laisserai pas lui faire du mal, tu m'entends ?

— Il ne supportera pas l'enfermement, il panique, tu sais... A cause des policiers, dans le Nord... Sa jambe... répond Yvonne en pleurant.

Eulalie ne cherche pas à en savoir plus.

— Il ne restera pas enfermé, dit-elle sans essayer

de comprendre l'histoire des policiers. Je vais le chercher.

Sans attendre, Eulalie file se préparer pour la longue marche jusqu'à Alais, puis elle se précipite dans son bureau, ouvre des tiroirs, farfouille dans ses papiers et met la main sur l'attestation de réforme de Zacharie signée par un médecin militaire de Roubaix. Elle est prête. Elle descend à l'atelier pour embrasser ses amies.

— Eulalie, j'peux pas te laisser partir com' ça, proteste Judit. C'est trop dangereux. Il fait froid, bon Dieu ! Il neigeait la semaine dernière. L'hiver est pas encore fini. Il y a des plaques de verglas partout sur les chemins. Et si tu te cassais la cheville, si tu tombais dans un ravin ? Tu pourrais mourir de froid et de faim !

— Je sais tout cela, mon amie, répond Eulalie. Mais je ne peux pas le laisser. Je ferais la même chose pour toi. Pour chacune d'entre vous.

Tout s'effrite autour de moi. Maintenant que Santina est partie, je mesure à quel point cette famille de substitution est tout ce qui me reste. Judit, vaincue, hoche la tête.

Eulalie claque la porte de l'atelier et s'éloigne d'un bon pas. *Il fera nuit dans deux heures. Le vent est faible. Il ne neigera pas.* Elle traverse le village avant de s'enfoncer dans la campagne silencieuse. Les parcelles délimitées par les terrasses de pierres sont en friche. Quelques moineaux volettent de-ci, de-là. Les grands bouleaux gémissent et craquent au-dessus de sa tête.

Elle ne relâche pas son allure quand la nuit tombe. Elle avance comme un automate dans la lumière spectrale de la lune, oubliant la fatigue, la faim, la soif, sans penser à rien d'autre qu'à Zacharie. Elle voit son visage. Elle voit ses mains. Elle entend sa voix rauque. Elle se remémore les moments de volupté qu'ils ont partagés.

Cela fait près de trois heures qu'elle marche sans faiblir. Il fait de plus en plus froid. L'humidité du sol imbibe ses chaussures au cuir usé. Ses grandes chaussettes de laine commencent à être trempées. Au loin, une faible lueur tangue dans la nuit.

Un quart d'heure plus tard, la jeune femme distingue la lampe-tempête d'un équipage, puis apparaît une carriole antique tirée par une mule fatiguée sur laquelle un vieil homme est perché.

— Vous vous aventurez toute seule dans la nuit, madame ? lui demande-t-il d'une voix où perce autant d'étonnement que d'inquiétude.

Eulalie est soulagée de découvrir un vieillard et non un soldat. Dans la lumière de la lampe, il montre un long visage ridé mangé par une barbe blanche et touffue.

— Certes, monsieur. Je me rends à Alais, répond-elle, le souffle court.

— Alais ? répète-t-il, surpris. C'est bien loin pour s'y rendre à pied ! Cela va vous prendre toute la nuit ! Vous allez attraper la crève, par un froid pareil !

— Peut-être, mais il le faut. Je dois réparer une injustice, dit-elle en articulant avec difficulté, la mâchoire crispée par le froid.

— Réparer une injustice !

Il s'esclaffe. Son rire s'achève dans une quinte de toux et il considère Eulalie avec amusement et bienveillance.

— Allez, montez. Je vous avance sur votre chemin. Au moins jusqu'aux premières lueurs du jour. Nous n'irons pas bien vite, mais je n'aurai pas votre mort sur la conscience !

Elle prend place à côté du vieil homme en bredouillant des remerciements. Il l'invite à partager la couverture posée sur ses jambes.

— Alors, quelle injustice vous pousse à prendre la route en pleine nuit ? s'enquiert-il.

— L'armée accuse mon ami handicapé d'être un déserteur alors qu'il est en possession des papiers qui attestent de son exemption. Il est emprisonné et je vais le délivrer.

Le vieil homme émet un sifflement admiratif.

— En effet, c'est une injustice. Ah, ces soldats, déclare-t-il en hochant la tête d'un air circonspect. Ils sont censés protéger le pays d'une attaque extérieure mais ils finissent par se persuader que les ennemis sont partout.

Un renard traverse devant la carriole. Ses yeux

luisent dans le noir. Eulalie réfléchit, bercée par le roulis de la charrette.

— Pardonnez ma question, monsieur, mais comment avez-vous fait pour conserver votre carriole et votre mule, malgré les réquisitions ? demande-t-elle.

— Ah, çà ! s'exclame le vieillard avant d'être secoué par une nouvelle quinte de toux. Je suis pasteur itinérant. Cela fait longtemps que j'exerce mon ministère dans la région. Je parcours le pays pour délivrer la parole de l'Evangile dans les localités trop modestes pour disposer d'un temple.

Eulalie réprime une moue. *Un pasteur.* Elle pense à Joèl.

— Je m'appelle Cesar. Et vous, madame ?

— Eulalie.

Un pasteur itinérant ? Linon en a mentionné un quand elle est venue à Callune, ils ne doivent pas être si nombreux dans la région.

— Je crois que vous avez rencontré ma sœur il y a quelques semaines de cela.

— C'est possible, dit-il en plissant les yeux, concentré sur sa conduite. Pour répondre à votre question, je suppose que l'armée a eu pitié de moi. Sans ma mule, et sans ma charrette, je ne serais pas en mesure de visiter mes ouailles. Je viens du chevet d'un homme qui, sentant sa mort prochaine, avait besoin d'un soutien spirituel.

Puis le silence s'installe entre eux, chacun se perd dans ses pensées.

Plus tard, bercé par le pas régulier de la mule,

Cesar commence à dodeliner de la tête. Eulalie lui propose de prendre les rênes pendant qu'il se repose à l'arrière. Il prend la couverture et va s'allonger. Il ne tarde pas à dormir à poings fermés.

Le vieillard s'éveille au point du jour quand Eulalie stoppe la charrette.

— Alais est à moins de deux heures de marche, bredouille-t-elle, grelottante, en claquant des dents. Comme convenu, je vous rends les rênes et je continue à pied.

— Certainement pas. Maintenant que nous avons fait tout ce chemin, j'ai la ferme intention d'aller dire ma façon de penser aux militaires qui ont arrêté votre ami.

Elle sourit. *Ce pasteur-là est bien différent de Joël !*

Alais. Les platanes décharnés projettent des ombres fantomatiques dans la pâle lumière de l'aurore. Un reste de brume s'attache aux toits des bâtiments blancs. Les sabots de la mule claquent dans le silence. Un chat passe entre les roues de la carriole. Un flot de souvenirs assaille Eulalie. C'est ici qu'elle a vu son mari pour la dernière fois, près de cinq mois auparavant. Il faisait si chaud ce jour-là. C'est ici qu'elle s'est promis d'apporter un vent de changement à la filature. *Que de chemin parcouru depuis ! Et que d'embûches…* Cette guerre, qui était censée être achevée à Noël, semble ne plus connaître de fin. Le monde est sens dessus dessous.

Les soldats qui s'affairent devant le portail de

la caserne Toiras rendent la jeune femme nerveuse. D'interminables rangées de fenêtres grillagées trouent la monumentale façade du bâtiment. *Zacharie est prisonnier quelque part là-dedans.* Elle déglutit. Cela fait des années qu'elle vit dans un humble village et elle a oublié l'étrange effet d'écrasement que suscite en elle la ville et ses hauts immeubles. Des chevaux piaffent le long du mur. Elle ne peut pas s'empêcher de chercher Germain des yeux. Evidemment, le vieux cheval n'est pas là. L'idée qu'il puisse être agonisant quelque part sur le front lui serre le cœur.

Une jeune sentinelle, engoncée dans un uniforme trop serré, les interpelle.

— Que venez-vous faire ici ?

— Réparer une injustice, mon bon monsieur, répond Cesar avec un air malicieux.

Les yeux du vieillard brillent d'excitation. Le fantassin reste interdit et se gratte la nuque.

— Hier, un jeune homme a été amené ici, intervient Eulalie, à bout de forces, frigorifiée et affamée. Grand, mince, très brun.

Le soldat secoue la tête.

— Il a une jambe raide. Il boite, insiste-t-elle.

— Ah, oui ! s'exclame le soldat. Le déserteur.

— Il ne vous est pas venu à l'esprit qu'avec une infirmité pareille, cet homme n'était peut-être pas apte au combat ? proteste Cesar.

— Holà, holà ! se défend le militaire. Je ne suis pas responsable de ça, moi ! Je garde la porte, c'est tout ce que je fais ! Pour votre histoire, faut voir le capitaine.

— Et il est où, ce capitaine ? demande le pasteur.

— Dans la caserne.

— Comment s'appelle-t-il ?

Le fantassin hésite. Mais le vieillard ne le lâchera pas, il le sait. Alors, il cède.

— Chapel. Capitaine Chapel.

— Chapel, dites-vous ?

Cesar se gratte la barbe.

— Oui, les Chapel, une grande famille établie à Saint-Julien-d'Arpaon. J'ai baptisé tout le monde là-bas.

Il pose un regard impérieux sur la sentinelle qui ne sait sur quel pied danser.

— Allez trouver votre capitaine et dites-lui que Cesar Allègre, le pasteur qui l'a baptisé, est là, et qu'il se fait du souci pour son âme.

Le vieil homme a ouvert son manteau et dévoilé son col de pasteur. Eulalie s'approche du soldat pétrifié et lui tend le document attestant de l'infirmité de Zacharie qui le dispense de service actif.

— Tenez. On m'a demandé d'apporter ce certificat.

La sentinelle s'en saisit et disparaît dans l'enceinte de la caserne.

Une demi-heure s'écoule avant qu'elle ne refasse surface. Eulalie trépigne, à bout de patience et de fatigue.

— Le capitaine a donné l'ordre de libérer ce

monsieur, annonce le jeune soldat d'un air bravache. Il sortira de la caserne d'un instant à l'autre.

Eulalie n'en croit pas ses oreilles.

— Mais pourquoi ? Pourquoi l'avoir arrêté ? Pourquoi l'avoir enfermé hier si c'est pour le libérer aujourd'hui ? C'est complètement stupide ! C'est ça, l'armée française ? rugit-elle, hors d'elle.

— Oh là, madame, n'insultez pas ceux qui se battent pour vous !

Cesar pose sa main fripée sur l'épaule d'Eulalie.

— Calmez-vous, ma chère. Cela ne sert à rien de vous mettre dans des états pareils.

Le soulagement se lit sur le visage de la sentinelle qui redoutait un esclandre en pleine rue.

— Vous avez été victime d'une abjecte délation, reprend le pasteur à voix basse. Ça me paraît certain. Quelqu'un veut votre peau. Ce n'est pas le moment de craquer. Vous devez avoir un ennemi. Méfiez-vous, qui sait quel coup fourré cette personne va ourdir contre vous la prochaine fois qu'elle cherchera à vous nuire ?

Eulalie acquiesce du menton. Bien sûr, le pasteur Joèl est derrière cette infamie. Il savait que l'infirmité de Zacharie n'était pas feinte et que l'armée n'aurait aucune raison de le retenir. Elle comprend sa stratégie, inaugurée par les réquisitions : semer le désordre dans la filature et pousser la jeune femme à bout. Madeleine a raison. Le pasteur est véritablement diabolique. Furieuse, indignée que le pauvre

Zacharie ait été le jouet d'une odieuse manigance, elle fond en larmes.

— Pardonnez-moi… dit-elle entre deux sanglots. Je suis fatiguée. Et affamée.

Le pasteur prend la main de la jeune femme en pleurs et lui sourit avec bienveillance.

— Ma chère fille, vous devez vous reposer. Je connais une charmante auberge tenue par une vieille connaissance. Dès que votre ami sera sorti, je vous y conduirai.

Près de trente minutes plus tard, les portes de la caserne s'ouvrent sur deux soldats encadrant Zacharie dont la tête dodeline misérablement. Les fantassins libèrent le jeune homme qui titube, hébété. Eulalie s'élance pour le soutenir et l'aide à se hisser à l'arrière de la charrette. Cesar, affligé par ce spectacle, fait claquer sa langue. La mule se met en branle lentement.

Le pasteur les conduit dans un établissement discret en bordure de ville. L'auberge ne compte que trois chambres. Elle est tenue par une toute petite vieille souriante ravie de recevoir Cesar. Celui-ci présente les jeunes gens comme un frère et une sœur épuisés par un long voyage. L'aubergiste pose devant les jeunes gens affamés une soupe épaisse et une miche de pain sur lesquels ils se jettent tandis que le pasteur se prépare à prendre congé. Eulalie, ne sachant comment exprimer sa gratitude, lui serre longuement les mains sans un mot. Puis il s'éclipse.

La chambre dans laquelle l'hôtesse conduit les deux amants est propre et agréable malgré une légère odeur d'humidité ; elle est simple, avec un lit, une chaise devant un petit bureau, un broc et une cuvette. Zacharie entre avec précaution, comme s'il craignait un nouveau piège et s'assied sur le bord du lit. Tout à coup, ses nerfs lâchent et il se met à pleurer bruyamment. Eulalie n'ose plus bouger. Puis, au bout d'un moment, quand les sanglots qui secouent ses larges épaules commencent à s'espacer, elle s'approche de lui doucement. Elle s'installe sur le lit à son côté et le prend dans ses bras. Elle passe une main dans ses beaux cheveux noirs. Il ferme les yeux. Ses larmes se tarissent enfin. Elle effleure sa joue avec délicatesse. Elle s'incline et l'embrasse. Il ouvre les paupières et l'attire à lui. Ils roulent l'un sur l'autre, bouche contre bouche. Puis ce sont les gestes du désir de deux jeunes corps affamés. C'est la première fois qu'ils font l'amour dans un vrai lit. Ils s'abandonnent l'un dans l'autre avant de s'endormir.

Après quelques heures de sommeil réparateur, Eulalie se glisse hors du lit, fait un brin de toilette, et s'habille en grimaçant. Ses vêtements sont encore humides de son périple nocturne. Elle s'assied près de la fenêtre pour fumer une cigarette. L'odeur du tabac réveille son compagnon.

— Tu m'en donnes une ? J'ai envie de te parler, dit-il de sa voix rauque.

Il s'assied dans le lit. Eulalie contemple avec émotion son corps nu, lisse et pâle, son torse osseux constellé de petites cicatrices et de longues balafres, son cou droit, ses épaules musculeuses, ses bras nerveux, ses prunelles noires luisantes.

— Je veux tout te raconter, déclare-t-il. Tout ce qui m'est arrivé.

— Je ne te demande rien, tu sais, répond-elle d'une voix douce.

— Je sais. Mais il faut que tu comprennes. Et je veux que tu me fasses confiance.

— Mais je n'ai pas besoin de ça pour...

— Je suis né à Roubaix, ville que je n'ai jamais quittée avant l'arrivée des Allemands. Dans ma vie, je n'ai connu que Roubaix et Callune. Le train, l'errance et la faim entre les deux. Mes parents venaient de Belgique. Enfants de paysans ruinés, ils étaient venus en France tenter leur chance dans l'industrie du textile. Mon père était peigneur au métier mécanique dans un centre lainier. Il gagnait une misère. Avec une ville comme Leeds de l'autre côté de la Manche, la concurrence était sévère. Ma mère travaillait dans une usine de lin. Elle était tuberculeuse.

— Ils sont morts tous les deux ?

— Oui, je suis orphelin, comme toi, et comme pas mal de personnes de nos jours.

Ils se taisent en pensant à Judit et à Santina. Zacharie tire une bouffée de sa cigarette. Eulalie lui tend un cendrier.

— Mes parents ont eu de nombreux bébés. Yvonne et moi sommes les seuls survivants, les autres enfants ont dépéri, faute d'allaitement, et sont morts quand ils étaient encore nourrissons.

Eulalie pense à celui qu'elle a perdu. Elle pense à toutes ces fois où elle a fait l'amour avec Zacharie sans tomber enceinte. *C'est sûrement mieux comme ça. Ce monde n'est pas bon pour les enfants.*

— Mes parents étaient confits en bondieuseries, poursuit Zacharie sans remarquer le silence songeur de sa compagne. Ma mère disait que son patron était comme le berger qui veille sur son troupeau d'ouvriers. C'était bien des conneries tout ça. – Il tousse. – Quant à être bergers pour leur propre famille, mes parents se posaient un peu là. On aurait dit que notre présence les dérangeait. Ils étaient pires que des animaux. Ils faisaient des enfants mais ils les laissaient crever. Impossible de me souvenir d'une caresse ou d'un baiser de ma mère. Elle attendait avec impatience que nous soyons en âge de travailler. Je crois que j'avais huit ans la première fois que j'ai touché du lin. Elle nous a poussés à l'usine dès que ça a été possible. A l'anniversaire de mes treize ans, j'ai quitté les bancs de l'école et les jeux de ballon avec les copains pour entrer dans la nuit de l'usine. – Il parle vite, très vite, comme pour se débarrasser de cette partie de son histoire. – J'étais partageur, c'est-à-dire que je divisais le lin en cordons égaux, et ma sœur était émoucheteuse. Elle tortillait l'extrémité des cordons. Nous étions payés un franc cinquante chacun par jour. Puis je suis passé au peignage à la main. Je gagnais quatre francs cinquante, ce qui faisait enrager ma mère, qui ne gagnait que trois francs au filage. Yvonne, quant à elle, est devenue étaleuse. Elle plaçait les mèches sur les tables pour deux francs soixante-quinze. C'est un boulot à rendre con un mulet. Mais c'était une fille, elle ne pouvait guère espérer mieux.

» C'était ça, notre vie dans le Nord. Il faisait encore nuit quand je partais travailler. La brique suintante, l'herbe folle entre les pavés, le ciel en permanence bas, lourd, et gris, tout était triste, triste à en mourir. J'allais à l'usine, je ne parlais à personne. La bière dans la gourde qui tenait au ventre à la pause de midi et les frites grasses dans un cornet de papier journal. Il faisait nuit quand je rentrais. Nous nous entassions dans une seule pièce, mes parents, Yvonne et moi. Parfois, j'entendais ma mère repousser mon père sous les draps. Elle ne voulait plus de gosse.

» Et puis, un jour, le soleil est entré dans ma vie.

Il jette son mégot dans une tasse et ferme les yeux.

— J'ai rencontré Baptiste. C'était le fils d'un anarchiste bien connu dans les faubourgs, Fabrice Louchart, qui était faible des poumons et qui crachait du sang. Ça lui donnait la rage d'être malade comme ça et de continuer de travailler pour engraisser un patron qui, lui, était en bonne santé dans son beau bureau. Un soir, Baptiste m'a tendu un tract et il a commencé à me parler. Il m'a dit que son père avait lu des tas de livres et qu'il donnait des meetings dans un troquet du voisinage. J'ai assisté à une conférence par curiosité, puis dix, puis vingt. Mes parents étaient scandalisés que je fréquente des anarchistes, mais ils ne m'ont pas embêté longtemps : la tuberculose a eu raison de ma mère, mon père s'est mis à boire et à disparaître des journées entières. Yvonne et moi avons dû nous débrouiller tout seuls. Mais nous avons trouvé une nouvelle famille avec Baptiste et les camarades. Nous avons commencé à militer pour la cause et à nous cultiver. Notre père a disparu pour de bon, mais ça ne nous a pas fait grand-chose. C'était pas facile, mais on s'en sortait. Avec les copains, on organisait des réunions et on entraînait les ouvriers à la grève. Les flics venaient remettre de l'ordre en nous matraquant. Je me suis fait sévèrement passer à tabac. J'ai eu plusieurs côtes cassées. C'est comme ça que j'ai rencontré… j'ai rencontré…

Les mots restent coincés dans sa gorge. Ses yeux s'embuent.

— Tu n'es pas obligé de me le dire, Zach, intervient Eulalie.

— Si, je le dois ! Je dois faire sortir tout ça. Les secrets c'est du poison, ça pourrit tout. Je veux être honnête avec toi. Je veux me libérer.

Les secrets, c'est du poison. Eulalie pense à sa propre famille et acquiesce en hochant la tête.

— Tu te souviens de notre rencontre ? J'étais incapable de parler. Je n'ai pas parlé pendant trop longtemps.

Il s'éclaircit la voix et essuie ses larmes d'un geste rageur.

— C'est au commissariat après avoir été embarqué que j'ai rencontré l'inspecteur Grégoire Peeters. C'était un flic spécial, un grand type maigre qui traquait les anarchistes, les socialistes et les révolutionnaires de tout poil. Il m'a torturé pour me faire dire où se cachaient Fabrice et Baptiste. Et j'ai parlé, tu comprends ? J'ai parlé et j'ai révélé où se trouvait mon ami. Et là…

Il fond en sanglots et se cache le visage dans les mains.

— Cet homme m'a torturé et j'ai balancé mon copain. Et Baptiste et son père sont morts. Je n'ai jamais su comment, mais je l'ai lu dans les journaux le lendemain. Il y avait leurs portraits et cette manchette : « Deux dangereux terroristes mis hors d'état de nuire ». Baptiste n'était pas un terroriste. C'était un bon ami qui te donnait son pain même s'il crevait de faim, avec une voix d'ange, il m'a appris *L'Internationale* et m'a présenté ma première amoureuse.

Eulalie, émue, touche le bras de son compagnon sans rien dire.

— Après ça, Yvonne et moi sommes devenus des parias, les copains nous évitaient et ne nous parlaient plus, poursuit-il d'un ton triste. Nous sommes retournés à l'usine, la queue entre les jambes.

» Quand les rumeurs de guerre ont commencé à s'intensifier, ma sœur et moi sommes sortis de notre réclusion pour rejoindre les rangs des militants pacifistes. On crevait déjà à l'usine pour ces saloperies de patrons, on n'allait pas en plus se faire trouer la peau pour eux ! Et là, l'inspecteur Peeters m'a retrouvé. Sauf que je n'avais plus personne à balancer, je n'étais plus rien. Mais il était comme… comme obsédé par moi. Alors il m'a enfermé dans les geôles du commissariat. Il m'a torturé. De nouveau. Il m'a humilié… Oh, Eulalie, il m'a humilié de toutes les façons possibles !

Les mots s'éteignent, étranglés par les sanglots. Eulalie lutte pour ne pas fondre elle aussi en larmes. *Il n'a pas besoin de cela. Il a besoin que je l'écoute.* Puis il reprend son souffle et achève son histoire.

— Je ne sais pas combien de temps je suis resté dans cette cave. Je ne me souviens pas en être sorti. Je me suis réveillé, sur les pavés, en pleine rue, en plein jour. Les gens s'écartaient de moi. J'ai essayé de marcher jusqu'à mon logement, mais je n'ai pas pu me lever sur ma jambe. Elle était cassée en plusieurs endroits, on voyait même un bout d'os. Ce sont des religieuses de la congrégation des Sœurs de l'Enfant Jésus qui m'ont recueilli. Elles m'ont conduit à l'hospice Barbieux où j'ai été soigné et plâtré. Ma sœur m'a retrouvé quelques jours plus tard et m'a ramené chez nous. Je ne voulais plus en sortir. J'avais peur de tout, du moindre bruit. Je suis devenu un peu fou. Je ne pouvais plus me confier qu'à elle, je n'avais confiance en personne. Puis la guerre est arrivée. A cause de ma jambe et de ma... – Il hésite. – A cause de ma jambe et de ma folie, j'ai été réformé. Je ne supportais plus ni les gens, ni les endroits fermés. Je ne voulais pas qu'on me touche. Et j'avais peur des uniformes... J'étais terrifié en permanence.

» Ce qui m'est arrivé, cette nuit... Etre embarqué par les soldats, être jeté dans une geôle... C'était mon pire cauchemar, encore une fois. J'ai bien cru que j'allais replonger dans la folie.

Il lui prend la main et la presse très fort, comme pour s'agripper à quelque chose de réel.

— Quand les Allemands ont envahi la Belgique, Yvonne s'est entendue avec un ami cheminot qui nous a fait monter dans un train à bestiaux en partance pour Lyon. Là-bas, son cousin nous a montré le journal des fileuses et Yvonne a décidé de rallier Nîmes. Elle n'avait plus qu'un seul désir : faire ta connaissance et travailler avec toi. Voilà ma vie. Toute ma vie. Je ne peux pas courir. Je ne peux pas dormir plus de quelques heures sans que le visage de Grégoire Peeters ne vienne troubler mon sommeil.

Il se tait. Silence.

— Je suis là, maintenant, murmure Eulalie.

— C'est vrai. Tu es venue me chercher. Tu m'as extrait de cette geôle. Tu m'as sorti de mon mutisme. Tu m'as montré que c'était agréable d'être... vivant. Ces quelques mois ensemble ont été une bénédiction. Je ne pensais pas possible de rencontrer quelqu'un comme toi. Quelqu'un qui me voudrait du bien. Mais regardons la vérité en face : tu es mariée. La guerre finira tôt ou tard, ton mari reviendra, et je devrais partir.

— Non, pas nécessairement, proteste-t-elle. Comme tu le sais, nous ne nous aimons plus depuis longtemps. Je ne demandais pas le divorce par peur de tout perdre. Ma maison, mon entreprise. Mais à présent, je ne veux plus rien posséder.

— Je ne te demande pas de divorcer. Tu ne me connais que depuis quatre mois. Je suis pauvre. Je suis brisé. Je ne peux rien t'offrir ni te promettre. Je sais à peine lire et écrire. Toi, tu es bien née ! Tu es savante. Que ferais-tu avec moi, hein ?

— Zach, je ne divorcerai pas pour toi, mais pour moi. Cette mascarade a assez duré. Les temps ont changé. Ce sont les femmes qui font tourner le pays depuis que les hommes sont partis faire la guerre. Nous avons eu le temps de nous rendre compte que nous n'avions pas besoin d'un mari pour nous en sortir. Je n'ai plus besoin d'Ectòr, d'ailleurs, je n'en ai jamais eu besoin. Quand il reviendra, s'il revient, il n'aura plus de maison ni d'épouse. Il partira. Et ce sera fini.

— Et nous ?

— Nous continuerons à faire tourner les moulins à dévider la soie. Et si je suis chassée de la filature, nous partirons pour la Russie faire la révolution, dit-elle en souriant à l'évocation de ce rêve. Tous les quatre. Toi, moi, ta sœur, et Judit.

Il ricane. Mais son rire n'est qu'une façade et sonne faux. *Il sait. J'éprouve de la tendresse pour lui, mais je ne suis pas amoureuse. Je ne divorcerai pas pour lui faire de la place, mais pour être libre. Je ne veux pas d'un nouveau mari. Je ne veux pas d'un nouveau foyer. Tout ça, Zacharie vient de le comprendre.*

Prise d'un élan de tendresse, elle se blottit contre lui sous les draps humides.

— Je t'aime, Eulalie, murmure-t-il de sa voix éraillée.

Avant qu'elle puisse répondre, il pose délicatement les doigts sur ses lèvres.

Plus tard, Eulalie retourne à la caserne et demande à parler au brigadier Pincemaille qui la reçoit avec diligence, très étonné de sa présence. Elle lui explique le mauvais tour joué à Zacharie et il se confond en excuses, ignorant tout de l'incident, tout comme le lieutenant Cayzac. Elle prie le brigadier d'avoir l'amabilité de les conduire à la filature, puisqu'il s'y rend pour récupérer la production de la semaine. Il accepte avec empressement, et, quand le moment vient de partir, les deux jeunes gens prennent place dans la charrette à côté des sacs de charbon.

De retour à la fabrique, ils sont accueillis par leurs camarades qui les attendent sur le perron.

Zacharie se jette dans les bras de sa sœur qui verse des larmes de soulagement.

— Merci, merci d'être allée chercher mon petit frère. Merci de l'avoir ramené, dit-elle à Eulalie.

Mais Eulalie a la tête ailleurs.

— Santina a donné de ses nouvelles ?

— Non. Pas de nouvelles, répond Judit en secouant la tête.

Le silence de son amie plonge Eulalie dans une inquiétude qui grandit à mesure que les jours défilent. Elle est morose, travaille dans son coin, sans parler à personne. Un rien l'agace. Seul Zacharie peut se risquer à la déranger sans qu'elle aboie. Elle pressent un malheur. Son intuition est confirmée un matin, alors qu'elle est occupée à dévider des cocons.

— Eulalie, vite ! Venez vite ! s'écrie Magali qui traverse l'atelier en courant. C'est le docteur Boussac qui m'envoie. Santina est revenue ! Elle est très malade.

Eulalie jette son tablier de caoutchouc sur le sol et se précipite hors de la filature. Magali la précède, bondissant avec légèreté dans la fraîcheur du petit jour. Quand elles parviennent au cabinet du médecin, elles trouvent le vieillard sur le pas de sa porte.

— Magali, rentre chez toi, ordonne-t-il.

La télégraphiste salue Eulalie et disparaît sans demander son reste.

— Santina a une mauvaise grippe, annonce le docteur. C'est très grave.

Eulalie, encore essoufflée par la course, sent les larmes lui monter aux yeux.

— Je peux la voir ?

— Oui, mais restez à distance.

— Pourquoi ?

— La grippe est très contagieuse.

— S'il vous plaît, entrons. Je voudrais la voir.

Ils pénètrent dans le cabinet. Santina, paupières closes, les traits tirés, est allongée sur un divan, immobile. Eulalie se précipite à son chevet.

— Oh, Santina, ma chérie, je me faisais tellement de souci !

La Camarguaise tourne la tête avec difficulté. Elle est pâle comme la mort. Ses lèvres sont sèches et craquelées et semblent vidées de leur sang. Ses yeux luisants de fièvre ont de tels cernes qu'on croirait qu'elle s'est fardée avec du charbon. Elle n'a plus que la peau sur les os.

— Mon père est mort. Ma mère aussi, dit-elle dans un souffle.

Une puissante quinte de toux caverneuse la secoue. Eulalie sent les larmes lui monter aux yeux. De sa manche, elle essuie la sueur qui inonde le front de son amie.

— Je suis désolée, tellement désolée...

Le docteur Boussac, qui se tient discrètement à l'écart, touche l'épaule d'Eulalie.

— Un mot, dans le couloir ?

Elle lui emboîte le pas.

— Elle ne peut pas rester au village, déclare-t-il à voix basse sans préambule.

— Mais...

— Vous devez comprendre. La grippe est très contagieuse. C'est une maladie redoutable sur des organismes affaiblis. Vous aussi, vous avez été à son contact, il faut vous isoler et vous ne devez pas retourner à la filature.

— Vous n'y pensez pas !

— Avez-vous envie de mettre la vie de vos amies et de leurs enfants en péril ?

— Mais... proteste-t-elle avant de capituler. Que dois-je faire ?

— Vous devez vous isoler avec elle. Sa charrette se trouve juste derrière le cabinet. Emmenez Santina dans votre ancienne maison. Couchez-la. Baignez-la régulièrement avec de l'eau fraîche. Essayez de lui faire avaler de la soupe. Et beaucoup d'eau. Elle est déshydratée.

Il se tait. Dans la pièce voisine, Santina est de nouveau victime d'une quinte de toux déchirante.

— Dans combien de temps sera-t-elle remise ?

Il fronce les sourcils.

— Vous savez, c'est une maladie grave, difficile à soigner, et...

— Dans combien de temps sera-t-elle remise ? le coupe Eulalie non sans agacement.

— Si au bout d'une semaine la fièvre a baissé, qu'elle peut de nouveau garder les yeux ouverts, parler, manger normalement, alors elle sera sortie d'affaire, consent-il à répondre. Les prochaines vingt-quatre heures vont être déterminantes. La fièvre va atteindre un pic dangereux.

— Que puis-je faire ?

— Absolument rien, malheureusement. Soyez là pour elle.

— Mais il doit bien exister un remède...

— Du repos, de la chaleur, de l'aspirine. Si vous avez de la cannelle et du miel, vous pouvez préparer une infusion de thym.

— Et pour sa toux ?

— Si vous avez des graines de moutarde, vous pouvez les moudre, les mélanger avec de l'eau tiède, et préparer un cataplasme. Posez-le sur sa poitrine jusqu'à ce qu'elle ressente une légère brûlure. Cela la soulagera.

— Je vous remercie, docteur. Encore une chose : puis-je avoir une feuille de papier et une plume pour prévenir mes amis ?

— Bien sûr. Je chargerai Magali de la transmettre.

Mes chères amies, cher Zacharie, chers enfants,

Santina est revenue, mais elle est très malade. Le docteur dit que le mal qui l'affecte représente un danger pour vous tous, alors je l'emmène à l'ancienne maison avec la charrette et le cheval que l'armée nous a donnés. Demandez au brigadier Pincemaille d'emmener l'un d'entre vous récupérer la voiture quand il viendra prendre la livraison de la semaine. Je ne voudrais pas que vous restiez sans moyen de transport en cas d'urgence.

Ne vous inquiétez pas pour Santina, je veille sur elle. Ne vous inquiétez pas pour moi non plus. Ne venez pas me rendre visite ! Il faut éviter tout risque de contagion.

Je suis désolée pour le surcroît de travail qu'entraîne mon absence. Mais le plus important, c'est que notre Santina se rétablisse ! J'ai hâte que nous puissions nous retrouver tous ensemble pour l'écouter nous lire notre roman-feuilleton.

En attendant, je vous embrasse.

Eulalie.

Eulalie commence par allumer un grand feu dans la cheminée car la demeure inoccupée est glaciale, puis elle installe confortablement son amie dans le lit offert pour son mariage pendant que l'atmosphère se réchauffe doucement. Elle puise de l'eau fraîche dans le puits et remplit une pleine cuvette qu'elle pose sur la table de chevet. Elle déniche le nécessaire pour confectionner tisanes et cataplasmes et s'active dans la cuisine poussiéreuse et pleine de toiles d'araignées. Eulalie n'a de cesse d'aller et de venir pour ajouter des bûches dans la cheminée, souffler sur le foyer, récolter des braises à mettre dans une bassinoire qu'elle passe dans le lit de la malade.

Elle essaie de faire boire Santina, mais celle-ci

vomit tout ce qu'elle avale. Eulalie se contente de lui humecter les lèvres avec un linge en espérant la soulager.

Le docteur n'a pas menti : la nuit qui suit, Santina affronte un accès de fièvre effroyable. Elle grelotte, elle est prise de convulsions, elle tousse, et tousse encore, à s'en décoller les poumons. Eulalie, prostrée à son chevet, lui tient la main comme pour la retenir ici-bas.

Au petit jour, après des heures sinistres d'angoisse et de lutte, elle est réveillée par la voix de Santina.

— Eulalie chérie, dit celle-ci d'une voix d'outre-tombe, fais attention, tu t'es endormie, tu as failli tomber de ta chaise.

La Camarguaise est blanche comme un suaire, ses yeux sont luisants, mais son front est sec, elle a cessé de transpirer. La fièvre est tombée.

— Santina ! Oh, mon amie, tu parles à nouveau ! Quel bonheur !

Elle l'embrasse avec frénésie.

— Tu m'as tellement manqué ! Je guettais ton retour par la fenêtre... J'étais d'une humeur exécrable !

— Toi ? Toi d'habitude si souriante et si amène... dit Santina avec un clin d'œil.

Eulalie éclate de rire. Santina tente de l'imiter, mais son rire se transforme en râle et elle étouffe.

— Ma chérie, ne te fatigue pas, ordonne Eulalie en remettant les couvertures en place. Tu es déshydratée.

Le docteur m'a conseillé de te faire boire de la tisane. Je vais aussi confectionner un cataplasme.

L'institutrice ne répond pas. Elle regarde dans le vide. Ses prunelles se vident de leur éclat.

— Santina ? s'inquiète Eulalie.

— Ma mère agonisait depuis des jours, mais, subitement, elle a ouvert les yeux et a voulu me parler. J'ai cru qu'elle était sauvée. Mais ce n'était qu'un sursaut avant la mort.

— Arrête, je t'en prie, l'interrompt Eulalie qui craint de deviner où elle veut en venir. Tu es bien plus jeune. Tu n'as pas passé ta vie à trimer au milieu de marais putrides...

— Regarde ma main.

Santina tend la main d'un geste las et déplie ses doigts.

— Mes ongles sont bleus. Les siens l'étaient aussi. Comme elle, je souffre du cœur et des poumons.

— Enfin, cela ne veut...

— Puis ses bras se sont couverts de taches bleues... Et c'était la fin.

— Regarde tes bras, ils sont bien roses, comme à leur habitude ! Tu délires. Tu as eu de la fièvre cette nuit, et tu n'as ni bu ni mangé depuis longtemps. Je vais trouver de quoi te requinquer et tu vas oublier tout cela.

De grosses larmes se mettent à rouler sur les joues creuses et blanches de la malade.

— Promets-moi d'écrire à Alphonse, demande

Santina d'une voix suppliante qui s'agrippe avec le peu de force qui lui reste au bras d'Eulalie. Mon pauvre Alphonse... Tu lui diras que je l'ai aimé et que j'avais hâte d'être sa femme. Oh, ça oui, j'en avais hâte...

— Arrête de dire des âneries ! s'écrie Eulalie en se levant. Je vais te faire de la tisane. Tu dois boire. Et te nourrir. Voyons ce que le potager nous offre.

Eulalie s'affaire avec diligence. Une infusion d'abord qu'elle monte à son amie.

— Tiens, du thym et du miel. C'est bon pour toi.

Puis elle se couvre pour sortir. Dehors, il fait froid et sec sous un soleil timide. Eulalie traverse le jardin d'un bon pas pour gagner le potager. Heureusement qu'elle s'est occupée de l'entretenir avec l'aide de Zacharie. *Zacharie...* Elle n'a pas pensé au jeune homme depuis le retour de Santina. Cette réflexion l'attriste. L'image du visage de son amant s'impose à son esprit. Sa voix rocailleuse résonne dans sa tête. Elle l'entend parler de son enfance malheureuse et des supplices infligés par cet infâme policier.

Elle est tirée de sa rêverie par le bruit étouffé d'une quinte de toux de Santina. Elle s'empresse de ramasser un chou et de réintégrer sa cuisine.

Quelques instants plus tard, elle s'installe au chevet de son amie.

— Il faut que tu manges un peu, déclare-t-elle. J'ai mis un chou à bouillir pour te confectionner une bonne soupe.

Ses yeux s'embuent.

— Tu te rappelles notre premier repas à l'internat ? Je venais d'arriver, et cette charmante cuisinière nous avait servi de la soupe. J'étais terrifiée et toi, tu faisais la fière !

— Ce n'était pas de la soupe, mais de la fougasse, répond Santina en souriant à l'évocation de ce moment.

— Ah, oui ! Avec des olives noires ! Je m'en souviens maintenant.

La Camarguaise lutte pour avaler quelques gorgées de tisane.

— Et puis, tu m'as emmenée voir ton secret, murmure-t-elle.

— Le toit !

— Le toit et sa vue imprenable sur la cité. Dieu, que c'était beau... Je n'oublierai jamais ce moment.

— Tant mieux.

Santina marque une pause avant de reprendre d'une voix douce :

— Souviens-toi de l'enfant que j'étais. Gaie. Insouciante.

— Tu vas t'en sortir, promet Eulalie en caressant la main froide de son amie. Tu es ma seule famille. Je vais te soigner, tu vas guérir, puis nous retournerons à la filature tisser des fils de soie pour l'armée. Quand la guerre sera finie et que les hommes reviendront, tu épouseras Alphonse, et vous retournerez à Beaucaire. Tu t'occuperas de ton école, lui de sa banque, et vous viendrez passer vos dimanches à Callune. Tu m'entends ?

— D'accord, répond-elle en hochant la tête. Et toi, que deviendras-tu quand les hommes rentreront ?

— Nous verrons en temps voulu.

— Que deviendra Zacharie ?

— Zacharie ? répète Eulalie en fronçant les sourcils.

— Je te connais depuis si longtemps, ma chérie. Je sais quand tu es heureuse et quand tu es malheureuse, en dépit de ta pudeur. – Santina reprend son souffle avec peine. – Et je sais voir quand tu es amoureuse.

— Amoureuse ? Mais...

— C'est formidable d'être amoureuse. Oh, ma chérie, aimer et être aimée, tu ne sais pas ce que c'est, c'est ton grand malheur. Il faut que tu apprennes à accueillir le bonheur comme il vient.

— Mais...

— Je ne serai plus là bientôt. Et je veux partir en ayant la satisfaction de savoir que tu es heureuse.

— Je suis heureuse quand mes amis sont près de moi.

— C'est bien. – Santina pose sa tasse sur la table de chevet et enfonce la tête dans l'oreiller moelleux. – Il t'aime aussi, tu sais. Penses-y.

Puis elle ferme les yeux. L'épuisement fige les traits de son visage. Eulalie quitte sa chaise et s'allonge sur le lit près de son amie. Elle est rattrapée par la fatigue d'une nuit de veille et clôt les paupières, bercée par le souffle rauque de sa voisine avant de sombrer dans un sommeil lourd.

Quand elle s'éveille, Santina est morte.

Eulalie le comprend instantanément. Le visage étrangement blanc, presque bleu, ne montre que trop que le cœur a cessé de battre.

Elle est tout d'abord terrifiée et bondit hors du lit. Elle n'a jamais vu de cadavre auparavant, elle n'a jamais vraiment côtoyé la mort dans sa brutalité. Santina a les traits enfin détendus, comme si elle dormait d'un sommeil paisible. Presque sereine.

Un silence de chapelle règne dans la chambre. *Cette maison est un tombeau. Mes parents y sont morts, mon mariage y est mort et maintenant mon amie.* Eulalie contemple le corps froid de Santina et laisse peu à peu la réalité s'imposer. *Comment est-ce possible ? Comment est-elle ici, près de moi, alors qu'elle est partie ?* Elle aimerait saisir son amie par les épaules et la secouer pour qu'elle s'éveille. *Quelle cruauté de mourir quand on n'a pas vingt-cinq ans et que le printemps est en chemin !* Santina Mailhan a vécu et elle n'est plus. Elle a grandi en Camargue auprès de parents pauvres et aimants. Elle a été une élève studieuse. Elle a connu l'amour dans les bras d'un jeune employé de banque nommé Alphonse auquel elle s'est fiancée avant qu'il ne parte faire la guerre. *Est-ce donc là son épitaphe ?* Santina était une cavalière émérite, une institutrice douce, bienveillante et passionnée, une fille tout juste sortie de l'adolescence au rire cristallin. Elle aimait rendre service, partager son savoir avec les ouvrières, lire le journal pour tout le monde. *Et c'était mon amie.* Eulalie sent son cœur se briser, ses yeux se remplir de larmes, sa gorge se bloquer. *Tu es morte, mais je t'aime encore.*

Après avoir mouillé de larmes la dépouille de son amie, Eulalie l'emmaillote dans le plus beau drap laissé par ses parents. Puis elle la porte avec peine et la dépose sur la charrette en ahanant. Munie d'une vieille poêle, elle se met en marche en direction de la colline en tenant le cheval par le licol. Le cheval ne bronche pas, comme s'il savait qu'il participait à des funérailles. Tous deux avancent silencieusement.

Arrivée sur la crête, Eulalie couche délicatement Santina sur l'humus froid. Elle entreprend de creuser la terre avec la poêle, substitut de la pelle réquisitionnée. L'ouvrage l'occupe une bonne partie de la journée. La terre est dure et sèche. Elle sue sang et eau.

Une fois la tombe creusée, elle s'installe près du corps de son amie. Elle allume une cigarette et les volutes de fumée disparaissent dans l'air du soir.

— Si ça ne t'embête pas, je voudrais te parler encore. Je te parle quotidiennement depuis si longtemps que je ne pense pas pouvoir m'arrêter du jour au lendemain. Tu es d'accord ?

Assise près de la tombe improvisée, insensible

au froid, Eulalie raconte à Santina leurs souvenirs communs, lui décrit la beauté du paysage qui l'entoure, la lumière dorée du soleil couchant.

— Je veux que tu sois sur le toit du monde ! Regarde, regarde autour de toi ! C'est l'heure dorée où tout s'embrase. Là en bas, c'est la maison. Plus loin, c'est Callune. Tu vois la cheminée qui fume ? C'est le café de Madeleine. La filature est plus haut en longeant la rivière, mais tu ne la vois pas derrière les arbres. Et tout autour de toi, des collines, des collines abruptes couvertes de chênes et de châtaigniers, de pitons rocheux et de claies pour fumer les châtaignes. Voilà ta dernière demeure.

Elle se tait et contemple le ciel. Tout est harmonie dans la décadence du jour.

Puis le soleil disparaît derrière la colline, englouti par la nuit. Le temps est venu de coucher Santina dans son dernier lit.

6

Malade

Callune, 12 mars 1915

— Eulalie ? Eulalie, tu es là ?

Zacharie saute de la charrette du brigadier Pincemaille qu'il remercie sans s'attarder. Le militaire fait pivoter son attelage sur le chemin pavé devant la propriété Bastide, dans l'espoir d'être de retour à Alais avant la nuit.

— A la semaine prochaine, jeune homme.

Zacharie ne répond pas. Voilà plus d'une semaine qu'Eulalie a disparu. Le jeune homme voudrait pouvoir s'élancer, traverser le jardin, fouiller la maison, sillonner le domaine, mais sa jambe l'en empêche. Il a demandé à Yvonne de lui lire et de lui relire la lettre d'Eulalie transmise par le docteur Boussac pour se rassurer, mais ce long silence n'est pas normal. Comme exigé dans le courrier, il a attendu, non sans impatience, le vendredi suivant et le retour du brigadier pour se rendre à la propriété.

Il claudique jusqu'au jardin alors que la charrette du militaire disparaît dans la pente. Il tourne la tête à gauche, puis à droite : personne dans le potager. Personne dans les vignes. Il lève les yeux : personne sur la crête. Un hennissement lui parvient depuis l'écurie. Il claudique jusqu'au bâtiment. Le cheval est bien là, mais son auge est vide. Il libère l'animal affamé pour qu'il trouve pitance à l'extérieur. La charrette repose dans un coin sous une bâche de toile. Eulalie est donc ici. Il prend le chemin de la maison, toque à la porte, personne ne lui répond. Le loquet n'est pas tiré, il entre. Dans la cuisine règne le désordre le plus total : la table de chêne, couverte d'épluchures, est maculée de farine, la vaisselle sale est éparse. Un frisson le saisit. Il n'y a plus que des cendres noires et grises dans l'âtre. D'après le froid qui règne, le feu est éteint depuis plus d'une journée. Il s'engage dans l'escalier aux marches irrégulières qu'il gravit avec peine. Il parvient en haletant dans l'étroit couloir qui dessert les chambres. Les volets sont tirés, il n'y voit rien et cligne des yeux. Soudain, il prend conscience d'une présence dans le grand lit. Il se précipite aussi vite que sa jambe le permet.

— Eulalie ! Eulalie !

La jeune femme est allongée sur le ventre. Il la retourne en la tirant sans ménagement par les épaules.

Affolé, tremblant, il écarte les longs cheveux poisseux de sueur qui collent au visage de son amante qui gémit et se met à tousser. Zacharie, soulagé, se met à l'embrasser furieusement sur le front brûlant, les joues, la bouche.

— Merci, merci, Seigneur, merci ! Tu es vivante !

Eulalie n'est pas morte, mais elle n'est pas bien vaillante. Terrassée par la grippe, elle tangue sur la mer de l'inconscience. Zacharie sait ce qu'il faut faire. Ses parents, sa sœur et lui-même ont été à tour de rôle malades dans le Nord. Il doit la dévêtir, la laver, la faire boire. Il écarte les couvertures du lit et entreprend de la dénuder. Puis il fouraille dans la grande armoire et trouve des taies d'oreiller défraîchies.

— Parfait.

Il part puiser de l'eau au puits. Sa jambe raide le gêne terriblement mais il serre les dents. Il ne pense qu'à une chose : Eulalie. Portant le seau d'eau à bout de bras, il fait le chemin inverse en traînant la patte. Il bute contre un objet posé contre le mur qui tombe en clinquant : une poêle cabossée maculée de terre séchée. Il pose le seau, se penche en grimaçant, s'empare de la poêle et l'examine. Il se creuse la tête : que fait cette poêle boueuse ici ?

— Santina.

Soudain, la vérité, l'horrible vérité lui apparaît : Eulalie a mis en terre sa meilleure amie, seule, avec cet ustensile en guise de pelle. Il soupire et reprend son seau d'eau. Il regagne la chambre et s'approche de sa compagne allongée sur le lit, pâle, brûlante. Il verse délicatement de l'eau dans la cuvette, prend une taie d'oreiller, la mouille avant de la poser sur le front de la malade. Il fait les mêmes gestes avec une autre taie qu'il pose sur son bas-ventre, près de l'aine. Mais ce n'est pas suffisant. Elle doit s'hydrater. Il soulève délicatement la tête de la jeune femme, approche un verre d'eau de ses lèvres sèches, parvient à verser quelques gouttes dans sa bouche. Il renouvelle l'opération encore et encore.

Au petit matin, Zacharie constate avec satisfaction que le corps d'Eulalie est moins brûlant que la veille. Elle n'a pas repris conscience, mais sa température semble s'être stabilisée. Elle ne tousse presque plus.

— Eulalie, ma douce, je suis là, murmure-t-il avec tendresse. Tiens bon.

Il ne peut détacher son regard de sa compagne souffrante. Le dessin de sa bouche. Sa mâchoire volontaire. Son petit nez. Ses sourcils sombres et droits et ses cils si longs. Exténué, il ferme les yeux et laisse la paix l'envahir.

Il se réveille moins d'une heure plus tard, tenaillé par la faim. Il se lève, embrasse Eulalie sur le front, puis gagne la cuisine. Il nettoie la table, fait la vaisselle à grande eau, range plats et ustensiles. Il récure la marmite dans laquelle un fond de soupe s'est solidifié. Il dispose du bois dans la cheminée et lance le feu, bientôt une chaleur bienfaisante se répand dans la pièce. Il met en route le poêle. Quand le jour sera levé, il ira dans le potager voir s'il y a quelque chose à glaner. En attendant, il épluche deux carottes ramollies qui traînent là et les dévore. Il prend une casserole et fait chauffer de l'eau pour préparer une tisane au miel et au thym. Puis il monte l'escalier en grimaçant et retrouve la jeune femme qui dort d'un sommeil agité. Il approche le liquide brûlant de ses lèvres et la force à en avaler quelques gorgées. Il retire son pantalon de toile, son gros gilet de laine, sa chemise en coton et grimpe sur le lit avec précaution. Tout comme Eulalie, il ne porte plus que son tricot de corps et un large caleçon blanc. Il se colle contre elle, la prend dans ses bras. Elle roule des yeux sous ses paupières.

— Eulalie, tu m'entends ? lui demande-t-il en caressant sa joue. Si tu m'entends, reviens-moi. Reviens-moi, j'ai besoin de toi. Les fileuses ont besoin de toi.

Il se serre contre elle. Elle ne bouge pas. Leurs deux corps jeunes et vigoureux, tout de blanc vêtus, s'épousent dans la lumière qui filtre au travers des volets fermés. Il s'assoupit.

La matinée est bien avancée quand il s'éveille. Il saute du lit, descend à la cuisine et s'active pour préparer une soupe de légumes. Quand il regagne la chambre, il ouvre les volets.

— Eulalie, il est temps que tu manges.

Le jour inonde la pièce. Zacharie dépose un bol fumant sur la table de chevet.

— Tu sens cette bonne odeur ? Carottes, oignons et céleri. Tu vas te régaler.

Il est bien décidé à la faire manger. Mais pour cela, il faut qu'elle revienne à la vie. Il s'assied au bord du lit, lui caresse la joue avec insistance, la secoue doucement par l'épaule.

— Eulalie, réveille-toi. Tu as assez dormi.

Soudain, elle cille et entrouvre les paupières. La lumière l'éblouit. Elle tourne la tête de gauche à droite en maugréant.

— C'est bien, c'est bien. Prends ton temps, dit-il d'une voix douce.

Enfin, elle dévoile ses pupilles mordorées. Il sourit, ravi de revoir ses beaux yeux qui lui ont tant manqué. Ils sont troubles et sans vie, mais, pour le moment, il s'en contente.

— Tu as fait un long voyage. Je suis content que tu sois de retour.

Elle regarde autour d'elle. Elle reconnaît la chambre, les meubles. Puis son visage se crispe dans une expression douloureuse.

— Santina...

C'est le premier mot qu'elle prononce depuis des jours. Il s'étrangle dans sa gorge.

— Je sais, je sais, répète-t-il en lui caressant le front. Mais maintenant, il faut que tu guérisses. Et pour guérir, tu dois manger.

Il l'aide à se redresser et place des coussins dans

son dos. Elle est si faible que le moindre mouvement l'épuise. Elle est prise de tremblements incontrôlables. Zacharie a le cœur brisé de la voir si fragile. Quand elle est bien installée, il prend le bol de soupe et l'approche des lèvres de la jeune femme.

Elle grimace quand le liquide chaud serpente dans sa gorge.

— Doucement, doucement. Ne t'étouffe pas.

Au fur et à mesure qu'elle avale la soupe, la conscience lui revient. Son regard devient lucide. Ses joues rosissent.

— Zach ! dit-elle dans un souffle en reconnaissant enfin le bon Samaritain qui la nourrit.

Elle est enfin revenue à elle. Il pose le bol de soupe. Il approche son visage du sien, elle ferme les yeux et tend les lèvres pour un baiser. Soudain, elle s'écarte.

— Non, non ! Tu vas tomber malade toi aussi !

— N'aie crainte. Tu n'es plus contagieuse. Je connais cette maladie.

— Me voilà rassurée. Quand es-tu arrivé ?

— Hier. Je suis venu avec Pincemaille qui venait chercher la production de la semaine. Je t'ai trouvée évanouie. Tu es restée longtemps sans manger ni boire ?

— Je ne sais plus. J'ai perdu le compte des jours. Après que Santina...

Elle s'interrompt, incapable de dire la cruelle vérité.

— Pas besoin de m'expliquer. J'ai compris. – Il lui prend la main et la serre. – Je suis là maintenant.

Elle le regarde avec étonnement. Elle ne l'a jamais vu si tendre, si généreux, si chaleureux. Quelque chose a changé en lui. *La peur de me perdre le conduit-elle à perdre toute sa timidité ?* Elle pense à Santina et à ses derniers mots. « Il t'aime aussi, tu sais. » Elle voudrait lui dire qu'elle éprouve une tendresse immense pour lui. Mais les pensées se bousculent dans son esprit embrumé par la fièvre et elle garde le silence, de peur de se montrer maladroite.

— Merci. Merci pour ton aide, se contente-t-elle de dire.

Il lui sourit et de petites rides charmantes apparaissent au coin de ses grands yeux noirs. Touchée par sa beauté singulière, la jeune femme tend une main vers son visage. Mais l'effort lui coûte une quinte de toux. Elle laisse mollement retomber son bras.

— Regarde comme tu es faible. Tu as passé trop de temps sans manger. Tu dois finir ta soupe ! ordonne Zacharie.

La semaine s'écoule dans la langueur de la convalescence. Eulalie est trop faible et ne peut pas encore quitter le lit. Zacharie s'occupe de tout. Il met de l'ordre dans la maison, rafraîchit le potager, panse le cheval, change sa litière, le nourrit. Il a vécu toute sa vie en ville et n'a jamais appris à monter à cheval. Il ne sait pas non plus poser un harnais d'attelage. Il est obligé d'attendre le retour du brigadier Pincemaille avant de rentrer à Callune. Il voudrait pouvoir prévenir sa sœur et les fileuses que tout va bien pour eux. Mais cela ne fait rien : les deux jeunes gens dorment l'un contre l'autre, enlacés, discutent, boivent des litres de tisane, dorment encore. Il n'y a plus d'huile pour remplir les lampes. Zacharie dégote des bougies çà et là et les dispose dans la chambre qui s'illumine d'une lumière pâle et poétique. Reclus dans la maison, ils oublient le monde extérieur. Ils oublient la guerre, les privations, les mesquineries du pasteur Joèl. Ils oublient le caractère scandaleux de leur liaison. Mais elle n'oublie pas son chagrin. Elle apprend à vivre avec.

Le garçon découvre le vieil exemplaire de *L'Enéide* qu'Eulalie avait rapporté de Nîmes et lui demande de lui faire la lecture. Elle prétexte la fatigue et refuse gentiment, le pousse à lire l'ouvrage lui-même. Alors il entreprend de le déchiffrer, ligne après ligne. Au bout de quelques jours, il a fait de remarquables progrès. Elle le félicite, il s'enorgueillit de son succès. Lui, l'ouvrier, se surprend à rêver d'une vie auprès de cette femme cultivée qui l'encourage à devenir meilleur.

La veille du retour du brigadier, Eulalie est encore faible. Elle ne peut quitter le lit sans vertige. Ses jambes sont flageolantes. Mais elle est confiante. Elle sait qu'elle a vaincu la maladie. Elle se réjouit à l'idée de revoir Judit, Yvonne, Bérangère et les autres. Elle appréhende le moment où elle devra leur annoncer le tragique décès de Santina, mais elle pourra enfin partager sa peine et jouir du soutien de ses amies. En attendant, son compagnon l'oblige à se coucher tôt.

— Demain, tu devras quitter la chambre, et rejoindre la filature en carriole. Il fera froid. Je ne veux pas que tu rechutes. Tu dois être forte. Tu dois te reposer.

Elle rit et passe ses doigts agiles sur le front soucieux de son amant, comme pour le dérider.

— Comment te tenir tête ? Très bien, mouche la chandelle. Je serai sage.

Il s'exécute, remonte sa couverture et tous deux s'endorment paisiblement.

Au plus noir de la nuit, un bruit se fait entendre.

Zacharie, qui ne dort que d'un œil depuis la funeste nuit qu'il a passée entre les griffes de Grégoire Peeters, dresse l'oreille, comme un chevreuil aux aguets.

— Eulalie, tu as entendu ?

— Une chouette ou un rat. Rendors-toi, grommelle-t-elle dans un demi-sommeil.

Zacharie n'est pas rassuré. Il cherche la boîte d'allumettes sur la table de chevet et se saisit de la chandelle. Une lueur vacillante éclaire vaguement les murs. Il se dresse sur son séant et plisse les yeux. *N'y a-t-il pas...* Sa bouche se tord dans une grimace d'horreur.

Au pied du lit, une silhouette monumentale le domine, la lame d'un couteau luit dans sa main.

Zacharie est tétanisé. Il se met à trembler comme à chaque fois depuis qu'il a été torturé.

— Tu n'es qu'une putain, vocifère l'inconnu avec rage. Une putain !

Eulalie se réveille en sursaut. Elle a reconnu cette voix. Elle lève la tête, se frotte les yeux. *Est-ce un cauchemar ? Non, tout est bien réel.*

Ectòr est là.

Comme possédé par le démon, il gesticule. D'une main, il agite un papier chiffonné, de l'autre, le couteau à viande qu'il a pris dans la cuisine. Eulalie a du mal à reconnaître son mari hirsute et sale, vêtu d'un uniforme souillé et déchiré par endroits.

— Ectòr ? Ectòr ? Mais qu'est-ce que...

— J'ai déserté quand j'ai reçu la lettre de ta sœur... Je ne pouvais pas le croire. C'était impossible. Il fallait que je le voie de mes propres yeux. Toi, la sainte-nitouche, tu n'es qu'une putain ! Six mois ! Six mois que je suis sur le front, et pas une lettre, pas un mot, parce que tu es trop occupée à voler mon argent et à ouvrir tes sales cuisses pour les planqués ! – Il désigne Zacharie de la pointe de son couteau. – Tu as refusé de coucher avec moi pendant deux ans, mais tu baises avec le premier clochard venu pendant que je crève de faim et de froid sur le front à risquer ma vie pour mon pays ! Tu es une putain, alors que moi, je suis un héros ! Un héros !

Il s'approche d'elle, menaçant. Il pue, une odeur de sueur et de crottin. Zacharie parvient à rassembler ses esprits et, sans réfléchir, oubliant sa peur, à genoux sur le lit, il fait écran de son corps et s'interpose. Ectòr, hors de lui, plante le couteau dans le ventre du jeune homme. Eulalie se met à hurler. Ectòr est en transe et frappe, frappe encore. Zacharie, dans un ultime mouvement de protection, s'affale sur Eulalie. Il ouvre la bouche, un flot de sang inonde la chemise de nuit de la jeune femme, et déjà son regard plein d'amour est terni par l'approche de la mort. Et le sang, partout, le sang.

— Je n'aurais jamais dû t'épouser, chienne ! braille Ectòr, ivre de fureur. Mon oncle avait tort. Le jeu n'en valait pas la chandelle. Tu m'as maudit ! Maudit ! Crève, putain ! J'ai tout perdu, tout. J'ai déserté, on me trouera la peau, de toute manière ! Mais tu n'auras pas mon honneur, ça non.

Eulalie, écrasée par le corps inerte de son amant, ferme les yeux et se recroqueville sous la dépouille dégoulinante de sang chaud. Ectòr saisit le cadavre pour le faire basculer, mais il y parvient à moitié. Il lève le couteau et frappe, mais c'est encore Zacharie qu'il poignarde. Eulalie, paralysée, gémit comme si elle avait été touchée. La croyant morte, le géant jette son couteau qui rebondit sur le sol dans un bruit fracassant et tourne les talons. Il se précipite dans l'escalier. Eulalie ne bouge pas. Elle attend. Ecrasée sous le corps protecteur de Zacharie qui l'empêche de respirer, elle attend. Du sang lui coule sur le visage, dans la bouche, mais elle attend. Elle entend le pas lourd d'Ectòr qui s'active dans la cuisine dans un grand fracas. Une odeur désagréable lui parvient. Une odeur de danger qui met tous ses sens en éveil.

Ectòr met le feu à la maison.

Au bout d'un moment qui semble durer une éternité, elle l'entend qui claque la porte et partir au galop. Les fers de sa monture résonnent dans la nuit à mesure qu'il s'éloigne. Elle repousse le cadavre de Zacharie avec peine, se dégage, s'extirpe du lit et se met sur ses pieds, avant de vaciller, prise de vertige. Ce n'est pas le moment de flancher. Une fumée épaisse s'engouffre par l'escalier. Bientôt elle sera piégée dans la maison. Tremblante, épuisée, couverte de sang, elle regarde son amant qui gît sur la couche dans une mare rouge. Un craquement violent parvient du rez-de-chaussée, les flammes à présent grondent et la fumée se fait dense. *Il faut partir.* Elle va devoir laisser Zacharie disparaître dans le brasier.

— Non, pas ça, non ! gémit-elle.

Elle tente de tirer le corps, mais il est trop lourd.

— Je dois te laisser là...

Elle repousse les longs cheveux noirs de son amant qu'elle embrasse sur le front, sur les joues. Ses larmes se mêlent au sang de son amant.

— Adieu, adieu Zacharie. Je suis désolée, oh, si tu savais à quel point je suis désolée...

Elle ne peut plus rester là. La fumée embrase ses poumons et elle tousse. Les craquements sinistres proviennent de la cuisine. Elle jette un regard sur Zacharie comme pour imprimer son image dans son esprit, touche une dernière fois ses lèvres douces et charnues. Amasser des souvenirs, vite. Engranger le plus de sensations possible pour cette nuit et toutes les nuits à venir. A terre, le couteau ensanglanté. Elle le ramasse et coupe une mèche de cheveux de son amant. Puis elle sort en courant.

Elle titube dans l'escalier opaque de fumée. Pourra-t-elle seulement traverser la cuisine et parvenir à la porte d'entrée ? Ectòr a jeté des bûches incandescentes aux quatre coins de la pièce. Les poutres de châtaigniers, léchées par les flammes, menacent de s'effondrer sur elle. Aveuglée, courbée en deux, elle court, ses pieds nus heurtent des débris qui les entaillent. Elle parvient à la porte en toussant si fort qu'elle manque de vomir. Ses yeux brûlent, elle cherche la poignée à tâtons, l'actionne, et se jette au-dehors. Dans l'étable, le cheval hennit et rue en tous sens, affolé par l'incendie. Elle se précipite pour le libérer, se hisse péniblement sur son dos en s'agrippant à sa crinière, et file sur le chemin qui mène au village sans se retourner. Elle presse les flancs du cheval aussi fort qu'elle le peut et s'enfonce dans la nuit au galop.

Uzès, 20 mars 1915

Ainsi donc, c'est ici qu'elle vit. Eulalie lève le nez et scrute le bâtiment. Une jolie bâtisse toute blanche aux volets bleus. Un pot de géraniums aux fenêtres pour repousser les mouches. L'ensemble est charmant. Qui pourrait croire que l'âme sèche qui vit là a détruit sa vie, et celle du garçon qu'elle aimait ? Elle s'approche de l'épaisse porte de bois, toque, puis attend quelques instants. Du bruit se fait entendre. Une très vieille femme ouvre.

— C'est pour quoi ?

— Je viens rendre visite à Linon Bastide.

— Et qui êtes-vous ?

— Sa sœur.

La vieille grimace avant de la laisser entrer.

— Je suis sa logeuse. Elle vit à l'étage. Empruntez l'escalier au fond à droite.

Eulalie s'engage dans le couloir sombre, mais la mégère l'arrête en lui pinçant le bras avec force.

— D'abord, il faut quitter vos chaussures et mettre des patins. C'est que j'ai du parquet, moi.

Eulalie s'exécute sans broncher. Toute la maisonnée sent l'encaustique. Au premier étage, elle s'arrête devant une porte surmontée d'une épaisse vitre verdâtre. Elle frappe. Elle entend un bruissement de jupon. Linon apparaît dans l'encadrement.

— Eulalie ? Mais que fais-tu là ?

— Tu as gagné, répond Eulalie.

— Je te demande pardon ? Gagné quoi ?

— Tout, Linon. Absolument tout.

Elle pénètre dans l'appartement de sa sœur sans qu'on l'en ait priée, avise une table entourée de chaises et s'assied. Linon prend place en face d'elle. Elle est blême. Eulalie remarque avec étonnement que ses mains maigres tremblent légèrement.

— Zacharie est mort, assassiné par Ectòr, lâche-t-elle. Quant à Ectòr, il a été fusillé il y a quelques jours. Me voilà veuve.

— C'est terrible...

— Ne joue pas à ce jeu-là. Je sais tout.

Eulalie tire de la poche de son paletot de laine une lettre maculée de suie qu'elle jette sur la table.

— Je sais que c'est toi qui l'as prévenu que j'avais un amant.

Linon baisse la tête. Puis elle pose ses mains à plat sur la table avant de lever le menton et de plonger ses yeux dans ceux de sa sœur.

— Tu es venue pour obtenir la vérité, n'est-ce pas ?

— Non, je la connais. Je suis là pour te donner ça.

Eulalie plonge de nouveau la main dans sa poche et en sort une liasse de papiers.

— Comme je suis veuve, je reprends la propriété, les terres, et la filature.

— Et alors ? Es-tu là pour me narguer ? crache Linon.

— Je te donne tout, sauf la filature.

Elle pousse les papiers qui glissent sur la table lustrée. Linon écarquille les yeux.

— Tu me donnes...

— Je ne veux plus rien de tout cela. Prends tout. Mais ce que je veux savoir, c'est pourquoi. Pourquoi as-tu agi ainsi ?

L'institutrice esquisse un vilain sourire mesquin. Sa bouche se tord dans une expression de haine.

— Tu as tout eu, dit-elle après un instant de silence. Tout. La maison, la filature, un mari, un amant.

— Mais rien ne t'empêchait de te marier, ni de prendre un amant ! Quant à l'héritage, je t'ai proposé de tout partager le jour même du rendez-vous chez le notaire. Pourquoi avoir refusé ?

— Parce qu'il ne voulait pas partager.

— Qui donc ?

— Basilì.

— Basilì Cabanel ? Mais que vient-il faire dans cette histoire ?

— Tout ! s'écrie Linon avec véhémence. Absolument tout ! Je… j'aime son fils.

Eulalie reste coite, éberluée. *Son fils, mais de qui parle-t-elle… ?* Puis le souvenir du garçon raffiné aux souliers cirés et aux cheveux gominés lui revient.

— Alarì ? Alarì Cabanel ? Zacharie est mort pour ce benêt ?

— Oui, Alarì. Je l'ai toujours aimé.

Sa voix se brise et elle baisse le regard

— Je ne comprends pas... bredouille Eulalie.

Linon relève la tête et toise sa sœur dans une attitude de défi. Mais quelque chose s'est fêlé. Son œil paraît humide. Sa morgue a quelque chose d'hésitant. *Une faille. Une faille vient d'apparaître dans l'armure de ma sœur.* Malgré sa colère pour l'infâme qui lui fait face, elle pose la main sur celle de Linon.

— Depuis quand ? Depuis quand l'aimes-tu ?

Linon inspire et expire bruyamment sans répondre.

— J'ai rencontré Alarì à l'école de monsieur Castanet, dit-elle enfin d'une voix faible, comme vaincue. Tu es trop jeune pour t'en souvenir. Nous nous aimions.

Elle s'interrompt, les traits tordus dans une expression douloureuse.

— Puis je suis tombée enceinte. J'étais très jeune. Et célibataire. Père a eu peur du scandale. Il m'a conduite chez une vieille qui m'a débarrassée du bébé.

— Oh, mon Dieu, c'est horrible... compatit Eulalie. Crois-moi, je sais ce que c'est que de porter le bébé de l'homme qu'on aime... Puis de le perdre.

Leurs regards se croisent. Mais au moment où Eulalie croit partager un instant de communion avec sa sœur, celle-ci retire brusquement sa main et croise les bras sur sa poitrine décharnée. Elle se met à tripoter frénétiquement la petite croix huguenote qu'elle porte autour du cou.

— Non, Père a eu raison, rétorque-t-elle. C'était de ma faute. J'ai manqué à tous mes devoirs.

Son œil est de nouveau sombre, vide et froid.

— Mais tu n'avais rien fait de mal ! s'écrie Eulalie. Aimer, ce n'est pas mal !

— Père a tout fait pour sauver ma réputation. Il a payé pour l'école à Nîmes. Il m'a empêchée de devenir une de ces filles perdues qui finissent domestiques ou prostituées.

Elle esquisse un signe de croix et murmure :

— Merci, Seigneur.

— Mais ne comprends-tu pas que tu t'es sacrifiée pour notre père ? s'emporte Eulalie en se levant. Pour sa réputation, pas la tienne ! Alors que c'est le rôle des parents d'agir pour le bien de leurs enfants ! Père a écrasé sa femme, notre mère, qui a dépéri jusqu'à en mourir, et il a fait la même chose avec toi ! Et tu devrais t'en réjouir ? En te réfugiant dans la bigoterie, tu crois que tu justifies la perte de ton enfant ?

Linon tressaille et ferme les yeux. Eulalie se rassied, comprenant que sa diatribe agite des idées que sa sœur a préféré ignorer toute sa vie. Elle sait ce qu'il va se passer. *Elle préfère rester sourde plutôt que de regarder la vérité en face. Elle est exactement comme Mère : elle préfère fermer son cœur et ne plus rien ressentir plutôt que de souffrir à nouveau.*

— Père a eu raison, je te dis ! rétorque Linon d'une voix acrimonieuse. Sinon, cela signifie que j'ai perdu Alarì et notre bébé pour rien.

A la grande surprise d'Eulalie, une étrange douceur transforme les traits torturés de sa sœur.

— Quand nos parents sont morts, Basilì m'a écrit pour m'annoncer la plus merveilleuse des nouvelles. Alarì m'aimait toujours et m'avait attendue tout ce temps. Le père Cabanel consentirait à notre union, à condition que je lui apporte la filature. Mais évidemment, en raison de mes égarements de jeunesse, je n'ai hérité de rien. Alors que toi, la parjure, l'hérétique, la putain qui a eu droit à un beau mariage, à un beau mari, mais qui n'a pas su garder les cuisses serrées pendant six mois de guerre, tu héritais de tout...

— Ma pauvre sœur, tu te trompes de colère ! Tu n'as décidément rien compris ! Basilì et Alarì t'ont manipulée ! Basilì aimait notre mère, et il voulait se venger de notre père qui, non content d'avoir épousé celle qu'il convoitait, a racheté sa filature suite à une maladie des vers à soie !

La colère abandonne soudain Eulalie, remplacée par une immense pitié.

— Je te plains, tu as passé toute ta vie dans le mensonge... Je suis désolée pour toi, ma sœur, tellement désolée. Tu as tout perdu, comme Mère avait tout perdu avant toi, parce que les hommes, assoiffés de richesse, de pouvoir et de vengeance, ont fait de vous leurs marionnettes, ont joué avec vos corps, vos sentiments, votre liberté.

— Non, non, non ! Alarì m'aime vraiment ! proteste Linon avec véhémence.

Eulalie secoue la tête, dépitée. Elle sait qu'il est trop tard. La partie est jouée. Sa sœur a choisi de vivre avec des souvenirs falsifiés et corrompus.

— Tu me fais de la peine, lâche-t-elle. Tu veux persister dans ton erreur, libre à toi. Quoi qu'il en soit, tu as gagné. Je ne veux plus de Callune. Je ne veux plus de cette vie. Trop de malheurs. Trop de mensonges. Je te donne tout. Tout. Ce qu'il reste de la propriété, le vignoble, la châtaigneraie. Prends tout. Epouse ton Alarì, sois heureuse ou ne le sois pas, je m'en fiche. Tout cela est monstrueux. Si tu préfères être l'esclave des hommes, moi, je m'en libère. Tu ne me reverras plus. A cause de toi, mon mari est mort, l'homme que j'aimais aussi. Je n'ai même pas de photographie de lui. Tu sais que j'ai oublié les visages de Père et de Mère ? C'est ce qu'il va se passer pour Zacharie. Il va disparaître de ma mémoire. Il n'a même pas de sépulture ! Quel était son crime, je te le demande ? Il m'aimait. Au point de mourir pour moi. C'était le seul homme profondément bon et désintéressé que j'aie connu de toute ma vie.

Elle ferme les paupières, terrassée par l'image de cet instant atroce où il a choisi de se sacrifier pour elle. Puis elle les rouvre et désigne la lettre chiffonnée sur la table.

— Par jalousie, par haine envers moi, par aigreur d'avoir gâché ton existence et au prétexte des convenances, tu es directement responsable de la mort de deux hommes. Je veux que tu vives avec ce crime sur la conscience. Oh, tu vas pouvoir prier tout ton soûl ! Aucune confession ne pourra expier ton forfait. Essaie de vivre avec cela. Je suis désolée que la rivalité qui opposait Père et Basilì t'ait fait perdre la raison. Ces deux-là ont rendu Mère malheureuse et ont fait de toi une créature cruelle et aveugle. Je mets fin à ce cycle infernal, profite de ta victoire, si tu peux. Adieu. Adieu, ma sœur, tu ne me reverras plus.

Eulalie se lève et tourne les talons, laissant sur la table les actes notariés qui font de Linon l'unique propriétaire des trésors de Callune. Elle sort de l'immeuble sans se retourner. Dehors, l'air est frais et pur. Eulalie est envahie par une intense sensation de soulagement. Campée dans la ruelle, elle ferme les yeux, prend une inspiration et regarde le ciel bleu. *C'est le premier jour du printemps.* Elle sort la mèche de cheveux de Zacharie de sa poche et la porte à ses lèvres.

Epilogue

A la fin de la guerre, Alarì est rentré à Fumeterre. Il avait perdu un œil et une balafre l'avait défiguré. Son père l'a accueilli comme un triomphateur romain. Il l'a marié à Linon. Ils eurent deux petites filles brunes, sages et silencieuses.

Après le départ d'Eulalie, la filature s'est vidée de ses fileuses. Les ouvrières se dispersèrent, gagnèrent Alais, Uzès ou Nîmes pour trouver du travail. Le rêve collectiviste de Callune sombra avec elles.

Linon hérita donc de l'usine qui tomba dans l'escarcelle des Cabanel.

Mais, quelques années plus tard, le marché de la soie, concurrencé par celui des textiles synthétiques, s'effondra. Alarì, ruiné, disparut. Linon se retrouva seule avec ses deux fillettes. Basilì s'empressa de vendre la filature au plus offrant et recueillit sa bru qu'il traita comme une domestique jusqu'à sa mort. Il mourut fort vieux.

Le mari d'Elena ne revint pas des tranchées ni

celui de Bérangère. Celle-ci avait de la famille près de Besançon. Accompagnée d'Elena et de son fils, elle quitta les Cévennes pour s'installer dans l'Est. Les deux femmes s'embauchèrent dans l'industrie horlogère. Ainsi, Lélian, Enguerrand, Joana et Manon grandirent ensemble.

Serena, la mère de Naìs, s'éteignit peu de temps après la fin de la guerre. Naìs partit pour Nîmes afin de devenir institutrice, en mémoire de Santina.

Eulalie, Yvonne et Judit partirent pour la Russie et participèrent à la révolution bolchevique. Elles ne revinrent jamais à Callune.

Mais quelques légendes se mirent à circuler sur leur compte.

On racontait notamment que trois femmes étranges, semblables aux Trois Grâces, chantèrent *L'Internationale* en français à Petrograd le soir du 7 novembre 1917 quand la Russie devint le premier pays socialiste de l'Histoire.

Remerciements

Pour Sylvie, Sophie et Rachel.

Et pour les femmes d'hier, d'aujourd'hui et de demain.

Merci à Clarisse pour sa confiance et à Jean-François pour son travail.

Table

Vous souhaitez en savoir plus sur les livres et les auteurs
de la collection Terres de France ?

Retrouvez toutes les informations sur le site
www.collection-terresdefrance.fr
et abonnez-vous à notre lettre d'information.

Suivez-nous également sur notre page Facebook,
notre compte Twitter et Instagram.

Composition et mise en pages
Nord Compo à Villeneuve-d'Ascq

L'éditeur de cet ouvrage s'engage dans une démarche de certification FSC® qui contribue à la préservation des forêts pour les générations futures.

Pour en savoir plus :
www.editis.com/engagement-rse/

Achevé d'imprimer en novembre 2021
par la Société TIRAGE - 91941 COURTABŒUF

Dépôt légal : octobre 2021
C19298/02

Imprimé en France